JOHN GODEY (1912–2006) – pseudonim literacki amerykańskiego pisarza Mortona Freegooda, autora opowiadań i kilkunastu powieści kryminalnych. Podczas II wojny światowej służył w armii. Po wojnie pracował w przemyśle filmowym, m.in. w dziale PR i promocji wytwórni United Artists, 20th Century Fox i Paramount. Swoją pierwszą powieść *The Gun and Mr. Smith* opublikował w 1947. Jego najsłynniejszą książką jest trzykrotnie (w 1974, 1998 i 2009) ekranizowane METRO STRACHU (1973). Napisał także *The Blue Hour*, *The Clay Assassin*, *The Reluctant Assassin*, *The Three Worlds of Johnny Handsome* (powieść sfilmowana w 1989 z Mickeyem Rourke i Ellen Barkin), *The Talisman*, *The Snake*, *Fatal Beauty*. Książki Freegoda były tłumaczone na wiele języków.

D1102197

John
GODEY
Metro strachu

Z angielskiego przełożył
GRZEGORZ KOŁODZIEJCZYK

ALBATROS

Wydawnictwo
A. Kuryłowicz

Tytuł oryginału:
THE TAKING OF PELHAM 123

Polish edition copyright © Wydawnictwo Albatros A. Kuryłowicz 2009

Polish translation copyright © Grzegorz Kołodziejczyk 2009

Cover illustration © Columbia TriStar Marketing Group, Inc. 2009

Zdjęcia z filmu METRO STRACHU dzięki uprzejmości
United International Pictures

Redakcja: Barbara Nowak

Projekt graficzny okładki i serii: Andrzej Kuryłowicz

Skład: Laguna

ISBN 978-83-7359-930-7

Dystrybucja
Firma Księgarska Jacek Olesiejuk
Poznańska 91, 05-850 Ożarów Maz.
t./f. 022-535-0557, 022-721-3011/7007/7009
www.olesiejuk.pl

Sprzedaż wysyłkowa – księgarnie internetowe
www.merlin.pl
www.empik.com
www.ksiazki.wp.pl

WYDAWNICTWO ALBATROS
ANDRZEJ KURYŁOWICZ
Wiktorii Wiedeńskiej 7/24, 02-954 Warszawa

2009. Wydanie I
Druk: B.M. Abedik S.A., Poznań

Wszystkie postacie przedstawione w niniejszej książce są fikcyjne. Dotyczy to także tych, które można zidentyfikować na podstawie zajmowanego stanowiska, takich jak urzędnicy magistratu, funkcjonariusze policji oraz członkowie personelu. Wszelkie podobieństwo do prawdziwych osób jest przypadkowe.

1

Steever

Steever stał na peronie linii Lexington Avenue przy Pięćdziesiątej Dziewiątej Ulicy i żuł gumę płynnymi ruchami mocnych szczęk, niczym pies myśliwski wytresowany tak, by mocno trzymać zwierzynę, ale jej nie uszkodzić. Stał w postawie rozluźnionej, a zarazem wyrażającej życzliwość. Nisko położony środek ciężkości ciała i emanująca z niego pewność siebie przydawały mu mimowolnej nieruchomości. Miał na sobie starannie zapięty granatowy płaszcz przeciwdeszczowy i ciemnoszary kapelusz nasunięty do przodu, nie łobuzersko, lecz prosto; rondo rzucało wyrazisty, romboidalny cień na czoło i oczy. Białe baki i włosy z tyłu głowy odcinały się od cery, tworząc zaskakujący kontrast z twarzą mężczyzny wyglądającego na trzydzieści kilka lat.

Pudło na kwiaty o nienaturalnie dużych rozmiarach sugerowało, że wewnątrz bujnie pleni się kwiecie w ilości odpowiedniej na wielką życiową rocznicę lub przeprosiny za ciężki grzech bądź zdradę. Jeśli jakiś pasażer, przechodzący peronem gotów uśmiechnąć się na widok owej karykatury pudła na kwiaty, zerknął jednocześnie na mężczyznę trzymającego je pod kątem czterdziestu pięciu stopni do brudnego sufitu dworca, to natychmiast powściągał w sobie odruch sympatii. Właściciel pudła nie należał bowiem do tych, do których ludzie uśmiechają się choćby ze zrozumieniem.

Steever nie poruszył się ani nie okazał ożywienia, gdy zaczęło drżeć podłoże i dał się słyszeć coraz bardziej narastający odgłos zbliżającego się pociągu. Czterooki Pelham One Two Three z białym i bursztynowym światłem pozycyjnym ponad białymi reflektorami z modułowym wkładem wtoczył się na stację. Westchnęły hamulce, pociąg się zatrzymał, drzwi otwarły się hałaśliwie. Steever ustawił się tak, by znaleźć się dokładnie naprzeciwko środkowych drzwi piątego wagonu dziesięciowagonowego składu. Wsiadł, skierował się w lewo i podszedł do odosobnionego podwójnego siedzenia naprzeciwko przedziału konduktorskiego. Było wolne. Usiadł, stawiając pudło między kolanami i spoglądając bez ciekawości na plecy konduktora, który wychylony z okna lustrował wzrokiem peron.

Steever złożył ręce na pudle na kwiaty. Były to bardzo szerokie dłonie z krótkimi grubymi palcami. Drzwi się zamknęły i pociąg ruszył z szarpnięciem, które sprawiło, że pasażerowie przechylili się najpierw do tyłu, a potem do przodu. Steever ledwie drgnął.

Ryder

Ryder zawahał się na ułamek sekundy. Ruch był niedostrzegalny dla oka, lecz świadomość go zarejestrowała. Potem wsunął żeton do szczeliny i przeszedł przez kołowrót.

Zmierzając w stronę peronu, rozmyślał o tej chwili zawahania. Nerwy? Nonsens. Ugięcie się, może nawet pewien rodzaj ślubowania w przededniu bitwy, ale nic poza tym. Albo się żyje, albo umiera.

Z brązową walizką w lewej dłoni i mocno obciążonym valpakiem w prawej wkroczył na peron dworca przy Dwudziestej Ósmej Ulicy i skierował się w stronę południowego krańca. Stanął w jednej linii z tablicą wiszącą nad krawędzią peronu. Widniejąca na niej liczba dziesięć, namalowana czarną farbą na białym tle, wskazywała miejsce, w którym zatrzymywał się początek dziesięciowagonowego składu. Jak zwykle znalazło się tam paru myśliwych polujących na pierwszy przedział — Ryder zaczął ich tak nazywać w myślach — a nawet jeden nadgorliwiec, który ustawił się daleko za tablicą i będzie musiał gonić za wjeżdżającym pociągiem. Ryder już dawno doszedł do wniosku, że polujący na pierwszy przedział uosabiają dominującą cechę ludzkiej kondycji: bezmyślne dążenie do tego, by być pierwszym, by biec na czele dla samej uciechy.

Oparł się plecami o ścianę i postawił walizki przy nogach tak, że ich krawędzie dotykały butów. Granatowy płaszcz ledwie musnął ścianę, lecz wystarczył najmniejszy kontakt, by przylgnął do niego brud, ziarna piasku i kurzu, a może nawet cząsteczki graffiti, świeżo namalowanego ogniście czerwoną szminką, lub jeszcze gorętsza gorycz bądź ironia. Wzdrygnąwszy się, Ryder mocniej nasunął ciemnoszary kapelusz na oczy, także szare i głęboko osadzone w kościstych oczodołach. Ich wygląd obiecywał ascetyczną twarz, a nie zaokrąglone policzki i lekko obrzmiałą okolicę wokół ust. Ryder oparł się mocniej o mur i wsunął ręce w głęboko wycięte kieszenie płaszcza. Paznokieć zahaczył o nylonową nitkę. Delikatnym ruchem drugiej ręki przytrzymał nitkę, uwolnił palec i wyciągnął dłoń z kieszeni.

Łoskot zamienił się w terkotanie i pociąg ekspresowy wtoczył się na północny peron; jego światła migały między kolumnami niczym klatki wadliwie puszczonego filmu. Mężczyzna stojący na skraju peronu gapił się na znikający ekspres, a potem odwrócił się w stronę Rydera, szukając w jego oczach poczucia wspólnoty, zrozumienia. Ryder popatrzył na niego z całkowitą neutralnością stanowiącą autentyczną maskę pasażera metra, a właściwie każdego nowojorczyka; być może nowojorczycy przychodzą z nią na świat, dostają ją z przydziału albo nabywają, jeśli urodzili się gdzie indziej i dopiero później zdobyli ostrogi prawdziwych mieszkańców tego miasta. Mężczyzna przyjął beznamiętną reakcję z obojętnością, przechadzając się po peronie i mrucząc do siebie z oburzeniem. Widoczny za nim i za czterema torami północny peron stanowił ponure lustrzane odbicie południowego: terakotowy prostokąt z napisem: „Dwudziesta Ósma Ulica", brudne ściany, szara posadzka, zrezygnowani lub niecierpliwi pasażerowie, myśliwi polujący na ostatni przedział (na czym mógł polegać ich kompleks?)...

Przechadzający się mężczyzna odwrócił się raptownie na krawędzi peronu, postawił stopy na żółtej linii, zgiął się w pasie i wyjrzał na tor. Nieco dalej trzech innych pasażerów robiło to samo, jak gdyby modlili się do ciemnego tunelu. Ryder usłyszał nadjeżdżający pociąg. Niecierpliwi cofnęli się, lecz tylko o kilka cali; oddawali teren niechętnie, rzucając pociągowi wyzwanie: niech ich zabije, jeśli się waży. Pociąg wtoczył się na dworzec i zatrzymał dokładnie naprzeciwko wiszącej tablicy. Ryder zerknął na zegarek. Dwie minuty do odjazdu. Jemu pozostało jeszcze dziesięć minut. Odsunął się od ściany, odwrócił i popatrzył na wiszący w pobliżu plakat.

Reklama Levy's Bread, stary druh. Zobaczył ją pierwszy raz, gdy plakat zawisł na murze, czyściutki i bez skazy. Jednakże niemal natychmiast zaczęły się na nim kumulować graffiti (w oficjalnym żargonie zanieczyszczenia). Reklama przedstawiała czarnoskóre dziecko jedzące chleb Levy's, a podpis brzmiał: NIE TRZEBA BYĆ ŻYDEM, BY POKOCHAĆ LEVY'EGO. Tuż obok pojawił się napis wykonany jadowicie czerwonym flamastrem: ALE TRZEBA BYĆ CZARNUCHEM, BY DOIĆ KASĘ Z OPIEKI SPOŁECZNEJ I UTRZYMYWAĆ SWO-JE CZARNE BACHORY. Poniżej, jak gdyby dla zniwelowania goryczy za pomocą prostolinijnej pobożności, znalazło się napisane drukowanymi literami hasło: JEZUS CIĘ ZBAWI. Jeszcze inna ręka, ani wściekła, ani słodka, może będąca ponad tą bitwą, dopisała: KRACIASTE STEMPELKI.

Dalej następowały trzy hasła, których treści Ryder nigdy nie zdołał zgłębić:

IDENTYFIKACJA GŁOSU NIE DOWODZI TREŚCI MOWY. PSYCHIATRIA OPARTA JEST NA LITERATURZE. LARWY much wywołują plucie. potem znów odezwała się ideologia, riposta goniła ripostę: MARKS JEST DO BANI. JEZUS CHRYSTUS TEŻ. PANTERY TEŻ. WSZYSCY SĄ DO BANI. I JA TEŻ.

Oto prawdziwy głos ludu, pomyślał Ryder. Niepokoje wyrzucone na widok publiczny bez refleksji, czy zasługują na to, by ich wysłuchać. Odwrócił się od plakatu i od-prowadził wzrokiem końcówkę pociągu znikającą w ciemności tunelu. Ponownie oparł się plecami o ścianę, stojąc między walizkami, i mimochodem spojrzał wzdłuż peronu. Zbliżała się do niego postać w granatowym ubraniu. Ryder rozpoznał insygnia: funkcjonariusz ochrony kolei. Dostrzegł szczegóły: jedno ramię znajdowało się niżej od drugiego, sprawiając wrażenie, że ich właściciel kuleje, krzaczaste marchewkowe baki sięgające poniżej uszu... Ochroniarz stanął o długość samochodu od Rydera, zerknął na niego i odwrócił się w drugą stronę. Skrzyżował ręce na piersi, następnie rozplótł je i zdjął czapkę. Włosy na czubku głowy miały barwę brązoworudą, o kilka odcieni ciemniejszą od baków, i spłaszczyły się pod ciężarem czapki. Kolejowy glina spojrzał na jej wnętrze, włożył ją na głowę i znów splótł ręce.

Przez tory przejechał zmierzający na północ pociąg lokalny, zatrzymał się i ruszył dalej. Ochroniarz odwrócił głowę i zobaczył, że Ryder mu się przygląda. Momentalnie spojrzał przed siebie i wyprostował plecy. Ramię powędrowało do góry, postawa uległa poprawie.

Bud Carmody

Gdy tylko pociąg rusza ze stacji, przepisy nakazują konduktorowi, by wyszedł ze swojego przedziału i służył podróżnym informacją oraz wszelką pomocą. Bud Carmody miał świadomość, że bardzo niewielu konduktorów stosuje się do tej regulacji. Najczęściej zostawali w przedziale, gapiąc się na migające za oknem bezbarwne ściany. Jego to jednak nie dotyczyło. On postępował zgodnie z podręcznikowymi zaleceniami, a nawet więcej: lubił prezentować się schludnie i czysto, lubił się uśmiechać i odpowiadać na niemądre pytania. Lubił swoją robotę.

Bud Carmody uważał, że jego oddanie kolei jest kwestią dziedzictwa. Jeden z jego wujków był maszynistą (niedawno odszedł na emeryturę po trzydziestu latach spędzonych na torach), a Bud jako mały chłopiec podziwiał go ponad wszelką miarę. Kilka razy w spokojne, leniwe niedzielne popołudnia wujek przemycił go do wagonu i nawet pozwolił dotknąć przyrządów. Tak więc Bud od dzieciństwa nastawił się na to, że zostanie maszynistą. Zaraz po skończeniu liceum zdał egzamin na funkcjonariusza służby publicznej dający perspektywę pracy konduktora lub kierowcy autobusu. Kierowcy lepiej zarabiali, lecz Buda to nie kusiło: jego zainteresowania kierowały się ku kolei. Teraz, gdy zaliczy pół roku pracy w charakterze konduktora — do końca pozostało jeszcze tylko czterdzieści dni — przystąpi do egzaminu na maszynistę.

Tymczasem dobrze się bawił. Polubił pracę od początku, spodobał mu się nawet okres szkolenia, czyli dwadzieścia osiem dni nauki w szkole, po których nastąpiły kursy pociągiem pod opieką doświadczonego pracownika. Matson, instruktor wprowadzający go w tajniki pracy, był starym kolejarzem, któremu brakował rok do emerytury. Okazał się dobrym nauczycielem, ale zgorzkniał w robocie i patrzył z głębokim pesymizmem na przyszłość kolei. Twierdził, że za pięć lat pociągami będą jeździć wyłącznie czarnuchy i Latynosi, a nawet nimi kierować. Był chodzącą encyklopedią mrożących krew w żyłach opowieści, a biorąc je na serio, należało dojść do wniosku, że praca w metrze jest tylko odrobinę mniej niebezpieczna niż służba na pierwszej linii w Wietnamie. Zdaniem Matsona konduktor ryzykował poważne kalectwo lub nawet życie i mógł się uważać za ulubieńca losu, jeśli przetrwał w tej pracy jeden dzień. Wielu starszych konduktorów — oraz paru młodszych — powtarzało historie rodem z horroru; Bud nie do końca dawał im wiarę, lecz jego nic strasznego nie spotkało. Jasne, kilka razy pasażerowie puścili mu wiązankę, ale tego należało się spodziewać. Konduktor był pod ręką, więc naturalnie spadała nań wina za wszystkie problemy. Jednakże poza wściekłymi spojrzeniami i wyzwiskami nie doświadczył niczego, o czym wciąż opowiadali weterani: nie został opluty, pobity, okradziony, pchnięty nożem, obrzygany przez pijaka, napadnięty przez uczniów ani uderzony w twarz podczas wyglądania przez okno, gdy pociąg odjeżdżał ze stacji. To ostatnie zagrożenie martwiło konduktorów najbardziej i krążyło na ten temat tysiące historii: o konduktorze, którego dźgnięto palcem w oko i później je stracił, o innym, któremu złamano nos ciosem pięści, i jeszcze innym, którego złapano za włosy i omal nie wyciągnięto przez okno...

„Pięćdziesiąta Pierwsza Ulica, jesteśmy przy Pięćdziesiątej Pierwszej Ulicy".

Bud Carmody wypowiedział te słowa do mikrofonu wyraźnym, pogodnym głosem; sprawiało mu przyjemność to, że zostały usłyszane we wszystkich dziesięciu wagonach jednocześnie. Gdy pociąg wjechał na stację, wsunął suwak (właściwa nazwa brzmiała pałeczka, ale wszyscy mówili suwak) do szczeliny w dolnej części tablicy i przekręcił w prawo. Potem wsunął kluczyk pozwalający uruchomić drzwi, a gdy pociąg stanął, nacisnął klawisze.

Wychylił się mocno przez okno, by sprawdzić, czy pasażerowie wysiadają, zamknął drzwi w tylnej sekcji, a następnie w przedniej. Zerknął na zapalone kontrolki wskazujące, że wszystkie drzwi są zamknięte i zablokowane. Pociąg ruszył, a Bud przepisowo wyglądał przez okno dopóty, dopóki skład nie pokonał trzech długości wagonu; musiał się upewnić, że nikt nie jest wleczony za pociągiem. Właśnie przy tym punkcie większość oldbojów oszukiwała ze względu na lęk przed napaścią.

„Następny przystanek przy Grand Central. Następny przystanek Grand Central".

Bud Carmody wyszedł z przedziału i stanął przy drzwiach działowych. Splótłszy ręce na piersiach, przyjrzał się pasażerom. To była jego ulubiona rozrywka. Zabawa polegała na odgadywaniu z wyglądu i zachowania podróżnych, jakie jest ich życie: czym się zajmują, ile zarabiają, gdzie i jak mieszkają, a nawet dokąd się udają. Czasem przychodziło mu to łatwo: z doręczycielami, kobietami wyglądającymi na gospodynie domowe, gosposie, sekretarki, czy emerytami. Jednak w innych wypadkach, zwłaszcza w odniesieniu do klasy wyższej, stanowiło to prawdziwe wyzwanie. Czy dobrze ubrany mężczyzna jest nauczycielem, prawnikiem, akwizytorem czy może dyrektorem firmy? Z wyjątkiem godzin szczytu liniami IRD jeździło niewielu przedstawicieli klasy wyższej, zaledwie jedna trzecia liczby tych, którzy korzystali z usług BMT i ING*.

Bud nie umiał wyjaśnić, dlaczego tak się dzieje. Może była to kwestia tras, lepszych dzielnic, ale trudno było to wykazać. Mogło też wynikać z faktu, że IRT było najstarszą

---

* Skróty nazw firm zarządzających niegdyś nowojorską koleją podziemną: Interborough Rapid Transit, Brooklyn-Manhattan Transit, Independent Subway.

częścią metra, miało mniej linii i sprzętu (dlatego szkolenie w IRT trwało zaledwie dwadzieścia osiem dni, podczas gdy w dwóch pozostałych trzydzieści dwa dni), ale tego także nie sposób było dowieść.

Bud stanął mocniej na nogach, by zniwelować kołysanie pociągu (lubił jego ruch i swoją umiejętność przystosowania się, podobnie jak marynarz, którego nogi uczą się morza) i skupił uwagę na mężczyźnie siedzącym naprzeciwko przedziału konduktorskiego. Pasażer nie zwracał uwagi wzrostem — nie był szczególnie wysoki — lecz szerokością i widoczną spod kapelusza białą czupryną. Był starannie ubrany, miał na sobie ciemny płaszcz i nowy kapelusz oraz pieczołowicie wyczyszczone buty; a zatem nie mógł być doręczycielem, mimo że między jego kolanami spoczywało duże szerokie pudło na kwiaty. Musiał kupić dla kogoś kwiaty i osobiście chciał je wręczyć. Patrząc na niego, na jego twarz o twardych rysach, nie przyszłoby na myśl, że jest to ktoś skłonny kupować kwiaty. Trudno jednak ocenić książkę po okładce i dlatego życie było ciekawe. Mógł być kimkolwiek: wykładowcą college'u, poetą...

Pociąg zwolnił i Bud poczuł szarpnięcie pod stopami. Odsunął przyjemną zagadkę i wszedł do przedziału.

„Stacja Grand Central. Przesiadka do pociągu ekspresowego. To stacja Grand Central...".

Ryder

Z biegiem lat Ryder opracował kilka hipotez na temat strachu. Ściśle mówiąc, dwie. Według pierwszej należało się z nim obchodzić tak, jak dobry zawodnik traktuje piłkę toczącą się po ziemi: nie czeka na nią, lecz biegnie jej naprzeciw, opanowuje ją. Ryder radził sobie ze strachem, stawiając mu czoło. Dlatego zamiast odwracać wzrok, patrzył prosto na kolejowego gliniarza. Ten zauważył, że jest obserwowany i odwrócił się do obcego, a następnie szybko skierował wzrok w drugą stronę. Potem patrzył już tylko przed siebie, usztywniwszy postawę. Zaczerwienił się na twarzy i Ryder wiedział, że ochroniarz zaczął się pocić.

Druga hipoteza Rydera — której ilustrację stanowił gliniarz — była taka, że ludzie postawieni w trudnej sytuacji zdradzają niepewność, bo taki jest ich wybór. Pokazują, że są niegroźni i proszą o litość jak pies, który kładzie się na wznak w obliczu zajadlejszego bądź większego psa. Publicznie prezentują objawy lęku, zamiast brać je w karby. Ryder był przekonany, że jeśli nie moczysz się w spodnie, co jest reakcją mimowolną, pokazujesz strach tylko w takim stopniu, w jakim sobie na to pozwalasz.

Hipotezy Rydera były wykwitami bardzo prostej filozofii życiowej, którą się kierował i o której rzadko opowiadał nawet w obliczu przyjacielskiej presji. A zwłaszcza gdy takiej presji nie było, przyjacielskiej ani żadnej innej. Pamiętał rozmowę z lekarzem w Kongu. Z zakrwawioną nogą dotarł do stanowiska pierwszej pomocy, by wyjęto mu kulę z uda. Lekarz okazał się eleganckim Hindusem z lekko rozbawioną miną; wyciągnął pocisk zamaszystym ruchem szczypiec. Był to człowiek, którego forma interesowała jako treść, człowiek obdarzony stylem; nie tłumaczyło to, dlaczego pełni służbę w małym afrykańskim państewku, w którym dwie frakcje czarnuchów z obłędem w oczach toczyły ze sobą chaotyczną wojnę. Nie tłumaczyło go nic z wyjątkiem forsy. Wyjątek? Całkiem dobry powód.

Hindus podniósł zakrwawiony kawałek metalu, tak by Ryder mógł mu się przyjrzeć, a następnie wrzucił go do miski i przekrzywił głowę.

— Czy pan nie jest oficerem, którego nazywają Żelazny?

Lekarz nosił oficerskie insygnia; stopień nie znaczył wiele w tej osobliwej armii, świadczył jedynie o wysokości zarobków. Wyciągał o stówę lub dwie na miesiąc więcej od Rydera.

— Przepraszam — odparł Ryder. — Widzi mnie pan. Czy jestem z żelaza?

— Nie ma powodu się gniewać — rzekł lekarz. Przymierzył opatrunek do rany i sięgnął po mniejszy. — Pytam z ciekawości. Wyrobił pan sobie niezłą opinię.

— Z jakiego powodu?

— Z powodu odwagi. — Lekarz trzymał opatrunek zręcznymi brązowymi palcami. — Albo lekkomyślności. Zdania są podzielone.

Ryder wzruszył ramionami. W kącie namiotu medycznego półnagi czarny żołnierz leżał zwinięty wpół na noszach, płacząc cicho, lecz uporczywie. Lekarz posłał mu długie spojrzenie i mężczyzna zamilkł.

— Chętnie usłyszałbym pańską opinię — ciągnął Hindus.

Ryder powtórnie wzruszył ramionami i patrzył, jak brązowe palce radzą sobie z bandażem. Poczekać, aż opatrunek zostanie oderwany od włosów. To będzie próba odwagi. Medyk zrobił pauzę, wznosząc twarz w żartobliwym geście.

— Pewnie widział pan więcej ode mnie, majorze — powiedział Ryder. — Szacunek dla pana.

— Nie ma czegoś takiego jak brak strachu. Lekkomyślność, owszem. Obojętność, owszem. Niektórzy ludzie pragną śmierci.

— Ma pan na myśli mnie?

— Trudno mi powiedzieć, bo pana nie znam. Słyszałem tylko pogłoski. Może pan już włożyć spodnie.

Przed wciągnięciem spodni Ryder przyjrzał się zakrwawionej dziurze w nogawce.

— To niedobrze. Liczyłem, że usłyszę od pana jakiś wniosek.

— Nie jestem psychiatrą — odparł lekarz na poły przepraszająco. — Zaciekawił mnie pan, ot i wszystko.

— Ja nie czuję ciekawości. — Ryder włożył na głowę stalowy hełm, pozostałość wyposażenia Wehrmachtu z drugiej wojny światowej, i zacisnął mocno pasek, tak że wąski daszek ocieniał mu oczy. — Ani trochę mnie to nie ciekawi.

Major zaczerwienił się, a potem uśmiechnął dzielnie.

— Jednakże dowiedziałem się, dlaczego zwą pana Żelazny Kapitan. Proszę na siebie uważać.

Spoglądając na profil zbitego z tropu kolejowego gliniarza, Ryder pomyślał: mogłem udzielić odpowiedzi temu hinduskiemu doktorowi, ale pewnie źle by mnie zrozumiał i wywnioskował, że plotę o reinkarnacji. Albo się żyje, albo się umiera, panie majorze, oto cała moja filozofia. Umarłeś albo przeżyłeś, a to nie przekłada się ani na lekkomyślność, ani na brak strachu. Nie znaczyło to, że igrało się ze śmiercią lub nie dostrzegało w niej tajemnicy czy straty. W ten sposób po prostu unikało się większości egzystencjalnych komplikacji, ograniczało zasadniczą niepewność życia, sprowadzając ją do prostej formuły. Żadnego bolesnego roztrząsania rozmaitych możliwości, tylko naga głębia — tak lub nie: albo się żyje, albo się umiera.

Pociąg wjeżdżał na stację. Niedaleko od kolejowego gliniarza, dokładnie pod znacznikiem numer osiem, jakiś mężczyzna wychylił się tak bardzo, że aż za daleko. Ryder napiął się i niemal zrobił krok w jego stronę, by odciągnąć go od zagrożenia. Nie dzisiaj, myślał, nie teraz. Jednakże mężczyzna cofnął się w ostatniej chwili, wysuwając przed siebie ręce w spóźnionym odruchu lęku. Pociąg zatrzymał się, otwarły się drzwi.

Ochroniarz wsiadł.

Ryder popatrzył na maszynistę, który siedział na metalowym taborecie; jego ręka spoczywała na otwartym do połowy oknie. Był czarny. Nie, pomyślał Ryder, czarny nie jest odpowiednim określeniem, to polityczny kolor. Mężczyzna miał lekko śniadą skórę i beznamiętnym gestem dłoni zasłaniał otwarte w ziewnięciu usta. Zerknął bez zaciekawienia na okno, a potem na tablicę kontrolną, która podobnie jak tablica konduktorska rozświetliła się, gdy drzwi zamknęły się i zablokowały.

Pociąg ruszył. Jego nazwa (jako że odstęp między kolejnymi pociągami o tej porze dnia wynosił pięć minut) brzmiała Pelham One One Eight zgodnie z prostym i efektywnym systemem określającym pociąg za pomocą pierwszego członu nazwy stacji końcowej oraz końcówki godziny odjazdu z danej stacji. Tak więc pociąg, który wyjechał ze stacji Pelham Bay Park o pierwszej osiemnaście, nosił nazwę Pelham One One Eight. W drodze powrotnej z południowej krańcówki, stacji Brooklyn Bridge, jego nazwa będzie brzmiała mniej więcej Brooklyn Bridge Two One Four. Tak byłoby w zwykły dzień, pomyślał Ryder. Ale to nie był zwykły dzień. Dzisiaj dojdzie do poważnego zakłócenia rozkładu jazdy.

Gdy przejechał trzeci wagon, Ryder zauważył ochroniarza kolejowego. Opierał się o kolumnę, a jego prawe ramię znajdowało się znacznie niżej od lewego, tak że wyglądał, jakby stał na zboczu. A jeśli ochroniarz nie wsiądzie do pociągu? Mieli przygotowany sygnał rezygnacji z akcji w razie nieprzewidzianego zagrożenia. Czy trzeba będzie go użyć? Czy cofnąłby się, by stanąć do walki innego dnia? Ryder nieznacznie pokręcił głową. Nie ma potrzeby odpowiadać na to pytanie. Liczy się tylko to, co zrobiłeś, a nie to, co mogłeś zrobić.

Ostatni wagon zniknął z peronu i zanurzył się w tunelu biegnącym w stronę Dwudziestej Trzeciej Ulicy. Pojawili się nowi pasażerowie. Pierwszy był młody czarnoskóry mężczyzna — jego skóra miała kolor gorzkiej czekolady — w olśniewającym płaszczu barwy błękitnego nieba, spodniach w czerwono-niebieską kratkę, jasnobrązowych butach na trzycalowych obcasach i czarnym skórzanym berecie. Idąc luźnym krokiem, minął Rydera i zajął miejsce o długość wagonu za tablicą oznaczoną numerem dziesięć. Niemal natychmiast wychylił się za krawędź peronu i wzrokiem pełnym urazy spojrzał na północ.

Spokojnie, bracie, pomyślał Ryder; Pelham One Two Three wjedzie na stację za niespełna pięć minut, a nienawistne spojrzenia rzucane torom go nie przyspieszą. Młody Murzyn odwrócił się raptownie, jakby miał świadomość, że jest obserwowany. Spojrzał Ryderowi prosto w oczy wyzywającym wzrokiem. Ciemne źrenice pałały na tle białek.

Ryder przyjął zaczepkę bez zainteresowania. Odpręż się, bracie, pomyślał, zachowaj energię, bo może ci się przydać.

Welcome

Na stacji Grand Central, stosując się do sygnału stopu, trzech poziomych żółtych świateł, pociąg Pelham One Two Three czekał z otwartymi drzwiami na wjazd następnego ekspresu.

Joe Welcome stał na peronie od kwadransa; niespokojny i podenerwowany sprawdzał z zegarkiem czas przyjazdu i odjazdu pociągów lokalnych i złym wzrokiem mierzył niepotrzebne ekspresy. Chaotycznym krokiem przemierzał odcinek długości trzydziestu bądź czterdziestu stóp, na przemian zerkając na stojące na peronie kobiety i na swoje odbicie w lustrach dystrybutorów. Wszystkie kobiety były szpetne, na ich widok Joe z niesmakiem krzywił usta. Brzydka baba to przekleństwo. Satysfakcję sprawiał mu widok swojej twarzy: ładnej i lekkomyślnej, o oliwkowej skórze o jeden odcień bledszej niż zwykle, z oczami, w których płonął dziwny ogień. Teraz, gdy już przywykł do wąsów i spiczastych baków skręcających ku kącikom ust, nawet je polubił. Pasowały jak diabli do miękkiej lśniącej czerni jego czupryny.

Usłyszawszy nadjeżdżający pociąg Pelham One Two Three, Joe Welcome podszedł do ostatniego wagonu. Wyglądał zawadiacko i wyzywająco w granatowym płaszczu lekko ściągniętym w pasie i sięgającym cal lub dwa nad kolana. Kapelusz miał ciemnoszary, z wąskim wywiniętym rondem i jaskrawożółtą kokardą strzelającą z opaski. Gdy pociąg stanął, Joe wsiadł ostatnimi drzwiami, przepychając się obok trzech czy czterech wysiadających pasażerów. Walizka w brązowe i jasnobrązowe pasy obiła się o kolano młodej Portorykanki. Dziewczyna zerknęła na niego z ukosa i coś wymamrotała.

— Do mnie pyskujesz, latynoska zdziro?

— Może byś patrzył, jak chodzisz?

— W twoją brązową dupę.

Dziewczyna chciała coś powiedzieć, lecz na widok jego złowieszczego uśmiechu porzuciła ten zamiar. Wysiadła z pociągu, gniewnie spoglądając przez ramię. Na tor po drugiej stronie peronu wtoczył się ekspres; kilkoro pasażerów przesiadło się do pociągu miejscowego. Welcome wśliznął się do tylnej części wagonu, a potem ruszył w stronę jego początku, zerkając na pasażerów siedzących po obu stronach przejścia. Przeszedł do następnego wagonu. Drzwi zasunęły się za nim i pociąg ruszył z nagłym szarpnięciem. Welcome zachwiał się niezgrabnie i odzyskując równowagę, spojrzał ze złością w kierunku maszynisty, który siedział osiem wagonów dalej.

— Matko jedyna — rzekł głośno. — Gdzieś ty się uczył jeździć pociągiem?

Szedł dalej, gapiąc się na pasażerów. Ludzka masa. Mięcho. Ani jednego gliniarza, nikogo, kto wyglądałby na herosa. Kroczył pewnie, głośne stuknięcia jego butów przyciągały uwagę. Cieszyło go, że tyle oczu unosi się na jego widok, lecz jeszcze większą przyjemność sprawiało mu to, że gasił wzrokiem te spojrzenia. Zestrzeliwał je seriami niczym kaczki na strzelnicy. I nigdy nie chybiał. Trach, trach i po ptakach. Te jego oczy. *Occhi violenti*, mawiał jego wuj.

Straszne oczy, a on umiał się nimi posługiwać, wiedział, jak napędzać ludziom strachu.

W piątym wagonie na końcu dostrzegł Steevera. Rzucił mu spojrzenie, ale Steever go zignorował, jego twarz pozostała nieruchoma i obojętna. W drodze do następnego wagonu otarł się o konduktora, młodego byczka wystrojonego w odprasowany niebieski mundur; wypolerowana złota odznaka Transit Authority lśniła na czapce. Nie zwalniając kroku, dotarł do pierwszego wagonu, gdy pociąg zaczął wytracać prędkość. Oparł się plecami o drzwi i postawił walizkę na podłodze między czubkami hiszpańskich butów.

„Trzydziesta Druga Ulica, przystanek na Trzydziestej Drugiej Ulicy".

Głos konduktora był wysoki, ale mocny; wzmocnienie sprawiło, że zabrzmiał jak głos rosłego faceta. Ale to blady, rudy chudzielec, pomyślał Welcome, wystarczy go dobrze trafić, a szczęka rozleci się jak porcelana. Obraz szczęki pękającej jak krucha filiżanka rozbawił go. Zaraz jednak zmarszczył czoło, przypomniawszy sobie Steevera siedzącego jak kloc drewna z pudłem na kwiaty między nogami. Steever, tępy małpiszon. Dużo mięśni, ale nic poza tym, pustka na poddaszu. Steever. Ale trzyma pudło na kwiaty.

Kilkoro pasażerów wysiadło, kilkoro wsiadło. Welcome zauważył Longmana siedzącego naprzeciwko kabiny maszynisty. Całkiem daleko. Wagon ma siedemdziesiąt dwie stopy długości, zgadza się? Siedemdziesiąt dwie stopy i czterdzieści cztery miejsca. Wagony BMT i IND, sekcje B-1 i B-2 (IRT to była sekcja A, zgadza się?) miały siedemdziesiąt pięć stóp długości i do sześćdziesięciu pięciu miejsc. Kazali mu się tego nauczyć, wielkie halo. Pestka.

W chwili gdy drzwi zaczynały się zamykać, do środka wśliznęła się jakaś laska, zawadzając ramieniem o skrzydło. Spojrzał na nią z zaciekawieniem. Króciutka kiecka mini, długie nogi w białych botkach, drobny krągły tyłeczek. Z tyłu nieźle, pomyślał Welcome, obejrzyjmy przód. Uśmiechnął się na widok dużych cycków, prężących się pod jasnoróżowym sweterkiem i krótkim zielonym żakietem, pasującym do spódniczki. Duże oczy i ciężkie sztuczne rzęsy, bajeczne szerokie usta z masą jasnoczerwonej szminki, długie czarne włosy zwisające spod seksownego żołnierskiego kapelusza z podwiniętym z jednej strony rondem. Australijski? Anzac. Kapelusz Anzac.

Usiadła w przodzie wagonu, a kiedy skrzyżowała nogi, kiecka podjechała jej prawie pod szyję. Miło. Welcome skupił się na długim białym udzie i nodze, wyobraził je sobie owinięte wokół jego szyi. Tak na początek.

„Dwudziesta Ósma Ulica — zapiał anielskim głosem konduktor. — Następny przystanek przy Dwudziestej Ósmej Ulicy".

Welcome oparł się mocno o mosiężną klamkę drzwi. Dwudziesta Ósma Ulica. Dobrze. Przeliczył pobieżnie siedzących pasażerów. Około trzydziestu ludzi i kilkoro dzieci, stojących i spoglądających przez drzwi działowe między wagonami. Mniej więcej połowa zostanie wykopana. Ale nie ta laska w śmiesznym kapeluszu. Ona zostanie, bez względu na to, co powie Ryder czy ktokolwiek inny. Czy to nie obłęd, myśleć o dupie w takiej chwili? No i dobrze, jest stuknięty. Ale ona zostanie. Będzie podtrzymywała wątek uczuciowy, jak to mówią.

Longman

W pierwszym wagonie pociągu Longman zajmował to samo miejsce co Steever pięć wagonów dalej. Znajdowało się dokładnie naprzeciwko zamkniętych stalowych drzwi kabiny maszynisty ozdobionych wymyślnym, wykonanym jaskraworóżowym kolorem podpisem: „Pancho 777". Paczka przykryta grubym papierem pakowym i owinięta szorstkim żółtym szpagatem była oznaczona czarnym napisem: „Everest Printing Corp., Lafayette Street". Longman trzymał ją między kolanami, jego przedramiona spoczywały na wierzchu, a palce swobodnie tkwiły pod miejscem, w którym splatały się nitki sznurka.

Wsiadł do pociągu Pelham One Two Three przy Osiemdziesiątej Szóstej Ulicy, by mieć pewność, że przed Dwudziestą Ósmą będzie mógł bez przeszkód zająć miejsce naprzeciwko kabiny maszynisty. Miejsce nie było szczególnie ważne, ale on się uparł. Zawziął się, ale tylko dlatego, że nikomu innemu i tak nie zależało. Teraz sobie uświadomił, że starał się o nie, bo wiedział, że nikt nie zaprotestuje. Poza tym decyzje podejmował Ryder. Czy nie z jego powodu znalazł się w tym miejscu, gotów z otwartymi oczyma wskoczyć w sam środek koszmaru?

Przyglądał się dwóm chłopakom stojącym przy oknie drzwi działowych. Mieli około ośmiu i dziesięciu lat i byli dokładnie tak samo pulchni i zaokrągleni; ich twarze miały zdrowy rumieniec. Chłopców całkowicie pochłonęła zabawa w prowadzenie pociągu tunelem; za pomocą ust i języka wydawali przy tym odpowiednie kląskające i syczące odgłosy. Longman wolałby, żeby ich nie było, ale tego nie dało się uniknąć. W każdym pociągu, o każdej porze, musiał się znaleźć jakiś dzieciak lub dzieciaki — a czasem dorosły! — romantycznie odgrywający maszynistę. Też mi romantyzm!

Gdy pociąg dotarł do Trzydziestej Trzeciej Ulicy, Longman zaczął się pocić. Nie stopniowo, lecz cały naraz, jak gdyby wagon zalała nagła fala gorąca. Pot spływał mu po czole i twarzy, oleista ciecz zamgliła oczy i rozlała się na klatkę piersiową, nogi i krocze... Pociąg wjechał do tunelu i szarpnął raptownie. Longmanowi zamarło serce, w mózgu pojawił się obraz: coś się stało z silnikiem, maszynista napiera na hamulce i pada martwy. Kolej przysyła mechanika, facet ogląda silnik i drapie się po głowie. Muszą odciąć prąd, skierować pasażerów do wyjścia bezpieczeństwa i odholować skład do naprawy...

Jednakże szarpanie ustało i Longman wiedział — zresztą wiedział to przez cały czas — że pociąg jest sprawny. Albo maszynista niezręcznie ruszył, albo pociąg szarpnął sam z siebie; maszyniści nie cierpią, kiedy ich się o to obwinia.

W desperacji umysł Longmana zaczął szukać innych możliwości, nawet jeśli w takowe nie wierzył. A gdyby któryś z nich nagle zachorował albo uległ wypadkowi? Nie. Mózg Steevera nawet by nie odnotował, że organizmowi coś dolega, a Ryder... Ryder poderwałby się z łoża śmierci, gdyby musiał. Może Welcome, ten wariat i narwaniec, wdał się w bijatykę, ubzdurawszy sobie, że ktoś go obraził...

Longman obejrzał się i zobaczył Welcome'a w tylnej części wagonu.

Dzisiaj zginę.

Ta myśl pojawiła się nieproszona, towarzyszył jej raptowny przypływ gorąca, jak gdyby w jego ciele wybuchł nagły pożar. Poczuł, że się dusi i chciał zerwać z siebie ubranie, dopuścić powietrze do płonącego ciała. Jął gmerać przy guziku płaszcza pod szyją i prawie go odpiął, ale nie do końca. Ryder powiedział, że płaszcze mają pozostać zapięte od góry do dołu. Longman wepchnął guzik z powrotem do dziurki.

Poczuł drżenie nóg na całej długości aż do stóp. Położył dłonie płasko na kolanach, przyciskając je, przygważdżając podeszwy do brudnej podłogi z tworzywa sztucznego, powstrzymując mimowolny dreszcz strachu. Czy rzuca się w oczy? Czy ludzie gapią się na niego? Jednak nie zdobył się na to, by podnieść głowę i sprawdzić. Jak struś. Spojrzał na dłonie i zobaczył, że wczołgują się pod węzeł szpagatu, zaplątują się aż do bólu. Wyciągnął je, przyjrzał im się, a potem dmuchnął na zaczerwienione palce wskazujący i środkowy. Szara ściana tunelu migająca za oknem oddaliła się i znikła, a w jej miejscu pojawiła się terakota stacji metra.

— Dwudziesta Ósma Ulica. Jesteśmy przy Dwudziestej Ósmej Ulicy.

Longman wstał. Nogi mu drżały, ale poruszał się sprawnie, wlokąc za sobą paczkę. Stanął naprzeciwko drzwi kabiny, zapierając się nogami, aby zamortyzować szarpanie zwalniającego pociągu. Peron za oknem nabierał wyrazistości. Dwaj chłopcy przy drzwiach działowych syczeli, włączając hamulce. Longman zerknął za siebie. Welcome się nie ruszył. Patrzył na nieruchomiejący peron. Ludzie przesuwali się w stronę drzwi, czekając, aż się otworzą. Longman zobaczył Rydera.

Ryder opierał się o ścianę, był całkowicie odprężony.

2

Denny Doyle

Z okien pociągu Denny Doyle zauważył na peronie twarz, która kogoś mu przypomniała. Nie dawało mu to spokoju aż do chwili, gdy w trakcie ruszania ze stacji przy Trzydziestej Czwartej Ulicy myśl błysnęła w jego głowie niczym światło zapalone w ciemni. To była czarna irlandzka twarz, jedno z tych kościstych obliczy, które widuje się na zdjęciach zabitych członków IRA. Skojarzyła mu się z reporterem „Daily News", który mniej więcej przed rokiem zaczął się kręcić wokół kolejarzy, bo chciał napisać artykuł o metrze. Sekcja Public Relations skierowała go do Denny'ego, typowego weterana wśród maszynistów — tak to ujęli — a dziennikarz, młody bystry kozioł, zadawał mnóstwo pytań, które z początku wydawały się idiotyczne, ale w gruncie rzeczy były całkiem sensowne.

— O czym myślicie, prowadząc pociąg?

Przez sekundę Denny sądził, że pytanie jest pułapką, że reporter jakimś cudem wpadł na trop jego tajemnicy, ale to było niemożliwe. Nikomu nigdy nie pisnął o tym słowa. Nie dlatego, że było to przestępstwo, lecz dlatego,

29

że dorosły mężczyzna nie powinien uprawiać kretyńskich gierek. Poza tym szefostwo kolei z pewnością nie byłoby tym zachwycone.

Zbył więc dziennikarza standardową odpowiedzią:

— Maszynista nie ma czasu, żeby myśleć o czymkolwiek prócz roboty. To nie są przelewki.

— Daj pan spokój — odparł reporter. — Dzień po dniu jeździ pan po tych samych torach. Co może być w tym trudnego?

— Co może być w tym trudnego... — Denny udał, że unosi się gniewem. — To jeden z najruchliwszych szlaków kolejowych na świecie. Wie pan, ile pociągów dziennie obsługujemy, ile mil trasy...

— Dali mi wykaz — wpadł mu w słowo dziennikarz. — Ponad czterysta mil, siedem tysięcy wagonów, osiemset lub dziewięćset pociągów na godzinę w godzinach szczytu. Imponujące. Ale pan uchylił się od odpowiedzi na moje pytanie.

— Odpowiem panu — rzekł Denny tonem urażonej dumy. — Myślę o prowadzeniu pociągu. O tym, żeby zmieścić się w rozkładzie, i o stosowaniu się do przepisów bezpieczeństwa. Obserwuję znaki, kontrolki, drzwi, staram się, żeby pasażerami nie trzęsło, nie spuszczam oka z szyn. Mamy takie powiedzenie „Znaj swój tor...".

— No dobrze, ale jednak. Czy nigdy nie myśli pan na przykład o tym, co będzie pan jadł na lunch?

— Wiem, co będę jadł na lunch, bo szykuję go sobie rano.

Reporter parsknął śmiechem i zdanie o lunchu pojawiło się w artykule, który kilka dni później ukazał się w „Daily News". Nazwisko Denny'ego również się w nim pojawiło i przez parę dni był sławny. Tylko Peg trochę się złościła: „Co to znaczy, że szykujesz sobie lunch? Kto codziennie rano zwleka się z łóżka, żeby naszykować ci lunch?". Danny wytłumaczył, że nie chciał jej obdzierać z chwały, że tak po prostu wyszło. Nagle ku jego zaskoczeniu Peg zapytała: „A o czym ty, u licha, naprawdę myślisz?".

— Myślę o Bogu — odparł solennie, a Peg kazała mu zachować te bzdury dla ojca Morrisseya i znów zaczęła robić mu wyrzuty z powodu tego nieszczęsnego lunchu i żalić się; koleżanki mogą pomyśleć, że wyleguje się w łóżku do południa...

Co miał powiedzieć — że podlicza wagę? Stateczny, trzeźwy (przeważnie), podpora (tak mówią) kościoła? Jezu Chryste, trzeba było coś robić, żeby ci nie odbiło. Prawda była bowiem taka, że po upływie niemal dwudziestu lat prowadzenie pociągu metra naprawdę staje się automatyczne. Tworzy się coś w rodzaju połączenia między oczami i sygnałami, między dłońmi, dźwignią sterowniczą i hamulcem. Wszystko jakby dzieje się samo. Denny nie popełnił poważnego błędu od niemal dwudziestu lat.

Przez cały ten czas zdarzył mu się tylko jeden niewybaczalny postępek, i stało się to tuż po tym, jak ukończył obowiązkowy półroczny staż. Boże drogi, ominął bramkę. Nie dlatego, że podliczał wagę, bo wtedy jeszcze tego nie robił. Ale stało się: jadąc czterdzieści mil na godzinę, przeleciał na czerwonym świetle. Trzeba przyznać, że od razu się spostrzegł, ale zanim nacisnął hamulec, zadziałały samowyzwalacze i pociąg się zatrzymał. To było wszystko, nie doszło do wypadku. Nagłe hamowanie zatrzęsło nieco pasażerami, lecz nikt nie odniósł obrażeń i nie było skarg.

Denny wysiadł z pociągu i ręcznie przestawił samowyzwalacz. To wszystko. Później nadzorca, stary Meara, dał mu porządny opieprz, ale wziął pod uwagę, że jest nowy i udzielił mu pisemnej nagany. Od tamtej pory Denny nigdy nie dostał pisemnej nagany, a to o czymś świadczyło.

Wszystko dzięki temu, że naprawdę znał swój tor i to tak dobrze, że nie musiał o nim myśleć. Nie tylko znał swój tor: wiedział, jak działa kolej. Raz się czegoś nauczywszy, nie zapominał. Nie miało to wpływu na bezpieczną jazdę ani na czas, ale wiedział, że każdy wagon napędzany jest czterema stukonnymi silnikami po jednym na każdą oś, że trzecia szyna przekazuje do odbieraka prąd o napięciu sześciuset woltów, że przesuwając dźwignię do pozycji ruchu, wysyła sygnał do wszystkich silników jednostki... Denny wiedział nawet, że każda zakichana jednostka kosztuje prawie ćwierć miliona dolarów, co oznaczało, że prowadząc pociąg, trzyma się pieczę nad sprzętem wartości dwóch i pół miliona dolców!

Prawda była taka, że niemal całą robotę wykonywało się automatycznie, bez udziału mózgu. Na przykład światła stopu na Grand Central. Denny wiedział, że są zapalone, nawet ich w gruncie rzeczy nie widząc, i wiedział, kiedy gasły. Teraz, zmierzając ku stacji przy Dwudziestej Ósmej, wszystkie czynności wykonywał machinalnie: dźwignia wędrowała w górę o kolejne pozycje. Jego oko lub instynkt, jakkolwiek to nazwać, rejestrowało sygnały: zielony, zielony, bursztynowy do czerwonego. Wiedział, że jedzie z odpowiednią prędkością i czerwony sygnał zmieni się na bursztynowy; wiedział, że jeśli będzie musiał nacisnąć hamulec, zdoła to uczynić, nie szarpiąc. O tym się nie myślało, to się po prostu wykonywało.

Zatem jeśli nie musiałeś myśleć o prowadzeniu pociągu, mogłeś sobie pozwolić na myślenie o innych sprawach, zająć czymś mózg i zabić monotonię. Denny był gotów iść o zakład, że wielu maszynistów uprawiało takie gry. Na przykład Vincent Scarpelli w czasie rozmowy wygadał się kiedyś, że liczy cycki, które wiezie. Cycki! Zabawa Denny'ego przynajmniej nie była grzeszna.

Denny podliczał wagę. Przy Dwudziestej Trzeciej wyrzucił mniej więcej dwudziestu pasażerów, a zabrał może tuzin. Strata około ośmiu. Jeśli pasażer ważył sto pięćdziesiąt funtów (tak postępowali ci, którzy budują ruchome schody, więc i Denny mógł stosować tę metodę), strata netto wyniosła tysiąc dwieście funtów, w sumie siedemset dziewięćdziesiąt trzy tysiące siedemset dziewięćdziesiąt funtów. Naturalnie tylko w przybliżeniu. Denny nigdy nie wiedział dokładnie, ilu pasażerów wsiadło lub wysiadło, gdyż pociąg był długi, a on nie miał czasu, by ich przeliczyć, więc mógł jedynie dokonywać szacunków. Był w tym jednak całkiem dobry, nawet w godzinach szczytu, gdy do wagonów wsiadały tłumy.

Miał świadomość, że głupotą jest dodawanie ciężaru wagonów, bo ten nigdy się nie zmieniał (około siedemdziesięciu pięciu tysięcy funtów dla sekcji A, wagony sekcji B-1 i B-2 ważyły nieco więcej); nie dotyczyło to natomiast ich liczby. Ale dzięki temu wyniki prezentowały się okazalej. W tej chwili na przykład, mimo że wiózł zaledwie dwustu dziewięćdziesięciu pasażerów (czterdzieści trzy tysiące pięćset funtów), z uwzględnieniem jednego funta na głowę na książki, gazety, pakunki, damskie torebki (w sumie dwieście dziewięćdziesiąt funtów), po dodaniu ciężaru dziesięciu wagonów ważących po siedemdziesiąt pięć tysięcy funtów otrzymywało się imponującą liczbę siedmiuset dziewięćdziesięciu trzech tysięcy siedmiuset dziewięćdziesięciu funtów.

Najlepszą zabawę miał Denny w godzinach szczytu, gdy pasażerowie tłoczyli się tak, że było to aż niewiarygodne. Prawdziwa akcja zaczynała się przy przesiadce z ekspresu, właśnie wtedy Denny ustanowił rekord wszech czasów. Zdaniem Zarządu Transportu do wagonu dało się wepchnąć stu osiemdziesięciu pasażerów (dwustu dwudziestu do wagonu BMT), ale było to grube niedoszacowanie. Czasem, zwłaszcza przy opóźnieniach, Denny zabierał co najmniej o dwudziestu więcej na jeden wagon: zajęte były wszystkie czterdzieści cztery miejsca i sto pięćdziesiąt pięć do stu sześćdziesięciu stojących. Wiarygodna stawała się opowieść o facecie, który zmarł na atak serca przy Union Square i musiał dojechać aż na Brooklyn, bo dopiero wtedy wysiadło wystarczająco dużo pasażerów, by mógł upaść na podłogę.

Denny Doyle się uśmiechnął. Sam opowiadał tę historyjkę, twierdząc, że zdarzyła się w jego pociągu. Gdyby była prawdziwa, to miałoby się wydarzyć w pewną godzinę szczytu przed paroma laty. Pękła rura wodociągowa, zalewając tory, i zanim pociągi znów ruszyły, na peronach zebrało się morze ludu. Zabijali się, żeby wsiąść do wagonów. Tego wieczoru Denny wiózł ponad dwustu pasażerów w każdym wagonie plus bagaż, czyli grubo ponad milion funtów!

Znów się uśmiechnął i przestawił dźwignię hamulca, wjeżdżając na stację przy Dwudziestej Ósmej Ulicy.

Tom Berry

Z zamkniętymi oczyma, rozciągnięty na siedzeniu w przedniej części wagonu, Tom Berry oddał się ufnie pociągowi. Koił go przewidywalny rytm wstrząsów i szarpnięć, i melodia dysonansowych odgłosów. Stacje przemykały za oknem miłą dla oka ruchomą plamą, a on nawet nie starał się ich liczyć. Wiedział, że wstanie przy Astor Place, powodowany siłą nawyku lub szóstym zmysłem, w jakiś sposób związanym z instynktem przetrwania, który nowojorczycy rozwijali w sobie w kolejnych fazach przepełnionej walką koegzystencji z miastem. Niczym zwierzęta w dżungli, niczym rośliny przystosowywali się, mutowali, wykształcając mechanizmy obronne i podejrzliwość, aby radzić sobie ze specyficznymi zagrożeniami. Wystarczyłoby przeciąć głowę nowojorczyka skalpelem, by odkryć zmiany w jego mózgu i układzie nerwowym nieistniejące w organizmie mieszkańca żadnego innego środowiska miejskiego na świecie.

Uśmiechnął się do swojego konceptu i zaczął go udoskonalać; obmyślał nawet frazy, którymi mimochodem go okrasi w rozmowie z Deedee. Przyszło mu do głowy, i to nie po raz pierwszy, że jest skoncentrowany na Deedee. Upadające w lesie drzewo nie wydaje żadnego dźwięku, jeśli nie ma nikogo, kto by go usłyszał. Na tej samej zasadzie nic się nie liczyło, jeśli nie podzielił się tym z Deedee.

To mogła być miłość. Jedna z etykiet, którą można przykleić całej złożoności sprzecznych i wariackich emocji, sieci, w którą oboje się uwikłali: gwałtownego pociągu seksualnego, wrogości, podziwu, czułości oraz stanu permanentnej konfrontacji. To była miłość? Jeśli tak, to opisy poetów cholernie daleko rozmijały się z rzeczywistością.

Uśmiech znikł z jego warg, a brwi się ściągnęły, gdy pomyślał o wczorajszym popołudniu. Wbiegał schodami metra po trzy stopnie i niemal wpadł pędem do dziwacznej meliny Deedee, z sercem bijącym z podniecenia na myśl o tym, że za chwilę ją zobaczy. Otworzyła mu drzwi, gdy zapukał (dzwonek był zepsuty od trzech lat) i natychmiast wykonała w tył zwrot ruchem precyzyjnym jak żołnierz w czasie musztry.

Został przy drzwiach, jego usta zamarły w połowie drogi do uśmiechu. Nawet w chwili zaskoczenia i nadciągającego wybuchu gniewu oszołomiła go i nie pomogło przebranie usilnie maskujące jej urodę: dżinsy z poszarpaną dziurą tuż nad kolanami, okulary w stalowych oprawkach, lśniące kasztanowe włosy odgarnięte na boki i pozostawione same sobie.

Popatrzył na zadumane oczy i wysuniętą wargę.

— Cofasz się w rozwoju. Znam tę minę, odkryłaś ją w wieku trzech lat.

— Daje o sobie znać twoja edukacja uniwersytecka — zauważyła Deedee.

— Szkoła wieczorowa.

— Szkoła wieczorowa. Ziewający uczniowie i wykładowca w pomiętym garniturze, spocony z nudów.

Ruszył w jej stronę, uważając, by nie zawadzić podeszwą o wyleniały i podarty chodnik zakrywający deski, które unosiły się, a potem opadały, jak gdyby wypaczyło je trzęsienie ziemi. Uśmiechał się, ale bez radości.

— Burżuazyjna pogarda dla klasy niższej — rzekł Tom. — Niektórych ludzi nie stać na dzienne studia.

— Ludzie. Ty nie jesteś ludźmi, tylko wrogiem ludzi.

Gniew na twarzy Deedee podniecił go przewrotnie (a może nie przewrotnie, wziąwszy pod uwagę to, jak cienka linia oddziela miłość od nienawiści, namiętność i gniew). Doznał erekcji. Czując, że świadomość tego da jej przewagę, odwrócił się i skierował ku przeciwnej stronie pokoju. Pomarańczowe kratkowe regały na książki stały w pijackim przechyle. Pogrubiały od farby gzyms był zastawiony książkami, a na niedziałającym kominku poniżej także piętrzyły się książki. Abbie Hoffman, Jerry Rubin, Marcuse, Fanon, Cohn-Bendit, Cleaver — dyżurni prorocy i filozofowie Ruchu.

Głos Deedee popłynął przez całą szerokość pokoju:

— Nie zamierzam się więcej z tobą spotykać.

Wyczuł pieczołowicie zniuansowany ton, spodziewał się go.

— Myślę, że powinnaś zmienić nazwisko — odparł, nie odwracając się.

Chciał zbić ją z tropu, kierując rozmowę na nieistotny temat. Gdy tylko wypowiedział te słowa, dostrzegł ich dwuznaczność i wiedział, że Deedee niewłaściwie je odczyta.

— Nie jestem zwolenniczką małżeństwa — odparła. — A nawet gdybym nią była, prędzej zamieszkałabym z byle kim... niż wyszła za wieprza.

Stanął twarzą do niej, opierając się plecami o gzyms.

— Nie proponowałem małżeństwa. Miałem na myśli twoje imię. Deedee. Jest zbyt ładne i frywolne jak na rewolucjonistkę. Rewolucjoniści nie powinni nosić nonsensownych imion. Stalin, stalowy. Lenin, Mao, Che... twarde, dialektyczne nazwiska.

— Na przykład Tito?

Tom parsknął śmiechem.

— Punkt dla ciebie. Nawet nie wiem, jakie jest twoje prawdziwe imię.

— A co za różnica? — spytała, wzruszając ramionami. — Doris. Nienawidzę go.

Nienawidziła wielu rzeczy: establishmentu, systemu politycznego, męskiej dominacji, wojen, ubóstwa, glin, a zwłaszcza ojca, bogatego księgowego, który zapewniał jej jedwabie, satyny, miłość, koronki zębów, wykształcenie na elitarnej uczelni, ojca, który prawie — choć nie do końca — rozumiał ją i jej obecne potrzeby i od którego, ku jego wielkiemu utrapieniu, przyjmowała obecnie pieniądze tylko w razie konieczności. Nie myliła się przeraźliwie we wszystkim, co myślała i czuła, lecz niezborność jej poglądów męczyła Toma. Jeśli nienawidzi ojca, nie powinna brać od niego forsy w żadnym wypadku, a jeśli nienawidzi gliniarzy, nie powinna sypiać z jednym z nich.

Zaczerwieniła się, wyglądała bardzo ładnie i jakoś tak bezbronnie.

— No dobrze, co takiego zrobiłem? — spytał łagodnie Tom.

— Nie próbuj mnie nabierać na tę fałszywą niewinność. Dwoje moich znajomych było w tłumie i widziało zajście. Zmasakrowaliście niewinnego czarnoskórego faceta.

— Aha. Tak. A więc na tym polega moja wina?

— Moi znajomi byli tam, na St. Marks Place, i opowiedzieli mi dokładnie przebieg wydarzeń. Niespełna pół godziny po tym, jak wyszedłeś ode mnie... z mojego łóżka, ty draniu... wróciłeś do starych nawyków. Brutalnie pobiłeś czarnego mężczyznę, który nie robił nic złego.

— Nie powiedziałbym, że nie robił nic złego.

— Oddawał mocz na ulicy. Czy to zbrodnia?

— Nie tylko oddawał mocz na ulicy. Oddawał go na kobietę.

— Białą kobietę?

— Co za różnica, jakiego koloru miała skórę? Nie chciała, żeby na nią sikano. I nie mów mi, że był to akt o symbolice politycznej. Ten podły skurczybyk dręczył kobietę, sikając na nią.

— Więc sprałeś go na kwaśne jabłko.

— Czyżby?

— Nie zaprzeczaj. Moi znajomi widzieli całe zajście, a oni umieją ocenić brutalność policji.

— Jak opisali to, co się stało?

— Czy ty nie rozumiesz, że nic nie budzi takiej agresji w białym rasiście jak widok czarnego penisa, tego uniwersalnego zagrożenia, jakim jest większa potencja?

— Jakoś nie emanował szczególną potencją. Był dosyć mocno skurczony od zimna.

— Nie o to chodzi.

— Słuchaj, nie byłaś tam — rzekł cierpliwie Berry. — Nie widziałaś, co się działo.

— Moi znajomi widzieli.

— Dobrze. Czy twoi znajomi widzieli, że wyciągnął na mnie nóż?

Spojrzała nań z przyganą.

— Wiedziałam, że właśnie coś takiego powiesz.

— Twoi znajomi nie widzieli tej części zajścia? A byli tam, tak? No cóż, ja też tam byłem. Widziałem, co się dzieje, i interweniowałem...

— Jakim prawem?

— Jestem gliną — odparł zdesperowany. — Płacą mi za pilnowanie porządku. No dobrze, jestem przedstawicielem aparatu represji. Ale czy powstrzymywanie kogoś przed sikaniem na inną osobę zalicza się do represji? Prawa tego śmiecia nie zostały ograniczone, a prawa tej kobiety... jak najbardziej. Konstytucja stanowi, że każdy człowiek jest wolny i nie musi znosić sikania na siebie. Musiałem więc wkroczyć. Interweniowałem w imię konstytucji.

— Przynajmniej powstrzymaj się od żartów.

— Odepchnąłem go od tej kobiety, kazałem się zapiąć i wynosić. Owszem, zapiął się, ale nie wyniósł. Dobył noża i rzucił się na mnie.

— Nie uderzyłeś go?

— Pchnąłem go. To nawet nie było pchnięcie. Szturchnąłem go, żeby się ruszył.

— Nadużyłeś siły.

— To on nadużył siły. Ruszył na mnie z nożem. Odebrałem mu go i w trakcie walki złamałem nadgarstek.

— Czy złamanie komuś nadgarstka nie jest nadużyciem siły? Nie mogłeś odebrać mu noża, nie łamiąc nadgarstka?

— Nie chciał go wypuścić i wciąż usiłował mnie dźgnąć, więc złamałem mu nadgarstek. Mogłem ewentualnie pozwolić, by wbił we mnie nóż, a nie zamierzam tego robić w imię poprawy stosunków społecznych.

Deedee patrzyła na niego ze zmarszczonym czołem.

— Ani po to, by sprawić frajdę mojej dziewczynie i pozostać w zgodzie z jej niedowarzonymi radykalnymi przekonaniami.

— Niech cię szlag! — Skoczyła w jego stronę z zaskakującą szybkością. — Wynoś się stąd, ty świnio! Świnia!

Tom nie docenił impetu, z jakim się na niego rzuciła. Odbił się od gzymsu tak mocno, że ten aż się zatrząsł. Śmiejąc się, usiłował złapać ją za ręce, ale znowu go zaskoczyła. Złożyła dłoń w pięść i rąbnęła go w brzuch. Nie sprawiła mu bólu, ale zgiął się w odruchu obronnym. Wyprostowawszy się, chwycił ją za ramiona i zaczął potrząsać. Zazgrzytały zęby. Zobaczył w jej oczach wściekłość, chciała kopnąć go kolanem w podbrzusze. Skręcił ciało, a potem ścisnął jej kolano między udami. Ponownie dostał erekcji. Deedee wyczuła to, przestała się szamotać i spojrzała nań ze zdumieniem.

Wylądowali w łóżku.

Podczas szczytowania, prężąc się pod nim z załzawionymi policzkami, wyszeptała: „Świnia. Świnka, moja świnia...".

Jak zwykle nie pozwoliła mu pocałować się na pożegnanie ani nawet dotknąć po tym, jak zapiął pas z bronią. Ale nie poprosiła też, jak to miała w zwyczaju, by pozbył się pistoletu, albo — co jej zdaniem byłoby jeszcze lepsze — wymierzył go w swoich panów.

Tom uśmiechnął się i z namysłem dotknął wybrzuszenia broni, która przylegała do gołej skóry. Pociąg zatrzymał się; Tam rozchylił minimalnie powieki, by zobaczyć, jaka to stacja. Dwudziesta Ósma. Jeszcze trzy przystanki, spacer przez cztery przecznice, a później wspinaczka na piąte piętro... Czy pociągała go perwersja ich związku? Pokręcił głową. Nie. Tęsknił za Deedee aż do bólu. Tęsknił za jej dotykiem, a nawet gniewem. Znów się uśmiechnął do wspomnienia i oczekiwania, drzwi pociągu otworzyły się z hałasem.

Ryder

Czekając na przybycie Pelham One Two Three, Ryder bez zaciekawienia przyglądał się tym, którzy ustawili się na początku. Czwórka chorobliwie ambitnych. Młody czarnoskóry z dreadami na głowie i śmiercionośnym spojrzeniem. Portorykańczyk, chudy, niewymiarowy, ubrany w upaprane zielone moro. Prawnik — w każdym razie facet wyglądający na prawnika — z aktówką, o przenikliwym wzroku, stojący w pozie człowieka knującego kolejny podstęp. Chłopak w wieku około siedemnastu lat, z podręcznikami, spuszczona głowa, twarz rozogniona opryszczką. Czwórka. Nie czterech ludzi, tylko cztery jednostki, myślał Ryder. Może to, co się stanie, wyleczy ich z przerostu ambicji.

Na torach pojawił się Pelham One Two Three. Bursztynowe i białe światła na górze wyglądały jak para niedopasowanych oczu. Znajdujące się poniżej modułowe reflektory, prawdziwe oczy pociągu, za sprawą jakiegoś zjawiska optycznego chwiały się niczym płomień świecy na wietrze. Jak zwykle wydawało się, że pociąg nadjeżdża za szybko i nie zdoła się zatrzymać. Tymczasem zatrzymał się płynnie. Przodownicy skierowali się ku pierwszym drzwiom i wsiedli. Wystrojony Murzyn ruszył ku początkowi wagonu, pozostali wybrali tył. Ryder podniósł walizki, trzymając je odrobinę niezgrabnie w lewej ręce; jego ramię ugięło się pod ciężarem. Ruszył bez pośpiechu, trzymając prawą rękę w kieszeni płaszcza na kolbie pistoletu.

Maszynista wyglądał przez okno, patrząc na peron, obserwując wsiadających pasażerów. Był w średnim wieku, miał czerstwą twarz i srebrzystą siwiznę. Ryder oparł się ramieniem o ścianę pociągu i w tej samej chwili, w której maszynista zdał sobie sprawę, że ktoś zasłania widok, przyłożył mu do głowy lufę pistoletu.

Czy to na widok broni, czy za sprawą siły uderzenia bądź zaskoczenia, maszynista szarpnął raptownie głową i uderzył się o ramę okna. Ryder zgiął rękę i tym razem z większą ostrożnością przystawił lufę do policzka maszynisty, dokładnie pod jego prawym okiem.

— Otwórz drzwi kabiny — powiedział Ryder tonem pozbawionym wszelkiej intonacji. Małe niebieskie oczy maszynisty łzawiły, wydawał się oszołomiony. Ryder przycisnął mocniej pistolet, czując pod nim miękkość skóry policzka. — Słuchaj uważnie. Otwórz drzwi albo cię zabiję.

Maszynista skinął głową, ale się nie poruszył. Był jak sparaliżowany. Jego rumiana skóra poszarzała.

— Powtórzę to jeszcze raz, a potem rozwalę ci łeb — rzekł powoli Ryder. — Otwieraj drzwi kabiny. Nie wykonuj żadnych innych ruchów ani nic nie mów. Otwórz drzwi w tej chwili. Już.

Lewa ręka maszynisty poruszyła się, dotknęła stalowych drzwi i powędrowała po nich, aż wyczuła klamkę. Drżące palce zdołały ją obrócić, cichutkie stuknięcie oznajmiło, że zamek został zwolniony. Drzwi się otwarły, a Longman, który czekał tuż obok, wsunął się do kabiny, wnosząc paczkę. Ryder odsunął broń od twarzy maszynisty i włożył ją do kieszeni płaszcza. Wniósł do środka bagaże. Gdy tylko wszedł, drzwi wagonu się zamknęły. Poczuł, jak ocierają się o jego plecy.

3

Bud Carmody

— Odwróć się, chcę ci coś pokazać — rozległ się głos. Drzwi wagonów były otwarte, a Bud Carmody wychylał się przez okno, obserwując peron stacji przy Dwudziestej Ósmej Ulicy. Głos dochodził zza jego pleców. W następnej chwili coś szturchnęło go w dolną część kręgosłupa.

— To jest pistolet — usłyszał. — Wsuń głowę do środka i powoli się odwróć.

Bud odwrócił się. Wciąż czuł nacisk lufy, która teraz tkwiła na jego żebrach. Stał twarzą w twarz z siwym krępym mężczyzną, który wsiadł do wagonu z wielkim pudłem na kwiaty.

— O co chodzi? — spytał niepewnie Bud.

— Rób dokładnie to, co każę. Jeśli nie, będzie bolało. Nie stawiaj mi się. — Napastnik przekręcił broń, tak że muszka wpiła się w skórę na żebrach konduktorowi. Ten krzyknął z bólu. — Będziesz robił dokładnie to, co każę?

— Tak, ale nie mam pieniędzy. Nie rób mi krzywdy.

Bud starał się nie patrzeć tamtemu w oczy, ale stali tak blisko, że nie mógł tego uniknąć. Twarz mężczyzny była szeroka; miał śniadą cerę i niebieskawy zarost. Na pewno golił się dwa razy dziennie, jeśli chciał, by skóra pozostała gładka. Jasnobrązowe oczy były do połowy ukryte za opadającymi nisko powiekami. Nie stanowiły bramy duszy, choć tak mówi się o oczach. Bud nie potrafił sobie wyobrazić, żeby te oczy zdradzały jakiekolwiek uczucie, a zwłaszcza litość.

— Wyjrzyj przez okno — rzekł mężczyzna. — Sprawdź, czy wszyscy pasażerowie wsiedli do ostatnich wagonów, a jeśli na peronie nikt nie został, zamknij drzwi. Drzwi wagonów w pierwszej części mają pozostać otwarte. Zrozumiałeś?

Bud skinął głową. W ustach zaschło mu tak bardzo, że nie powiedziałby słowa, nawet gdyby chciał, więc tylko kiwnął głową trzy lub cztery razy.

— Do roboty! — rozkazał napastnik. Przystawił pistolet do pleców Buda, gdy ten się odwrócił i wyjrzał przez okno. — Peron pusty? — zapytał. Konduktor potwierdził skinieniem głowy. — No to zamykaj.

Bud nacisnął klawisz i drzwi tylnych wagonów zamknęły się i zablokowały.

— Nie ruszaj się — rzekł napastnik, wysuwając głowę przez okno obok Buda.

Było ciasno, ale tamten zdawał się tego nie zauważać lub nie robiło mu to różnicy. Choć spoglądał ku przedniej części pociągu, Bud poczuł na policzku jego oddech. Ktoś stał przed kabiną maszynisty i mówił coś zwrócony do okna. Wyglądało to naturalnie, ale Bud wiedział, że mężczyzna współdziała z tym, który trzyma go na muszce. Zauważył, że tamten się prostuje.

— Jak tylko zobaczysz, że wsiada, masz zamknąć pozostałe drzwi — polecił napastnik. Mężczyzna stojący na peronie wsiadł do wagonu. — Zamykaj.

Palce Buda już spoczywały na tablicy. Nacisnął mocno, drzwi się zasunęły, zapaliły się kontrolki.

— Wejdź dalej — rzekł napastnik. Znów stali naprzeciwko siebie twarzą w twarz. Mężczyzna szturchnął Buda lufą. — Ogłoś następną stację.

Bud nacisnął klawisz przekaźnika i przemówił do mikrofonu.

— Dwudziesta Trzecia Ulica, Dwudziesta... — Głos uwiązł mu w ściśniętym gardle i nie zdołał dokończyć.

— Powtórz i tym razem lepiej się postaraj.

Bud odchrząknął i zwilżył językiem wargi.

— Dwudziesta Trzecia Ulica, następny przystanek.

— Dobrze. Teraz przejdziesz do pierwszego wagonu.

— Mam przejść do pierwszego wagonu?

— Tak. Masz iść i nie zatrzymywać się, aż dojdziesz do pierwszego wagonu. Będę szedł za tobą z pistoletem w kieszeni. Jeśli zrobisz jakiś numer, strzelę ci w plecy. Prosto w kręgosłup.

W kręgosłup. Bud zadrżał. Wyobraził sobie stalowy pocisk rozrywający kręgosłup, na którym wspiera się całe ciało. Runąłby na ziemię, ostre jak brzytwa odłamki kręgów wbiłyby się w mięśnie, w organy wewnętrzne...

— Ruszaj! — rzucił mężczyzna.

Wychodząc z przedziału, Bud otarł się o pudło z kwiatami. Odruchowo wyciągnął ręce, żeby się nie przewróciło, ale było zaskakująco stabilne i prawie nie drgnęło. Odwrócił się w prawo i otworzył drzwi przejściowe. Napastnik podążył za nim. Bud zawahał się przez chwilę na płytach progowych, a następnie otworzył drugie drzwi i wszedł do kolejnego wagonu. Nie słyszał za sobą kroków, ale wiedział, że tamten idzie za nim zgodnie z zapowiedzią i że trzyma dłoń na pistolecie w kieszeni, gotowy w każdej chwili roztrzaskać mu kręgosłup niczym suchą gałązkę. Bud patrzył prosto przed siebie, przechodząc z jednego wagonu do drugiego.

Pociąg ruszył.

Longman

Longmanowi lekko kręciło się w głowie, gdy czekał, aż otworzą się drzwi kabiny. Nie miał pewności, czy w ogóle się otworzą. Rozpaczliwie uchwycił się myślą tej ewentualności. Może Ryder, którego stracił już z oczu, zmieni zdanie, może zdarzy się coś nieprzewidzianego i wszystko stanie w miejscu.

Wiedział jednak z taką samą pewnością, z jaką potrafił ocenić głębokość swojego strachu, że Ryder nie zmieni zdania i że jeśli zajdą jakieś nieprzewidziane okoliczności, zdoła sobie z nimi poradzić.

Chłopcy spoglądali na niego, uśmiechając się nieśmiało; oczekiwali, że okaże wyrozumiałość, a nawet aprobatę dla ich zabawy. Ich niewinna ufność poruszyła go i zaczął się uśmiechać, choć jeszcze przed chwilą myślał, że nie jest do tego zdolny. Zareagował ciepłem na ciepło i rozluźnił się, lecz w tym samym momencie usłyszał chrobot za drzwiami kabiny maszynisty.

Mechanizm zamka został zwolniony. Longman zawahał się przez ułamek sekundy, walcząc z panicznym impulsem, który kazał mu rzucić wszystko i uciekać. Podniósł paczkę, chwyciwszy ją za sznurek, i wszedł do kabiny. Zasuwając za sobą drzwi, zobaczył, że ręka i pistolet Rydera znikają w oknie. Niezręcznie sięgnął po broń, przypomniawszy sobie z poczuciem winy, że w tym momencie powinien trzymać ją w dłoni. Przyłożył broń do boku maszynisty. Ten zalewał się potem. Obaj jesteśmy mokrzy, za chwilę będzie tu śmierdziało jak w szatni sportowej.

— Pozbądź się tego krzesełka — rzekł, a maszynista spełnił polecenie w niemal komicznym tempie, podskakując i z trzaskiem składając krzesło. — A teraz przesuń się do okna.

Usłyszał lekkie stuknięcie w drzwi. Przesuwając dźwignię zamka, zauważył, że palą się kontrolki. Ryder otworzył drzwi, ustawił swój bagaż na paczce Longmana i wcisnął się do środka. W kabinie zrobiło się ciasno, ledwo starczało miejsca, żeby się obrócić.

— Ruszaj! — rozkazał Ryder.

Longman przysunął się do maszynisty, żeby mieć swobodny dostęp do tablicy. Wyciągnął ręce w stronę przyrządów.

— Pamiętaj, co ci powiedziałem — rzucił do maszynisty. — Jeśli dotkniesz nogą pedału mikrofonu, odstrzelę ci ją.

Maszynista myślał tylko o tym, żeby dożyć emerytury, lecz Longman mówił z myślą o Ryderze. Miał uprzedzić maszynistę, żeby nie uruchamiał mikrofonu za pomocą pedału, ale o tym zapomniał. Zerknął na Rydera, oczekując znaku aprobaty, lecz twarz Rydera pozostała bez wyrazu.

— Ruszaj — powtórzył Ryder.

Tego się nie zapomina, tak jak jazdy na rowerze czy pływania. W zupełnie naturalny sposób lewa ręka Longmana powędrowała do drążka, a prawa do hamulca. Zdziwił się, bo dotknięcie dźwigni hamulca wywołało w nim nieznaczne poczucie winy. Dźwignia hamulca to rzecz bardzo osobista. Każdy maszynista dostaje ją pierwszego dnia pracy i zatrzymuje. Przynosi ją codziennie ze sobą, a później zabiera. W pewnym sensie jest to jego urzędowa odznaka.

— Pan nie umie prowadzić — powiedział z przestrachem maszynista.

— Nie bój się, nie rozwalę ci pociągu — uspokoił go Longman.

Mocnym ruchem, tak aby wyłączyć czuwak, urządzenie automatycznie zatrzymujące pociąg w razie nagłego zasłabnięcia maszynisty, Longman przesunął drążek w lewo i pociąg ruszył. Wjechał do tunelu ze ślimaczą prędkością pięciu mil na godzinę. Miał jeszcze w pamięci światła sygnalizacyjne i nie musiał o tym myśleć. Zielone, zielone, zielone, bursztynowe, czerwone. Jego ręka pieściła gładki metal drążka. Z nagłym dreszczem uzmysłowił sobie, jak wspaniale byłoby szarpnąć drążkiem w górę i poczuć, jak pociąg pędzi przez tunel z prędkością pięćdziesięciu mil na godzinę, zobaczyć migające ściany i światła rozmyte niczym gwiazdy. Nawet nie dotyka hamulca, a pociąg wpada z impetem na następną stację...

Ale to miała być tylko krótka przejażdżka, toteż nie zdejmował ręki z drążka. Odjechali od stacji na trzy długości składu pociągu. Longman przesunął drążek do przodu i włączył hamulec. Pociąg się zatrzymał. Maszynista spojrzał na Longmana.

— Płynne hamowanie, co? — rzucił Longman, który przestał się pocić i czuł się doskonale. — Żadnych szarpnięć i wstrząsów.

Maszynista uśmiechnął się szeroko, reagując na przyjazny ton głosu Longmana. Wciąż jednak obficie się pocił, jego prążkowany kombinezon zrobił się ciemniejszy. Ze starego nawyku Longman zerknął na światła: zielone, zielone, zielone, bursztynowe. Przez otwarte okno kabiny wpadał dobrze znany zapach tłuszczu i wilgoci.

— Powiedz mu, czego chcesz.

Głos Rydera sprowadził go na ziemię.

— Zabieram rączkę hamulca, klucz biegu wstecznego i twój klucz odcinający — rzekł Longman do maszynisty. Wyjął klucz biegu wstecznego z pojemnika i wyciągnął rękę. Maszynista niechętnie, lecz bez słowa wydobył klucz odcinający z bufiastych kieszeni kombinezonu. — Wychodzę z kabiny — oznajmił zadowolony, że powiedzenie tego przyszło mu z taką łatwością. Nic nie kombinuj.

— Nie będę — odparł maszynista. — Naprawdę, daję słowo.

— I tego się trzymaj — poradził Longman. Miał poczucie wyższości nad maszynistą. Irlandczyk, ale miękki, nie wojownik. Miał takiego pietra, że prawie posikał się w portki. — I pamiętaj, co powiedziałem o radiu.

— No dobra — odezwał się Ryder.

Longman schował rączkę hamulca i masywne klucze do kieszeni płaszcza. Przecisnął się obok Rydera i pakunków i wysiadł z kabiny maszynisty. Dwaj chłopcy spoglądali na niego z podziwem. Uśmiechnął się, puścił do nich oko i ruszył w stronę końcowej części pociągu. Jeden czy dwóch pasażerów zerknęło na niego, gdy przechodził, ale bez zainteresowania.

Ryder

— Odwróć się — polecił Ryder. — Stań twarzą do okna. Maszynista spojrzał na niego z obawą.

— Proszę...

— Rób, co mówię.

Maszynista powoli odwrócił się do okna. Ryder zdjął rękawiczkę, wsunął do ust zakrzywiony palec i wyjął kłębki gazy lekarskiej spod górnej i dolnej wargi, a potem z obu policzków. Ścisnął je w kulkę i wsunął do lewej kieszeni płaszcza. Z prawej wyjął obcięty kawałek nylonowej pończochy. Zdjął czapkę, wciągnął pończochę na głowę i nasunąwszy otwory na oczy, ponownie włożył czapkę.

Przebranie stanowiło ustępstwo na rzecz Longmana. Ryder twierdził, że poza maszynistą i konduktorem nikt w pociągu nie zauważy członków grupy, zanim włożą maski. A nawet gdyby ktoś ich zauważył, to i tak wiadomo — policjanci przyznaliby to jako pierwsi — że niewyszkoleni ludzie notorycznie się mylą, podając czyjś rysopis. Gdyby jednak maszynista i konduktor spisali się nieco lepiej, portret pamięciowy nie stanowił zagrożenia. Mimo to Ryder nie sprzeciwił się Longmanowi, wykluczył jedynie wymyślne przebrania. Wyszło na to, że Longman włożył okulary, Steever białą perukę, Welcome przykleił sobie wąsy i baki, a Ryder za pomocą gazy zaokrąglił nieco swoją szczupłą twarz.

Dotknął lekko ramienia maszynisty.

— Możesz się już odwrócić.

Maszynista zerknął na maskę, a następnie umknął wzrokiem w bok, w ten niezręczny sposób demonstrując brak zainteresowania wyglądem Rydera. Ten pomyślał cierpko, że można to uznać za życzliwy gest.

— Wkrótce odezwą się do ciebie przez radio z centrali. Nie odpowiadaj. Zrozumiałeś?

— Tak, proszę pana — odparł z powagą maszynista. — Obiecałem tamtemu, że nie dotknę radia. Będę z wami współpracował. — Zrobił krótką pauzę. — Chcę żyć.

Ryder nie odpowiedział. Widoczny przez szybę słabo oświetlony tunel biegł w dal; tylko jaskrawe światła sygnalizacyjne rzucały się w oczy. Ryder spostrzegł, że Longman zatrzymał pociąg mniej niż dziesięć kroków od światła sygnalizującego blok zasilania awaryjnego.

— Mogą mówić, co chcą — dodał maszynista. — Ja jestem głuchy.

— Siedź cicho — rzekł Ryder.

Upłynie jeszcze jedna lub dwie minuty, nim zaniepokojona wieża Grand Central przekaże do centrali wiadomość „Wszystkie światła wskazują tor wolny, pociąg stoi". Dla Rydera była to jałowa chwila; nie miał nic do roboty, pozostawało mu tylko pilnować, żeby maszynista był grzeczny. Welcome stał na posterunku przy tylnych drzwiach działowych, Longman zmierzał do kabiny maszynisty na końcu składu, a Steever i konduktor najprawdopodobniej szli ku jego przedniej części. Ryder instynktownie ufał Steeverowi, choć ten miał mniej rozumu od dwóch pozostałych. Longman był inteligentnym tchórzem, a Welcome niebezpiecznym narwańcem. Nic im nie grozi, jeśli wszystko pójdzie gładko. Jeśli nie, wówczas wyjdą na jaw ich słabości.

— Centrala do Pelham One Two Three. Centrala do Pelham One Two Three. Odbiór.

Stopa maszynisty odruchowo podążyła w stronę pedału, którym można było włączyć mikrofon. Ryder kopnął go w kostkę.

— Przepraszam, to był odruch. Noga sama... — Głos maszynisty zamarł, a jego twarz wyrażała żal tak głęboki, że można go było wziąć za wyrzuty sumienia.

— Pelham One Two Three, słyszysz mnie? — Nastąpiła krótka pauza. — Pelham One Two Three, odezwij się. Pelham One Two Three, odbiór.

Ryder zamknął się na głos płynący przez radio. Longman jest już w kabinie na końcu składu, drzwi są zamknięte, rączka hamulca, klucz biegu wstecznego i klucz odcinający tkwią na swoich miejscach. Oddzielenie wagonu od reszty składu, nawet jeśli Longman wyszedł z wprawy, potrwa mniej niż minutę...

— Koordynator do Pelham One Two Three. Słyszysz mnie? Odezwij się, Pelham One Two Three... Pelham One Two Three, odezwij się!

Maszynista spojrzał błagalnie na Rydera. Na krótką chwilę poczucie obowiązku, a może obawa przed konsekwencjami dyscyplinarnymi wzięła górę nad strachem przed śmiercią. Ryder z niewzruszoną miną pokręcił głową.

— Pelham One Two Three. Pelham One Two Three, gdzie ty, kurwa, jesteś?

Longman

Mijane przez Longmana twarze pasażerów zlewały się w bezpostaciową masę. Nie śmiał na nie patrzeć, obawiając się, że zwróci na siebie uwagę. Nie pomogły nawet zapewnienia Rydera, że musiałby paść plackiem na podłogę, żeby go zauważyli. („A nawet wtedy większość udałaby, że nic się nie stało"). Welcome obserwował, jak się zbliża z krzywym uśmieszkiem. Longman jak zwykle poczuł nerwowość na jego widok. Welcome był świrem, pomyleńcem. Czy ktoś słyszał, żeby mafia wyrzuciła swojego człowieka za niesubordynację?

Uśmiech zniknął z twarzy Welcome'a, gdy Longman znalazł się przed nim. Ani drgnął, stojąc na wprost drzwi, i przez chwilę Longman myślał, że go nie przepuści. Strach skoczył w nim jak słupek rtęci w termometrze. Jednakże Welcome usunął się i z drwiącym uśmiechem otworzył drzwi. Longman wziął głęboki oddech i przeszedł.

W przejściu między wagonami stanął, wyobrażając sobie to, co znajdowało się pod stalowymi płytami: grube kable przewodzące prąd z wagonu do wagonu oraz precyzyjne łączniki. Drzwi następnego wagonu otwarły się, pojawił się w nich Steever. Obok niego stał konduktor, młody i przestraszony. Steever podał Longmanowi klucz, który wziął od konduktora. Longman otworzył drzwi kabiny i wszedł do środka. Zamknął drzwi na klucz i zaczął uzbrajać deskę rozdzielczą. Umocował rączkę hamulca, a potem wyłowił z kieszeni klucz biegu wstecznego. Był to przyrząd długości około pięciu cali, o lśniącej powierzchni; przypominał klucz płaski i pasował do otworu na płaskiej części drążka. W zależności od jego położenia pociąg porusza się do przodu lub do tyłu. Na koniec włożył na swoje miejsce klucz odcinający, podobny do klucza biegu wstecznego, lecz z nieco mniejszą głowicą.

Maszynista rzadko ma okazję odłączać wagon od składu i używać biegu wstecznego poza zajezdnią, ale jest to nieskomplikowana czynność. Longman przekręcił klucz odcinający i łączniki między pierwszym i drugim wagonem otwarły się. Przesunął klucz biegu wstecznego, a następnie, przyciskając czuwak, ustawił drążek na przełączanie. Otwarte łączniki rozwarły się płynnie i dziewięć wagonów pociągu ruszyło do tyłu. Longman przejechał około stu pięćdziesięciu stóp i delikatnie zahamował. Zdjął rączkę hamulca i dwa klucze, wsunął je do kieszeni i wyszedł z kabiny.

Tu i ówdzie pasażerowie wiercili się zniecierpliwieni opóźnieniem, które przedłużyło się do kilku minut, lecz nikt nie wyglądał na zaalarmowanego. Wydawało się, że nie zaniepokoiła ich jazda do tyłu. Ale wieża kontrolna zaniepokoi się bez dwóch zdań. Longman wyobrażał sobie, co tam się dzieje.

Steever trzymał otwarte drzwi. Longman stanął na płycie progowej, przykucnął i zeskoczył na betonowe podłoże. To samo zrobił konduktor, a następnie Steever. Szybkim krokiem przeszli tunelem do pierwszego wagonu. Welcome otworzył drzwi, stanął na progu i wyciągnął rękę, by pomóc im wsiąść.

Longman ucieszył się, widząc, że Welcome nie próbuje się wygłupiać.

4

Caz Dolowicz

Otyły i pulchny Caz Dolowicz, ubrany w garnitur ciasno opinający brzuch, szybko przesuwał się przez tłum ludzi wchodzących do terminalu Grand Central i wychodzących na zewnątrz. Bekał niemal przy każdym kroku, nie otwierając ust; bekanie przynosiło mu ulgę, gdyż gazy zgromadzone w żołądku powodowały ucisk w sercu. Jak zwykle zjadł zbyt obfity lunch i jak zwykle udzielił sobie przestrogi, że pewnego dnia przyjdzie mu pożałować nadmiernego apetytu. Miał na myśli to, że kiedyś z tego powodu umrze. Śmierć nie napawała Caza zbytnią trwogą, irytowało go jedynie to, że taki rozwój wypadków pozbawi go możliwości pobierania emerytury. I to wszystko.

Kilka kroków za budką Nedicka — rozpływała się z niej woń pieczonych frankfurterek, która godzinę temu nęciła go, a teraz przyprawiała o mdłości — przecisnął się przez niepozorną bramę z napisem: DO BIURA SUPERA i przemaszerował obok rampy; stały na niej dziewięciostopowej wysokości beczki z odpadami pochodzącymi z dworca Grand Central. Kiedyś przyjedzie pociąg i robotnicy wtoczą beczki do wagonów, ale na razie ich smród przyciągał zastępy szczurów. Dolowicz jak zawsze zdziwił się, że niezamknięta brama nie budzi ciekawości przechodniów. Tylko czasem jakiś pijak wtoczył się do środka, szukając kibla albo Bóg wie czego. Tym lepiej, bo dzięki temu cywile nie włazili do wieży, żeby zadawać kretyńskie pytania.

Wchodząc do tunelu, zastanawiał się, ilu ludzi — również wśród pracowników — wie, że jest to dawny szlak kolejowy. Tory zostały zdemontowane, lecz szlak pozostał. Idąc ciężkim równym krokiem, Dolowicz dostrzegał tu i ówdzie błysk oka. Nie były to ślepia szczurów, tylko kotów mieszkających w tunelu. Koty nigdy nie widziały blasku słońca i polowały na szczury, których tysiące roiło się w podziemnym przejściu. „Szczury są tak wielkie, że mogą wziąć cię do pyska i zanieść do kryjówki", oznajmili mu poważnym tonem nowi koledzy, gdy pierwszy raz przyszedł do pracy w dyspozytorni. Nie były jednak tak wielkie jak te, które zamieszkiwały ponoć w hali grzewczej stacji Penn-Central. Nigdy ich nie widział. Wszyscy znali jednak opowieść o facecie, który, uciekając przed policją, zabłądził do hali i zgubił się w labiryncie podziemnych korytarzy. Szczury pożarły go w całości.

Dolowicz ujrzał pociąg pędzący prosto na niego i z uśmiechem szedł dalej. Był to ekspres zmierzający na północ; po chwili skręcił w bok. Dwanaście lat temu, gdy rozpoczynał pracę w wieży, nikt nie uprzedził go o ekspresie i na jego widok Dolowicz rzucił się do kanału. Wciąż sprawiało mu przyjemność, gdy prowadząc nowego przez tunel, widział, jak ten reaguje na widok wynurzającego się z mroku ekspresu.

Przed tygodniem oprowadzał paru gliniarzy kolejowych z Tokio, więc nadarzyła się okazja, by na własne oczy zobaczyć tak zwany orientalny stoicyzm. I zobaczył. Na widok pociągu Japończycy wrzeszczeli i szukali ratunku tak jak każdy. Szybko jednak doszli do siebie i pół minuty później zaczęli kląć na smród. „No cóż, jesteśmy w tunelu, a nie w ogrodzie botanicznym", rzekł im Dolowicz. Wieża też nie przypadła im do gustu; oświadczyli, że jest ponura i nieciekawa. Dolowicz był zdania, że plotą bzdury. Rzeczywiście było to długie, wąskie pomieszczenie z paroma biurkami, telefonami i ubikacją. Ale, jak powiadają, piękno tkwi w oku patrzącego, a piękno wieży zawierało się w schemacie modelowym umieszczonym wysoko na ścianie. Za pomocą świecących kolorowych linii, naniesionych na mapę ze szlakami i stacjami, pokazywał trasy i ruch wszystkich pociągów kursujących w tym sektorze.

Dolowicz wdrapał się po schodach i wszedł do dyspozytorni, centrum kontrolnego, którym zawiadował przez osiem godzin dziennie. Dyspozytornia. Oficjalna nazwa brzmiała: „Ośrodek Kontroli Ruchu", ale nikt jej nie używał. Była to wieża albo dyspozytornia. Kiedyś wieże kontrolne stały na szlakach kolejowych w newralgicznych punktach, teraz dyspozytornie kolei podziemnej znajdują się w newralgicznych miejscach sieci.

Dolowicz objął wzrokiem swoje królestwo. Pracownicy siedzieli przy błyskających konsolach, obserwując tablicę modelową, i rozmawiali z kierownikami pociągów, dyspozytorami i kontrolerami ruchu z sąsiednich dyspozytorni. Wzrok Dolowicza zatrzymał się na Jenkins. Baba dyspozytor. I to czarna baba. Nie mógł się do niej przyzwyczaić, choć minął miesiąc. Powiadali, że już najwyższy czas, bo coraz więcej kobiet przystępowało do egzaminu na dyspozytora! Co będzie dalej? Kobiety maszynistami? Dolowicz nie mógł narzekać na panią Jenkins, co to, to nie. Była spokojna, schludna, grzeczna, kompetentna. A jednak...

Marino skinął na Dolowicza z lewej strony sali. Dolowicz spojrzał na tablicę i podszedł do stanowiska Marina. Na schemacie widać było, że pociąg miejscowy zmierzający w kierunku południowym stanął między Dwudziestą Ósmą a Dwudziestą Trzecią.

— Stoi i się nie rusza — oznajmił Marino.

— No widzę — odparł Dolowicz. — Od jak dawna?

— Ze dwie, trzy minuty.

— Zadzwoń do centrali, niech skontaktują się z maszynistą.

— Już to zrobiłem — obruszył się Marino. — Próbują go obudzić, ale nie odpowiada.

Dolowicz znał kilka powodów, dla których maszynista może nie odpowiadać na wezwania. Pierwszy z nich był taki, że wyszedł z kabiny, by wyłączyć samowyzwalacz, który odciął dopływ prądu do silnika, albo uruchomić drzwi, które się zacięły. Gdyby zdarzyło się coś poważniejszego, zadzwoniłby po pomoc. Jednakże w każdych okolicznościach miał obowiązek odpowiedzieć na wezwanie z centrum dowodzenia.

— Jeśli mu nie odbiło, to nie odpowiada dlatego, że prawdopodobnie wysiadło mu radio — rzekł Dolowicz, wciąż spoglądając na schemat. — A leserowi nie chce się sięgnąć po telefon. Za dobrze im się ostatnio powodzi.

Kiedy Dolowicz zaczynał pracę w centrali, nie było takiego luksusu jak dwustronne połączenia radiowe. Jeśli maszynista miał problem, musiał wysiąść z kabiny i pomaszerować do telefonu; były rozmieszczone w tunelu w odstępach pięciuset stóp. Telefony na wszelki wypadek pozostawiono.

— Podam skurczybyka do nagany — zapowiedział Dolowicz. Gazy wciąż go męczyły. Chciał zmusić się do beknięcia, ale nadaremnie. — Który to pociąg?

— Pelham One Two Three — odparł Marino. — O, rusza się. Na litość boską, on jedzie do tyłu! — zawołał ze zdumieniem.

Ryder

Gdy Longman zapukał w metalowe drzwi kabiny, Ryder nie wpuścił go od razu. Najpierw otworzył zamek brązowej walizki i wyjął pistolet maszynowy. Usta maszynisty rozwarły się bezwiednie. Ryder otworzył drzwi i Longman wszedł do środka.

— Włóż maskę — polecił Ryder i kopnął paczkę. — I weź swoją broń.

Przepchnął się przez drzwi i zamknął je za sobą, trzymając lufę pistoletu wzdłuż nogawki spodni. Steever stał na środku wagonu, w żaden sposób nie próbując się maskować. Wyciągał broń z pudła na kwiaty, otwartego po precyzyjnym rozcięciu taśmy klejącej. W tylnej części Welcome wyprostował się nad swoją walizeczką. Z uśmieszkiem skierował lufę w stronę środka wagonu.

— Uwaga — powiedział głośno Ryder. Pasażerowie odwrócili do niego głowy. Nie zrobili tego jednocześnie, czas ich reakcji się różnił. Ryder oparł pistolet na zagłębieniu łokcia prawej ręki. Palce lewej zagięły się na spuście tuż za magazynkiem. — Wszyscy siedzą. Nikt się nie rusza. Ten, kto wstanie albo się poruszy, zostanie zastrzelony. Nie będzie dalszych ostrzeżeń. Kto się ruszy, zginie.

Stanął mocniej na nogach, gdy wagon drgnął i zaczął powoli jechać.

Caz Dolowicz

Czerwone kreski na schemacie w dyspozytorni wieży Grand Central zaczęły migać.

— Jedzie — powiedział Marino. — Do przodu.

— Przecież widzę — odparł Dolowicz. Stał pochylony z rękami zaciśniętymi na oparciu krzesła, na którym siedział Marino, i patrzył na tablicę.

— A teraz stanął — rzekł stłumionym głosem Marino. — Znów się zatrzymał, mniej więcej w połowie drogi między stacjami.

— Wariat, jak nic wariat — rzucił Dolowicz. — Już ja dobiorę mu się do dupy.

— Stanął i ani drgnie — zauważył Marino.

— Pojadę tam i zobaczę, co jest grane — warknął Dolowicz. — Gówno mnie obchodzą jego wymówki, wezmę go za dupę.

Przypomniał sobie o obecności pani Jenkins. Jej twarz pozostała nieruchoma. Chryste, jeśli mam zważać na słowa, to będę musiał się stąd zwinąć, pomyślał Dolowicz. Czy oni wzięli to pod uwagę, otwierając kobietom drogę na wieżę? Jak można kierować ruchem pociągów, nie bluzgając?

— Co się, kurwa, dzieje z tym zasranym pociągiem?! — Dolowicz otwierał drzwi, gdy rozległ się ryk głośnika. — Na litość boską, wyślecie kogoś, żeby zobaczył, co się tam wyprawia?

To był głos koordynatora, który wrzeszczał do mikrofonu w centrum dowodzenia. Dolowicz uśmiechnął się, spoglądając na usztywnione plecy pani Jenkins.

— Powiedz jaśnie panu, że pogotowie w drodze — rzucił do Marina, wybiegł i ruszył do tunelu.

Ryder

Pistolety maszynowe stanowiły spory wydatek — obrzyny, również straszliwa broń, były znacznie tańsze — lecz Ryder uważał, że są uzasadnioną inwestycją. Nie cenił ich szczególnie (na małą odległość były zabójcze, to fakt, ale niecelne, miały skłonność do znoszenia w górę i w prawo, a na sto jardów były praktycznie do niczego), doceniał jednak ich walor psychologiczny. Joe Welcome nazywał pistolety maszynowe szacowną bronią i — niezależnie od jego nostalgicznego przywiązania do ery gangsterskiej — miał rację. Nawet policjanci, świadomi ich ograniczeń, żywią respekt dla broni, która potrafi wyrzucać czterysta pięćdziesiąt śmiercionośnych pocisków na minutę. Co najważniejsze, ta broń zrobi wrażenie na pasażerach, zwykle noszących w pamięci sceny filmowe, w których serie z pistoletów maszynowych koszą ofiary niczym zboże.

W wagonie panowała cisza, słychać było tylko pisk kół i zgrzyt metalowych łączników towarzyszący powolnemu ruchowi pociągu w tunelu. Steever stał dokładnie pośrodku, przodem do Welcome'a, który pilnował końca. Obaj mieli na twarzach maski. Ryder po raz pierwszy przyjrzał się pasażerom siedzącym w przedniej części wagonu. Było ich szesnastu. Tuzin i jedna trzecia, gdyby zastosować jednostki miar używane do liczenia towarów. Patrzył na nich beznamiętnie, lecz mimo to indywidualności rzucały się w oczy:

Dwóch chłopaków z oczami jak spodki, którzy byli pewnie bardziej zafascynowani niż przerażeni tym, że stali się aktorami dramatu rodem z telewizji real-life. Ich matka w zawieszeniu między dwiema konwencjami: zemdleć czy bronić małych. Typ hipisa z blond włosami do ramion w stylu Jezusa i takąż brodą, w wełnianym indiańskim ponchu, opasce na głowie i skórzanych sandałach. Pogrążony w śpiączce. Albo nawalony, albo odsypiający odjazd. Efektowna ciemnowłosa dziewczyna w kapeluszu Anzac. Dziwka wyższej klasy? Pięciu czarnych: dwóch niemal identycznych chłopaków z paczkami — podłużne, kościste, smutne facjaty z wielkimi oczyma, połyskującymi ogromnymi białkami; wojowniczy peronowy typ w berecie à la Che Guevara i pelerynie jak od Hajle Sellasjego; mężczyzna w średnim wieku, przystojny, o gładkiej skórze, zadbany, z aktówką na kolanach; spokojna, tęga kobieta, przypuszczalnie pomoc domowa, w płaszczu z wytartym kołnierzem ze srebrnego lisa, który dostała pewnie od jakiejś dobrej pani. Starszy biały mężczyzna, drobny i czujny, o zaróżowionych policzkach, w kaszmirowym płaszczu, perłowym kapeluszu Borsalino i jedwabnym fularowym krawacie. Bezdomna pijaczka, o niezidentyfikowanym kolorze skóry, okutana w płaszcze i swetry, niewyobrażalnie brudna i niechlujna, chrapiąca w malignie...

Oraz inni. Postaci w miejskim pejzażu. Tylko wojowniczo nastawiony czarny patrzył prosto na Rydera, inni ze wszystkich sił starali się nie rzucać w oczy, zniknąć z pola widzenia. Dobrze, pomyślał Ryder. Ładunek, towar o określonej wartości.

Wagon szarpnął pod jego stopami, drgnął i zatrzymał się. Steever odwrócił się z pytającą miną. Ryder skinął głową, a Steever odchrząknął i przemówił. Jego głos był ciężki, monotonny i głuchy jak głos człowieka, który go rzadko używa.

— Wszyscy siedzący w tylnej części wagonu mają wstać. Wszyscy. I to raz dwa.

Ryder, który spodziewał się, że pasażerowie w jego części wagonu też zareagują, dodał:

— Wy nie. Siedzieć na swoich miejscach. Nikt nawet nie drgnie. Kto się ruszy, dostanie kulkę.

Wojowniczy czarny typ poruszył się. Starannie odmierzonym ruchem, nieco wyzywającym, Ryder skierował lufę w jego pierś. Mężczyzna ruszył biodrami i poddał się rozkazowi, zadowalając się tym, że uzewnętrznił nieposłuszeństwo. Ryderowi także to odpowiadało. Bunt okazał się pozorny, można go było zignorować.

— Wszyscy na nogi. Ruszyć tyłki. Nie rozumiecie po angielsku? Wstawać!

To Welcome odezwał się z tylnej części wagonu. Niepotrzebnie, bo pasażerowie potulnie spełnili rozkaz. Nie było sensu zmuszać ich do pędu. Ryder przewidział, że Welcome zacznie improwizować, ale było za późno, by robić sobie z tego powodu wyrzuty.

Drzwi kabiny maszynisty otwarły się. Pojawili się w nich maszynista i Longman, który szturchnął lufą pistoletu idącego przed nim mężczyznę. Powiedział coś do niego cichym głosem, mężczyzna skinął głową i rozejrzał się za wolnym miejscem. Zawahał się, stając obok hipisa, po czym zrobił jeszcze parę kroków i klapnął ciężko obok tęgiej Murzynki. Kobieta zareagowała na jego obecność spokojnie, nie okazując zaskoczenia.

Ryder skinął na Longmana. Ten, trzymając w dłoni klucz maszynisty, pochylił się nad zamkiem drzwi działowych. Drogę zastawiało mu dwóch chłopców, którzy stali oparci o nie plecami. Longman włożył rękę w środek i rozdzielił ich. Nie uczynił tego szorstkim ruchem.

— Brandon, Robert! — zawołała matka, zrywając się z miejsca i ruszając w stronę chłopców. — Niech pan im nic nie robi.

— Siadać — rzucił Ryder. Kobieta zatrzymała się i odwróciła. Otworzyła usta, żeby coś powiedzieć. — Proszę siadać i się nie kłócić.

Ryder poczekał, aż kobieta wróci na miejsce, a potem skinął ręką na chłopców.

— Odsuńcie się od drzwi i siadajcie.

Kobieta wyciągnęła ręce i jednym ruchem przyciągnęła synów między rozwarte kolana, ich pierwotne i najbezpieczniejsze schronienie.

Longman otworzył drzwi działowe i stanął na stalowych płytach. Kiedy drzwi się zasunęły, zeskoczył na tor. Ryder trzymał w szachu pasażerów przemyślanym, groźnym ruchem kierując lufę to na jednego, to na drugiego. Dziewczyna w kapeluszu niespokojnie stukała nogą o brudną podłogę w czarno-białe kwadraty. Hipis z uśmiechem kiwał głową, nie otworzywszy oczu. Wojowniczy młody Murzyn trzymał ręce splecione na piersiach i kamiennym wzrokiem spoglądał na elegancko ubranego Wuja Toma, który siedział po drugiej stronie przejścia z walizką na kolanach. Dwaj chłopcy wiercili się z zawstydzeniem, stojąc między kolanami matki... W tylnej części wagonu trzej pasażerowie stali obok siebie twarzą do drzwi, a Welcome pilnował ich niczym owczarek.

Światła w wagonie zgasły nagle i w tej samej chwili mrugnęły, i zapaliły się światła awaryjne, mniej liczne i słabsze od świetlówek biegnących po ścianach i środkiem sufitu. Pociemniałe twarze pasażerów wyrażały zaniepokojenie. Wszystkie cztery tory w sektorze między Czternastą i Dwudziestą Trzecią Ulicą, po których jeździły pociągi miejscowe i ekspresowe na północ i południe, zostały teraz pozbawione zasilania.

— Konduktor, podejdź tutaj — rzekł Ryder. Konduktor wyszedł na środek wagonu i zatrzymał się. Był bardzo blady. — Chcę, żebyś przeprowadził pasażerów po torach.

— Tak, proszę pana — odparł mężczyzna.

— Zbierz wszystkich z pozostałych dziewięciu wagonów i zaprowadź ich na stację przy Dwudziestej Ósmej Ulicy.

— Mogą nie zechcieć wyjść z pociągu — zauważył zafrasowany konduktor.

Ryder wzruszył ramionami.

— Powiedz im pan, że pociąg nigdzie nie pojedzie.

— Powiem, ale... Pasażerowie nie znoszą wysiadać z pociągu, nawet jeśli wiedzą, że nie pojedzie — dodał konfidencjonalnym tonem konduktor. — To dziwne...

— Zrób, jak ci kazałem — rzucił Ryder.

— Mogę wysiąść? Bardzo proszę — odezwała się dziewczyna w kapeluszu, krzyżując efektownie nogi, a następnie nachylając się dla podkreślenia wagi swoich słów. — Mam bardzo ważne spotkanie.

— Nie — odparł Ryder. — Nikt z tej części wagonu nie wysiądzie.

— To bardzo ważne przesłuchanie w teatrze...

— Proszę pana — odezwała się młoda matka, wyciągając szyję ponad głowami synów. — Bardzo pana proszę. Moi synowie strasznie się denerwują...

— Nikt nie wyjdzie — oznajmił Ryder.

— Nie proszę o pozwolenie wyjścia — zaczął staruszek w kaszmirze — ale czy nie powinniśmy otrzymać pełnej informacji o tym, co się tu dzieje?

— Tak — zgodził się Ryder. — Dzieje się tyle, że zatrzymało was czterech zdesperowanych facetów z pistoletami maszynowymi.

Mężczyzna się uśmiechnął.

— Jakie pytanie, taka odpowiedź, co?

— Może nam pan powiedzieć choć w przybliżeniu, jak długo będziemy zatrzymani? — nie dawała za wygraną dziewczyna w kapeluszu. — Naprawdę nie chciałabym stracić tego przesłuchania.

— Dość — odparł Ryder. — Nie będzie więcej odpowiedzi. Ani pytań.

Dziewczyna próbowała go wykiwać, a starzec błysnął

pewnością siebie, lecz Ryder był usatysfakcjonowany: żadne z tych dwojga nie wpadnie w panikę.

W drzwiach działowych stanął Longman. Trzymał broń pod łokciem i ocierał jedną rękę o drugą, by zetrzeć z nich kurz i brud. Zapewne minęły miesiące lub nawet lata od czasu, gdy skrzynia zasilania awaryjnego była ostatnio używana. Ryder skinął na niego i Longman skierował broń na pasażerów. Ryder przeszedł do tylnej części wagonu. Konduktor tłumaczył pasażerom, że trzecia szyna nie stanowi zagrożenia.

— Napięcie zostało odcięte, proszę pani. Jeden z tych panów był uprzejmy wyłączyć prąd.

Welcome zrobił drwiącą minę, niektórzy pasażerowie nawet nieśmiało parsknęli śmiechem. Konduktor zaczerwienił się, a następnie stanął w drzwiach i zeskoczył na torowisko. Pasażerowie poszli w jego ślady, wysiadając niezgrabnie z wagonu. Tych, którzy się wahali, zachęcił do działania Welcome, używając lufy pistoletu maszynowego.

Steever podszedł do Rydera.

— Na przodzie jest pięciu bambusów — powiedział szeptem. — Kto za nich wybuli?

— Mają taką samą wartość jak każdy inny. A może i większą.

— Polityka, tak? — Steever wzruszył ramionami.

Gdy za drzwiami zniknęli wszyscy oprócz zaledwie trzech lub czterech pasażerów, Ryder przeszedł do przedniej części wagonu i wszedł do kabiny maszynisty. Cuchnęło potem. Przez szybę widać było, że światła w tunelu, zasilane prądem stałym, zgasły. Jednakże światła sygnałowe i awaryjne, zasilane prądem zmiennym, wciąż się paliły. W niewielkiej odległości od czoła wagonu świeciła się niebieska lampa, którą oznaczono telefon awaryjny, a dalej ciągnął się nieprzerwany szereg zielonych lamp sygnałowych.

Ryder zdjął mikrofon z haczyka umieszczonego przy przedniej szybie i poszukał czarnego klawisza aktywującego przekaźnik. Lecz zanim zdążył go nacisnąć, w kabinie rozległ się głos:

„Centrum dowodzenia do Pelham One Two Three. Co się tam, kurwa, dzieje? Odciąłeś zasilanie, nie dzwoniąc z wyjaśnieniem do centrali? Słyszysz mnie? Mówi koordynator. Pelham One Two Three, odezwij się, do jasnej cholery, ty popaprany skurczybyku!

Ryder nacisnął klawisz.

— Pelham One Two Three do centrum dowodzenia. Słyszysz mnie?

— Gdzieś ty, do diabła, był? Co się z tobą dzieje? Co ty wyprawiasz z torami? Dlaczego nie odpowiadałeś na wezwania? Pelham One Two Three, odbiór.

— Pelham One Two Three do centrum dowodzenia — rzekł Ryder. — Wasz pociąg został uprowadzony. Czy mnie słyszycie? Pociąg został uprowadzony. Centrum dowodzenia, odbiór.

5

Tom Berry

Tom Berry powiedział sobie — powtarzał to sobie od pewnego czasu — że nie było takiego momentu, w którym mógł odpowiednio zareagować. Może gdyby nie śnił na jawie, myśląc o Deedee zamiast o obowiązkach, może gdyby okazał czujność, wyczułby, że w pociągu dzieje się coś podejrzanego. Ale kiedy otworzył oczy, zobaczył cztery pistolety maszynowe. Każdy z nich zrobiłby z niego krwawą papkę, zanim wyciągnąłby broń.

Owszem, byli gliniarze, którzy w tej sytuacji i tak sięgnęliby do kabury, świadomie popełniając samobójstwo, poddając się indoktrynacji, która rozpoczęła się pierwszego dnia w Akademii Policyjnej. Składały się na nią poczucie misji, kult postawy *machismo* i pogarda dla przestępcy. Deedee nazwałaby to praniem mózgów. Tak, Tom znał takich gliniarzy; nie wszyscy byli głupi i nie wszyscy byli porządnymi ludźmi. Ofiary prania mózgów czy funkcjonariusze, którzy poważnie traktują swoją pracę? Tom, siedząc z trzydziestkąósemką pod pachą, po prostu odnotował odruch i ani drgnął. Mógł się pocieszać, że żyje i ma się dobrze, i że pewnie jest to koniec jego zawodowej kariery. Jeśli można to było uznać za pociechę.

Szkolono go, że ma pilnować przestrzegania prawa, nawet jeśli wymaga to użycia siły. Złożył przysięgę, że będzie to czynił, a nie patrzył biernie tak samo jak ci, których ma obowiązek bronić i chronić. Gliniarze nie są od tego, by przysypiać, gdy łamie się prawo, i zbyt dokładnie roztrząsać swoje szanse w starciu ze zbrodniarzami. Nawet ci, którzy są w cywilu i po służbie. Ich obowiązkiem jest reagować siłą na siłę, a jeśli przy tym giną, czynią zgodnie z najlepszą policyjną tradycją. Mówi się o nich, że polegli na służbie.

Gdyby wyciągnął broń, z całą pewnością podtrzymałby najlepszą tradycję służby, jeśli chodzi o odwagę i gotowość do umierania. W nagrodę urządzono by mu oficjalny pogrzeb, który zaszczyciłby swoją obecnością komisarz i burmistrz; reszta szarż też by się stawiła w galowych mundurach i białych rękawiczkach, a gdy w wiadomościach o jedenastej pokazano by relację z uroczystości, każdy telewidz uroniłby łzę. Pożegnanie z klasą, nawet jeśli nie możesz podziwiać jego wspaniałości i dostojeństwa. Kto żałowałby go naprawdę, a nie z racji obowiązku? Deedee? Czy pamiętałaby go dłużej niż jeden dzień i żałowała nie tylko dlatego, że brakuje jej faceta między nogami? A może wreszcie dotarłoby do niej, że zawołanie „Pieprzyć gliny!" może oznaczać tryskającą krew, strzaskane kości i rozerwane na strzępy bebechy?

Rozchylił minimalnie powieki i zobaczył, że wygląd sceny nieco się zmienił. Mężczyzna, który wysiadł z wagonu, przypuszczalnie po to, by odciąć zasilanie, wrócił, a ten wysoki, przywódca grupy, właśnie wchodził do kabiny maszynisty. Siłacz stał pośrodku wagonu, twarzą do jego przedniej części, a czwarty pilnował pasażerów wysiadających z tylnej części. Berry stwierdził, że szanse nie wynoszą już cztery do jednego, lecz zaledwie dwa do jednego. Idealna okazja. Żeby dać się ukatrupić. „Widzi pan — tłumaczył się patrzącemu surowo kapitanowi — nie bałem się o swoje życie, chciałem tylko, żeby nikt z pasażerów nie odniósł obrażeń. Nie sięgnąłem po broń, tylko myślałem, jak najlepiej służyć społeczeństwu i pozostać w zgodzie z najlepszymi wzorami policyjnej tradycji".

Uśmiechnął się nieznacznie i zamknął oczy. Decyzja zapadła. Przykro mi, panie burmistrzu, panie komisarzu, ale nie martwcie się. Jeszcze przed końcem miesiąca ktoś na pewno kropnie glinę, więc będziecie mieli okazję pokazać się na procesji. Wybacz, Deedee. Nosiłabyś czarne korale na cześć poległego kochanka, policyjnego psa?

Pokaźny ciężar trzydziestkiósemki na żebrach nie stanowił dla Toma źródła pociechy. Gdyby mógł, chętnie by się pozbył broni. Przypominała mu o tym, że zaniedbał obowiązek i nie zamienił się w trupa dzielnego policjanta. Deedee. Ona by zrozumiała. Pogratulowałaby mu, że poszerzył swoją świadomość, że się wyzwolił i przestał być bezmyślnym narzędziem represyjnego społeczeństwa. Przełożeni jednak nie podzielą tego poglądu. Będzie dochodzenie, policyjny sąd i usunięcie ze służby. Wszyscy gliniarze będą nim gardzić, nawet ci, którzy bez najmniejszej wątpliwości brali łapówki. Bez względu na to, jak są skorumpowani, nie są aż tak zepsuci, by na próżno nie polec, gdy nadarza się okazja.

Promyk nadziei: zawsze można sobie znaleźć nową robotę. O nowe życie trudniej.

Caz Dolowicz

Dolowicz ruszył w drogę starym tunelem. Jego niestrawność, która znikła, a w każdym razie się przyczaiła, gdy wściekł się na niewytłumaczalne wybryki Pelham One Two Three, wychynęła z ukrycia. Dolowicz przemaszerował pospiesznie obok cuchnącego i syczącego stanowiska sprzedawcy soku pomarańczowego i sapiąc, wspiął się po schodach prowadzących do terminalu. Wyszedł na ulicę i zamachał na taksówkę.

— Skrzyżowanie Park Avenue South i Dwudziestej Ósmej.

— Jest pan spoza miasta — stwierdził taksówkarz. — Skąd wiem? Miejscowi wciąż nazywają tę ulicę Czwartą Aleją. Tak jak Szósta Aleja. Tylko zasrańcy używają nazwy Avenue of the Americas. Skąd pan jest?

— Z południowego Bronksu.

Brzuch Dolowicza trząsł się pod klamrą nisko opuszczonego paska, gdy zbiegał po schodach stacji przy Dwudziestej Ósmej Ulicy. Mignął identyfikatorem urzędnikowi w budce i przemknął przez bramkę. Na stacji stał pociąg z otwartymi drzwiami. Jeśli Pelham One Two Three wciąż tkwi nieruchomo w tunelu, bloki sygnałowe zatrzymają skład Pelham One Two Eight. Zmierzając w stronę południowej części peronu, Dolowicz uświadomił sobie, że pociąg oświetlają jedynie słabe, zasilane akumulatorowo światła awaryjne. Dotarł do pierwszego wagonu. Maszynista wyglądał przez okno.

— Kiedy padło zasilanie?

Maszynista, stary wiarus, zapomniał się ogolić.

— A kto pyta?

— Pyta Caz Dolowicz, koordynator z wieży Grand Central.

— Ach tak. — Maszynista wyprostował się. — Parę minut temu.

— Zawiadomiłeś centrum dowodzenia?

Maszynista skinął głową.

— Dyspozytor kazał stać i czekać. Co jest grane, ktoś wpadł pod pociąg?

— Właśnie idę się dowiedzieć, co jest, do cholery, grane — odparł Dolowicz.

Zbliżył się do końca peronu i zszedł na torowisko. Wkraczając w pogrążony w półmroku tunel, pomyślał, że mógł skorzystać z radiotelefonu maszynisty i dowiedzieć się, dlaczego nie ma zasilania. Ale nie szkodzi. Zawsze wolał zobaczyć wszystko na własne oczy.

Pchany złością i niepokojem, zaczął biec truchtem. Jednakże ból powodowany przez nagromadzone gazy zmusił go do zwolnienia kroku. Próbował beknąć, ale bez skutku, a potem jął masować klatkę piersiową. Mimo bólu parł dalej, aż do chwili gdy usłyszał czyjeś głosy. Zatrzymał się i zmrużywszy oczy, spojrzał w ciemność. Jakiś niewyraźny kształt ukazał się na torach. Caz nie wierzył własnym oczom. Z naprzeciwka zmierzał ku niemu tłum ludzi.

Longman

Longman zachował spokój, wyłączając zasilanie awaryjne w tunelu; wcześniej spisał się równie dobrze, gdy odłączał wagony i kierował pociągiem. Nawet sprawiło mu to przyjemność. Dobrze się czuł, wykonując techniczne czynności. Jeszcze po wejściu do wagonu wszystko było w porządku, lecz kiedy Ryder zniknął w kabinie maszynisty, Longman znów zaczął się pocić. Przypomniało mu to, że w obecności Rydera czuje się pewnie, choć charakter tego mężczyzny często budził w nim lęk. Z pozostałymi dwoma w gruncie rzeczy nigdy nie nawiązał kontaktu. Steever był skuteczny, lecz nieprzystępny i zamknięty w sobie. Welcome zaś był nie tylko okrutny i nieobliczalny, ale przypuszczalnie kwalifikował się do kategorii pomyleńców.

Longmanowi zdawało się, że pistolet maszynowy wibruje mu w dłoniach, jak gdyby przenosiło się na niego pulsowanie krwi. Wsunął kolbę głębiej pod łokieć i rozluźnił nieco uścisk. Drżenie broni ustało. Spojrzał niepewnie na drzwi kabiny, lecz błyskawicznie przeniósł wzrok na wnętrze wagonu, słysząc niski gwizd Steevera. Skupił uwagę na pasażerach siedzących po swojej prawej stronie. Odpowiadał za nich; pieczę nad lewym rzędem trzymał Steever. Ryder tak to zaplanował, żeby nie znaleźli się na linii własnego ognia. Pasażerowie siedzieli w milczeniu, prawie się nie poruszając.

Wszyscy, którzy znajdowali się w tylnej części wagonu, już wysiedli. Ta część wagonu sprawiała wrażenie opuszczonej i porzuconej. Welcome ustawił się przodem do drzwi działowych. Stał z szeroko rozstawionymi nogami i pistoletem skierowanym równolegle do toru. Longman pomyślał, że rwie się do akcji, że tylko czeka, aby coś się stało; mógłby wtedy użyć broni i kogoś zabić.

Twarz Longmana była zroszona potem. Bał się, że nylon przyklei mu się do skóry i zdradzi jej kształt. Ponownie zerknął na drzwi kabiny, lecz nagły szmer z prawej strony sprawił, że błyskawicznie odwrócił głowę. Hipis słuchający muzyki z zamkniętymi oczami wysunął nogę na środek przejścia. Steever obserwował go spokojnie, bez ruchu. Welcome wyglądał przez tylne okno na tory.

Longman nasłuchiwał, czy zza drzwi kabiny dochodzą jakieś odgłosy, lecz nic nie słyszał. Jak dotąd akcja przebiegała bez zakłóceń, ale wszystko może wziąć w łeb, jeśli tamci odmówią zapłaty. Ryder zapewnił go, że nie będą mieli innego rozsądnego wyjścia. A jeśli odłożą rozsądek na bok? Nie można z całkowitą pewnością przewidzieć ludzkich zachowań. A jeżeli decyzję podejmą gliny i pójdą w zaparte? Wielu ludzi przypłaci to życiem. Między innymi członkowie grupy.

Kredo Rydera brzmiało: albo żyjesz, albo giniesz. Napawało przerażeniem Longmana, którego kredo, gdyby je zwerbalizował, brzmiałoby: przeżyć za wszelką cenę. Jednakże z własnej nieprzymuszonej woli przystał na warunki postawione przez Rydera. Z własnej nieprzymuszonej woli? Nie. Popłynął bezradnie z prądem, pogrążony w półśnie. Ryder budził jego fascynację, lecz to nie tłumaczyło wszystkiego. Czy to nie za jego sprawą wszyscy się poznali? Czy nie był to jego własny pomysł? Czy to nie on go wysunął, a potem myślową zabawę, złowieszczą fantazję, zamienił w zbrodniczy, lukratywny plan?

Już dawno przestał uważać ich pierwsze spotkanie za przypadek. Znacznie precyzyjniejszym, budzącym większą grozę słowem było „przeznaczenie". Co jakiś czas wypowiadał to słowo, ale Ryder pozostawał na nie obojętny. Dostrzegał racje Longmana, nie robiły jednak na nim wrażenia, nie liczyły się. Coś się zdarzało i prowadziło do czegoś innego; Ryder na tym poprzestawał, nie szukał przyczyn, nie podniecał się zbiegami okoliczności. Coś się zdarzało i prowadziło do czegoś innego.

Poznali się w urzędzie pracy przy skrzyżowaniu Szóstej Alei i Dwudziestej Ulicy. Stali w kolejce podłamanych, pozbawionych pracy ludzi, z wolna przesuwających się w stronę urzędnika, który wpisywał ich do tajemniczego niczym kabała rejestru w niebieskiej okładce, a następnie dawał do podpisania kwit odbioru tygodniowej wypłaty. Longman zauważył Rydera w sąsiedniej kolejce — rosłego, szczupłego mężczyznę o ciemnych włosach i regularnych, wyrazistych rysach twarzy. Nie uznał go za uosobienie męskiej siły, lecz zrobił na nim wrażenie człowieka silnego wewnętrznie i pewnego siebie. W gruncie rzeczy wrażenie to przyszło później. Uwagę Longmana zwróciło coś znacznie prostszego: mężczyzna wyróżniał się w tłumie czarnuchów i śniadoskórych, długowłosych chłopaków i dziewczyn, brzydkich ludzi w średnim wieku o zniszczonych twarzach (Longman musiał niechętnie przyznać, że sam należy do tej ostatniej kategorii). Właściwie Ryder nie był nikim nadzwyczajnym i w innym miejscu by się nie wyróżniał.

Bywało, że ludzie w kolejce wdawali się w rozmowę dla zabicia czasu. Inni przynosili ze sobą coś do czytania. Longman zwykle brał po drodze do biura „Post" i nigdy z nikim nie rozmawiał. Jednakże znalazłszy się w kolejce bezpośrednio za Ryderem parę tygodni po tym, jak pierwszy raz go zauważył, odezwał się doń. Zrobił to z wahaniem, gdyż Ryder w oczywisty sposób wyglądał na kogoś, kto trzyma się z osobna i może zgasić nieznajomego, jeśli nie chce z nim rozmawiać. W końcu jednak Longman przełamał się i pokazał mu tytuł w gazecie:

KOLEJNY BOEING 747
PORWANY NA KUBĘ

— To chyba zaraźliwe jak choroba — zauważył Longman. Ryder skinął uprzejmie głową, ale nic nie powiedział.

— Nie kapuję, co oni z tego mają — ciągnął Longman. — Kiedy się tam dostają, pakują ich za kratki albo wyganiają na pole i każą przez dziesięć godzin w palącym słońcu zbierać trzcinę.

— Trudno powiedzieć — rzekł zaskakująco głębokim, mocnym głosem Ryder. Longmanowi zrobiło się odrobinę nieswojo. Pomyślał, że tak brzmi głos szefa. Jednakże zabrzmiała w nim jeszcze inna, trudna do zidentyfikowania nuta.

— Tyle ryzykować, żeby zdobyć robotę kulisa, to bez sensu — powiedział Longman.

Ryder nie wzruszył ramionami, lecz Longman zauważył, że stracił zainteresowanie tematem. Jeśli w ogóle był nim zainteresowany. Longman w takich sytuacjach zwykle się wycofywał, bo nie lubił się nikomu narzucać. Ryder jednak rozbudził jego zainteresowanie; nie rozumiejąc, dlaczego tak się dzieje, chciał zyskać jego aprobatę. Mówił więc dalej i wypowiedział słowa, które po pewnym czasie miały się okazać prorocze.

— Gdyby coś z tego mieli, na przykład kupę forsy, to bym zrozumiał. Ale tyle ryzykować za frajer...

— Wszystko jest ryzykowne — rzekł z uśmiechem Ryder. — Każdy następny oddech jest ryzykiem, bo można wciągnąć do płuc truciznę. Jeśli nie chcesz ryzykować, musisz też przestać oddychać.

— Nie da się — odparł Longman. — Gdzieś czytałem, że nie da się świadomie przestać oddychać, nawet jeśli się chce.

Ryder znów się uśmiechnął.

— Myślę, że by się dało, gdyby odpowiednio się do tego zabrać.

W tym momencie rozmowa zamarła, bo nie mieli nic więcej do powiedzenia. Longman wrócił do lektury „Post", czując, że zrobił z siebie głupca. Ryder podstemplował książeczkę i podpisał kwit, a potem grzecznie skinął Longmanowi głową. Longman, który stał przed okienkiem, odwrócił się, żeby spojrzeć na Rydera wychodzącego przez szklane drzwi.

Tydzień lub dwa tygodnie później Longman zdziwił się i ucieszył, gdy Ryder podszedł do niego w kafejce, do której wstąpił, żeby zjeść kanapkę. Tym razem łatwiej się z nim rozmawiało; nie okazywał wprawdzie życzliwości, ale na swój sposób wydawał się zainteresowany rozmową. Była niezobowiązująca i daleka od osobistych zwierzeń, a później poszli razem do urzędu pracy i stanęli w tej samej kolejce.

Longman czuł się w towarzystwie Rydera swobodniej; nie miał już wrażenia, że jest intruzem.

— Zauważyłem, że w tym tygodniu znowu porwano samolot — rzekł. — Czytałeś o tym?

Ryder pokręcił głową.

— Kiepski ze mnie czytelnik prasy.

— Ten nie miał szczęścia — ciągnął Longman. — Nie doleciał na Kubę. Kiedy samolot wylądował, żeby uzupełnić paliwo, porywacz się pokazał i rozwalili go snajperzy FBI.

— Lepsze to niż ścinanie trzciny cukrowej.

— Śmierć?

— Śmierć jest lepsza od wielu rzeczy, które przychodzą mi na myśl. Na przykład od sprzedawania akcji funduszu otwartego.

— Tym się zajmujesz?

— Próbowałem to robić przez parę miesięcy. — Ryder wzruszył ramionami. — Okazałem się marnym biznesmenem. Chyba nie umiem prosić. — Ryder zamilkł na chwilę. — Wolę wydawać ludziom rozkazy.

— To znaczy rządzić?

— Można to tak nazwać.

— Akwizycja to nie jest twoje pierwsze zajęcie?

— Nie.

Ryder nie rozwinął wątku, a Longman, choć poczuł ciekawość, nie drążył sprawy. Zaczął opowiadać o sobie.

— Pracowałem na budowie, stawialiśmy domki na Island. Ale inwestorowi skończyła się kasa i wyleciałem.

Ryder beznamiętnie skinął głową.

— Nie jestem budowlańcem z zawodu — wyjaśnił Longman. — Byłem maszynistą w metrze.

— Odszedłeś na emeryturę?

— Mam dopiero czterdzieści jeden lat.

— Tak właśnie pomyślałem, że tyle masz — rzekł uprzejmie Ryder. — Dlatego zdziwiło mnie, że przestałeś pracować.

Wymówka była zręczna, ale Longman nie dał się nabrać.

Miał zmęczoną, poszarzałą twarz i ludzie zwykle dawali mu więcej lat, niż miał.

— Przepracowałem tylko osiem lat jako maszynista, a później odszedłem. To było parę lat temu.

Longman nie był pewien, czy przekonał Rydera, ale ten nie ciągnął tematu. Skinął tylko głową. Dziewięćdziesięciu dziewięciu mężczyzn na stu zapytałoby dlaczego. Rydera mogło to zwyczajnie nie obchodzić, lecz zwykła ciekawość skłaniała do zapytania. Poirytowany Longman sam zadał pytanie. W innej sytuacji by tego nie zrobił, szanując małomówność Rydera.

— A ty czym się zajmowałeś? Tak naprawdę.

— Pracowałem w wojsku. Byłem żołnierzem.

— Robota na dwadzieścia lat, co? Niezły układ, jeśli się wytrzyma. Jaki miałeś stopień?

— Byłem pułkownikiem.

Longman doznał rozczarowania. Spędził rok w wojsku i wiedział, że trzydziestoletni mężczyźni — a na tyle ocenił wiek Rydera — nie zostają pułkownikami. Nie przypuszczał, że Ryder będzie wstawiał mu kit. Skinął głową i milczał.

— Nie służyłem w armii amerykańskiej — dodał Ryder.

To wyjaśnienie nie rozwiało podejrzeń Longmana, ale pogłębiło tajemnicę. W jakiej armii Ryder mógł służyć? Nie miał ani cienia obcego akcentu, mówił jak Amerykanin. Kanada? Ale tam też trzydziestolatek nie miał szans na stopień pułkownika.

Podszedł do okienka, by podstemplować książeczkę, a potem poczekał na Rydera. Znalazłszy się na ulicy, ruszyli równym krokiem. Byli na Szóstej Alei.

— Idziesz w jakieś konkretne miejsce? — spytał Longman.

— Pomyślałem, że zrobię sobie spacer.

— Mogę się z tobą powłóczyć? Nie mam nic do roboty.

Doszli do ulic o numerach zaczynających się na trzydzieści. Nie rozmawiali o niczym ważnym, co jakiś czas wymieniali tylko uwagi o wystawach sklepowych, o kobietach wychodzących ze sklepów przy Trzydziestej Czwartej Ulicy, o hałasie i smrodzie spalin. Jednak sprawa pracy w wojsku nie dawała Longmanowi spokoju. Gdy stanęli na skrzyżowaniu, czekając na zielone światło, nie wytrzymał.

— W jakiej armii służyłeś?

Ryder tak długo zwlekał z odpowiedzią, że Longman już chciał go przeprosić za nagabywanie. Wtedy Ryder przemówił.

— Ostatnio? W Biafrze.

— Ach tak, rozumiem.

— A przedtem w Kongu. I jeszcze w Boliwii.

— Jesteś żołnierzem fortuny?

Longman dużo czytał, między innymi powieści przygodowe, więc ta myśl nie była mu obca.

— Tak to fantazyjnie nazywają. Słowo najemnik jest odpowiedniejsze.

— To ktoś taki, kto walczy za forsę?

— Właśnie.

— Hm. — Longmanowi przyszło na myśl, że walcząc za forsę, trzeba zabijać, i nieco go to przeraziło. — Jestem pewien, że kasa była mniej ważna od przygody.

— W Biafrze płacili mi dwa tysiące pięćset na miesiąc za dowodzenie batalionem. Nie kiwnąłbym palcem, gdyby dawali o jednego centa mniej.

— Biafra, Kongo, Boliwia — rzekł z podziwem Longman. — Boliwia? Czy to nie tam był Che Guevara? Nie walczyłeś po jego...

— Byłem po stronie tych drugich, którzy go zabili.

— Nie miałem na myśli, że jesteś komuchem — powiedział z nerwowym śmiechem Longman.

— Staję po stronie tych, którzy mi płacą.

— To musiało być ekscytujące i wspaniałe życie. Dlaczego odszedłeś?

— Rynek się wyczerpał. Skończyła się praca, a nie dawali zasiłku dla bezrobotnych.

— Jak człowiek załapuje się na taką robotę?

— A ty dlaczego zostałeś maszynistą?

— To co innego. Wziąłem się do tego, bo musiałem z czegoś żyć.

— Z tego samego powodu ja zająłem się żołnierką. Masz ochotę na piwo?

Od tego dnia spacer i piwo stały się cotygodniowym zwyczajem. Początkowo Longman zachodził w głowę, dlaczego facet z taką klasą jak Ryder chce się z nim zadawać, lecz był wystarczająco bystry, żeby odgadnąć odpowiedź. Podobnie jak on i wielu mieszkańców miasta Ryder był samotny. Zostali więc kompanami na godzinę lub dwie tygodniowo. Jednakże po początkowych zwierzeniach kontakt znów przyjął obojętny charakter.

A potem pewnego dnia wszystko się zmieniło.

Tym razem także zaczęło się niewinnie, od tytułu w gazecie. Rzucił im się w oczy, gdy wstąpili na piwo do baru.

DWIE ŚMIERTELNE OFIARY
STRZELANINY W METRZE

Dwóch mężczyzn usiłowało obrabować budkę z bilonem na stacji metra na Bronksie. Gliniarz kolejowy, który akurat tam się znalazł, wyciągnął broń i zastrzelił obydwu. Zdjęcie przedstawiało dwóch nieboszczyków rozciągniętych na posadzce. W tle widać było urzędnika obsługującego budkę, który wyglądał przez kratę.

— Notoryczni złodzieje — stwierdził ze znawstwem Longman. — Nikt inny nie połaszczyłby się na drobniaki z budki. Jest ich za mało, nie opłaca się ryzykować.

Ryder skinął głową bez zainteresowania i sprawa na tym by się zakończyła — Longman często sobie o tym przypominał — gdyby on, Longman, nie pociągnął tematu, gdyby, zabiegając o podziw Rydera, nie ujawnił tego, co chodziło mu po głowie.

— Gdybym chciał popełnić zbrodnię w metrze, za żadną cholerę nie napadałbym na budkę z bilonem.

— A co byś zrobił?

— Coś sensacyjnego, z czego byłaby gruba kasa.

— Na przykład? — Ryder okazywał zainteresowanie z czystej uprzejmości.

— Uprowadziłbym pociąg — odparł Longman.

— Pociąg metra? Co można zrobić z takim pociągiem?

— Wziąć za niego okup.

— Gdyby to był mój pociąg, kazałbym ci go sobie zatrzymać — rzekł z rozbawieniem Ryder.

— Nie chodziłoby o pociąg — wyjaśnił Longman. — Okup byłby za pasażerów. Zakładników.

— To dość skomplikowane. Nie wiem, jak coś takiego mogłoby się udać.

— Owszem, mogłoby. Myślałem o tym od czasu do czasu. Tak dla jaj, rozumiesz?

Rzeczywiście bawił się tą myślą na swój sposób, ale zaprawiony goryczą. To była jego zemsta na systemie. Traktował to jako rodzaj zabawy, zemstę na niby, a nie na serio.

Ryder postawił kufel na stoliku i odwrócił się, by spojrzeć prosto na Longmana. Mocnym, spokojnym głosem, który zabrzmiał jak rozkaz — co Longman uświadomił sobie dopiero później — zapytał:

— Dlaczego odszedłeś z pracy w metrze?

Nie takiego pytania spodziewał się Longman. Jeśli w ogóle czegokolwiek się spodziewał poza umiarkowanym zainteresowaniem. Zaskoczyło go i nieoczekiwanie dla siebie wydukał prawdę.

— Nie odszedłem. Wywalili mnie.

Ryder patrzył na niego i czekał.

— To nie była moja wina, powinienem walczyć, ale...

— Jaka wina?

— Nie popełniłem wykroczenia, naturalnie.

— Jakiego wykroczenia? Co ci zarzucono?

— O nic mnie nie oskarżyli. To były insynuacje, a i tak zmuszono mnie do odejścia. Gadasz jak jakiś prokurator.

— Przepraszam — powiedział Ryder.

— No dobra, mogę o tym rozmawiać, to żaden problem. Wrobili mnie. Nochale musiały sobie znaleźć ofiarę...

— Nochale?

— Inspektorzy specjalni. Chodzą w cywilnych ubraniach i kontrolują pociągi. Czasem nawet ubierają się jak szczeniaki, wiesz, długie włosy i tak dalej. Szpiedzy i tyle.

— Nazywacie ich nochalami, bo węszą? — spytał z uśmiechem Ryder.

— Wszyscy tak myślą. Ale nazwa... tak samo jak bobbies,

londyńscy gliniarze... pochodzi od nazwiska pierwszego szefa służby zabezpieczenia w IRT, dawno temu. Nazywał się H.F. Beakie*.

Ryder skinął głową.

— O co cię oskarżyli?

— Jakiś gang podobno handlował prochami — odparł wyzywająco Longman. — Przewozili z centrum na przedmieścia, dawali maszyniście, a potem ktoś odbierał towar w Harlemie. Nochale chciały mi przypiąć tę sprawę. Ale nie mieli żadnych dowodów, z niczym mnie nie przyskrzynili. Nie mogli, bo tego nie robiłem.

— Próbowali cię wrobić?

— I wrobili, gnoje.

— A ty byłeś niewinny.

— Pewnie, że tak. Myślisz, że zrobiłbym coś takiego? Przecież mnie znasz.

— Tak — potwierdził Ryder. — Znam cię.

Komo Mobutu

Do chwili gdy wkurzyło go dwóch czarnoskórych chłopców, Komo Mobutu zachowywał zimną krew. Wydarzenie go nie dotyczyło, w najmniejszym stopniu nie było jego sprawą. Niech sobie rabują metro choćby dwa razy dziennie, on nie mrugnąłby okiem. Jeśli rzecz nie miała nic wspólnego z rewolucyjnymi dążeniami uciskanych czarnych, nie istniała, w ogóle jej nie było.

---

* *Beak* (ang.) — haczykowaty nos.

Uczestnictwo w tej kabale sprawiało mu perwersyjną przyjemność, choć trudno powiedzieć, że w niej uczestniczył, bo w gruncie rzeczy był od niej bardzo daleko. Jeździł metrem, nie należał do międzynarodowej kliki tak zwanych braci z wybrzeża, Paryża i Algierii, którzy wozili się limuzynami, mieszkali w penthouse'ach, latali samolotami pierwszą klasą i popijali koktajle podawane przez stewardesy. Był prawdziwym działaczem rewolucyjnym, i nawet gdyby miał kasę, korzystałby z ogólnodostępnych środków komunikacji, a do odległych miejscowości jeździł greyhoundem.

Zwykle — gdy jakieś białe świnie nie skubały metra, posługując się gnatami, na których widok ciekła mu ślinka — prawie lubił nim podróżować, gdyż opracował sposób na spędzanie czasu. Można rzec, że nie było to zabijanie czasu, lecz korzystanie z niego na potęgę. Wybierał sobie jakiegoś białasa, kierował na niego gniewny wzrok i zmuszał do rejterady. Gość dostawał takiej nerwówki, że najczęściej przesiadał się albo szukał sobie innego wagonu. Niektórzy zaczynali się pocić i wysiadali przed swoją stacją. On tylko patrzył, lecz tamci dostrzegali w jego oczach słuszny gniew ludu, który przez trzy stulecia cierpiał represje i masowe zbrodnie. Ani jednemu białemu nie umknęło przesłanie zawarte w jego patrzących bez zmrużenia czarnych oczach i żaden nie sprostał wyzwaniu. Komo nie przegrał ani jednego starcia. Niszczył skurczybyków spojrzeniem! Gdyby wszyscy bracia poszli w jego ślady, połączona moc ich spojrzeń sparaliżowałaby całą populację białych świń.

Mobutu siedział wyprostowany twarzą do białej lisiczki w kapeluszu Anzac i wzrokiem przewiercał dziwkę na wylot. Kiedy stary frajer siedzący obok niego się odezwał, on nawet nie poruszył głową. Pieprzyć tę całą zadymę, nic mu do niej. Jednakże w pewnej chwili kątem oka zauważył dwóch czarnych chłopców, siedzących po drugiej stronie przejścia. Obaj mieli bardzo ciemną skórę, po siedemnaście lub osiemnaście lat i wyglądali na porządnych Afrykanów. Doręczyciele służący panu, taszczący paczki białego człowieka. Najbardziej dopiekało mu to, co robili oczami. Przewracali wielkimi brązowymi ślepiami, jakby się nimi uśmiechali, machali ogonami, żeby facet się nie rozgniewał i nie wpakował im kulek w dupę.

— Hej, czarnuchy, patrzeć prosto, do cholery! — krzyknął prawie mimo woli. Zmierzył ich wzrokiem, a oni spojrzeli na niego zaskoczeni. — Durne czarnuchy, za młodzi jesteście na podlizywanie. Patrzeć mu prosto w oczy!

Wszyscy skierowali na niego wzrok, a on spoglądał to na jednego, to na drugiego. Przypadkowo spojrzał na czarnego eleganta z aktówką. Jego twarz była pozbawiona wyrazu, jakby nieobecna. Biały czarnuch, stracony dla sprawy, niewart zachodu. Ale tych dwóch młodych... Może warto urządzić dla nich małą demonstrację.

Skierowawszy się do mężczyzny z pistoletem, lecz mówiąc do chłopców, rzekł:

— Nie macie powodu bać się żadnego białego skurwiela, bracia. Pewnego dnia, już niebawem, odbierzemy mu broń i wciśniemy do jego świńskiego gardła!

— Przymknij jadaczkę — powiedział mężczyzna spokojnym, niemal znudzonym tonem.

— Nie słucham rozkazów żadnej białej świni!
Tamten skinął bronią.

— Podejdź no tutaj, pyskaczu.

— Myślisz, że się ciebie boję, świnio?

Mobutu wstał. Nogi mu się trzęsły, lecz z gniewu, a nie ze strachu.

— Chcę tylko, żebyś tu podszedł — rzekł mężczyzna. — No chodź.

Mobutu wyszedł na środek wagonu i stanął przed porywaczem wyprostowany jak struna, z dłońmi zaciśniętymi w pięści przy udach.

— No już, zastrzel mnie. Ale wiedz, że jest więcej takich jak ja, są nas tysiące, i przysięgam, że kiedyś poderżniemy ci to świńskie gardło...

Nie wkładając w to wysiłku, beznamiętnie, mężczyzna uniósł broń i zdzielił nią Mobutu w lewą skroń. Ten poczuł ogłuszający ból, oczy zamglił mu czerwony deszcz. Zatoczył się i runął na podłogę w pozycji siedzącej.

— Idź i usiądź na miejscu, i więcej nie otwieraj ust.

Mobutu słyszał głos niewyraźnie. Dotknął twarzy i uświadomił sobie, że krew z rozciętej brwi spływa mu na oko. Wstał, a potem opadł na miejsce obok starca. Tamten wyciągnął rękę, by mu pomóc. Mobutu strząsnął dłoń. W wagonie panowała cisza.

— Sam się o to prosił — powiedział ten, który go uderzył. — Niech nikt więcej tego nie robi.

Mobutu wyciągnął chusteczkę i przycisnął ją do czoła. Prawym okiem spojrzał na czarnoskórych posłańców. Wciąż stali z wytrzeszczonymi ślepiami i rozwartymi ustami. Niech to szlag, dostałem w łeb za darmo, pomyślał Mobutu. Nic z nich nie będzie, na zawsze pozostaną popychadłami.

Wszyscy pasażerowie unikali jego wzroku, nawet ci, którzy w normalnych okolicznościach z ciekawością patrzyliby na krew.

6

Frank Correll

Kwatera główna Metropolitan Transportation Authority, zwana potocznie zarządem transportu, mieści się w pokaźnym gmachu z granitową fasadą przy Jay Street 370, w dzielnicy zwanej centralnym Brooklynem. Numer 370 jest stosunkowo nowym i nowoczesnym budynkiem, otoczonym wieloma starszymi budowlami — ciemniejszymi, bardziej urokliwymi i skomplikowanymi architektonicznie — które składają się na oficjalne centrum hrabstwa Kings: ratusz, gmachy sądów, biura administracyjne. Mimo że ta część Brooklynu nie wygląda tak groteskowo jak inne, uważana jest za prowincję wyspy leżącej po drugiej stronie rzeki, i dlatego traci na znaczeniu.

Komórki zarządu transportu rozmieszczone są pod numerem 370 w biurach, które różnią się między sobą stylem. Są wśród nich biura całkowicie pozbawione własnego stylu, są takie, których styl można określić jako utylitarny, są również imponujące gabinety najwyższych urzędników na dwunastym piętrze. Wchodzi się do nich przez obszerne przedsionki, dyskretnie oświetlone i pilnowane mimochodem przez strażników kolei.

Przestrzeń stanowi niezwykle cenne dobro w pomieszczeniach w tym gmachu — zwłaszcza niżej, na pierwszym piętrze, w ciasnej kwaterze komendy sekcji ochrony kolei — lecz jest niewyobrażalnie tania na drugim piętrze, na którym mieści się biuro dyspozytorów kolei, znane jako centrum dowodzenia. Trzy sekcje są rozrzucone na tak ogromnej przestrzeni, że można to uznać za marnotrawstwo; miejsca jest tyle, że jego zagospodarowanie sprawia wrażenie tymczasowego i prowizorycznego. Każda jednostka — sekcja A, czyli IRT, sekcja B, czyli BMT i sekcja B-1, czyli IND — zajmuje własną enklawę, znacznie oddaloną od pozostałych. Najaktywniejszymi i najbardziej widocznymi członkami sekcji są koordynator i dyspozytorzy.

W IRT, najstarszej i najmniejszej sekcji, pracuje czterech dyspozytorów, którzy pomagają koordynatorowi. Siedzą przy stalowych stanowiskach z elektrycznymi konsolami, dzięki którym mogą się łączyć z każdym maszynistą za pomocą dwukierunkowego radia. Każda sekcja jest podzielona na komórki zgodnie z kluczem geograficznym; w IRT są to East Side, West Side, naziemne tory na Bronksie i tak dalej. Konsole na stanowiskach dyspozytorów przypominają te, które znajdują się w wieży; zasadnicza różnica polega na tym, że za pomocą konsoli w wieży nie sposób nawiązać bezpośredniej łączności z kabiną maszynisty.

Każde połączenie, które dyspozytorzy odbierają z pociągu lub które sami inicjują, jest rejestrowane: zapisywany jest numer identyfikacyjny pociągu, treść rozmowy i przedsięwzięte działania. Dobrym przykładem jest rozmowa, w czasie której maszynista zawiadamia o pożarze na peronie jakiejś stacji. Oceniwszy rozmiary pożaru i stopień zagrożenia, dyspozytor mówi maszyniście, czy ma jechać dalej, czy nie, czekać, czy też opróżnić skład z pasażerów („zrzucić ładunek"). Następnie nawiązuje łączność z odpowiednią komórką: konserwacją, wieżą, centrum zasilania (tam, w zależności od sytuacji, podejmuje się decyzje o tym, czy odciąć zasilanie, czy ponownie je włączyć) oraz z sekcją ochrony kolei. Możliwe są połączenia z jedną z tych komórek lub z kilkoma naraz.

Dyspozytorzy podlegają koordynatorowi. Jest on podwładnym szefa nadzoru, który jednak nie zajmuje się rutynowym funkcjonowaniem swojej sekcji. Konsola na stanowisku koordynatora pozwala mu łączyć się z każdym maszynistą we wszystkich jednostkach, czyli w całej sekcji. Tutaj szefem jest koordynator; to on odpowiada za to, by pociągi kursowały płynnie i zgodnie z rozkładem. Zapracowuje na swoją pensję dzień w dzień, ale zwłaszcza wtedy, gdy dochodzi do sytuacji awaryjnej, która zagraża funkcjonowaniu sekcji. Wówczas jego zadanie polega na przygotowaniu awaryjnego rozkładu jazdy, dzięki któremu pociągi będą dalej kursować: przenosi pociągi miejscowe na tory ekspresowych i vice versa, składy z East Side do West Side, nakazuje maszynistom „zrzucić ładunek" — słowem przeprowadza najróżniejsze improwizacje pozwalające na utrzymanie ruchu w czasie poważnej katastrofy, jak wykolejenie się pociągu lub kolizja. Takie rzeczy zdarzają się nawet wówczas, gdy wszystko doskonale funkcjonuje.

Do centrum dowodzenia przylega biuro informacyjne ogłaszające zmiany w rozkładzie jazdy i komunikaty o sytuacjach awaryjnych za pomocą systemu nagłośnienia na stacjach. Komunikaty są nagrywane na taśmy i kasety i dostarczane na stacje. W razie poważnych opóźnień i wypadków biuro nawiązuje kontakt z prasą, radiem i telewizją, tak aby media mogły na bieżąco relacjonować rozwój wydarzeń.

Frank Correll znał system tak, jak znał siebie, choć nie umiałby go opisać; nie uważał jednak tego za konieczne, podobnie jak nie przyszłoby mu do głowy opisywać swoje ciało. Gdyby go zapytać, jak podnosi się rękę, skrzywiłby się tylko i odparł: „Po prostu ją podnosisz"; oznaczałoby to, że są rzeczy, o których nie trzeba myśleć. Właśnie tak postrzegał funkcjonowanie centrum dowodzenia i swoją istotną w nim rolę. Tak samo uważali dwaj pozostali zmieniający się co osiem godzin koordynatorzy w sekcji A.

Jakkolwiek koordynator nie monitoruje każdego telefonu odbieranego przez dyspozytorów, musi jednak mieć coś w rodzaju magicznej różdżki, dzięki której wyczuwa kryzysową sytuację, zanim uczyni to dyspozytor. Szósty zmysł Franka Corrella ostrzegł go, że z Pelham One Two Three będą poważne kłopoty. Kazał wieży Grand Central zbadać sytuację, a potem przejął pałeczkę od dyspozytora i podjął próbę uruchomienia pociągu. Siedział na skraju krzesła z głową wysuniętą w stronę mikrofonu, niczym wąż przygotowany do ataku.

Jednakże nie spodziewał się takiej sytuacji, jaka wynikła w związku z Pelham One Two Three. Usłyszawszy wiadomość, w nietypowy dla siebie sposób zamilkł. A potem ryknął i we wszystkich częściach siedziby centrum dowodzenia na twarzach ludzi pojawiły się uśmiechy. Frank Correll był słynny nawet wśród koordynatorów, którzy tradycyjnie są gwiazdorami zarządu transportu, twardymi, wybuchowymi i zmiennymi, i którzy odgrywają swoje role do granic możliwości. Chudy i żylasty, niecierpliwy i pyskaty, obdarzony nadmiarem energii idealnie nadawał się do tej roli. Tak więc ten, kto usłyszał jego nagły wybuch, nie miał powodu podejrzewać, że dzieje się coś nadzwyczajnego.

Correll uspokoił się, a przynajmniej okiełznał swój ognisty temperament i rzekł spokojnym jak na niego tonem:

— Słyszałem, co powiedziałeś. Co to znaczy, że pociąg został uprowadzony? Wyjaśnij. Chwileczkę. Odciąłeś zasilanie. Dlaczego to zrobiłeś, nie podając przyczyn centrali zasilania? Słyszysz. Mów i obyś mnie przekonał.

— Masz pod ręką ołówek, koordynatorze?

— Co to za idiotyczne pytanie? Mówię z maszynistą?

— Nie jestem maszynistą. Słuchaj mnie uważnie. Naprawdę uważnie. Masz ołówek?

— Z kim, u diabła, mam do czynienia? Jesteś upoważniony do przebywania w kabinie maszynisty? Podaj swoją tożsamość.

— Słuchaj mnie uważnie, koordynatorze, bo nie chcę się powtarzać. Wasz pociąg został uprowadzony przez grupę silnie uzbrojonych ludzi. Odcięto zasilanie, o czym już wiesz. Pociąg również. Znajdujemy się w pierwszym wagonie składu i trzymamy szesnastu pasażerów i maszynistę jako zakładników. Nie zawahamy się wszystkich zabić, jeśli będzie to konieczne. Jesteśmy zdesperowani, koordynatorze. Odbiór.

Correll rozłączył się i uderzył dłonią w sześć klawiszy jednocześnie; jeden z nich połączył go automatycznie z sekcją ochrony kolei. Ręce trzęsły mu się z gniewu.

Clive Prescott

Jedna z sekretarek prezesa zarządu transportu zadzwoniła do porucznika Clive'a Prescotta z informacją, że dostojni goście z Bostonu, powracający z lunchu z prezesem, właśnie zjeżdżają windą z dwunastego piętra na pierwsze. Przypomniała mu, że są to bliscy znajomi prezesa, należy im zatem okazać należyty szacunek.

— Rozwinę czerwony dywan, jak tylko go odkurzę — rzekł porucznik Prescott. Odłożył słuchawkę i poszedł do stanowiska informacyjnego, strzegącego dojścia do kwatery głównej sekcji ochrony kolei, zwanego przez policjantów mózgiem. Tam czekał, aż winda „wyrzuci na zewnątrz cenny ładunek".

Z przewrotną przyjemnością obserwował reakcję dostojnych gości, gdy ruszyli w jego stronę. Nie do końca potrafili ukryć zaskoczenie, bo wyglądał inaczej, niż się spodziewali. Bardziej kolorowo, pomyślał z łagodną ironią. Musiał jednak przyznać, że pozbierali się błyskawicznie i podawali mu dłoń bez cienia odrazy czy dystansu. Wszak nie mogli sobie pozwolić na ryzyko; a kto wie, może pewnego dnia przeprowadzi się do Bostonu, a głos Murzyna ma, niestety, taką samą wartość jak każdy inny.

Byli politykami irlandzkiego pochodzenia — czy jest w tym coś dziwnego? — jeden zachowywał się wylewnie, a drugi powściągliwie. Nazywali się Maloney (ten wylewny) i Casey (powściągliwy). Ich niemal identyczne, przenikliwie patrzące nie bez uprzedzenia niebieskie oczy ogarnęły elegancki garnitur porucznika Prescotta w kolorze skóry rekina (z wysokim rozcięciem z tyłu), koszulę w wyraziste czerwono-biało-czarne pasy, krawat marki Countess Mara, włoskie buty ze szpicem (w wyprzedaży za pięćdziesiąt dolarów), a zadarte nosy wychwyciły zapach wody Canöe. Ich uściski dłoni były jednocześnie ciepłe i mocne. Tak podają dłoń ludzie, którzy z tego żyją.

— Trochę u nas ciasno — zaczął Prescott, ale nie dokończył zdania. Utyskiwanie znudziłoby zarówno ich, jak i jego. — Wyższe szarże mają tu swoje gabinety... — Wykonał niewyraźny ruch ręką. — To siedziba szefa Costella. — Goście wymienili krótkie spojrzenia. Prescott odgadł ich znaczenie: Bogu dzięki, Costello to porządne irlandzkie nazwisko, gdyby szef też okazał się kolorowy, tego byłoby już za wiele. — Tędy, panowie.

Zgodnie z protokołem najpierw powinien się udać do wydziału operacyjnego, gdzie goście wpisują się do rejestru, lecz Prescott postanowił odwrócić kolejność. Przy odrobinie szczęścia spokojny jak dotąd poranek w operacyjnym mógł się okazać ekscytujący. Wczoraj odebrano ostrzeżenie o bombie na stacji IND (które okazało się fałszywe) i wydział operacyjny aż trząsł się od telefonów. Dzwonili policjanci przeszukujący stację i tory. Goście mieliby na co popatrzeć. Prescott ominął operacyjny i ruszył w stronę dalekopisów i sekcji odpraw.

W swobodnej pozie, niczym wykładowca w ekskluzywnej klasie składającej się z dwóch uczniów, Prescott stanął w dziale dalekopisów.

— Mamy dwustronne połączenie z komendą nowojorskiej policji. Odbieramy wszystkie ich informacje, a oni nasze. Dwie maszyny obsługują linie autobusowe należące do miasta oraz sekcję służb miejskich.

Goście wyglądali tak, jakby zaraz mieli usnąć. Prescott nie winił ich za to. Znudzony mówca wywołuje znudzenie słuchaczy. Robił to tyle razy, że zbierało mu się na mdłości. Funkcja biurowego gliniarza, obarczonego zbyt wielką liczbą zadań piarowskich, oznacza, że wcale nie jest się gliniarzem. Ale za to mu płacono. No dobrze, zasypmy gości liczbami, pomyślał z wewnętrznym westchnieniem.

— Może podam trochę danych o naszej sekcji. — Zrobił pauzę; przez ten czas dalekopis pracował, nieustannie przekazując informacje z policji. — Jak panowie wiedzą, w sekcji ochrony kolei pracuje około trzech tysięcy dwustu ludzi, co stanowi nieco ponad dziesięć procent stanu liczebnego sił nowojorskiej policji. Może się to wydawać mało, lecz jest to jedna z trzydziestu pięciu najliczniejszych formacji policyjnych w kraju. Teren przez nas patrolowany jest ogromny: dwieście siedem mil torów, czterysta siedemdziesiąt sześć stacji, z których prawie sześćdziesiąt procent mieści się pod ziemią. Są panowie zaskoczeni?

Goście ani trochę nie wyglądali na zaskoczonych, lecz po słowach porucznika natychmiast zrobili pełne zaskoczenia miny.

— W rzeczywistości stacji podziemnych jest dwieście sześćdziesiąt pięć, a naziemnych sto siedemdziesiąt trzy...

Prescott ponownie przerwał na chwilę i wtedy Maloney zrobił mu niespodziankę.

— To daje czterysta trzydzieści osiem, a powiedział pan, że stacji jest w sumie czterysta siedemdziesiąt sześć.

Porucznik uśmiechnął się pobłażliwie, jakby wyjaśniał wątpliwość zdolnego ucznia.

— Właśnie miałem dodać, że trzydzieści dwie stacje są

otwarte, znajdujące się na nabrzeżach. Nie chcę zarzucać panów liczbami... — Dokładnie to jednak zamierzał uczynić: zanudzić gości danymi, przy okazji zanudzając siebie. — Może zaciekawi panów, że najwyżej położoną stacją jest Smith-Ninth Street na Brooklynie, podstawę toru od ulicy dzieli osiemdziesiąt siedem i pół stopy. Natomiast najgłębiej położoną stacją jest ta, która znajduje się przy Sto Osiemdziesiątej Dziewiątej Ulicy i St. Nicholas Avenue. Biegnące przez nią tory leżą sto osiemdziesiąt stóp pod powierzchnią.

— Coś podobnego — rzekł Maloney. Casey ziewnął, zakrywając usta dłonią.

— Najruchliwszą stacją na szlaku, jeśli chodzi o liczbę pasażerów, jest Grand Central — ciągnął beznamiętnie Prescott. — Przewija się przez nią ponad czterdzieści milionów osób. Najruchliwszą stacją pod względem częstotliwości przejazdu pociągów jest West Fourth Street na linii IND. W godzinach największego natężenia ruchu przejeżdża przez nią w każdą stronę sto pociągów na godzinę.

— Coś podobnego — powtórzył Maloney. Casey wciąż ziewał.

Jeśli nie zamknie gęby, powiem im, ile jest wind, pomyślał mściwie Prescott.

— Tabor liczy siedem tysięcy wagonów. Mamy dziewięćdziesiąt dziewięć wind. Wszystko to, a także klatki schodowe i antresole, musi patrolować trzy tysiące dwustu policjantów i to przez całą dobę. Jak panowie zapewne wiedzą, na każdej stacji i w każdym składzie między dwudziestą a czwartą rano przebywa policjant. Od czasu wprowadzenia tych dyżurów przestępczość spadła prawie o sześćdziesiąt procent.

— My też mamy przestępczość w metrze u nas, w Bostonie — rzekł tonem usprawiedliwienia Casey, przestawszy ziewać.

— Ale z wami nie możemy się równać — przyznał Maloney.

— Dziękuję — powiedział Prescott. — Podobnie jak policja mamy do czynienia z rabunkami, napaściami, różnymi rodzajami przemocy, pijaństwem, wypadkami, chorobami, chuligaństwem, wandalizmem, wyrywaniem torebek, kieszonkowcami, molestowaniem, rozwydrzoną młodzieżą, czyli ze wszystkimi odmianami przestępstw i zakłóceń porządku. Radzimy sobie z nimi w kompetentny sposób, jeśli wolno mi tak rzec. Nosimy broń, naturalnie, w czasie służby i poza nią...

Casey znów przymierzał się do ziewnięcia, a wzrok Maloneya powędrował w stronę dalekopisu.

Prescott potraktował to jako wskazówkę i zapędził gości do maszyny.

— Tutaj mamy zapis wszystkich połączeń z policją.

Maloney zerknął na przesuwający się arkusz papieru.

— Skradzione samochody i nic więcej — zauważył. — Oldsmobile z tysiąc dziewięćset pięćdziesiątego. Kto się połaszczył na oldsmobile'a z pięćdziesiątego roku?

Prescott postanowił darować sobie salę odpraw.

— A teraz udamy się do sekcji operacyjnej, która stanowi prawdziwe serce jednostki.

Serce biło słabo, co Prescott zauważył od razu, gdy tylko weszli do sali pociętej szklanymi ściankami na labirynt kwadratów i prostokątów. Coś się działo, lecz było to rutynowe funkcjonowanie sekcji. Prescott oparł się o szklaną ścianę oddzielającą salę operacyjną od kartotek i pozwolił gościom przyjrzeć się scenerii. Ich wzrok w naturalny sposób przykuła ogromna policyjna mapa na ścianie.

— Nazywamy to tablicą służbową — wyjaśnił Prescott. — Pokazuje rozmieszczenie wszystkich naszych ludzi, którzy są w terenie. Czerwone światełka oznaczają policjantów IRT, a żółte to BMT i IND. Funkcjonariusze utrzymują stałą łączność z sekcją operacyjną i pomiędzy sobą. Wielu jest wyposażonych w dwukierunkowe radia, kosztujące osiemset dolarów, a pozostali łączą się telefonicznie co godzina. Albo częściej, jeśli mają jakiś kłopot.

— Jakie to ładne — powiedział Maloney. — Tyle kolorów.

Maloney miał oko poety. Podłużna tablica była podzielona na żółte, czerwone, pomarańczowe, niebieskie i zielone plamy oznaczające rozmaite strefy, a migotliwe światełka, ilustrujące rozmieszczenie policjantów, jeszcze bardziej wzbogacały paletę barw. Prescott musiał przyznać, że wszystko razem tworzyło ładną konstelację.

Nad całością trzymał pieczę Garber, który był szefem i zachowywał się jak szef. Prescott przedstawił Maloneya i Caseya, a Garber, mężczyzna o ogorzałej twarzy okolonej czarną brodą, niecierpliwie uścisnął im dłonie i szorstkim tonem kazał wpisać się do rejestru.

— Ci panowie są znajomymi komisarza — rzekł Prescott. — Bliskimi znajomymi.

Garber tylko mruknął. Ma to w nosie, pomyślał Prescott. Jest zapracowanym, pogrążonym w obowiązkach, ważnym gliniarzem, dźwigającym na swoich barkach bezpieczeństwo zwykłych obywateli. Nie zrobiłoby na nim wrażenia, gdyby ci dwaj byli znajomymi samego Jezusa Chrystusa. Też mi coś.

— Proszę tu podejść, panowie — powiedział Prescott. Goście podążyli za nim posłusznie, lecz teraz nawet Maloneyowi zbierało się na ziewanie. Dwie pary przebiegłych niebieskich ślepi zdradzały zmęczenie. — To są stanowiska dyspozytorów, jedno na każdą z trzech sekcji metra. Kieruje nim sierżant, któremu pomagają funkcjonariusz i radiooperator. Jak panowie widzą, konsole są bardzo podobne do tych, które widzieliśmy w centrum dowodzenia. Otrzymawszy zawiadomienie o wypadku, dyżurny rejestruje wiadomość elektronicznie, a ta ukazuje się na stanowisku radiooperatora. Ten z kolei przekazuje ją funkcjonariuszowi w terenie i kieruje go do miejsca, w którym doszło do incydentu. Tutaj bardzo dużo się dzieje. Zazwyczaj.

Prescott nigdy nie widział większego zastoju. Dwóch sierżantów w leniwych pozach paliło papierosy, paru radiooperatorów gadało między sobą.

— Szkoda, że nie było panów wczoraj — dodał Prescott. — Mieliśmy zagrożenie bombowe, w całym centrum wrzało.

— W zeszłym tygodniu w ciągu godziny mieliśmy trzy niezwiązane ze sobą bójki z użyciem noży — wtrącił sierżant z IND, który usłyszał rozmowę.

— Zwykle mamy tu duży ruch — podkreślił Prescott.

— Dwóch ludzi zginęło, trzech odniosło rany, jeden był w stanie krytycznym. Wciąż w nim pozostaje, więc może się okazać, że były trzy trupy.

— Tam, za tą szklaną ścianą, znajdują się kartoteki — ciągnął Prescott. — Rejestr wszystkich zdarzeń z całego dnia: wezwań, aresztowań, obrażeń i wszelkiego rodzaju wypadków. Jest tam także księga aresztowań, podobna do tej, którą mają w policji...

Prescott usłyszał, jak Garber trzaska słuchawką i ryczy:

— Roberts, pobudka! Jakiś gang uprowadził skład w sekcji A. Podobno są uzbrojeni w broń maszynową. Ściągnij wszystkie jednostki z Lexington Avenue patrolujące w pobliżu Dwudziestej Ósmej Ulicy...

— Uprowadzili pociąg metra? — spytał Casey, który nagle się przebudził i nie wiedział, czy się dziwić, czy śmiać. — Po jaką cholerę ktoś miałby porywać podziemny pociąg?

— Skąd nadeszła ta informacja? — spytał Prescott Garbera.

— Od koordynatora. Rozmawia z porywaczami, którzy są w kabinie maszynisty pociągu.

— Panowie — rzekł Prescott do gości. — Wydaje mi się, że komisarz was oczekuje.

Wyprowadził ich z przedsionka i nacisnął guzik windy. Gdy tylko nadjechała i mężczyźni wsiedli, by wjechać na dwunaste piętro, Prescott ruszył pędem po schodach do centrum dowodzenia.

Ryder

Czekając w kabinie maszynisty, aż koordynator wróci do stanowiska radiowego, Ryder rozmyślał o zagrożeniach operacji. Największe z nich — wyłączając niepewność, czy druga strona będzie postępować racjonalnie — polegało na tym, że Ryder będzie musiał spędzać dużo czasu w kabinie. To zaś oznaczało, że przez długie okresy nie będzie osobiście dowodził swoimi ludźmi.

Daleko im było do ideału. Longman to tchórz, Welcome nie przestrzega dyscypliny, Steever jest opanowany, lecz trzeba nim kierować. Ryder mógł zatem liczyć na odwagę dwóch żołnierzy (Steevera i Welcome'a), na inteligencję jednego (Longmana), na dyscyplinę Steevera (oraz Longmana, jeśli nie załamie się pod presją). Jakość oddziału pozostawiała wiele do życzenia, lecz to samo można było powiedzieć o tych, którymi Ryder dowodził w przeszłości. Najosobliwsza była kompania Kongijczyków. Całkowicie pozbawieni strachu, z chęcią oddający życie. Brakowało im jednak racjonalności. Żyjesz albo umierasz, owszem, ale nie popełniasz samobójstwa. Kongijczycy postępowali tak, jak ludzie gotowi zginąć dla przyjemności lub dreszczyku podniecenia. Arabowie też byli szaleni, lecz mieli odrobinę wyobraźni i wiedzieli — albo tak im się zdawało — za jaką stawkę giną. Ryderowi przyszło do głowy, że żołnierz doskonały łączyłby inteligencję Longmana, zdyscyplinowanie Steevera i krewkość Welcome'a.

Tak więc w zależności od przyjętej metody oceny wartości siły, którymi dowodził Ryder, składały się albo z trzech dalekich od doskonałości żołnierzy albo z jednego żołnierza idealnego.

— Pelham One Two Three, Pelham One Two Three, odbiór.

Ryder nacisnął klawisz przekaźnika.

— Masz ołówek w gotowości, koordynatorze?

— Mam i to ostry. Będziesz dyktował?

— Chcę, żebyś zapisywał dokładnie to, co mówię. Dokładnie. Słyszysz mnie?

— Słyszę cię, pokręcony draniu. Odbiło ci, skoro porywasz się na coś takiego.

— Podam ci siedem informacji — odparł Ryder. — Pierwsze trzy mają charakter objaśniający, a pozostałe są instrukcjami. Nie będą długie. Zapisuj dokładnie tak, jak podaję. Punkt pierwszy: Pelham One Two Three znajduje się całkowicie pod naszą kontrolą. Należy do nas. Zapisałeś?

— Kim wy jesteście, czarnuch... to znaczy kolorowymi? Należycie do Czarnych Panter?

— Punkt drugi, koordynatorze. Jesteśmy silnie uzbrojeni, mamy broń maszynową. Potwierdź.

— Potwierdzam, ty świrusie. Nie ujdzie wam to płazem.

— Zbyteczne komentarze zachowaj dla siebie. Punkt trzeci: jesteśmy poważnymi, zdesperowanymi ludźmi i nie mamy skrupułów, jeśli chodzi o zabijanie. Nie lekceważcie nas. Potwierdź.

— Wiesz o tym, że przez was idzie w diabły cały ruch na linii East Side?

— Potwierdź.

— Mów dalej. Chcę usłyszeć resztę twoich rojeń.

— Punkt czwarty: nie będziecie próbowali włączyć zasilania, dopóki nie otrzymacie od nas polecenia.

— No pięknie!

— Czekam na twoje potwierdzenie, koordynatorze.

— Wetknij je sobie w tyłek!

— Jeśli włączycie, zastrzelimy jednego z pasażerów — oznajmił Ryder. — I będziemy rozstrzeliwać po jednym co minuta, dopóki nie wyłączycie.

— Ty zasrańcu, gliny spadną wam na łby.

— Punkt piąty — ciągnął Ryder. — Jeśli ktoś podejmie próbę interwencji... policja, personel ochrony kolei, ktokolwiek... zabijemy pasażerów. Słyszysz?

— Naprawdę ci odbiło.

— Punkt szósty: natychmiast skontaktujesz się z burmistrzem. Poinformuj go, że żądamy miliona dolarów za uwolnienie wagonu i pasażerów. Potwierdź.

— Śnij dalej, bandyto.

— Punkt siódmy. Jest teraz druga trzynaście. Pieniądze mają trafić do naszych rąk w ciągu godziny. Czas płynie od tej chwili. Pieniądze muszą być w naszych rękach nie później niż o trzeciej trzynaście. Jeśli tak się nie stanie, co minuta po tym terminie będziemy zabijać jednego pasażera. Zrozumiałeś, koordynatorze?

— Zapisałem wszystko, łotrze. Jeżeli ci się zdaje, że coś z tym zrobię, masz narąbane we łbie bardziej, niż myślałem.

Opracowałeś plan oparty na logicznych reakcjach drugiej strony, pomyślał Ryder, jeśli jednak ich zabraknie, jest do niczego. Ale zwykła głupota też może go zrujnować.

— Koordynatorze, połącz mnie z sekcją ochrony kolei. Powtarzam, połącz mnie z ochroną kolei.

— Jest tu jeden gliniarz, bandyto. Baw się dobrze.

Ryder poczekał chwilę. W głośniku rozległ się inny, lekko zdyszany głos:

— O co chodzi?

— Twoja tożsamość? — spytał Ryder.

— Porucznik Prescott, sekcja ochrony kolei. Podaj swoją.

— Jestem człowiekiem, który porwał wasz pociąg, poruczniku. Poproś koordynatora, żeby pokazał ci swoje notatki. Niech to nie trwa za długo.

Ryder słyszał dyszenie porucznika, a potem jego głos:

— Prescott do Pelham One Two Three. Przeczytałem. Odbiło ci.

— Doskonale, odbiło mi. Czy to cię pociesza? Czy to jest powód, by nie traktować mnie serio?

— Słuchaj, traktuję cię poważnie — odparł Prescott. — Ale nie ujdzie ci to na sucho. Jesteś pod ziemią, w tunelu.

— Poruczniku, spójrz na punkt siódmy. Dokładnie o trzeciej trzynaście zaczniemy zabijać pasażerów, jednego co minuta. Proponuję, żebyście niezwłocznie skontaktowali się z burmistrzem.

— Jestem funkcjonariuszem sekcji ochrony kolei. Jak mam się skontaktować z burmistrzem?

— To już twój problem, poruczniku.

— Dobrze, spróbuję. Nie róbcie nikomu krzywdy.

— Zgłoś się natychmiast po nawiązaniu kontaktu z burmistrzem, wtedy podam dalsze instrukcje. Koniec, wyłączam się.

7

Centre Street 240

Jakkolwiek sekcja ochrony kolei ma bezpośrednie połączenie z komendą główną policji, mieszczącą się w starym i okropnym gmachu przy Centre Street 240, telefon z informacją o porwaniu składu Pelham One Two Three został przełączony na linię 911, do systemu, którego zadaniem jest przyspieszenie reakcji policji na pilne wezwania. Operator przyjmujący telefon nie okazał w ten sposób pogardy dla drugorzędnych sił porządkowych ani nie poddał się impulsowi demokratycznemu, lecz działał zgodnie z procedurą, której celem jest zapewnienie wydajności i pełnego wykorzystania głównego komputera policyjnego.

Wiadomość z takimi informacjami, jak czas połączenia, miejsce, w którym doszło do incydentu, oraz jego charakter, została wprowadzona do komputera, który wykonując dwadzieścia pięć do trzydziestu operacji na trzy sekundy, dostarczył wydruk do sali radiowej.

Mimo że porwanie pociągu metra nie zdarza się co dzień, dyspozytor, który odebrał informację, nie przejął się nią ponad miarę. Kiedy ma się do czynienia z zamieszkami, masowymi mordami, katastrofami wszelkiego rodzaju, rzekome uprowadzenie pociągu, choć brzmi dziwacznie i intrygująco, nie stanowi natychmiastowej sensacji. Dyspozytor postępował zgodnie z rutynową procedurą.

Z wydruku dowiedział się, które z kilkunastu radiowozów z posterunków trzynastego i czternastego są do dyspozycji. Następnie wywołał radiowozy o kryptonimach Boy Trzynastka i David Czternastka, polecił rozejrzeć się na miejscu zdarzenia i złożyć meldunek. W zależności od treści meldunku i powagi sytuacji sekcja planowania wyznaczy oddział, który przystąpi do działania. Uczyni to, wysyłając odpowiedni sygnał: 1041 oznacza sierżanta i dziesięciu funkcjonariuszy, 1042 to sierżant i dwudziestu funkcjonariuszy, 1047 — ośmiu sierżantów i czterdziestu funkcjonariuszy; w akcji mogą także wziąć udział policjanci wyżsi rangą.

W ciągu niespełna dwóch minut odezwał się jeden z radiowozów.

— David Czternastka do centrali.

— Ruszaj na miejsce — polecił dyspozytor.

Kiedy dyspozytor odbierał raport z miejsca zajścia od patrolu David Czternastka, przekazywany był inny meldunek. Porucznik Prescott nawiązał łączność z komisarzem Costellem z sekcji ochrony kolei. Ten od razu zadzwonił do komisarza nowojorskiej policji, którego znał osobiście. Komisarz właśnie wychodził z biura, by wsiąść do samolotu i polecieć na bardzo ważną konferencję w Departamencie Sprawiedliwości w Waszyngtonie, ale natychmiast przekazał sprawę sekcji planowania. Zarządził mobilizację, która miała objąć siły policyjne z innych dzielnic, głównie z Brooklynu i Bronksu. Następnie z żalem udał się na lotnisko.

Załogi radiowozów z posterunków trzynastego i czternastego zaczęły kontrolować ruch uliczny, aby policyjne wozy pospiesznie przybywające na miejsce wyznaczonymi trasami miały wolną drogę. Trasy takie istnieją we wszystkich częściach miasta i służą do błyskawicznego transportu ludzi i sprzętu.

Taktyczne oddziały policyjne otrzymały rozkaz zajęcia się tłumem, który nieuchronnie gromadzi się w takich sytuacjach.

Załoga śmigłowca policyjnego otrzymała rozkaz startu.

Członkom sekcji operacji specjalnych wydano odpowiedni sprzęt: karabiny i pistolety maszynowe, strzelby, gaz łzawiący, karabiny snajperskie z lornetkami, kamizelki kuloodporne, reflektory oraz megafony. Znaczna część amunicji była kalibru .22, której użycie miało zminimalizować zagrożenie trafienia rykoszetem któregoś z funkcjonariuszy lub przypadkowych osób.

Na miejsce pospieszyło kilka „dużych ciężarówek" (wielkości małej ciężarówki) oraz „małych aut" (wielkości dużego kombi). Pojazdy te przewożą ogromne arsenały broni, sprzętu ratunkowego oraz specjalistycznych narzędzi i instrumentów. W jednych i drugich znajdują się klucze do otwierania awaryjnych wyjść metra, a w ciężarówkach mieszczą się generatory prądu.

Z wyjątkiem nielicznych detektywów w cywilnych ubraniach, którzy zostają dyskretnie rozlokowani na miejscu wypadku, wszyscy policjanci mają na sobie mundury. W czasie dużych operacji, gdy chaos jest nieunikniony, detektywi wykorzystywani są rzadko i trzymają się w bezpiecznej odległości od centrum wydarzeń, gdyż w ogniu walki mogą zostać wzięci za przestępców, zwłaszcza gdy sięgają po broń.

Pieczę nad operacją powierzono dowódcy komendy dzielnicowej, w stopniu zastępcy inspektora. Jego rewir zwany Manhattanem Południowym obejmuje cały teren na południe od Pięćdziesiątej Dziewiątej Ulicy do Battery, a kwatera główna, siedziba komendy dzielnicowej, mieści się w Akademii Policyjnej przy Dwudziestej Pierwszej Wschodniej, trochę ponad dziesięć minut szybkiego marszu od miejsca wypadku. Jednakże inspektor nie szedł pieszo, lecz przybył nieoznakowanym, czterodrzwiowym samochodem, kierowanym przez szofera.

W szczytowym momencie w akcji brało udział ponad siedmiuset policjantów.

Welcome

Trzymając thompsona zwisającego przy prawej nodze, Joe Welcome wyjrzał przez okienko w drzwiach w tylnej części wagonu. Tunel pogrążony w cieniach i półmroku wyglądał na opustoszały. Budził lekką grozę, przypominał mu karnawał, na którym Joe kiedyś był, późno w nocy, po zakończeniu zabawy. Bezruch go niepokoił. Chętnie zobaczyłby fruwający skrawek papieru lub szczura, które, jak twierdził Longman, mieszkają w tunelach. Szczura Joe mógłby rozwalić, przynajmniej coś by się działo.

Był wartownikiem, który nie ma czego obserwować, i zaczynało go nosić. Podczas planowania numeru Ryder, przydzielając role, powiedział: ktoś będzie zabezpieczał nasze tyły, to bardzo ważne i odpowiedzialne zadanie. Tymczasem wiało nudą. Na przodzie wagonu też niewiele się działo, bo tamci pilnowali gromady robiących ze strachu w portki frajerów, ale Steever miał chociaż trochę zabawy, kiedy przywalił jakiemuś cwaniaczkowi pistoletem w łeb.

Od tej chwili pasażerowie zachowywali się jak aniołki, prawie się nie ruszali. Longman i Steever nie mieli nic do roboty, po prostu stali. Welcome wolałby, gdyby zakładnicy się obudzili i zaczęli kombinować. Nie mieli jednak żadnej szansy. Posiekałoby się ich na kawałki, zanim oderwaliby tyłki od siedzeń. Steever już by się o to postarał. Longman też może puściłby serię, a może nie. Longman miał być mózgiem, ale był pokręcony, a do tego zielony. Steever miał jaja, ale za to gówniany mózg.

Welcome skierował wzrok na laskę w botkach i śmiesznym kapelusiku. Wszechstronnie uzdolniona, nie ma co. Siedziała z jedną nogą założoną na drugą, bujając stopą. Powędrował wzrokiem do odsłoniętego uda, gładkiego i krągłego. Różowa podwiązka, jeśli wytężyło się nieco wzrok, wyglądała jak gołe ciało. Może o tym nie wiedziała? Welcome powędrował myślą wyżej, do samego końca, między skrzyżowane nogi, do miejsca, gdzie w miękkim puszku kryło się przecięcie podobne do ust z odstającą jedną stroną. Jak tylko nadarzy się okazja przed końcem akcji, przeleci tę soczystą dziwkę. Joey, wariat z ciebie jakich mało.

Wariat. Welcome słyszał to słowo wiele razy, więc może było trafne. Ale co w tym złego? Żył jak chciał i sprawiało mu to frajdę. Wariat? Niech będzie. Czy ktoś inny myślałby o bzykaniu w czasie skoku za milion dolarów? Za godzinę wszyscy mogą być martwi. O czym więc na koniec myśli normalny facet, jeśli nie o bzykaniu — o swojej pozycji w świecie?

Odwrócił się i spojrzał w głąb tunelu. Nic. Parę zielonych świateł od strony przedmieścia, parę niebieskich... nudy na pudy. Czemu Ryder tak długo marudzi w kabinie? Welcome lubił szybkie akcje, wchodzisz i wychodzisz, zero wyczekiwania i zero komplikacji.

Ryder. Welcome nie szalał na jego punkcie, lecz przyznawał obiektywnie, że był dobrym organizatorem i bez dwóch zdań miał jaja. Ale zimny był z niego drań. W organizacji też pilnowali dyscypliny i mieli świra na punkcie *rispetto*, tego przeżytku ze starego kraju, ale nie byli zimni. To były makarony, a z makaronami zawsze wiadomo, co jest grane. Jak jest wkurzony, to się z tym nie kryje. Nie potrzeba słownika, żeby zrozumieć wrzaski po sycylijsku. Ryder nigdy nie podnosił głosu.

Welcome nie przepadał za makaronami, bo w przeciwnym razie nie zmieniłby nazwiska. Sędzia zapytał go, czy wie, że Joseph Welcome to dokładne tłumaczenie nazwiska Giuseppe Benvenuto. Jakiś żydek musiał mu to podpowiedzieć. Ludzie czepiali się go z tego powodu prawie od dnia, w którym się urodził. Tylko pani Linscomb w gimnazjum robiła to w miły sposób, a później zdzira zwróciła się przeciwko niemu.

Pani Linscomb od łaciny, która postawiła mu zero na świadectwie. Giuseppe Benvenuto, potomek łacińskiej kultury, dostał najniższą w historii szkoły ocenę z łaciny: zero, jajo. Nikt jednak nie wiedział, dlaczego to zrobiła. Kazała mu zostać w klasie pewnego popołudnia, a jemu zaczęło się roić we łbie. Pozwoliła mu położyć rękę na cycku i pocałowała go z języczkiem, lecz kiedy mu odbiło, kiedy rozpiął rozporek i chciał włożyć jej fiuta do ręki, dostała

cykora. „Giuseppe, jak śmiesz! Ubierz się w tej chwili!".
Odwróciła się do niego tyłem, ale on był już rozgrzany.
Złapał ją w pasie i napierał na jej tyłek. Szarpała się, ocierając
się o niego pupcią. Osiągnęła tyle, że w połowie minuty
spuścił się prosto na jej sukienkę!

Nie mogła złożyć na niego skargi, bo musiałaby się gęsto
tłumaczyć, toteż zemściła się, stawiając mu zero z łaciny.
Joe sam się dziwił, jak dobrze ją pamięta: nieładna baba
o bladej cerze, z małymi sterczącymi cyckami, świetnymi
nogami i ruchliwym kuperku. Nagle przyszło mu do głowy,
że wcale nie musiała tak kręcić dupą, że mogła się wyrwać
bez większego trudu. Może wściekła się i postawiła mu zero
tylko dlatego, że spuścił jej się na sukienkę?

Tak czy siak, było za późno na takie przemyślenia. Repety
nie będzie.

Chłopaki z organizacji przyczepili się do jego nazwiska,
bo mieli słabość do śmiesznych przydomków. Kiedy po raz
pierwszy i ostatni jego nazwisko pojawiło się w gazecie
z powodu zarzutu o napaść — sprawę umorzono z braku
dowodów — brzmiało Giuseppe (Joey Welcome) Benvenuto.
Było to kilka tygodni przed tym, zanim wykręcił numer, za
który go wyrzucono. Dostał od organizacji rozkaz spusz-
czenia łomotu gościom, a on ich skasował. Co za różnica —
chciał załatwić sprawę szybko i tyle. A oni go wykopali.
Nie dlatego, że mieli jakieś skrupuły z powodu zabitych
frajerów, lecz dlatego, że nie posłuchał rozkazu. Dyscyplina.
Zamiast się pokajać i obiecać, że będzie grzeczny, Joe robił
sobie jaja, a oni go wywalili. Został zwolniony przez mafię!

Nie tknęli go palcem, więc być może gadki o tym, że
z organizacji można wyjść jedynie nogami do przodu, są

gówno warte. Mimo to Joe przejął się nimi i niewykluczone, że gdyby nie jego wujek Zio Jimmy, który był wielkim *capo*, coś by mu jednak zrobili. Pieprzyć ich, nie byli mu potrzebni. Radził sobie, nie brudząc rąk pracą, a jeśli ten numer wyjdzie, zgarnie sto tysięcy, czyli więcej niż masa cwaniaków z organizacji zarabia w dziesięć lat. To, co się czyta w gazetach, to jeden wielki szajs.

Oczy mu łzawiły od gapienia się w tunel. Osuszył je nylonową pończochą i ponownie spojrzał na opustoszały tor. Ten jednak nie był zupełnie opustoszały. Joey zmrużył oczy i wytężył wzrok. Ktoś szedł po torze prosto na niego.

Anita Lemoyne

Pistolety maszynowe to wariacka broń, lecz Anita Lemoyne nie była przestraszona. Nikt nie zrobi jej krzywdy; może innym, na przykład temu pyskatemu czarnuchowi, ale nie jej. Raz na jakiś czas spotykała faceta, którego nie kręciła, jednakże nie zdarzało się to codziennie. Nawet jeśli mężczyźnie się nie podobała, padał ofiarą kawałka mięsa, który nosił między nogami. Ci uzbrojeni dranie może i są twardzi, ale nie zniszczą towaru, który doceniają choćby w obiektywny sposób. Zatem nie była szczególnie przestraszona, tylko zła, bo jeśli te wygłupy się przeciągną, będą ją kosztowały.

Anita wiedziała, jak zachować pokerową twarz, i wiedziała, jak tego nie robić. Siedziała spokojnie, lecz zaczynała się niecierpliwić. Nie mogła sobie pozwolić na siedzenie w zakichanym metrze trzy przystanki od celu, nawet jeśli ktoś uprowadził pociąg. Gość, którego miała odwiedzić, płacił sto pięćdziesiąt dolarów i nie lubił spóźnialskich. Anita słyszała, jak wydarł się kiedyś na dziewczynę. Jego dziecięce usta wykrzywiły się niczym robak. „W naszym biznesie dzielimy sekundy na ułamki, więc nie wiem, dlaczego dziwka miałaby się spóźniać o kwadrans". Odprawił tamtą i nigdy więcej jej nie zamówił.

Prowadził interesy w branży telewizyjnej, był jakimś bonzem od programów informacyjnych. Producentem, reżyserem albo czymś w tym guście. Był niezastąpiony, tak o sobie mówił. Może i był. Tak w każdym razie żył: mieszkał na Piątej Alei pod numerem jeden, miał domek letni w Southampton, jacht, samochody i całą resztę. Miał też dziwne pojęcie o seksie, ale któż go nie ma? A czy ona miała prawo kwestionować czyjeś preferencje? Jeśli w grę nie wchodziły obrażenia, gotowa była spróbować każdego najbardziej zakręconego numeru. Klient od telewizji lubił brać dwie dziewczyny naraz, co było dość pospolite, i wymyślił parę dziwnych kombinacji i permutacji, jak je nazywał. Nie przeszkadzało jej to, jakkolwiek ostatnio doszła do wniosku, że facet jest nieświadomym homoseksualistą i gdyby sam siebie poznał, spławiłby dziewczyny i znalazł miłego młodego chłopaka.

Nie zamierzała mu o tym mówić, w każdym razie dopóty, dopóki będzie bulił sto pięćdziesiąt dolców za numer. A na to się nie zanosiło, jeśli Anita nie wydostanie się z tego bajzlu i nie dotrze raz-dwa na Astor Place. Krzywa Buźka nie weźmie pod uwagę, że spóźniła się, bo jakieś draby trzymały ją na muszkach pistoletów maszynowych. I tak ją wykopie, mówiąc, że nawet gdyby ktoś wycelował w nią armatę, nie zmienia to faktu, że są umówieni co do sekundy. Jej noga, która dotąd wystukiwała rytm zniecierpliwienia, nagle znieruchomiała. Czy udałoby się wykiwać któregoś z tych łobuzów i nakłonić go, żeby ją wypuścił? Szalony pomysł, ale nigdy nie wiadomo, jeśli się nie sprawdzi. Czy jeden z nich nie łypał na nią okiem od chwili, gdy wsiadła? I robi to w dalszym ciągu, mimo że stoi pięćdziesiąt czy sześćdziesiąt stóp dalej. Zapamiętała jego wygląd, zanim wciągnął maskę: śniady przystojniaczek, typ latynoskiego kochasia. Znała takich: wariat, ale pies na cipki. Tylko jak tu zadziałać, skoro dzieli ich odległość pół mili. Uderzyć do któregoś z trzech pozostałych? Najroślejszy, dowódca, zniknął w kabinie maszynisty. Wybrać twardziela czy tego roztrzęsionego? Może, choć żaden z nich jak dotąd porządnie na nią nie spojrzał. Ale Anita jeszcze się o to nie postarała, jeszcze nie włączyła swojej maszynerii.

Nagle wariat zaczął krzyczeć. Otworzył tylne drzwi, wysunął przez nie broń i rozgłośnie kłapał szczęką, spoglądając w głąb tunelu.

Longman

Pierwsza krew.

Tak się mówiło, kiedy maszynista po raz pierwszy przejechał kogoś na torze. Longman — trochę niepoprawnie, co zaraz sobie uświadomił — użył tego określenia, gdy Steever rąbnął pyskatego koksa pistoletem. Longman starał się nie patrzeć na faceta, który siedział z zakrwawioną chusteczką przy twarzy. Jednak to, że na niego nie patrzył, nie znaczyło, że o nim zapomniał. Wciąż lekko trzęsły mu się nogi. Cios spokojnie wymierzony przez Steevera ponownie wzbudził w nim poczucie niedowierzania. Jak to możliwe, że będąc przy zdrowych zmysłach, pozwolił się Ryderowi namówić do czegoś takiego? Dlaczego dał się zahipnotyzować i przestał myśleć?

Ale czy naprawdę tak się stało? Czy potulnie podążył za Ryderem wbrew swojej woli? Stojąc teraz w wagonie metra z obcym sobie ciężarem pistoletu maszynowego w dłoniach i pocąc się lekko, lecz stale na ukrytej pod maską twarzy, musiał przyznać, że nie był tak bierny, jak to sobie wmawiał. W gruncie rzeczy chętnie przystąpił do współpracy. Oszukiwał się, udając, że tylko się wygłupiali, rozmawiając o skoku przy piwie po cotygodniowej wizycie w urzędzie pracy. Prawda była taka, że Ryder zgodził się, że taki skok jest do pomyślenia; pozostało jedynie rozstrzygnąć, czy jest wykonalny. Badawcze pytania Rydera, drażnienie się — wszystko było na serio i prowadziło do decyzji o tym, czy się zaangażować, czy nie. Longman o tym wiedział. Dlaczego więc poszedł tą drogą? Przede wszystkim dlatego, że Ryder pobudził jego ciekawość i wyobraźnię. Ważniejsze jednak było to, że Longman chciał zyskać podziw Rydera, wypaść w jego oczach na kompetentnego i inteligentnego, a nawet odważnego. Poza tym, jak sobie później uświadomił, Ryder był naturalnym przywódcą, a on miał charakter podwładnego. Być może nawet potrzebował bohatera, którego mógłby czcić.

Przypomniał sobie swoje zdziwienie, gdy po tygodniu od dnia, w którym po raz pierwszy wspomniał o swoim pomyśle, Ryder rzekł bez ogródek:

— Myślałem o porwaniu pociągu. Wydaje się, że to szaleństwo.

— Ależ skąd — zaprzeczył Longman i minęło wiele czasu, zanim dotarło do niego, że połknął przynętę rzuconą przez Rydera. — Naprawdę można ten numer wykręcić.

Ryder zaczął zadawać pytania i dopiero wtedy Longman dostrzegł mglistość swojego planu. Ryder bardzo zręcznie wskazywał mankamenty, a Longman, czując się wywołany do tablicy i chcąc zaimponować Ryderowi, pocił się, by znaleźć rozwiązania. Ryder zauważył, że do utrzymania w szachu pasażerów we wszystkich dziesięciu wagonach potrzeba byłoby około trzydziestu ludzi. Longman zdumiał się, że przeoczył taką zasadniczą kwestię, lecz niemal natychmiast znalazł odpowiedź: należy odłączyć pierwszy wagon od reszty składu. Ryder skinął głową.

— Słusznie. Tuzin pasażerów liczy się tak samo jak setka.

Jednakże Longmanowi nie zawsze się tak udawało.

Przez cały tydzień wyszukiwał drobiazgi i obmyślał rozwiązania. Podczas następnego spotkania wyrecytował odrobioną pracę domową, nie czekając na pytania Rydera. On jednak znów zaatakował, szukając słabych punktów, zmuszając Longmana do obrony. W żaden sposób nie pomagał rozwiązywać problemów ani ulepszać propozycji; po prostu odgrywał adwokata diabła, prowokując Longmana, zmuszając go do inwencji twórczej. Dopiero później, gdy uporali się z kwestiami technicznymi, Ryder zaczął dokładać swoje pomysły.

Pewnego dnia — to musiało być w czasie szóstego lub siódmego spotkania — Ryder powiedział:

— Sądzę, że grupa zdeterminowanych ludzi mogłaby przejąć pociąg, ale nie jestem przekonany, że zdołałaby uciec.

— Przyznaję, że to trudne — odparł mimochodem Longman. — Bardzo trudne.

Ryder spojrzał na niego ostro, a potem pozwolił sobie na grymas, który u niego uchodził za uśmiech.

— Myślałeś o tym.

Longman uśmiechnął się, lecz nagle zrozumiał, że Ryder celowo nie poruszał tego tematu do tej pory. Wiedział, że przewidzę jego pytanie, i dał mi dużo czasu na przygotowanie odpowiedzi.

— Owszem. Poświęciłem temu zagadnieniu kilka wolnych minut. Chyba wiem, jak można tego dokonać.

— No to mów.

Longman chętnie i z dumą wyrzucił z siebie plan, a skończywszy, spojrzał triumfalnie na Rydera.

— Jeszcze jedna kolejka! — zawołał Ryder do kelnera, po czym odwrócił się do Longmana. — Zróbmy to.

Naśladując nonszalancję Rydera, Longman odparł:

— Jasne, czemu nie?

Nagle jednak zakręciło mu się w głowie i później przypomniał sobie, że tak się czuł tuż przed pójściem do łóżka z kobietą.

Wciąż jeszcze był czas na to, żeby się wycofać. Wystarczyło powiedzieć nie. Mógł stracić estymę Rydera, ale nie byłoby żadnych konsekwencji. A w grę wchodziło znacznie więcej. Było tak, jakby całe jego życie wierzgnęło przed nim: posępna, brudna szarzyzna, samotność, bieda i brak prawdziwego przyjaciela, mężczyzny czy kobiety. Miał czterdzieści jeden lat i choć mógł jeszcze znaleźć pracę, był skazany na nędzne, pomocnicze stanowiska pozbawione perspektyw. Tak wyglądało jego życie od czasu, gdy odszedł z kolei, a mogło być tylko gorzej. Do podjęcia tej ostatecznej desperackiej próby walki o lepszy los przypuszczalnie skłoniło Longmana gorzkie wspomnienie okresu, gdy był portierem w apartamentowcu. Otwieranie drzwi ludziom, którzy — nawet jeśli zniżali się do tego, by go przywitać — nie zauważali, że żyje; wybieganie na deszcz i gwizdanie na taksówki; noszenie toreb starszym paniom; wyprowadzanie psów lokatorów, którzy wyjechali na dzień lub którym nie chciało się wychodzić w brzydką pogodę; wykłócanie się z krnąbrnymi posłańcami; przepędzanie pijaków, którzy chcieli wejść i się ogrzać; uśmiechanie się, ślinienie i chwytanie za daszek czapki. Lokaj, służący w bordowym mundurze.

Było to mocne wspomnienie, które podtrzymywało determinację Longmana w czasie wielomiesięcznych przygotowań. Nigdy jednak nie pozbył się poczucia towarzyszącego pacjentowi przed krytyczną operację, w której szanse przeżycia nie są większe od możliwości, że nie wyjdzie z niej żywy...

Głos Welcome'a przerwał ciszę, przerażający jak nagły akt przemocy. Twarz Longmana pobladła pod maską. Na drugim końcu wagonu Welcome zgiął się w drzwiach wagonu i krzyczał w głąb tunelu. Longman wiedział, był tego pewny, że Welcome strzeli i ten, który jest w tunelu, zginie. Wystrzał okazał się więc niemal rozładowaniem napięcia. Nim zamarło echo, Longman gorączkowo walił pięścią w drzwi kabiny.

Caz Dolowicz

Niczym chudy posępny szczurołap z baśni, konduktor kroczył na czele grupy pasażerów, którzy z wolna szli po torach w ciemność. W tunelu było chłodno, wilgotno i czuło się przeciąg, lecz konduktor się spocił. Krople potu pokrywały jego gładkie czoło, na którym pojawiły się głębokie linie.

— Mam to gdzieś, nawet jeśli byli uzbrojeni w armaty! — krzyknął Dolowicz. Jego głos odbił się echem od ścian. — Nie masz prawa opuszczać pociągu bez zezwolenia.

— Zmusili mnie. Nie miałem wyboru.

— Kapitanowi nie wolno opuszczać okrętu, to dokładnie to samo.

Dolowicz wysłuchał konduktora, czując błyskawicznie narastający ból w klatce piersiowej i głowie, jak gdyby każda kolejna katastrofa — odcięcie pociągu, przetoczenie po torach pierwszego wagonu, zastraszenie pasażerów i załogi, odcięcie zasilania — wywoływała ból w kolejnym organie.

— Powiedzieli, że mnie zabiją... — Konduktorowi zabrakło tchu; odwrócił się do pasażerów, oczekując wsparcia. — Oni mieli pistolety maszynowe!

Kilka osób ponuro skinęło głowami.

— Wynośmy się z tych lochów! — krzyknął ktoś z tyłu. Inni podchwycili refren i Dolowicz uświadomił sobie, że może wybuchnąć panika.

— No dobrze, Carmody — rzekł do konduktora. — Carmody, zgadza się? Natychmiast zaprowadź pasażerów na peron. Na stacji stoi pociąg. Idź do kabiny i przez radio powtórz centrali to, co mi powiedziałeś. Przekaż im, że idę zbadać sytuację.

— Idzie pan tam?

Dolowicz przeszedł obok konduktora, ocierając się o niego. Pochód pasażerów ciągnął się długo, ich liczba musiała dochodzić do dwustu. Gdy przechodził, kierowali pod jego adresem pretensje z powodu przerwanej podróży, grozili, że złożą pozew przeciwko miastu, domagali się zwrotu opłaty za bilet. Kilku ostrzegło, że powinien zachować ostrożność.

— Proszę iść dalej — powiedział Dolowicz. — Nie ma niebezpieczeństwa. Konduktor zaprowadzi was na stację, to niedaleko. Proszę iść dalej, wyciągać nogi. Wszystko będzie dobrze.

Minąwszy ostatnich pasażerów, Dolowicz mógł przyspieszyć. Gniew obudził się w nim na nowo, gdy zobaczył dziewięć odłączonych wagonów. Stały bezużyteczne, ich sylwety rysowały się w słabym blasku świateł awaryjnych. Przedstawiały żałosny widok. Spowodowany gazami ucisk w żołądku i piersiach przyprawiał Dolowicza o silny ból. Skupił się i prawie zdołał beknąć, ale tylko połowicznie. Przyniosło mu to ulgę, a może jedynie złudzenie ulgi. Dolowicz otworzył lekko usta i napiął mięśnie brzucha, lecz nadaremnie. Ból powrócił.

Dolowicz szedł uparcie dalej ze spuszczoną głową. Po przebyciu stu jardów podniósł wzrok i zobaczył blade światła pierwszego wagonu składu Pelham One Two Three. Przyspieszył do truchtu, ale niemal natychmiast zwolnił. Zobaczył, że tylne drzwi wagonu są otwarte i stoi w nich mężczyzna. Przyszło mu na myśl, żeby zbliżyć się ostrożnie, lecz przezorność w mgnieniu oka ustąpiła miejsca wściekłości. Dranie! Jak oni śmieli zrobić coś takiego na jego torach! Parł naprzód, masując ręką okolice lewego sutka.

— Ani kroku dalej, Johnny — rozległ się głos, który płynął przez ciemność od drzwi wagonu.

Głos był donośny, odbił się echem od ścian tunelu i zniekształcił. Dolowicz znieruchomiał nie ze strachu, lecz ze złości.

— Kim ty, kurwa, jesteś, żeby tu rozkazywać?! — ryknął, łapiąc oddech.

— Powiedziałem, nie ruszaj się.

— Takiego wała, jestem koordynatorem i wchodzę na pokład.

Dolowicz zrobił krok do przodu.

— Ostrzegałem cię, żebyś się nie ruszał.

Głos nabrał jeszcze większej siły, pojawiła się w nim nutka ostrzeżenia.

Dolowicz machnął lekceważąco ręką.

— Ostrzegałem cię, głupku! — wrzasnął tamten.

Dolowicz spojrzał na niego z odległości kilkunastu stóp i w tej samej chwili spostrzegł, że mężczyzna mierzy do niego z jakiejś broni. Zobaczył błysk w lufie, jasny jak wybuch na słońcu, i poczuł ostry intensywny ból w brzuchu. Złość ogarnęła go ze zdwojoną siłą — do dolegliwości żołądkowych doszła jeszcze jedna nieprzyjemność. To była jego ostatnia myśl.

Nie usłyszał terkotania strzałów, które przeciągłym echem zadudniło o ściany tunelu. Martwy zatoczył się dwa kroki do tyłu i runął w lewą stronę na lśniącą wypolerowaną szynę.

8

Artis James

Funkcjonariusz ochrony kolei Artis James znajdował się na ulicy, a ściślej rzecz biorąc w holu biurowca przy Park Avenue South, nieopodal stacji przy Dwudziestej Ósmej Ulicy. Rzekomo wybrał się po papierosy, ale naprawdę chodziło o to, żeby się na chwilę urwać, odprężyć i pogadać z Abe'em Rosenem, który prowadził kiosk z tytoniem w budynku.

Artis i Abe zaprzyjaźnili się na zasadzie przyciągania się przeciwieństw. Ich przyjaźń kwitła na glebie starannie odmierzanych docinków o charakterze etnicznym, które nigdy nie przekraczały granic i nie przeradzały się w obelgi. Dogryzali sobie łagodnie przez kwadrans jak co dzień, a potem Artis skierował się do wyjścia.

— Do jutra, geszefciarzu — rzekł.

— Na razie, ciemniaku.

Artis wyszedł na zalaną słońcem ulicę. Kiedy ruszał schodami w dół ku stacji metra, nie przyszło mu do głowy żałować, że nie zobaczy słonecznego światła do końca zmiany. Podziemie było jego żywiołem, tak jak przestworza są żywiołem lotnika, a morze stanowi żywioł marynarza. Był już w bramce i machał ręką urzędnikowi w budce z bilonem, gdy przypomniał sobie, że wyłączył radio. Włączył je i natychmiast się odezwało. Artis odchrząknął i zameldował się.

— Gdzieś ty, do diabła, był?

— Przepraszam, sierżancie, musiałem wyjść na górę...

— Nie powinieneś wyłączać radia.

— Pomagałem jednej starszej pani wsiąść do taksówki — odparł bez zająknięcia Artis. — Mówiła tak cicho, że ledwo ją słyszałem. Kiedy już wsiadła, musiałem wziąć od niej adres i wtedy wyłączyłem radio, żeby ją słyszeć.

— Też mi bajeczka. Mniejsza z tym. Gdzie teraz jesteś?

— Przy Dwudziestej Ósmej, właśnie wchodzę na południowy peron.

— Utrzymuj tam porządek. Pomoc jest w drodze. Dużo ludzi na peronie?

Artis zauważył, że na peronie stoi pociąg z zamkniętymi drzwiami. Grupa pasażerów waliła pięściami w drzwi i okna.

— Dam sobie radę — powiedział. — Co jest grane?

— Nie interweniuj — rzekł po krótkiej pauzie sierżant. — Uprowadzono pociąg. Nie interweniuj. Pomoc jest w drodze. Utrzymuj porządek na peronie i nie odzywaj się za dużo. Skończyłem.

Gdy tylko Artis znalazł się na peronie, otoczyli go pasażerowie, domagając się otwarcia drzwi.

— Mamy drobny problem techniczny — oznajmił Artis. — Proszę się uspokoić. Wkrótce się z nim uporamy.

— Jaki problem techniczny?

— Ktoś został ranny?

— Burmistrza trzeba wyrzucić, cholera jasna.

— Proszę się uspokoić — powtórzył Artis. — Trochę cierpliwości...

Na południowym krańcu peronu jakby zafalowało. Jacyś ludzie zaczęli się wspinać z torowiska na peron. Artis przepchnął się przez otaczających go pasażerów i pospieszył tam. Słychać było podniesione głosy. Próbując uspokoić przybyłych, Artis ujrzał młodego konduktora.

— Porwano pociąg — rzekł ostrym głosem konduktor. — Skontaktuj się z kimś, porywacze są uzbrojeni w pistolety maszynowe...

Artis powstrzymał gestem potok histerii płynący z ust konduktora. Uniósł nadajnik do ust.

— Funkcjonariusz Artis James do centrali. Funkcjonariusz James do centrali.

— Słucham was, James.

— Z torów nadchodzi co najmniej stu pasażerów. — Ci, którzy czekali na otwarcie drzwi pociągu, zbierali się wokół Jamesa i mieszali z tymi, którzy wysiedli z uprowadzonego składu. — Nie da się zachować sprawy w tajemnicy. Zlinczują mnie, jeśli będę im wciskał kit o kłopotach technicznych. Możecie to dać przez głośniki?

— Dział komunikacyjny nada komunikat w ciągu kilku minut. Utrzymujcie porządek i niech wszyscy odsuną się od południowego krańca peronu.

Konduktor krzyczał coś do Artisa.

— ...ostrzegałem go, ale na próżno...

— Chwileczkę — rzucił do nadajnika Artis, po czym zwrócił się do konduktora. — Niech pan powtórzy.

— Koordynator z Grand Central jest na torze. Poszedł w stronę pociągu.

— Sierżancie, konduktor mówi, że mężczyzna, który przedstawił się jako koordynator ruchu z wieży Grand Central, jest na torze. Poszedł do pociągu... Kiedy to było, konduktorze?

— Nie jestem pewien. Parę minut temu.

Jedni pasażerowie kwestionowali ocenę konduktora, inni ją potwierdzali.

— Spokojnie — rzekł Artis. — Kilka minut temu — powiedział do radia.

— Jezu Chryste, odbiło mu. James, idź za nim. Może uda ci się go dogonić i zatrzymać. Działaj szybko, ale nie wdawaj się w konflikt z porywaczami i bądź ostrożny. Powtarzam, zachowaj najwyższą ostrożność. Potwierdź.

— Ruszam. Skończyłem, bez odbioru.

Artis James dopiero drugi raz w trakcie pełnienia obowiązków służbowych znalazł się na torze. Kiedyś z innym gliniarzem gonił trzech chłopaków, którzy wyrwali ofierze torebkę i puścili się do ucieczki po torach. Pościg był ekscytujący i towarzyszyło mu poczucie współpracy z partnerem. Po torach jeździły pociągi, co dodawało wydarzeniu dreszczyku niebezpieczeństwa. Doścignęli szczeniaków, gdy ci próbowali wydostać się wyjściem bezpieczeństwa. Wzięli ich na muszki i trzęsących się zaprowadzili na stację.

Teraz jednak nie było zabawnie. W tunelu czaiły się groźne cienie i choć pociągi nie stanowiły zagrożenia, bo nie jeździły, Artis zmierzał w stronę bandy silnie uzbrojonych przestępców. Pomoc była wprawdzie w drodze, ale na razie musiał działać sam. Przyszło mu na myśl, że gdyby spędził jeszcze parę minut na przekomarzaniu się z Abe'em Rosenem, jakiś inny szczęśliwy gliniarz mógłby załapać się na to zadanie. Ta myśl jednak go zawstydziła i przypomniawszy sobie, że koordynator zmierza na spotkanie śmiertelnego niebezpieczeństwa, przyspieszył kroku. Przemknął obok wyglądających upiornie, odczepionych wagonów składu Pelham One Two Three, które stały nieruchomo na torach. Potem zaczął biec długimi susami, stąpając miękko na palcach i piętach.

Oddychał ciężko, gdy światła pierwszego wagonu Pelham One Two Three zamajaczyły w ciemności. Chwilę później dostrzegł niewyraźny kształt spoczywający na torach. Znów ruszył biegiem, zgięty wpół. Postać koordynatora nabrała wyrazistości. Nagle w tunelu rozległy się gniewne głosy, odbijając się echem od ścian. Artis posuwał się dalej, ale z większą ostrożnością. Szedł skokami od jednego filaru do drugiego, zatrzymując się przy każdym na chwilę.

Znajdował się sześćdziesiąt lub siedemdziesiąt stóp od wagonu i stał za filarem, gdy w powietrzu rozległ się terkot wystrzałów. Oślepiony błyskiem z lufy, z bijącym sercem Artis przycisnął się do twardego metalu.

Musiała upłynąć minuta, nim odważył się wyjrzeć zza krawędzi filaru. W powietrzu koło tylnej części wagonu wisiała mgiełka. Przez drzwi wyglądało kilka osób. Koordynator leżał rozciągnięty na torach. Artis myślał przez chwilę o tym, żeby wycofać się na bezpieczniejszy teren, lecz niebezpieczeństwo, że zostanie dostrzeżony, było zbyt wielkie. Zmniejszył poziom dźwięku w radiu, zdjął je z ramienia i wywołał centralę.

— Mów głośniej, na litość boską, w ogóle cię nie słyszę.

Szeptem wyjaśnił, dlaczego szepcze, i opisał leżącą postać koordynatora.

— Z tego, co widzisz, nie żyje?

Artis wytężył słuch, by usłyszeć głos sierżanta. Ten beznamiętnie zbierał fakty.

— Leży i się nie rusza. Zastrzelili go z broni maszynowej, więc musi być martwy.

— Jesteś tego pewien?

— Chce pan, żebym tam poszedł i zbadał mu puls?

— Spokojnie. Wracaj na stację i czekaj na dalsze polecenia.

— No właśnie — odparł naglącym tonem Artis. — Jeśli się ruszę, zobaczą mnie.

— Aha. No więc zostań na miejscu, aż przybędzie pomoc. Nie podejmuj żadnych decyzji bez dokładnych instrukcji. Potwierdź.

— Potwierdzam. Zostać na miejscu i nie podejmować decyzji. Zgadza się?

— Tak. Bez odbioru.

Ryder

Zabity żołnierz, pomyślał Ryder, zerkając przez tylne drzwi. Druga strona straciła jednego człowieka. Ciało wyglądało jak wielka gruba lalka: zamknięte oczy, tłuste dłonie przyciśnięte do brzucha, z którego wysypują się czerwone trociny. Głowa leżała na szynie, blask lampy sygnałowej nadawał policzkowi zielone zabarwienie.

— Ja go rozwaliłem — oznajmił Joe Welcome. Jego oczy błyszczały w szczelinach maski. — Drań szedł mimo moich ostrzeżeń. Rąbnąłem go prosto w brzuch.

Ryder przyjrzał się ciału.

— Nie żyje — stwierdził, mówiąc prawie do siebie. Miał bogate doświadczenie.

— No jasne — potwierdził Welcome. — Dostał pięć, sześć kulek prosto w bebech.

Ryder spojrzał ponad ciałem, które się nie liczyło, nie stanowiło już zagrożenia. Może nigdy go nie stanowiło. Patrzył na torowisko, szyny, brudne ściany i filary, za którymi ktoś mógł się kryć. Nic się nie poruszało; spokojną ciemność ożywiały jedynie światła sygnałowe i te, którymi oznaczono telefony, skrzynki kontroli zasilania i wyjścia awaryjne.

— Rozpocząłem mecz — dodał Welcome. Nabierał powietrza krótkimi, płytkimi haustami, zasysając nylonową pończochę. — Zaliczyłem dla nas pierwszy punkt.

Nakręcił się, zabicie człowieka pobudziło jego krwiobieg, pomyślał Ryder.

— Zawołaj Steevera. Zamienicie się miejscami.

— Jak to? Dlaczego chcesz zmienić plan?

— Pasażerowie wiedzą, że kogoś zabiłeś. Będą się ciebie bali.

Usta ukryte pod nylonem rozciągnęły się w uśmiechu.

— Jak jasna cholera.

— Nie daj się ponieść, zachowaj zimną krew — dodał Ryder, gdy Welcome ruszył w głąb wagonu. — Oni będą spokojni.

Ryder skierował wzrok na tunel. Steever stanął za nim i czekał.

— Zostaniesz z tyłu — rzekł Ryder. — Wolę mieć Welcome'a blisko, żeby trzymać go na oku.

Steever skinął głową i zerknął na tory.

— Nie żyje?

— Może było to konieczne. Nie widziałem. Ale jego świerzbią palce. — Ryder wskazał ruchem głowy wnętrze wagonu. — Jeden krwawi. Ty mu przyłożyłeś?

— Musiałem — odparł Steever. — Ludzie nie zlękną się Welcome'a?

— Powiem im parę słów.

— Wszystko idzie dobrze?

— Planowo. Spodziewałem się, że początki będą oporne. Tamci wciąż są oszołomieni. Ale opanują się i zrobią to, czego chcemy.

Steever skinął głową usatysfakcjonowany. Prosty człowiek, dobry żołnierz, pomyślał Ryder. Czy idzie dobrze, czy źle, on wykona swoją robotę. Nie prosił o żadne gwarancje. Zaryzykował i pogodzi się z każdym wynikiem, nie dlatego, że jest hazardzistą, lecz dlatego, że jego nieskomplikowany umysł doskonale rozumie warunki roboty. Albo się żyje, albo umiera.

Ryder wszedł do wagonu. W miejscu opuszczonym przez Steevera stanął Welcome, szeroko rozstawiając nogi. Pasażerowie starannie unikali jego wzroku. Longman wciśnięty między drzwi działowe i drzwi boczne jakby się skurczył. Strzelanina go przeraziła. Waląc pięścią w drzwi, musiał być bliski paniki. Ryder słyszał strzały, choć ich odgłos stłumiło wyciszenie kabiny; zignorował je jednak, tak samo jak ignorował stukanie Longmana, dopóki nie skończył rozmowy z centrum dowodzenia. Wyszedłszy z kabiny i stanąwszy naprzeciwko Longmana, momentalnie ocenił stan jego umysłu. To zdumiewające, ile można zobaczyć przez nylonową maskę.

Teraz stanął po lewej stronie Welcome'a i zaczął mówić bez wstępu:

— Niektórzy z was chcieli informacji. — Zrobił pauzę. Pasażerowie odwrócili głowy w jego stronę, niektórzy czujnie, inni z zaskoczeniem i obawą. — Najważniejsza dla was informacja brzmi: jesteście zakładnikami.

Rozległo się kilka jęków, a nawet stłumiony krzyk matki dwojga chłopców, lecz większość pasażerów przyjęła wiadomość z opanowaniem. Niektórzy wymieniali niepewne spojrzenia, jak gdyby nie wiedzieli, jak zareagować, i szukali wskazówki. Wiadomość nie zrobiła wrażenia tylko na czarnoskórym wojowniczym typie oraz na hipisie. Czarne oko Murzyna, widoczne spod zakrwawionej chusteczki, patrzyło gniewnie i hardo. Hipis uśmiechał się błogo, wpatrzony w roztańczone palce swoich stóp.

— Zakładnik to ktoś, kto stanowi ubezpieczenie — wyjaśnił Ryder. — Jeśli dostaniemy to, o co nam chodzi, zostaniecie zwolnieni i nic wam się nie stanie. Do tej chwili będziecie robili wszystko, co wam się każe.

— A jeśli nie dostaniecie tego, o co wam chodzi? — spytał spokojnie elegancko ubrany starszy mężczyzna.

Inni pasażerowie starali się na niego nie patrzeć, jakby odżegnywali się od związku z nim. Zadał pytanie, na które żaden z pasażerów nie chciał znać odpowiedzi.

— Spodziewamy się dostać to, o co nam chodzi — odparł Ryder.

— A czego chcecie? — zapytał pasażer. — Pieniędzy?

— Dość tego, dziaduniu — wtrącił się Welcome. — Buzia na kłódkę.

— A jest coś innego? — rzekł Ryder. Drgnienie ust pod maską świadczyło, że się uśmiechnął.

— Czyli forsa. — Mężczyzna skinął głową, jak gdyby uzyskał potwierdzenie swoich domysłów. — A jeśli wam nie zapłacą?

— Mogę zamknąć ci kłapaczkę, stary — rzekł Welcome. — Wpakuję ci kulkę w sam jej środek.

Sędziwy pasażer zwrócił na niego uwagę.

— Przyjacielu, ja tylko zadałem kilka rozsądnych pytań. A wszyscy jesteśmy rozsądni, prawda? — Spojrzał na Rydera. — Jeśli nie dostaniecie pieniędzy, zabijecie nas?

— Dostaniemy je — odparł Ryder. — Ważne z waszego punktu widzenia jest to, że nie zawahamy się was zabić, jeśli się nie podporządkujecie.

— Okay. Pytam tak z ciekawości, *off the record*. Jaka jest wasza cena? Możecie nam ujawnić migawkę przedpremierową? — Mężczyzna rozejrzał się, ale jego słowa nikogo nie rozbawiły. Roześmiał się sam.

Ryder przeszedł do przedniej części wagonu. Longman stanął przed nim.

— Cofnij się — powiedział Ryder. — Stoisz na linii strzału.

Longman odsunął się na bok, a potem nachylił się do Rydera.

— Wydaje mi się, że mamy tu glinę.

— Dlaczego tak sądzisz? Który to?

— Tylko spójrz. Widziałeś kogoś, kto bardziej przypomina gliniarza?

Ryder wyszukał wzrokiem mężczyznę, o którym mówił Longman. Facet siedział obok hipisa, był rosły i mocno zbudowany, miał szeroką twarz. Jego postura zdradzała siłę, a nie miękkość. Miał na sobie tweedową marynarkę i mokasyny, pomiętą koszulę i przybrudzony rypsowy krawat. Nie był wyglansowany na błysk, ale to nic nie znaczyło. Nikogo nie obchodzi, jak ubiera się detektyw.

— Przetrzepmy go — szepnął Longman. — Jeśli jest gliną i ma przy sobie gnata... — Chrapliwy szept Longmana urwał się w pół słowa.

Kilka tygodni temu rozważali kwestię przeszukiwania pasażerów i postanowili z tego zrezygnować. Prawdopodobieństwo, że ktoś będzie miał przy sobie broń, było małe; tylko głupiec spróbowałby jej użyć przeciwko tak przygniatającej sile. Jeśli chodzi o noże, to nie stanowiły zagrożenia.

Mężczyzna bez wątpienia wyglądał na detektywa wiarusa.

— Dobrze — powiedział Ryder. — Kryj mnie.

Pasażerowie nadgorliwie cofnęli stopy, gdy kroczył środkiem przejścia.

Stanął przed mężczyzną.

— Wstań.

Mężczyzna uniósł się powoli, uważnie mierząc Rydera spojrzeniem. Siedzący obok hipis pracowicie drapał się w bok pod ponchem.

Tom Berry

Tom uchwycił wyszeptane przez porywcza słowo „przetrzepmy"; używali go zawodowcy, dlatego zwróciło jego uwagę. Ten, który wyglądał na dowódcę, spoglądał w jego stronę, jak gdyby rozważał propozycję wysuniętą przez wspólnika. Tom poczuł zalewającą go falę gorąca. A zatem go rozpracowali. Ciężki pistolet Smith and Wesson kalibru .38 z niezgrabną dwucalową lufą tkwił mocno w kaburze, która wcinała się w gołą skórę okrytą ponchem. Co można teraz zrobić?

Pytanie było pilne, możliwości proste. W czasie szkolenia wpajano policjantom, że broń to rzecz święta i nikomu nie można pozwolić jej sobie odebrać. Potwierdzali to przysięgą. Należało jej bronić tak jak życia, ona bowiem była życiem policjanta, tym, które wykraczało poza substancję cielesną. Nie oddawało się jej, chyba że było się cykorem, który pragnie żyć za wszelką cenę. No cóż, Tom był właśnie takim cykorem. Pozwoli łotrom odebrać sobie pistolet i blaszkę i nie kiwnie palcem w obronie swojego — jak to się nazywało? — honoru. Może go poturbują, ale nic ponadto. Nie muszą go zabijać, jeśli zostanie bezbronny. Glina bez broni nie stanowi zagrożenia, można go spokojnie wyśmiać.

A niech się śmieją. Zaboli go to podobnie jak pogarda kolegów, ale nie zrani śmiertelnie. Potępienie i drwina to rany, które z czasem się goją.

Wierny raz wybranej zasadzie, znów wybrał hańbę, przedkładając ją nad śmierć. Deedee zobaczyłaby to w innym świetle. W gruncie rzeczy przyklasnęłaby mu z wielu różnych powodów. Tom miał nadzieję, że byłby wśród nich jeden niepolityczny: że bardzo jej na nim zależy. Ocena dowództwa policji i posterunku z całą pewnością będzie jednoznaczna. Wszyscy jednogłośnie powiedzieliby, że wolą go widzieć martwego niż okrytego hańbą.

Kiedy jednak dowódca porywaczy ruszył w stronę Toma, tresura, pranie mózgu, jakkolwiek to nazwać, splunęło rozumowi prosto w twarz i Tom znów stał się gliniarzem, który wierzy w zaklęcia i przysięgi. Wsunął rękę pod poncho i zaczął się drapać, równomiernym ruchem przesuwając dłoń po brzuchu w stronę twardej drewnianej rękojeści pistoletu.

Dowódca porywaczy stanął nad nim, a gdy przemówił, jego głos był beznamiętny i groźny zarazem:

— Wstań.

Tom Berry już zdążył zacisnąć palce na rękojeści, lecz w tej samej chwili mężczyzna siedzący po jego lewej stronie wstał. Puszczając pistolet, Tom nie wiedział i nie musiał się zastanawiać, czy wyciągnąłby broń, czy nie. Pomyślał, że jego gliniarski instynkt włącza się i wyłącza niczym szyld chińskiej restauracji.

Dopiero teraz zwrócił uwagę na to, że mężczyzna rzeczywiście przypomina glinę. Dowódca porywaczy, trzymając lufę thompsona na klamrze paska jego spodni, oklepywał go zręcznie i dokładnie jedną ręką, tu i ówdzie pociągając za materiał ubrania. Upewniwszy się, że pasażer nie ma broni, wyjął mu portfel z kieszeni, kazał usiąść, szybko przejrzał zawartość portfela, a potem rzucił go mężczyźnie na kolana. Niedbały ruch nadgarstkiem był pierwszym gestem dowódcy grupy, w którym można było dopatrzeć się pewnej żartobliwości.

— Dziennikarz — oznajmił. — Mówiono ci kiedyś, że wyglądasz jak policjant?

Pasażer pocił się, a jego twarz była zaczerwieniona, lecz odpowiedział pewnym głosem:

— Często.

— Jesteś reporterem?

Mężczyzna pokręcił głową.

— Kiedy idę przez slumsy, rzucają we mnie kamieniami — odparł z przygnębieniem. — Jestem krytykiem teatralnym.

Dowódca porywaczy spojrzał na niego z rozbawieniem.

— Mam nadzieję, że nasz spektakl przypadnie ci do gustu.

Berry stłumił śmiech. Dowódca porywaczy odszedł i zniknął w kabinie maszynisty. Tom znów zaczął się drapać. Palce powoli odsuwały się od pistoletu niczym krab sunący po mokrej skórze, by wreszcie wychynąć spod poncha. Skrzyżował dłonie na piersiach, spuścił głowę i uśmiechnął się bezmyślnie do swoich stóp.

Ryder

Stojąc w kabinie maszynisty, Ryder przypomniał sobie jasny słoneczny dzień, który bardziej podkreślał, niż łagodził wrażenie bylejakości miejskich ulic. Szli obok siebie z Longmanem. Ten stanął raptownie, niemal jak w akcie desperacji, i wyrzucił z siebie pytanie, które musiało go nurtować od tygodni.

— Dlaczego ktoś taki jak ty chce to zrobić? Jesteś bystry i o wiele młodszy ode mnie, mógłbyś zarabiać, jakoś żyć... — Longman zrobił pauzę, jak gdyby dla dodania wagi swoim słowom. — Tak naprawdę nie jesteś przestępcą.

— Planuję przestępstwo, a to czyni ze mnie przestępcę.

— No dobrze. — Longman machnął ręką, bagatelizując odpowiedź Rydera. — Ale ja pytam, dlaczego to robisz.

Istniało kilka odpowiedzi, z których każda byłaby częściowo prawdziwa, a zatem i częściowo nieprawdziwa. Mógł odrzec, że robi to dla pieniędzy, dla dreszczu emocji, dlatego że jego rodzice umarli tak, jak umarli, albo dlatego, że odczuwa inaczej niż inni ludzie... Być może Longmanowi wystarczyłaby którakolwiek z tych odpowiedzi. Nie znaczy to, że był głupi. Po prostu wolał poznać jakiekolwiek rozwiązanie zagadki, niż nie znać żadnego.

Jednakże Ryder powiedział:

— Gdybym wiedział, dlaczego to robię, pewnie bym tego nie robił.

Zdawało się, że unikowa odpowiedź zadowoliła Longmana. Ryder natomiast miał świadomość, że wziął ją z powietrza dlatego, że zalatywała psychiatrią, a nie dlatego, że w nią wierzył albo że interesowało go pytanie lub odpowiedź. Jego odpowiedź czy kogokolwiek innego. Stojąc w kabinie maszynisty (miejscu zastrzeżonym tak jak konfesjonał, metaforycznie można powiedzieć, że leżącym w połowie drogi między powłoką ziemi a piekłem), Ryder przypomniał sobie, że nie jest ani psychiatrą, ani pacjentem. Znał realia życia i to mu wystarczało, nie musiał ich interpretować, zgłębiać sensu życia. Dla niego życie — jego i każdego innego człowieka — to ciężkawy żart, który śmierć robi ludziom. Lepiej mieć tego świadomość. „Bogu winniśmy śmierć". Zapamiętał to z Szekspira. Ryder płacił rachunki w terminie i nie trzeba go było ponaglać.

Pewna dziewczyna rzuciła kiedyś, w żalu i gniewie, że czegoś mu brakuje. Nie wątpił w to i uznał jej słowa za niedopowiedzenie. Trafiłaby w sedno, gdyby powiedziała, że brakuje mu wielu rzeczy. Ryder podjął kiedyś próbę zbadania siebie, poszukania brakujących elementów, lecz po godzinie stracił zainteresowanie tematem i dał za wygraną. Teraz przyszło mu na myśl, że brak żywego zainteresowania sobą także może być jedną z tych rzeczy, których w nim zabrakło.

Znał realia swojego życia i miał świadomość, że mogły one skrzywić go w taki bądź inny sposób. Jednakże on na to pozwolił. Czy dryfujesz z prądem, czy próbujesz z nim walczyć, zmierzasz do tego samego celu — do śmierci. Było mu obojętne, którą wybierze drogę, wolał jednak coś malowniczego niż praktycznego. Czy tak myśli fatalista? No więc dobrze, jest fatalistą.

O wartości życia dowiedział się wiele z przykładu rodziców, którzy zginęli w wypadkach w odstępie jednego roku. W wypadku ojca niemałą rolę odegrała ciężka szklana popielniczka. Wyfrunęła przez okno z ręki żony rozwścieczonej na męża, który się uchylił. Popielniczka, wirując, poleciała dalej, trafiła ojca Rydera w głowę i roztrzaskała czaszkę. Wypadkiem matki okazał się nowotwór. Grupa komórek w ciele krzepkiej kobiety nagle zwariowała i zabiła ją po ośmiu miesiącach wypełnionych bólem i porażającą destrukcją.

Jeśli śmierć rodziców — wydarzeń tych Ryder nie rozgraniczał, bo nie uważał ich za odrębne — nie była jedynym źródłem jego życiowej filozofii, to z całą pewnością zasiała jej ziarno. Miał wtedy czternaście lat i przyjął stratę bez żałoby być może dlatego, że już wcześniej zaczął odnosić się z dystansem do otoczenia, który wziął się stąd, że małżeństwo jego rodziców było pozbawione miłości. Ten niedostatek uczuciowy w znacznej mierze obejmował także ich jedyne dziecko. Ryder zdawał sobie sprawę, że swoje uczucia dziedziczy po rodzicach, lecz nigdy ich za to nie winił. Nie było w nim nie tylko miłości, ale i nienawiści.

Zamieszkał w New Jersey z ciotką, młodszą siostrą matki. Ciotka, koścista kobieta pod czterdziestkę, uczyła w szkole. Okazało się, że potajemnie pije i uprawia masturbację, lecz poza tymi dwiema przypadłościami zachowywała się oficjalnie, z dystansem. Zgodnie z naznaczoną kaprysem ostatnią wolą matki Ryder został zapisany do akademii wojskowej koło Bordentown i widywał ciotkę rzadko, tylko w czasie wakacji i niektórych weekendów. Latem umieszczała go w obozie dla chłopców w górach Adirondack, a sama wyjeżdżała na urlop do Europy. Ogólnie rzecz biorąc, jako że Ryder nie zaznał ciepła życia rodzinnego, taki układ mu odpowiadał.

Szkołę uważał za beznadziejną, a dyrektora, emerytowanego generała, za durnia. Zawarł niewiele przyjaźni, żadna nie zasługiwała na miano bliskiej. Nie był wystarczająco rosły, by znęcać się nad innymi, ani tak mały, żeby stać się ofiarą. Pierwszego tygodnia dwa razy został wciągnięty do bójek; zdemolował przeciwników z zimną i niedbałą złośliwością, toteż do końca pobytu w szkole nie musiał się już bić. Miał dobry refleks i był całkiem silny jak na swoją wagę, lecz sport go nudził i uczestniczył w zawodach tylko wtedy, gdy były przymusowe. Należał do grupy stanowiącej dziesięć procent uczniów z najlepszymi wynikami w nauce. W sensie towarzyskim był samotnikiem z wyboru. Nie brał udziału w zbiorowych wycieczkach do miejscowego burdelu ani w zbiorowych igraszkach z chętnymi dziewczynami z miasta. Kiedyś wybrał się sam do burdelu i nie zdołał osiągnąć wzwodu. Innym razem poderwała go pewna dziewczyna, zawiozła na parking nad jeziorem i uwiodła. Skutecznie, z jej punktu widzenia. Ryder osiągnął wzwód, ale nie miał wytrysku, co dziewczynie nawet odpowiadało. Odbył jedno spotkanie homoseksualne, które nie sprawiło mu więcej przyjemności niż wcześniejsze heteroseksualne, a potem wyeliminował seks ze swojego szkolnego planu zajęć.

Nic, z czym zetknął się w czasie zajęć wojskowych w szkole i w czasie szkolenia wojskowego na uczelni — a także później, gdy się zaciągnął i przeszedł szkolenie podstawowe i trafił do szkoły oficerskiej — nie zapowiadało, że w walce znajdzie swoje powołanie. Było to w Wietnamie, w cudownych czasach, gdy Amerykanie byli jedynie „doradcami" i nic nie wskazywało na to, że liczebność amerykańskich oddziałów wzrośnie do ponad pół miliona. Jako porucznik został przydzielony w charakterze doradcy majorowi armii wietnamskiej, który prowadził setkę żołnierzy do wioski leżącej kilka mil na północny zachód od Sajgonu, gdzie mieli wykonać jakieś mgliście określone zadanie. Wpadli w pułapkę na zakurzonej, zarośniętej chaszczami dróżce i zostaliby wybici do nogi, gdyby wróg — odziani w przepocone koszulki i szorty khaki drobni żołnierze Wietkongu — wykazał się lepszą dyscypliną. Jednakże kiedy oddział wojsk rządowych rozpoczął odwrót (a właściwie rzucił się do panicznej ucieczki), przeciwnik wypadł z ukrycia i zaczął ścigać żołnierzy na otwartym polu.

Major i jeszcze drugi oficer zginęli na samym początku wymiany ognia, a dwaj pozostali stracili głowę i byli bezradni. Z pomocą sierżanta, który znał trochę angielski, Ryder zebrał oddział i zorganizował obronę. W trakcie walki odkrył, że nie odczuwa strachu — ściślej mówiąc, że myśl o śmierci go nie przeraża ani nie wpływa na trzeźwość myślenia — a później poprowadził żołnierzy do kontrataku. Wróg został rozgromiony, to znaczy rozpłynął się, lecz pozostawił za sobą tylu zabitych i rannych, że epizod uznano za zwycięstwo wietnamskich wojsk rządowych.

Później Ryder często brał udział w walkach, prowadząc niewielkie oddziały w czasie wypadów o ograniczonym zasięgu. Przesadą byłoby powiedzieć, że zabijanie sprawiało mu przyjemność, lecz odkrywanie swojej sprawności dawało satysfakcję. Pod koniec służby odesłano go do Stanów. Dostał przydział jako instruktor w jednostce piechoty w Georgii i tam służył aż do czasu, gdy został zdemobilizowany.

Wrócił do domu ciotki, w którym zaszły pewne zmiany: ciotka mniej piła i porzuciła onanizm na rzecz kochanka, starszego prawnika o aparycji kozła i podobnej dyspozycji. Z braku chęci do robienia czegokolwiek, a nie z autentycznej ciekawości, Ryder wykorzystał zgromadzone pieniądze na podróż do Europy. W Antwerpii wstąpił do mało uczęszczanego baru i poznał wesołego Niemca o kanciastej gębie, który zaproponował mu pracę najemnika w Kongu.

Przez pewien czas służył w Boliwii, ale poza tym zatrudnienie dawała mu Afryka: ten lub inny kraj, jedna strona politycznego konfliktu lub druga. Ryder był w miarę zadowolony. Nauczył się walczyć w rozmaitych warunkach terenowych i dowodzić oddziałami o przeróżnych umiejętnościach i odwadze. Był trzy razy ranny, dwukrotnie lekko i raz poważnie, gdy przebito go włócznią niczym barana. Ostrze dziwnym trafem ominęło najważniejsze organy i miesiąc później Ryder znów walczył.

Kiedy wysechł rynek dla najemników, pojechał do Tangeru i tam przez pewien czas dryfował. Pojawiły się możliwości wejścia w szmugiel (przemyt haszyszu za granicę, a tytoniu w drugą stronę), ale je odrzucił. Wtedy wytyczył wyraźną linię między walką za pieniądze i nielegalną działalnością. Poznał Jordańczyka, który obiecał mu załatwić służbę u króla Husajna, ale sprawa nie wypaliła. W końcu wrócił do Stanów i dowiedział się, że ciotka i prawnik uświęcili swój związek małżeństwem. Spakował swoje nieliczne rzeczy i przeprowadził się na Manhattan.

Parę tygodni po tym, jak zaczął pracę akwizytora w funduszu inwestycyjnym, nawiązał romans z kobietą, która nie chciała kupić od Rydera akcji, ale chętnie przyjmowała go w swoim łóżku. Była zachłanną, wręcz pazerną partnerką, lecz Ryder, mimo że wykazywał pewne umiejętności, nie odczuwał przemożnego popędu seksualnego. Kobieta twierdziła, że go kocha, i być może naprawdę tak było, lecz penetracja znanych już dobrze otworów go nie pociągała. Przestał się z nią spotykać w dniu, w którym wyrzucono go z pracy. Żadne z tych wydarzeń nie zrobiło na nim wrażenia.

Nie umiałby powiedzieć, dlaczego zaprzyjaźnił się z Longmanem. Jedyne wytłumaczenie było takie, że padła propozycja, a jemu szkoda było fatygi, by ją odrzucić. Nie potrafił też wyjaśnić sobie, dlaczego, skoro nie wszedł w przestępczą działalność w Tangerze, chętnie zgodził się na nią w Nowym Jorku. Być może dlatego, że pociągały go strategiczne i taktyczne problemy związane z akcją. Może jego znudzenie osiągnęło wyższy poziom niż w Tangerze. Prawie na pewno dlatego, że zdobycie pieniędzy oznaczało kres zarabiania ich w nieciekawy sposób. Jeszcze bardziej dlatego, że pociągło go wysokie ryzyko. W ostatecznym rozrachunku nie liczy się motywacja, tylko akcja, która bierze od niej swój początek.

9

Clive Prescott

Przełożony porucznika Prescotta, kapitan Durgin, zadzwonił do centrum dowodzenia, by przekazać wiadomość o Dolowiczu. Prescott wyciągnął rękę ponad ramieniem Corrella i podniósł słuchawkę. Correll zasłonił ręką oczy i z jękiem osunął się na krzesełko.

— Jadę na drugą stronę rzeki, na Dwudziestą Ósmą Ulicę — oznajmił kapitan. — Gliny i tak nie dadzą nam dużo pola do popisu. Prawdziwe gliny. To oni będą rozgrywać akcję.

Correll wyprostował się nagle i wyrzucił ręce nad głowę, jak gdyby błagał o coś niebiosa.

— Wszystkie sygnały biegną po drabinie dowodzenia — dodał Durgin. — U nas od komisarza Costella do szefa zarządu. U nich od komisarza do burmistrza... O co ten lament?

Spoglądając w górę, Correll chrapliwym, przepełnionym pasją głosem przeklinał zabójców Casimira Dolowicza, jednym tchem przyzywając boską zemstę i ślubując własną.

— To koordynator — rzekł Prescott. — Dolowicz chyba był jego kumplem.

— Każ mu się zamknąć, bo nic nie słyszę.

Ze wszystkich zakątków centrum dowodzenia schodziły się małe grupki ludzi i zbliżały do Corrella, który nagle się uspokoił, znieruchomiał na krześle i zaczął łkać.

— Zostań na swoim miejscu, Clive — powiedział kapitan. — Utrzymuj kontakt z pociągiem, dopóki nie nawiążemy łączności w inny sposób. Mówią coś?

— Milczą od kilku minut.

— Przekaż im, że porozumieliśmy się z burmistrzem. Powiedz, że potrzebujemy więcej czasu. Jezu, co za miasto. Masz jakieś pytania?

— Tak — odparł Prescott. — Chciałbym wkroczyć do akcji.

— To nie wchodzi w grę. Zostań tam, gdzie jesteś.

Kapitan odłożył słuchawkę.

Pojawili się koordynatorzy i dyspozytorzy z innych sekcji centrum dowodzenia. Z cygarami w ustach stanęli wokół konsoli i spoglądali beznamiętnie na Corrella, którego nastroje, jak ocenił Prescott, były intensywne, lecz krótkotrwałe. Koordynator już nie płakał, tylko walił ręką w blat biurka.

— Panowie — odezwał się Prescott. Kilkanaście twarzy z cygarami w wąskich ustach zwróciło się w jego stronę. — To miejsce jest obecnie stanowiskiem policyjnym i muszę was prosić o jego opuszczenie.

— Caz nie żyje — jęknął Correll. — Zginął w kwiecie wieku.

— Panowie — powtórzył Prescott.

— Grubego Caza nie ma już wśród nas.

Prescott spoglądał surowo na mężczyzn zgromadzonych wokół konsoli. Tamci patrzyli na niego beznamiętnie, obracając cygara w ustach, a potem zaczęli się rozchodzić.

— Spróbuj ruszyć ten pociąg, Frank — powiedział Prescott.

Nastrój Corrella uległ raptownej zmianie. Jego żylaste ciało zesztywniało.

— Nie będę brudził sobie rąk, rozmawiając z tymi czarnymi draniami.

— Odgadłeś kolor ich skóry z rozmowy przez radio?

— Kolor skóry? Chciałem powiedzieć, że mają czarne serca.

— No dobrze — rzekł Prescott. — A teraz pozwól mi usiąść i pracować.

Correll zerwał się na równe nogi.

— Jak mam utrzymywać ruch, skoro odbierasz mi konsolę?

— Korzystaj z konsoli dyspozytorów. Wiem, że to niewygodne, Frank, ale da się zrobić. — Prescott zajął miejsce Corrella i włączył mikrofon. — Centrum dowodzenia do Pelham One Two Three. Centrum dowodzenia do Pelham One Two Three.

Correll klepnął się ręką w czoło.

— Nie myślałem, że dożyję takiego dnia. Rozmowa z mordercami uzyskuje priorytet nad prowadzeniem nadzoru nad koleją, od której zależy życie miasta. Gdzie tu sprawiedliwość, na litość boską!

— Pelham One Two Three, odbiór... — Prescott wyłączył

mikrofon. — Walczymy o uratowanie życia szesnastu pasażerów. To jest nasz priorytet, Frank.

— Chrzanić pasażerów! Czego oni oczekują za te nędzne trzydzieści pięć centów, nieśmiertelności?

Błaznuje, ale tylko częściowo, pomyślał Prescott. Był gorliwym wyznawcą swojej filozofii, a tacy mają klapki na oczach. Dyspozytorzy z sekcji A gorączkowo odbierali połączenia od zdezorientowanych maszynistów; było ich tyle, że ci pierwsi nawet nie udawali, że rejestrują wszystkie rozmowy.

— Gdybym ja dowodził — odezwał się Correll — wparowałbym tam z karabinami, gazem łzawiącym i masą ludzi...

— Ale nie dowodzisz, Bogu dzięki — przerwał mu Prescott. — Może zająłbyś się organizowaniem awaryjnych połączeń i zostawił policjantom ich robotę?

— To inna sprawa. Muszę poczekać na sygnał nadzorcy, a on się konsultuje. Co tu, u diabła, można konsultować? Muszę wyprowadzić pociągi na północ i południe z martwego sektora. Ale i tak zostanie milowa dziura ze wszystkimi czterema torami, w samym środku miasta. Gdybyś dał mi zasilanie na dwóch torach, chociaż na jednym...

— Nie możemy ci dać zasilania.

— Chcesz powiedzieć, że mordercy nie pozwolą wam dać mi zasilania. Nie chce ci się rzygać na myśl, że wypełniasz rozkazy bandy zasranych piratów? Bo to jest piractwo na wzburzonym morzu!

— Wyluzuj trochę — rzekł Prescott. — Będziesz miał swoje metro za godzinę, parę minut w jedną lub drugą stronę. Albo kilka istnień ludzkich.

— Za godzinę! — ryknął Correll. — Czy ty nie rozumiesz, że zbliżają się godziny szczytu, a tu cała sekcja będzie wyłączona z ruchu? Zrobi się piekło!

— Pelham One Two Three — powiedział Prescott do mikrofonu. — Pelham One Two Three, odbiór.

— Skąd wiesz, że te dranie nie blefują? Skąd możesz wiedzieć, że nie liczą na naszą miękkość?

— Miękkość, powiadasz. Niezły z ciebie numer, Correll.

— Mówią, że coś zrobią pasażerom, ale mogą was robić w konia.

— Tak jak w przypadku Dolowicza?

— O Boże. — Nastrój Corrella znów zmienił się momentalnie, łzy nabiegły mu do oczu. — Gruby Caz, piękny człowiek. Biały człowiek.

— Bardzo subtelnie posługujesz się językiem, Correll.

— Stary Caz, prawdziwy kolejarz, kontynuator dawnej tradycji. Pat Burdick byłby z niego dumny.

— Jeśli wyszedł pod lufy, to znaczy, że był po prostu głupi — odparł Prescott. — Kto to taki, Pat Burdick?

— Pat Burdick? To legenda, największy z dawnych koordynatorów. Mógłbym ci opowiedzieć o nim tuzin anegdot.

— Może kiedy indziej.

— Pewnego dnia pociąg stanął za dziesięć piąta. Za dziesięć piąta! Tuż przed godziną szczytu.

— Spróbuję ich jeszcze raz wywołać — oznajmił Prescott.

— Maszynista zadzwonił... to było zanim wprowadzono dwukierunkowe radia... i mówi, że na torze tuż przed pociągiem leży nieboszczyk. Pat na to: „Jesteś pewny, że nie żyje?". „Jasne, że tak — mówi maszynista. — Jest sztywny jak deska". „Więc oprzyj go o filar i jedź, do jasnej chole-

149

ry!" — wrzeszczy Pat. — Odstawimy go po godzinach szczytu!".

— Centrum dowodzenia do Pelham One Two Three...

— Takim kolejarzem był Caz Dolowicz. Wiesz, co mówiłby teraz do mnie Caz, gdyby żył? Mówiłby: „Nie przejmuj się mną, stary, pilnuj ruchu". Tego właśnie chciałby Caz.

— Pelham One Two Three do centrum dowodzenia. Pelham One Two Three do porucznika Prescotta z centrum dowodzenia.

Palec Prescotta śmignął do klawisza przekaźnika.

— Tu Prescott. Pelham One Two Three, odbiór.

— Patrzę na zegarek, poruczniku. Jest czternasta trzydzieści siedem. Zostało wam trzydzieści sześć minut.

— Gnoje, mordercy — odezwał się Correll.

— Zamknij się — rzucił Prescott, po czym zbliżył usta do mikrofonu. — Bądźcie rozsądni, okazujemy chęć współpracy. Dajecie nam za mało czasu.

— Trzydzieści sześć minut. Potwierdź.

— Potwierdzam, ale czasu jest za mało. Mamy do czynienia z biurokracją, a ona działa powoli.

— Niech się nauczy działać szybciej.

— Bierze w tym udział. Rozumiesz przecież, że milion dolarów nie leży na wyciągnięcie ręki.

— Jeszcze nie zgodziliście się zapłacić. Nie jest trudno zebrać pieniądze, jeśli poważnie się do tego weźmiecie.

— Jestem prostym gliną, nie znam się na tych sprawach.

— Znajdź kogoś, kto się zna. Zegar tyka.

— Skontaktuję się, jak tylko dostanę sygnał — odparł Prescott. — Bądźcie cierpliwi. Nie strzelajcie do nikogo więcej.

— Więcej? Co chcesz przez to powiedzieć?

Palnąłeś, pomyślał Prescott. Porywacze nie wiedzieli, że ktoś był świadkiem śmierci Dolowicza.

— Pasażerowie na stacji słyszeli strzały. Pomyśleliśmy, że mogliście do kogoś strzelać. To był któryś z pasażerów?

— Zabiliśmy kogoś na torze. Zastrzelimy każdego, kto się tam pojawi. Oraz pasażera. Pamiętajcie o tym. Każde złamanie ustaleń oznacza śmierć jednego pasażera.

— Pasażerowie są niczemu niewinni — powiedział Prescott. — Nie róbcie im krzywdy.

— Zostało trzydzieści pięć minut. Skontaktuj się, kiedy będziesz coś wiedział o pieniądzach. Potwierdź.

— Potwierdzam. Proszę jeszcze raz: oszczędźcie ludzi.

— Zabijemy tylu, ilu będziemy musieli.

— Niebawem się odezwę — rzekł Prescott. — Bez odbioru.

Osunął się na krzesło zmęczony tłumieniem gniewu.

— Jezu Chryste! — odezwał się Correll. — Jak ty się płaszczyłeś przed tym draniem. Wstyd mi, że jestem Amerykaninem.

— Spadaj — odparł Prescott. — Idź się pobawić swoją kolejką.

Jego ekscelencja burmistrz

Jego ekscelencja burmistrz leżał na łóżku w swojej prywatnej kwaterze na pierwszym piętrze pałacu Gracie Mansion. Ciekło mu z nosa, potwornie bolała go głowa i kości, a do tego miał gorączkę trzydzieści dziewięć stopni i siedem kresek. Spadło na niego tyle plag naraz, że można było podejrzewać spisek wrogów, których miał wielu w mieście i poza nim. Burmistrz wiedział jednak, że byłoby paranoją sądzić, że opozycja umieściła zarazki grypy na krawędzi szklanki z martini. Ci ludzie mieli za mało wyobraźni, by wymyślić taką sztuczkę.

Podłoga obok łóżka zasłana była dokumentami, które burmistrz cisnął tam w irytacji, gdyż czuł się uprawniony do takich drobnych wybuchów. Spoczywał niewygodnie na plecach, nieogolony i zziębnięty, od czasu do czasu jęcząc z rozżalenia nad swoim losem. Nie rozmyślał o tym, że zaniedbuje obowiązki służbowe, bo ktoś wypełni je za niego. Miał świadomość, że od wczesnego ranka w dwóch obszernych pomieszczeniach na parterze grupa jego pomocników zajmuje się sprawami miasta, obsługując telefony do ratusza, w którym ich działania były finalizowane (a w niektórych wypadkach dublowane) przez jeszcze innych pracowników. Telefon stojący przy łóżku był podłączony, lecz burmistrz wydał polecenie, by nie łączono żadnych rozmów, chyba że wydarzy się kataklizm, na przykład wyspa Manhattan osunie się w odmęty zatoki. Burmistrz czasami się o to modlił.

Tego dnia po raz pierwszy od czasu objęcia urzędu — nie licząc rzadkich urlopów w jakimś ciepłym słonecznym miejscu lub sytuacji, gdy zamieszki bądź burzliwe rozmowy ze związkowcami przeciągnęły się na całą noc — nie wybrał się punktualnie o siódmej do pracy. Był zdezorientowany i czuł się jak uczeń na wagarach. Usłyszawszy gwizd okrętowej syreny, dobiegający od strony rzeki, pomyślał nagle, że jego poprzednicy — wszyscy bez wyjątku porządni i rzetelni ludzie — słyszeli takie odgłosy przez trzydzieści lat.

Jego ekscelencja pozwolił sobie w ten sposób na spekulacje. Był człowiekiem inteligentnym i wykształconym (jakkolwiek opozycja powątpiewała w to pierwsze i nie pozostawiała na nim suchej nitki w związku z tym drugim), lecz nie umiał rozsmakowywać się w romantyzmie historii; nie budził też jego fascynacji dom, w którym mieszkał za sprawą gestu wyborców. Wiedział, bo nauczył się tego na pamięć, że pałac został wzniesiony w 1897 roku przez Archibalda Gracie i miał spełniać funkcję jego prywatnego domu, że jest to godny uwagi, choć nie wybitny przykład stylu federalistycznego, i że w pomieszczeniach na parterze znajdują się obrazy Trumbulla, Romneya i Vanderlyna; nie należały do najlepszych osiągnięć tych artystów, lecz nie były anonimowe. Znawczynią gmachu i jego zawartości była żona burmistrza, która kiedyś studiowała malarstwo lub architekturę — burmistrz zapomniał, jaką dyscypliną się zajmowała — i której zawdzięczał swoją skromną wiedzę na temat pałacu.

Zasnął na chwilę i śniły mu się apolityczne sny o erotycznym zabarwieniu. Gdy zadzwonił telefon, był w trakcie haniebnego pocałunku (z otwartymi ustami i języczkiem) z mnichem w klasztorze w Alpach Szwajcarskich. Wyrwał się z gorącego uścisku mnicha (całkowicie gołego pod sutanną) i rzucił do telefonu. Podniósł słuchawkę i męcząc się z flegmą w gardle, wycharczał jakąś nic nieznaczącą monosylabę. Głos w telefonie biegł z parteru i należał do Murraya Lasalle'a, jednego z zastępców burmistrza, pierwszego wśród równych, często określanego przez prasę mianem „iskry administracji".

— Przykro mi, Sam, ale nie miałem wyjścia — zaczął Lasalle.

— Na litość boską, Murray, ja za chwilę skonam.

— Odłóż to na później. Mamy kryzys jak jasna cholera.

— Nie możesz sam tego załatwić? Dałeś sobie radę z trzecią falą zamieszek w Brownsville. Czuję się naprawdę okropnie. Łeb mi pęka, nie mogę oddychać, boli mnie każda kość...

— Jasne, że mogę to załatwić, tak jak załatwiam każdą parszywą robotę w tym parszywym mieście, ale tego nie zrobię.

— Nie chcę słyszeć, że czegoś nie zrobisz. Takie zdanie nie istnieje w słowniku zastępcy burmistrza.

Lasalle, którego także męczyło przeziębienie — choć odpowiednio mniej imponujące niż grypa szefa — odparł:

— Nie ucz mnie polityki, Sam, bo choć jesteś chory, przypomnę ci...

— Żartowałem — wtrącił burmistrz. — Jestem chory, ale i tak mam lepsze poczucie humoru niż ty. No więc co to za katastrofa? Mam nadzieję, że nie jakaś błahostka.

— I nie zawiedziesz się — odparł z lubością Lasalle. — To prawdziwy gwóźdź programu.

Burmistrz zamknął oczy, jak gdyby spoglądał na słońce, które wybuchnie za chwilę w oślepiającym blasku.

— No mów, nie przeciągaj.

— Grupa mężczyzn porwała pociąg metra. — Lasalle nie pozwolił burmistrzowi wpaść sobie w słowo. — Tak, pociąg metra. Wzięli jako zakładników szesnastu obywateli i maszynistę i nie uwolnią ich, dopóki miasto nie zapłaci im miliona dolarów okupu.

Przez chwilę rozgorączkowany burmistrz myślał, że wciąż śni, że jego umysł przeniósł go z alpejskiej scenerii w sam środek swojskiego koszmaru. Zamrugał oczami w nadziei, że mara pryśnie. Jednakże głos Lasalle'a brzmiał zatrważająco realnie.

— Słyszysz, co mówię, na litość boską? Powiedziałem, że jacyś ludzie uprowadzili pociąg i trzymają...

— Jasna cholera! — warknął burmistrz. — Niech to diabli!

Burmistrz wychował się pod kloszem i nie nauczył się przekonująco kląć. Już dawno przekonał się, że przeklinania, tak samo jak języków obcych, najlepiej jest uczyć się w młodym wieku. Ponieważ uważał tę umiejętność za ważny przymiot towarzyski, wciąż usiłował ją opanować.

— Ja pierdolę, kurwa mać! Czemu ludzie wymyślają takie rzeczy tylko po to, żeby mnie dręczyć? Jest tam policja?

— Tak. A ty jesteś gotów porozmawiać o tym rozsądnie?

— Nie można im pozwolić zatrzymać tego zakichanego pociągu? Mamy ich całą masę, nie zauważymy braku. — Burmistrz zakaszlał i kichnął. — Miasto nie ma miliona dolarów.

— Nie? To lepiej go znajdź. Gdziekolwiek, obojętnie gdzie. Nawet jeśli będziesz musiał zlikwidować rachunek klubu bożonarodzeniowego. Idę do ciebie.

— Jasna cholera, szlag by to trafił!

— Masz mieć jasność w głowie, kiedy dotrę na górę.

— Jeszcze nie zdecydowałem, czy im zapłacić. Milion dolców. Przedyskutujmy to. — Murray był zbyt szybki, za bardzo ufał swojemu instynktowi, który był wyłącznie polityczny. — Może istnieje inne wyjście.

— Nie ma innego wyjścia.

— Masz pojęcie, ile śniegu można byłoby usunąć tej zimy za milion dolarów? Chcę poznać pełniejszy obraz sytuacji i opinie innych: komisarza policji, tego drania z zarządu transportu, nadzorcy...

— Myślisz, że siedziałem na dupie? Wszyscy już tutaj jadą. Ale to strata czasu. Kiedy już powiedzą, co im ślina na język przyniesie, zrobimy to po mojemu.

— ...jeszcze Susan.

— Do czego, u diabła, potrzebna nam Susan?

— Do zapewnienia miru domowego.

Burmistrz usłyszał trzaśnięcie słuchawki. Do diabła z Murrayem Lasalle'em. Pieprzyć Murraya Lasalle'a. Jest bystry i pracowity jak wół, więc można mu wybaczyć bezwzględność, ale musi się nauczyć trzymać w ryzach swoje zniecierpliwienie dla wolniej pracujących chrześcijańskich umysłów. Może właśnie teraz trzeba pokazać mu, że inni też umieją podejmować decyzje. To właśnie zamierzał uczynić burmistrz pomimo swojej choroby.

Komisarz policji

Komisarz policji siedział na tylnym siedzeniu limuzyny pędzącej do centrum Franklin Delano Roosevelt Drive i rozmawiał z komendantem dzielnicowym, który znajdował się na miejscu zdarzenia.

— Jak to wygląda? — zapytał komisarz.

— Koszmar — odparł komendant. — Jak zwykle wyleźli ze wszystkich szpar. Oceniam, że jest tutaj dwadzieścia tysięcy widzów i wciąż ich przybywa. Modlę się o gradobicie.

Komisarz przechylił się na bok, by zerknąć na czyste niebo ponad East River. Po chwili się wyprostował. Był odpornym na korupcję i inteligentnym człowiekiem, który pokonał całą drabinę awansów od szeregowego policjanta. Rozumiał, że czarna limuzyna jest cennym, wręcz niezbędnym przywilejem jego stanowiska, lecz mimo to nie czuł się w niej wygodnie, jak gdyby w ten sposób dystansował się od tego niespotykanego luksusu.

— Postawiliście barierki? — zapytał.

— Naturalnie. Korzystamy także z sił mięśni taktycznych oddziałów policyjnych. Utrzymujemy pozycje i staramy się spychać nowo przybyłych w boczne ulice. Spychać w sensie dosłownym. Nie zyskujemy w ten sposób nowych przyjaciół.

— Co z ruchem?

— Rozstawiłem ludzi na każdym skrzyżowaniu od Trzydziestej Czwartej do Czternastej, i w poprzek od Piątej do Drugiej. Podejrzewam, że w związku z tym w innych miejscach powstały korki, ale teren w bezpośrednim pobliżu jest pod kontrolą.

— Kto jest twoim zastępcą?

— Detektyw inspektor Daniels z sekcji operacji specjalnych. Zionie ogniem. Chce wkroczyć do tunelu i wymieść tych sukinsynów. Ja zrobiłbym to samo.

— Nie chcę o czymś takim słyszeć — odparł cierpko komisarz. — Zajmijcie pozycje taktyczne i czekajcie na dalsze rozkazy. Nic więcej.

— Tak jest, właśnie to robimy. Mówię tylko, że mnie to gryzie.

— Nieważne, że cię to gryzie. Obsadziłeś ludźmi wszystkie wyjścia awaryjne?

— Po obu stronach ulicy aż do Union Square. Mam w tunelu około pięćdziesięciu funkcjonariuszy na północ i południe od pociągu. Są dobrze ukryci. Wszyscy mają kamizelki, broń maszynową, karabiny, gaz łzawiący, pałki, czyli cały arsenał. Mamy też snajperów z noktowizorami. Mogliby tam stoczyć wojnę wietnamską.

— Dopilnuj, żeby nikt się nie ruszał. Tamci są gotowi rozstrzeliwać zakładników, dowiedli tego, zabijając kolejarza. Traktujemy ich groźby poważnie.

— Takie mam rozkazy, sir. — Komendant zrobił pauzę. — Niektórzy snajperzy meldują, że widzą ludzi poruszających się w pociągu. Jeden ze snajperów ustawionych na południe od składu twierdzi, że porywacz w kabinie maszynisty jest dobrze widoczny i stanowi łatwy cel.

— Nie, do cholery. Chcecie, żeby zmasakrowali pasażerów? Powtarzam, ich groźby traktujemy całkowicie serio.

— Tak jest, sir.

— Pamiętaj o tym. — Komisarz zerknął przez okno, by ocenić prędkość poruszania się samochodu względem obiektów na rzece. Syrena była włączona, lecz kierowca lawirował w ulicznym ruchu niczym gracz rugby między przeciwnikami. — Przesłuchaliście pasażerów uwolnionych przez porywaczy?

— Wszystkich, których udało się namierzyć. Większość rozeszła się albo zniknęła w tłumie. Składają sprzeczne zeznania. Ale konduktor, młody bystry Irlandczyk, bardzo nam pomógł. Wiemy, ilu porywaczy opanowało pociąg i w jaki sposób...

— Kilkunastu?

— Czterech. Zaledwie czterech. Mają na twarzach maski z pończoch i prawdopodobnie są uzbrojeni w pistolety maszynowe Thompson. Noszą granatowe płaszcze i ciemnoszare kapelusze. Konduktor twierdzi, że są dobrze zorganizowani i znają się na obsłudze metra.

— Tak. Być może ktoś powinien zajrzeć do rejestru zwolnionych pracowników kolei, choć w tej chwili nam to nie pomoże.

— Zwrócę się z tym do policjantów z ochrony kolei. Jest tu kilkuset, między innymi ich szef. Stawił się osobiście.

— Macie go traktować z najwyższym szacunkiem.

— Są trudności z komunikacją. Jedyny kontakt z porywaczami utrzymuje centrum dowodzenia sekcji ochrony kolei. Inspektor Daniels ustanowił swój sztab w kabinie maszynisty pociągu stojącego na stacji przy Dwudziestej Ósmej Ulicy. Może rozmawiać przez radio z centrum dowodzenia policji kolejowej, ale nie z porwanym wagonem. To typowe dwukierunkowe radio: inspektor słyszy to, co mówią w centrum dowodzenia w czasie rozmów z porywaczami, ale nie słyszy porywaczy. Za pośrednictwem centrum dowodzenia zapytałem porywaczy, czy pozwolą nam porozumiewać się ze sobą bezpośrednio w tunelu przez megafon, ale twardo odmówili. Wolą komplikować sytuację.

Komisarz złapał się uchwytu, gdy limuzyna zjeżdżała z alei. Samochody pierzchały przed wyjącą syreną niczym spłoszone ptactwo.

— Zjeżdżamy z trasy. Masz coś jeszcze?

— Porywacze powtórzyli ostrzeżenie o limicie czasu. Nie chcą odstąpić od ustaleń. Piętnasta trzynaście.

— Kto utrzymuje z nimi bezpośredni kontakt?

— Porucznik z sekcji ochrony kolei. Inspektor Daniels twierdzi, że to łebski gość. Dlaczego ci dranie nie zgodzili się na megafony?

— Przypuszczam, że z powodów psychologicznych. Chcą nam pokazać, kto tu rządzi. Rozłączam się teraz, Charlie. Trzymaj wszystko w ręku, skontaktuję się, jak tylko zapadną jakieś decyzje.

Limuzyna szarpnęła i skręciła na wspinającą się ulicę obok parku Carla Schurza. Ledwie zwolniła obok białej budki strażniczej. Stojący przy niej dwaj funkcjonariusze stanęli na baczność i zasalutowali. Na szczycie wzniesienia limuzyna wtoczyła się na kolisty podjazd przy bocznej ścianie rezydencji. Ponad rozległym trawnikiem widać było rzekę, a nieco dalej most Hellgate.

Szofer zahamował i samochód zatrzymał się za trzema innymi czarnymi służbowymi limuzynami. Komisarz wysiadł błyskawicznie i ruszył biegiem w stronę werandy dworku.

10

Miasto. Różne media

Dziennikarze i fotoreporterzy dotarli do skrzyżowania Park Avenue South i Dwudziestej Ósmej Ulicy kilka minut po policji, a wiele jednostek policji nawet uprzedzili. Dzięki szczególnej pewności siebie zdołali przedostać się przez policyjne linie, drewniane barierki, radiowozy, obok funkcjonariuszy na koniach i rosłych gliniarzy z taktycznych sił policyjnych, noszących na głowach charakterystyczne błękitne hełmy. Dziennikarze płynęli w stronę wejść do metra obok południowo-zachodniego i północno-zachodniego narożnika. Usiłowali dostać się do środka, lecz policjanci ich odparli. Przeciskając się między policjantami stojącymi na krawędzi jezdni, popłynęli niczym strumień przez Park Avenue South do wejść metra w centrum. Napotkawszy tam zdecydowany opór, przeprawili się na drugą stronę alei i jęli nagabywać wyższych stopniem policjantów.

— Jak przedstawia się sytuacja, panie inspektorze?

— Nie jestem inspektorem, tylko kapitanem. Nic nie wiem.

— Czy miasto podjęło decyzję o zapłacie okupu?

— Czy zwłoki kolejarza wciąż leżą na torze?

— Skąd wiadomo, że on nie żyje?

— Kto dowodzi akcją?

— Nie odpowiem na żadne pytania, bo nie znam odpowiedzi — odparł kapitan.

— Otrzymał pan rozkaz, żeby nic nie mówić?

— Tak.

— Kto go wydał?

— Na pewno nie odnosił się do dziennikarzy. Jak się pan nazywa, kapitanie?

— Kto wydał ten rozkaz?

— Ja. A teraz się wynoście.

— Nie jesteśmy w Niemczech, kapitanie.

— Owszem, w tym momencie jesteśmy w Niemczech.

— Jak się pan nazywa, kapitanie?

— Kapitan Północ.

— Joe, zrób zdjęcie kapitanowi Północ.

◆ ◆ ◆

Dziennikarze radiowi z magnetofonami na plecach, dla bezpieczeństwa trzymając mikrofony nad głowami, przeciskali się przez tłum. Swój ogień skierowali na „szeregowego policjanta".

— Co pan sądzi o wielkości tłumu?

— Jest ogromny.

— Czy to największy tłum, jaki pan widział na miejscu przestępstwa?

Funkcjonariusz taktycznych sił policyjnych, napinający

mięśnie, by powstrzymać napór gapiów, których szereg niebezpiecznie się wybrzuszył, mruknął:

— Na to wygląda. Ale trudno ocenić wielkość tłumu, może nie jest największy.

— Czy określiłby go pan mianem rozwydrzonego?

— W porównaniu z niektórymi jest całkiem spokojny.

— Pańska praca nie jest tak efektowna jak łapanie złoczyńców, ale bardzo wymagająca i ważna. Doceniam to i gratuluję. Jak pańska godność?

— Melton.

— Usłyszeli państwo wypowiedź funkcjonariusza Meltona z taktycznych sił policyjnych zgromadzonych na miejscu porwania pociągu metra przy skrzyżowaniu Dwudziestej Ósmej Ulicy i Park Avenue South. Dziękujemy panu Miltonowi, który powstrzymuje napór tłumu gapiów. Jest tu jeszcze jeden mężczyzna, wydaje mi się, że jest to detektyw w cywilu, który również stara się pilnować porządku. Proszę pana, czy trafnie odgadłem, że jest pan detektywem w cywilnym ubraniu?

— Raczej nie.

— Nie jest pan detektywem?

— Nie jestem.

— Ale mimo to pomaga pan policji w powstrzymaniu naporu tego olbrzymiego tłumu ludzi.

— Nikogo nie powstrzymuję, to mnie powstrzymują. Chciałbym się stąd wydostać, do jasnej cholery, i wrócić do domu.

— Rozumiem. Mój błąd. Bardzo panu dziękuję. Wygląda pan na detektywa w cywilnym ubraniu. Zechciałby pan powiedzieć nam, czym naprawdę się pan zajmuje?

— Jestem na zasiłku.

— Wziąłem pana za detektywa. Powodzenia w wydostaniu się stąd i w szczęśliwym dotarciu do domu.

* * *

Stacje telewizyjne, z jednym jedynym wyjątkiem, poinformowały telewidzów o zdarzeniu kilka sekund od chwili, gdy dowiedzieli się o nim dziennikarze. Większość przerwała emisję seriali, filmów i programów dla gospodyń domowych, by nadać komunikat. Te, które wolały nie narażać się swoim wiernym widzom południowych audycji, wyświetliły pasek informacyjny u dołu ekranu, pozwalając im w ten sposób radować się jednocześnie faktem i fikcją. Kanał, który nie stanął na wysokości zadania, spóźnił się z informacją o czterdzieści pięć sekund, ponieważ w momencie gdy do dziennikarzy dotarła informacja o porwaniu pociągu, nadawał właśnie reklamę.

Działy informacyjne stacji ogólnokrajowych i lokalnych wysłały do centrum zespoły z ruchomym sprzętem. Największa z nich, Universal Broadcasting System, pchnęła do akcji najliczniejszą i najbardziej luksusowo wyposażoną ekipę z samym Staffordem Bedrickiem, swoim największym gwiazdorem. Zazwyczaj Bedrick relacjonował jedynie najbardziej podniosłe wydarzenia — takie jak mowy inauguracyjne prezydentów, zamachy na szczeblu ambasadorskim lub wyższym — lecz tym razem zgłosił się na ochotnika, wyczuwając znaczny potencjał zainteresowania widzów.

Niektóre ekipy telewizyjne opanowały biura w budynkach górujących nad sceną wydarzeń i z ich okien robiły panoramiczne ujęcia tłumu gapiów, pejzażu miasta z ceglanymi i betonowymi fasadami, lśniącymi zimnym blaskiem w promieniach słońca, setek policyjnych radiowozów, a także zbliżenia setek ciekawych twarzy i dobrze zbudowanych dziewczyn. Inne ekipy i reporterzy uwijali się po ulicy. Większość, nie zdoławszy dotrzeć do policyjnego punktu dowodzenia, ustanowionego na parkingu obok południowo-zachodniego wejścia do metra, zajęła się zdobywaniem opinii zwykłych przechodniów.

— A pan... — Znany dziennikarz popularnego miejskiego serwisu informacyjnego, nadawanego o godzinie osiemnastej, podetknął mikrofon pod nos mężczyźnie z trzema podbródkami i cygarem w ustach, wymachującemu plikiem formularzy z wyścigów konnych. — Czy zechciałby pan skomentować jakoś dramat rozgrywający się kilkanaście jardów pod naszymi stopami?

Mężczyzna pogładził się pod podbródkach i spojrzał prosto w kamerę.

— Czego dokładnie miałby dotyczyć mój komentarz?

— Na przykład kwestii bezpieczeństwa w metrze. Niektórzy uważają, że metro to dżungla. Co pan o tym sądzi?

— Dżungla? — Mężczyzna z cygarem mówił głosem, w którym pobrzmiewały rytmy ulicy. — Ale moim zdaniem to jest dżungla!

— W jakim sensie?

— Pełno tam dzikich bestii.

— Czy korzysta pan regularnie z linii metra?

— Codziennie, jeśli uzna pan to za regularne korzystanie. A co, mam chodzić pieszo z Brooklynu?

— Ma pan jakieś obawy związane z tymi codziennymi przejazdami?

— A mogę ich nie mieć?

— Czułby się pan bezpieczniejszy, gdyby funkcjonariusze ochrony kolei byli obecni w pociągach i na peronach przez całą dobę, a nie tylko przez osiem godzin?

— Cała doba to minimum.

Mężczyzna odwrócił się ze śmiechem do ruchomej mozaiki twarzy, które kłębiły się za nim, i jednocześnie upuścił formularze z wyścigów. Kamera śledziła go pieczołowicie, gdy schylił się, by zebrać je wśród gąszczu nóg; mikrofon powędrował w dół, wyławiając jego stęknięcie. Zanim się jednak wyprostował, stracił miejsce na rzecz chudego czarnoskórego chłopaka z ogromnymi oczami, którego przypadkowo wypchnął tłum.

— Czy możemy poznać pańską opinię na temat metra?

— Daje se radę — wymamrotał chłopak, spoglądając w dół.

— Pańskim zdaniem metro daje... spełnia swoją funkcję. Rozumiem więc, że nie zgodziłby się pan z poprzednim rozmówcą, który powiedział, że jest niebezpieczne?

— I to jak niebezpieczne.

— Brudne, ponure, niedostatecznie klimatyzowane i ogrzewane?

— Tak, proszę pana.

— Zatłoczone?

Chłopak przewrócił oczami.

— Sam pan wiesz.

— Podsumowując zatem...

— Daje radę.

— Dziękuję. Tak, młoda damo?

— Już się spotkaliśmy. Przy okazji pożaru w Crown Heights w zeszłym roku. — Młodą damą była kobieta w średnim wieku z wielką jak ul blond koafiurą na głowie. — Mnie się zdaje, że to skandal.

— Co konkretnie ma pani na myśli?

— Wszystko.

— Może pani uściślić?

— Czy jest coś ściślejszego niż wszystko?

— Rozumiem, dziękuję. — Dziennikarz był znudzony. Wiedział, że większość wywiadów zostanie odrzucona na rzecz ciekawszych materiałów; realizatorzy zostawią ten czy inny fragment ze względu na jego wartość komiczną lub po to, by zrównoważyć nieco ponury nastrój wydarzenia. — Proszę pana, czy zechciałby pan tu podejść?

— Jak się masz, Wendell. Mogę cię tak nazywać?

— Proszę pana, porywacze żądają miliona dolarów za uwolnienie zakładników. Jakie stanowisko powinno pana zdaniem zająć miasto?

— Nie jestem burmistrzem. Ale gdybym nim był... Boże broń... rządziłbym lepiej niż on. — Mężczyzna ściągnął brwi, słysząc chór śmiechów i drwiących okrzyków. — Moim pierwszym posunięciem byłaby likwidacja wszelkich form opieki społecznej. Następnie zapewniłbym bezpieczeństwo na ulicach. Później obniżyłbym opłaty. Potem...

Wendell powstrzymał się od ziewnięcia i zmusił do uśmiechu.

◆　◆　◆

Stafford Bedrick wiedział, jak posługiwać się swoją znaną twarzą i głosem. Wysyłał je niczym harcowników, niczym promienie świetlne będące emanacją jego osobowości. Dzięki nim zdołał się wedrzeć do samego centrum wydarzeń, do policyjnego sztabu dowodzenia na parkingu. Podążył za nim orszak wołów roboczych z kamerami, kablami i sprzętem dźwiękowym.

— Inspektorze? Jestem Stafford Bedrick. Witam.

Komendant dzielnicowy obrócił się gwałtownie, lecz jego złość rozpłynęła się w mgnieniu oka, gdy zobaczył twarz, którą znał lepiej niż swoją. Niemal odruchowo zerknął, w którym miejscu znajduje się kamera, i uśmiechnął się.

— Pewnie pan nie pamięta — zaczął skromnie Bedrick — ale kilka razy już się spotkaliśmy. Kiedy chuligani usiłowali podpalić Rosjanina przed konsulatem i chyba także wtedy, gdy prezydent wygłaszał przemówienie w gmachu ONZ.

— Naturalnie — odparł inspektor i roztropnie zgasił swój uśmiech. Komisarz policji krzywo patrzył na zażyłość z mediami, uważając ją za subtelną odmianę korupcji. — Obawiam się, że jestem trochę zajęty, panie Bedrick.

— Stafford.

— Tak, Stafford.

— Wiem, że nie jest to idealny moment na przeprowadzenie wywiadu, panie inspektorze. Mam nadzieję, że niebawem będę miał tę przyjemność w czasie mojego programu *Summit Talks*. Może jednak powie pan parę słów, dzięki którym nasi widzowie zyskają pewność, że policja przedsięwzięła wszelkie środki, aby zadbać o bezpieczeństwo niefortunnych zakładników.

— Przedsięwzięliśmy wszelkie środki.

— Odpowiedź na najbardziej palące w tej chwili pytanie, rzecz jasna, jest właśnie przygotowywana kilka mil stąd w budynku Gracie Mansion. Czy uważa pan, inspektorze, że zapadnie decyzja o tym, by zapłacić okup?

— Decyzja należy do ludzi, którzy tam obradują.

— Gdyby jednak należała do pana, to czy jako funkcjonariusz policji zapłaciłby pan?

— Robię to, co mi każą.

— Dyscyplina jest naturalnie prawą ręką służby. Czy zechciałby pan wypowiedzieć się na temat coraz częściej powtarzanej pogłoski, według której to przestępstwo jest dziełem jakiejś organizacji politycznej o charakterze wywrotowym?

— Taka pogłoska do mnie nie dotarła.

— Panie inspektorze!... — zawołał umundurowany kierowca komendanta, stojąc w drzwiach samochodu. — Komisarz wzywa pana przez radio.

Komendant odwrócił się raptownie i ruszył w stronę samochodu. Bedrick i jego ekipa podążyli tuż za nim. Policjant wsiadł, trzasnął drzwiami i zasunął okna. Sięgając po mikrofon, widział obiektyw kamery niemal przyciśnięty do szyby. Odwrócił się do drugiego okienka i w tym samym momencie ukazała się tam druga kamera.

♦ ♦ ♦

Pięć minut po tym, jak informacja o porwaniu pociągu pojawiła się w telewizji i radiu, w redakcji „New York Timesa" odebrano telefon od mężczyzny, który przedstawił się jako brat Williamus, minister sabotażu organizacji Czarni Rewolucjoniści Ruchu Ameryka. Głębokim i śpiewnym, jowialnym, a zarazem przesyconym groźbą głosem minister sabotażu powiedział:

— Pragnę poinformować, że porwanie podziemnego śmigacza jest rewolucyjną akcją CRRA. Uderzając błyskawicznie i zabójczo, jednostka szturmowa CRRA pokazuje w ten sposób białym oprawcom determinację i cele ruchu, bo chodzi o to, żeby trafić Charliego w to miejsce, gdzie mieszka, czyli w kieszeń. Środki pozyskane za pomocą aktu rewolucyjnego wywłaszczenia zostaną wykorzystane do dalszego wspierania rewolucyjnych dążeń CRRA, do walki o czarnego brata, gdziekolwiek jest, i do wyzwalania czarnego człowieka. I kobiety też. Jasne?

Zastępca redaktora naczelnego, który odebrał telefon, poprosił brata Williamusa o przedstawienie szczegółów nieznanych dotąd ogółowi społeczeństwa. Byłyby one dowodem, że jego organizacja rzeczywiście jest odpowiedzialna za uprowadzenie pociągu.

— Facet, jak ci powiem szczegóły, to będziesz wiedział tyle samo co ja.

Zastępca redaktora naczelnego odparł, że nie podając dowodów, każdy może sobie przypisywać zbrodnię.

— Jak sobie przypisuje, to jest skurwysyńskim kłamczuchem. I nie wyjeżdżaj mi tu ze zbrodnią, facet. To jest akt czystego politycznego rewolucjonizmu.

— Dobrze, ministrze — rzekł zastępca redaktora naczelnego. — Chce pan coś dodać?

— Tylko jedno. CRRA nawołuje czarnych braci w całym kraju do naśladowania tego aktu politycznego; niech każdy porwie swój pociąg metra, żeby obalić kapitalizm. Znaczy, jeśli mają w swoim mieście metro.

Po chwili telefon zadzwonił ponownie. Głos rozmówcy w osobliwy, lecz intrygująco autentyczny sposób łączył intonację Brooklynu i Uniwersytetu Harvarda.

— Władza dla ludu! W imieniu Komitetu Centralnego Zmobilizowanych Studentów i Robotników Ameryki informuję, że porwanie pociągu metra jest naszym dziełem. Jest to jedynie przygrywka, wstępna potyczka, że się tak wyrażę, zapowiedź rewolucyjnego terroru przygotowanego przez Komitet Centralny ZSRA, by sterroryzować psy służące świńskim oprawcom i wyzyskiwaczom, i rzucić na kolana klasę rządzącą Ameryką.

— Czy słyszał pan o CRRA? — spytał zastępca redaktora naczelnego.

— Jakim CRRA? Kto napisał film *Drakula*?

— CRRA to ruch czarnych rewolucjonistów. Jeden z jego wysokich funkcjonariuszy zadzwonił przed chwilą i stwierdził, że to oni porwali pociąg.

— Z całym braterskim szacunkiem i estymą dla czarnego brata jego słowa to zasrane łgarstwo. Powtarzam kategorycznie: to rewolucyjne posunięcie ZSRA, pierwszy akt terrorystycznego programu skierowanego przeciwko białym świniom...

— Tak. Poprzedniego rozmówcę poprosiłem, by uwiarygodnił swoje słowa, podając dotąd nieujawnione szczegóły uprowadzenia pociągu...

— Zasadzka!

— Mam to rozumieć jako odmowę?

— Ty podstępnie przebiegły, świński szakalu reżimowej prasy. Napiszecie o tym, co powiedziałem?

— Może. Mój szef podejmie ostateczną decyzję.

— Twój szef! Facet, nie widzisz, że jesteś wykorzystywany tak samo jak robotnik i kmieć? Różnica polega na tym, że bat jest owinięty w jedwab. Rusz głową, facet, zrozum, że jesteś w niewiele lepszej sytuacji niż twoi bracia w fabryce i na polu.

— Dziękuję panu za telefon.

— Nie musisz mnie tytułować panem. Nikogo nie musisz nazywać panem! Rusz głową...

W sumie redakcja „Timesa" odebrała kilkanaście takich telefonów, „News" mniej więcej tyle samo, a „Post" niewiele mniej. Wszystkie gazety były oblegane przez ludzi, którzy w negatywny sposób charakteryzowali porywaczy, podawali klucze do poznania ich tożsamości; inni prosili o informacje dotyczące krewnych i znajomych, którzy mogli być pasażerami porwanego pociągu; jeszcze inni przedstawiali swoje opinie w kwestii tego, czy miasto powinno zapłacić okup, a także na temat filozoficznych, psychologicznych i socjologicznych motywacji. Jednakże najwięcej mieli do powiedzenia o nikczemności burmistrza.

Centrala telefoniczna ratusza była przeciążona. Pracownicy działu public relations, urzędnicy, a nawet sekretarki odbierały telefony; wszystkich pouczano, żeby do niczego się nie zobowiązywali, a przede wszystkim, żeby nie denerwowali dzwoniących, gdyż to mogłoby zaszkodzić (taktownie unikano określenia „jeszcze bardziej") burmistrzowi.

„Jeśli miasto zapłaci bandytom, będzie to zachęta dla każdego oszusta i pomyleńca w mieście do podobnych działań. Jestem podatnikiem i właścicielem domu i nie chcę, żeby kryminaliści bawili się za moje pieniądze. Ani pensa na okup! Jeśli burmistrz ulegnie, straci mój głos i głosy mojej rodziny na zawsze".

„Rozumiem, że burmistrz rozważa kwestię okupu. Rozważa? Co jest ważniejsze, życie ludzi czy parę nędznych dolarów? Jeśli któryś z porwanych pasażerów zginie lub zostanie ranny, możecie powiedzieć naszemu wspaniałemu burmistrzowi, że nie tylko na niego nie zagłosuję, lecz poświęcę resztę życia ujawnianiu, jakim jest potworem!".

„Wezwijcie Gwardię Narodową. Niech wkroczą do tunelu metra z bagnetami i rozniosą tych łotrów! Zgłaszam się na ochotnika do pomocy, mimo że w przyszłym miesiącu skończę osiemdziesiąt cztery lata. Takie rzeczy nie zdarzały się, kiedy byłem młodym chłopakiem. I tak nigdy nie wchodzę do metra. Mój żywioł to świeże powietrze".

„Mogliby państwo sprawdzić, czy mój brat jest w tym pociągu? Powiedział, że może mnie dzisiaj odwiedzi. Zwykle wychodzi z domu około trzynastej trzydzieści, mam przeczucie, że jest w tym pociągu. Zawsze miał takie szczęście. Jeśli się okaże, że nie wsiadł do tego pociągu, nie ucieszę się, bo mógł wpaść pod ciężarówkę...".

„Jestem Young Duke, jasne? Jeśli w pociągu są jacyś bracia Portorykańczycy, domagamy się, by miasto zapłaciło odszkodowanie za wszelkie obrażenia i szkody, jakie ponieśli. Portorykańczycy i tak cierpią upokorzenia, kiedy wsiadają do tych zbyt drogich pociągów metra. A gdyby się okazało, że niektórzy z porywaczy są braćmi z Portoryko, Young Duke żąda dla nich amnestii. Żądanie to nie podlega negocjacjom!".

„Nie mówię, że ci porywacze są kolorowi, ale jeśli dziewięćdziesiąt dziewięć procent przestępstw w tym mieście popełniają kolorowi, to na dziewięćdziesiąt dziewięć procent można powiedzieć, że porywacze są kolorowi".

„Przekażcie to policji. Wystarczy zalać tunel i po kłopocie...".

11

Jego ekscelencja burmistrz

W zwykłych okolicznościach jego ekscelencja burmistrz czerpałby satysfakcję z obserwowania bitwy swoich podwładnych debatujących nad jakimś zagadnieniem, zwłaszcza że każdy z nich przy takiej okazji dosiadał swojego konika w kwestii uprzedzeń i interesów. Teraz jednak, powalony grypą i oszołomiony gorączką, bał się, że jego umiejętność trzeźwej oceny sytuacji będzie nadwątlona i podejmie niewłaściwą decyzję, która nie przyniesie mu politycznej korzyści. Nie znaczy to, że był pozbawiony zasad, gdyż burmistrz bez wątpienia temperował własną korzyść przyzwoitością. Była to fatalna ludzka słabość, której nie zdołał wykorzenić.

Obok jego łóżka, poza komisarzem policji, szefem nadzoru, przewodniczącym komisji transportu, prezesem rady miejskiej oraz Murrayem Lasalle'em, znajdowali się jego żona i lekarz.

Siedząc oparty na poduszce, kichając i pociągając nosem, siłą woli utrzymując oczy otwarte i skupiając myśli na problemie, jego ekscelencja burmistrz pozwolił Murrayowi Lasalle'owi kierować obradami. Ten zaś czynił to z charakterystyczną dla siebie kombinacją błyskotliwości, niecierpliwości i twardości.

— Nie mamy czasu do stracenia, a rzecz sprowadza się do tego, czy zapłacić okup, czy nie — zaczął Lasalle. — Wszystkie inne zagadnienia... mamy pieniądze czy nie, możemy wypłacić je zgodnie z prawem czy nie, skąd weźmiemy gotówkę, czy zdołamy złapać porywaczy i ją odzyskać — mają drugorzędne znaczenie. Poza tym nie możemy zbyt długo debatować, bo pojawi się siedemnaście kolejnych trupów. Pozwolę na jedną rundę wypowiedzi, w sumie pięć minut, a potem podejmiemy decyzję. Gotowi?

Burmistrz słuchał narady połową jednego ucha. Wiedział, że Lasalle już zadecydował i spodziewa się poparcia burmistrza. Doszło do nieczęstej sytuacji, gdy korzyść polityczna kłóciła się z instynktem. Bilans aprobaty i potępienia będzie korzystny. „Times" w poważnym tonie poprze go ze względów humanitarnych. „News" pochwali niechętnie, ale zgani za to, że w ogóle dopuścił do incydentu. Manhattan tradycyjnie będzie za nim, a Queens przeciwko. Bogaci powiedzą tak, kierowca taksówki nie, a czarna społeczność pozostanie obojętna. Nic się nie zmienia. Burmistrz wiedział już, że miasto podzieliło się w ocenie „słuszności" jego choroby.

Wydmuchał rzęsiście nos w zwitek chusteczek i rzucił je na podłogę. Lekarz spoglądał na niego okiem profesjonalisty, a żona z odrazą.

— Proszę się streszczać — rzekł Lasalle. — Minuta dla każdego, a potem jego ekscelencja podejmie decyzję.

— Nie może pan ograniczać dyskusji w tak newralgicznej kwestii do tylu a tylu sekund — zaprotestował szef nadzoru.

— Popieram wniosek — oświadczył przewodniczący rady miasta. Podobnie jak nadzorca nie należał do przyjaciół burmistrza. Jego poglądy stawały w poprzek partyjnym podziałom.

— My będziemy tu sobie przerzucać piłeczkę, a bandyci w brudnej ponurej dziurze odliczają minuty do chwili, gdy zaczną strzelać do pasażerów — zauważył Lasalle.

— Brudnej ponurej dziurze? — obruszył się szef komisji transportu. — Mówi pan o najdłuższym, najruchliwszym i najbezpieczniejszym systemie metra na świecie.

Komisja transportu stanowiła skomplikowaną strukturę państwowo-miejską, a jej przewodniczący był zawsze człowiekiem gubernatora. Nie cieszył się w mieście sympatią i burmistrz wiedział, że w razie najmniejszego niepowodzenia może zrzucić na niego część winy.

— Zaczynajmy — ponaglił Lasalle, kiwając głową w stronę komisarza policji.

— Jesteśmy w maksymalnym stopniu zmobilizowani — zaczął komisarz. — Mogę zejść do tunelu z taką siłą ognia i środków chemicznych, że zmieciemy porywaczy. Nie mogę jednak zagwarantować bezpieczeństwa zakładników.

— Innymi słowy, opowiada się pan za zapłaceniem okupu — podsumował Lasalle.

— Nie znoszę ulegać kryminalistom takim jak ci — odparł komisarz — ale gdyby niewinni zginęli z winnymi, mielibyśmy powtórkę z Attica.

— Proszę głosować — zaproponował Lasalle.

— Wstrzymuję się.

— Szlag! — Lasalle zwrócił się do przewodniczącego komisji transportu. — Pańska kolej.

— Troszczę się wyłącznie o bezpieczeństwo naszych pasażerów.

— Proszę głosować.

— Odmowa zapłaty okupu kosztowałaby nas utratę zaufania pasażerów. I tak na jakiś czas stracimy pewną część dochodów. Musimy zapłacić.

— Ale z czego? — spytał szef nadzoru. — Czy te pieniądze będą pochodzić z pańskiego budżetu?

Przewodniczący uśmiechnął się z goryczą.

— Jestem spłukany, nie mam ani pensa.

— Ani ja — rzekł szef nadzoru. — Radzę jego ekscelencji do niczego się nie zobowiązywać, dopóki nie będziemy wiedzieli, skąd wziąć pieniądze.

— Rozumiem, że głosuje pan przeciwko — stwierdził Lasalle.

— Jeszcze nie ujawniłem mojej filozofii myślenia w tej kwestii — odparł szef nadzoru.

— Nie mamy czasu na filozofię — zauważył Lasalle.

— Ale nie wątpię, że dla niej znajdzie się czas na filozofowanie. — Szef nadzoru transportu skinął sztywno głową w stronę żony burmistrza, która nazwała go kiedyś „Scrooge'em bez szans na zbawienie".

Wydąwszy usta, żona burmistrza odpowiedziała w języku, którego nauczyła się w czasie studiów na Wellesley i w odróżnieniu od męża opanowała go doskonale:

— Niech ktoś, kurwa, spróbuje powiedzieć nie.

— Dziękuję, pani burmistrzowo — rzekł Lasalle, po czym skinieniem głowy wskazał przewodniczącego rady miasta. — Pańska kolej.

— Głosuję przeciwko z następujących powodów...

— Dobrze — przerwał mu Lasalle. — Jeden głos wstrzymujący się, jeden za i dwa przeciwko. Ja głosuję za, jest więc dwa do dwóch. Sam?

— Chwileczkę — odezwał się przewodniczący. — Chcę wyjaśnić pobudki, którymi się kierowałem.

— Nie ma na to czasu — odparł Lasalle. — Stawką jest życie ludzi.

— Ja jednak powiem, czym się kierowałem — nie dawał za wygraną przewodniczący. — Po pierwsze, jestem zwolennikiem prawa i porządku. Opowiadam się za wojną z przestępcami, a nie za rozpieszczaniem ich znacznymi sumami pieniędzy.

— Dziękuję, panie przewodniczący — powiedział Lasalle.

— Chcę dodać jeszcze jedną rzecz.

— Niech to szlag! — Lasalle się rozzłościł. — Czy wy nie rozumiecie, że porywacze wyznaczyli termin i grożą śmiercią zakładników?

— Druga rzecz jest taka — ciągnął przewodniczący rady miasta — że jeśli zapłacimy tym przestępcom, będziemy mieli taką samą sytuację jak w lotnictwie. Ugięcie się przed tymi gangsterami sprawi, że pierwszy lepszy gałgan ze swoim pociotkiem zacznie uprowadzać pociągi. Ile milionów dolarów możemy wypłacić?

— Dolarów, których zresztą nie mamy — zauważył szef nadzoru.

— Dlatego, panie burmistrzu — dodał przewodniczący — wzywam pana do głosowania przeciwko.

— Sytuacja się nie zmieniła — odezwał się Lasalle. — Dwa głosy na tak, dwa na nie i jeden wstrzymujący się. Decydujący będzie głos jego ekscelencji.

— A gdyby było trzy za, a jeden przeciw? — zapytał szef nadzoru.

— Głos decydujący należałby do jego ekscelencji — rzekł beznamiętnie Lasalle. — Sam. Bądź łaskaw to zakończyć.

W tym momencie burmistrz kichnął potężnie, w powietrzu ukazała się delikatna mgiełka. Z rozbawieniem zauważył, że wszyscy się wzdrygnęli.

— Zdawało mi się, że już byłeś łaskaw to zakończyć, Murray.

— Daruj sobie te gierki — powiedział Lasalle. Jego oczy się zwęziły. — Jeśli zależy ci choć trochę na tych biednych obywatelach...

— W twoich ustach brzmi to śmiesznie — odezwała się żona burmistrza. — Dla ciebie obywatel to kartka do głosowania...

Burmistrz dostał ataku kaszlu.

— Ten człowiek jest w takim stanie, że nie wolno wywierać na niego presji — wtrącił lekarz, który przyglądał się burmistrzowi krytycznym wzrokiem. — Nie pozwolę na to.

— Jezu Chryste — westchnął Lasalle. — Żony i medycy. Sam, czy ty nie rozumiesz, że nie mamy wyboru? Musimy wydostać zakładników zdrowych i całych. Czy muszę ci przypominać...

— Pamiętam o wyborach — przerwał mu burmistrz. — Tylko nie podoba mi się, że wszystkimi komenderujesz. Chętnie zobaczyłbym tu trochę demokracji.

— Mądrala — odparł Lasalle. — Rządzimy miastem, a nie jakąś zakichaną demokracją. — Zerknął znacząco na zegarek. — Sam, rusz się, do cholery.

Burmistrz spojrzał na żonę.

— Kochanie?

— Humanitaryzm, Sam, humanitaryzm przede wszystkim.

— Do dzieła, Murray — rzekł burmistrz. — Załatw wypłatę forsy.

— Mówiłem to dziesięć minut temu. — Lasalle skierował palec na komisarza policji. — Przekażcie draniom, że zapłacimy. — Zastępca burmistrza spojrzał na szefa nadzoru. — Z którym bankiem prowadzimy najwięcej interesów?

— Gotham National Trust. To okropne, ale zadzwonię tam...

— Ja to zrobię. Wszyscy na parter. Ruszmy się.

— Humanitaryzm — powiedziała do męża burmistrzowa. — Jesteś uosobieniem humanitaryzmu, skarbie.

— Jakżeby inaczej — dodał Lasalle.

Ryder

Mimo że światło w kabinie było zgaszone, Ryder wiedział, że stanowi łatwy cel. Nie wątpił, że w tunelu kryje się wielu czujnych policjantów i że kilku trzyma go na muszce. Jeśli policja postanowiła ruszyć do walki, zamiast zapłacić okup — wówczas byłby pierwszym z wielu zabitych — lub jeśli któryś ze snajperów ulegnie irracjonalnemu impulsowi, to nie ryzykował bardziej niż trzej pozostali, lepiej osłonięci. Ochronę dawały mu okoliczności i była to niezgorsza ochrona. Tak jak na wojnie, nie prosił o więcej, a na mniej by się nie zgodził.

Drażniło go romantyczne i idealistyczne wyobrażenie o wojnie. Wyrażenia w rodzaju: „trzymali pozycję do ostatniego żołnierza", „walczyli, nie zważając na własne bezpieczeństwo" czy „stawiali opór przeważającym siłom" traktował jak żałosne łkania przegranych. Znał klasyczne przykłady takich działań; większość pochodziła z czasów starożytnych i stanowiła pomniki błędnego planowania, głupiej dumy lub niewłaściwej oceny: szarża lekkiej brygady, obrona Alamo, szarża Picketta, bitwa pod Termopilami. Wszystko to były błędy taktyczne. Utrzymywanie pozycji do ostatniego żołnierza oznaczało, że cię rozgromili; niedbanie o własne bezpieczeństwo to mnożenie swoich strat; walka z przeważającymi siłami świadczy o tym, że zostałeś wymanewrowany (to prawda, że Izraelczycy wygrali wojnę sześciodniową, lecz zneutralizowali przewagę liczebną wroga, bo byli szybsi i bardziej mobilni). Ryder akceptował myśl, że można kogoś poświęcić z jego nielicznego komanda, ale wyłącznie dla uzyskania przewagi taktycznej, nigdy dla chwały.

Jego komando — ironiczne określenie garstki wyrzutków, którą mimochodem sformował. Z wyjątkiem Longmana prawie ich nie znał, byli ciałami, które miały wypełnić szereg. W gruncie rzeczy nie było wiadomo, czy on zwerbował Longmana, czy odwrotnie. Trochę tak, a trochę tak; różnica polegała na tym, że Ryder zgłosił się na ochotnika, a Longman był opornym rekrutem. Strach Longmana był silniejszy od fascynacji, lecz nie mógł się równać z połączeniem fascynacji i chciwości, która go wciągnęła i zatrzymała.

Ryder uświadomił sobie, że zwerbował Welcome'a i Steevera, by zrównoważyć usposobienie Longmana, który był inteligentny, miał wyobraźnię i był tchórzem. Znalazł ich przez handlarza bronią, byłego najemnika zmuszonego do odejścia na emeryturę po ciężkim zranieniu. Teraz zajmował się handlem, miał magazyn w zaniedbanej części Newark i maciupkie biuro przy Pearl Street. Uprawiał ten preceder pod przykrywką handlu skórami i futrami; w biurze oprócz stuletniego biurka był telefon, trochę przyborów biurowych i sięgające do sufitu kosze pełne skór, które raz w miesiącu dla niepoznaki odkurzał.

Pistolety maszynowe nie stanowiły dla niego problemu. Jeśli bardzo potrzebowałeś, potrafił załatwić czołgi, samochody pancerne, haubice, miny lądowe, a nawet dwumiejscową łódź podwodną wraz z torpedami. Kiedy dobito transakcji na dostawę czterech thompsonów i paru dodatków, handlarz wyciągnął butelkę whisky i powtórnie stoczyli kilka dawnych bitew (były wśród nich i te, w których walczyli po przeciwnych stronach). W pewnym momencie zadzwonił telefon i po krótkiej, lecz burzliwej wymianie zdań dealer odłożył słuchawkę i oznajmił:

— Jeden z moich chłopaków. Skończony wariat.

Ryder skinął głową bez zainteresowania, lecz tamten mówił dalej:

— Marzę o tym, żeby ktoś go ode mnie wziął, bo inaczej będę musiał zadać sobie ten trud i go wykończyć — ciągnął z posępnym poczuciem humoru. Zerknął na Rydera. — Może ty byś to zrobił?

— To znaczy co?

— No nie wiem. Tak mi przyszło do głowy... kupiłeś cztery thompsony. Masz już skompletowany skład?

Ryder odparł, że jeszcze nie i że jest otwarty na propozycje.

Przyszło mu teraz na myśl, że w typowy dla siebie sposób dawał pierwszeństwo uzbrojeniu przed ludźmi.

— Może zainteresowałby cię ten narwaniec?

— Niespecjalnie zachwalasz swój towar.

— Jestem po prostu szczery, zgadza się? — Handlarz zrobił pauzę, a widząc, że Ryder gapi się nań bez słowa, kontynuował: — Chłopak jest kanciasty i do niczego nie pasuje. Postawiłem go w magazynie w Jersey, ale go to nudzi. Facet lubi akcję, łapska go świerzbią. Gdybym coś planował, gdybym potrzebował żołnierza, spluwy, z miejsca bym go wynajął. Gdybym na przykład miał pistolet maszynowy i potrzebował kogoś, kto by z niego strzelał, nie wahałbym się ani chwili. Chłopak ma jaja jak granaty.

— Ma też świra.

— Tylko trochę. Tak powiedziałem, ale on nie jest psycholem. Narwany, nie zna ograniczeń. Jednocześnie ostry, twardy i... — Dealer szukał przez chwilę słowa, po czym rzekł z pewnym zaskoczeniem: — I uczciwy. Tak, uczciwy.

Ryder uśmiechnął się sceptycznie.

— Myślisz, że zamierzam zrobić coś uczciwego za pomocą tych thompsonów?

— To nie moja sprawa, co zamierzasz z nimi zrobić. Ale gdybyś szukał strzelca, ten chłopak pasuje jak ulał. Mówiąc o jego uczciwości, mam na myśli to, że chłopak nie gra na dwie strony, że nie sprzeda wspólnika. Niełatwo takiego znaleźć w naszych czasach. Trafia to do ciebie?

— Mogę rozważyć kandydaturę, pod warunkiem że chłopak nie jest przesadnie uczciwy.

— Nikt nie jest przesadnie uczciwy — odparł beznamiętnie dealer. — Słuchaj, możesz rzucić na niego okiem, niczym ci to nie grozi.

Ryder rzucił okiem w następnym tygodniu. Chłopak okazał się zadziorny, twardy i zbyt ostentacyjny w zachowaniu, lecz Ryder nie uważał tych cech za dokuczliwe wady. Najważniejsze było to, czy potrafi słuchać rozkazów, a pod tym względem Ryder nigdy nie był całkowicie usatysfakcjonowany.

W pewnym momencie podniósł kwestię organizacji.

— Rozumiem, że odszedłeś, bo chciałeś działać na własną rękę. Ale pracujesz dla kogoś.

— On ci tak powiedział, szef? — spytał chłopak pogardliwym tonem. — Gówno prawda. Odszedłem, bo to banda starych pierdzieli i działają po staroświecku. Mam nadzieję, że to, co planujesz, nie jest staroświeckie.

— Tego bym nie powiedział. Wydaje mi się, że nigdy czegoś takiego nie zrobiono.

— Bez precedensu, jak to mówią?

— I niebezpieczne — dodał Ryder, obserwując uważnie chłopaka. — Można zginąć.

Welcome wzruszył ramionami.

— Nie proponowałbyś stu kawałków za numer, w którym nic ci nie grozi. — Spojrzał na Rydera jasno błyszczącymi oczyma i rzekł napastliwie: — Ja nie pękam. Nawet przed organizacją.

Ryder skinął głową.

— Wierzę ci. A umiesz wykonywać rozkazy?

— Zależy, kto je wydaje.

Ryder zgiął palec i dotknął nim swojej piersi.

— Będę z tobą szczery — powiedział Welcome. — W tej chwili nie mogę ci tego obiecać. Nie znam cię, rozumiesz?

— W porządku. Pogadajmy o tym za parę dni.

— Ty jesteś spokojny facet, a ja mówię głośno. Ale spokojny nie znaczy zły. Szef trochę mi o tobie opowiadał. Masz za sobą karierę, a to szanuję.

W następnym tygodniu, po kolejnej rozmowie i nie bez złych przeczuć, Ryder zwerbował Welcome'a. Wcześniej poznał Steevera i co do niego nie miał wątpliwości. Jego też zarekomendował handlarz bronią.

— Przyszedł facet, szukał roboty. Ale biznes słabo się kręci, więc nie mogłem go przyjąć. Pogadaj z nim. Wygląda na dobrego żołnierza.

W kastowym systemie podziemia Steever był mięśniakiem, podczas gdy ktoś taki jak Longman zostałby uznany za mózgowca. Ryder starannie go prześwietlił. Steever pochodził ze Środkowego Zachodu, zaczynał od drobnych kradzieży i rozbojów, potem przyszły napady z bronią w ręku. Raz trafił za kratki, gdy spróbował przekrętu, to przekraczało jego możliwości. Od tego czasu siedem czy osiem razy był aresztowany i dwa razy sądzony, ale go nie skazano. Ryder nie miał wątpliwości, czy Steever będzie wykonywał rozkazy.

— Jeśli się uda, zgarniesz sto tysięcy dolarów — powiedział.

— Duża kasa.

— Zapracujesz na nią.

— Jasna sprawa — odparł Steever, mając na myśli, że nie oczekuje pieniędzy za darmo.

I w ten sposób Ryder skompletował swoją armię, na dobre lub na złe.

Murray Lasalle

Murray Lasalle pozwolił sekretarce znaleźć numer banku, lecz zapowiedział jej, że sam chce zatelefonować; nie było czasu na protokolarne niuanse, choć w normalnych okolicznościach Lasalle znał ich wartość i z nich korzystał. Sekretarka, zaprawiona w bojach urzędniczka z szeregów dawnej służby cywilnej, poczuła się urażona tym naruszeniem swoich praw. Oburzyła się jeszcze bardziej, gdy Lasalle, siadając na kancie biurka w historycznym pomieszczeniu, będącym niegdyś salonem Archibalda Graciego, kazał jej ruszyć tyłek. Od dnia, w którym zaczęła pracować z Lasalle'em, jej antysemityzm, wyrosły z dzieciństwa spędzonego w irlandzkiej części Brooklynu, lecz utemperowany przez lata służby z rozlicznymi ludźmi, których określała mianem „różnych", gwałtownie się odrodził.

Lasalle niecierpliwymi ruchami palców wybrał numer, oznajmił operatorce, że dzwoni z ratusza, że chodzi o sytuację awaryjną i że ma go natychmiast połączyć z prezesem zarządu. Połączono go z sekretarką.

— Pan prezes rozmawia przez drugi telefon — oznajmiła sekretarka. — Z przyjemnością z panem pomówi, jak tylko...

— Nie dbam o jego przyjemności. Chcę z nim mówić w tej chwili, natychmiast.

Sekretarka gładko przełknęła niegrzeczność.

— Prezes rozmawia z zagranicą, sir. Jestem pewna, że pan to rozumie.

— Bez impertynenckich uwag, siostro. Chodzi o życie lub śmierć co najmniej siedemnastu osób. Więc ruszaj się i nie pyskuj.

— Nie wolno mi tego robić, sir.

— Jeśli nie ruszysz tyłka i nie wkroczysz do jego gabinetu, zostaniesz pociągnięta do odpowiedzialności za łamanie prawa.

— Chwileczkę, proszę pana. — Głos sekretarki po raz pierwszy zadrżał. — Zobaczę, co da się zrobić.

Lasalle czekał, stukając palcami w biurko. Po chwili rozległ się jowialny głos:

— Murray! Jak się masz, stary? Rich Tompkins z tej strony. Co jest grane, Murray?

— Skąd ty się wziąłeś? Prosiłem o szefa, do cholery, a nie o jego zakichanego agenta prasowego.

— Murray!

W tych dwóch sylabach rozmówca wyraził sprzeciw, przerażenie i błaganie. Lasalle to przewidział, gdyż trafił go w czuły punkt. Rich Tompkins był w banku Gotham National Trust wiceprezesem do spraw public relations; było to ważne i eksponowane stanowisko, a działania Tompkinsa miały zapobiegać przedostawaniu się do publicznej wiadomości spraw brukających czysty wizerunek banku. Wśród bankowców cieszył się opinią porządnego i solidnego konserwatysty, podpory środowiska, miał jednak trupa w szafie: po ukończeniu Princeton, zanim odnalazł swoje prawdziwe powołanie, przez pięć miesięcy pracował jako filmowy agent prasowy. W jego obronnym świecie równało się to mniej więcej temu, że było się Żydem albo księdzem, dlatego Tompkins żył w permanentnym strachu, że kompromitująca tajemnica wyjdzie na jaw i wszystko mu odbierze: pensję w wysokości setek tysięcy dolarów, posiadłość w Greenwich, czterdziestostopowy jacht, lunche w towarzystwie dyrektora giełdy... W Princeton mógł studiować dzięki stypendium, nie miał bowiem rodzinnego fundamentu ani zaplecza finansowego. Pozbawiony stanowiska i związanych z nim dodatków, zniknąłby z powierzchni ziemi.

— Co robisz przy tym telefonie? — spytał zimnym tonem Lasalle.

— Och, można to łatwo wyjaśnić — odparł ochoczo Tompkins.

— Słucham.

— Byłem właśnie w gabinecie prezesa, kiedy weszła panna Selwyn i powiedziała mi... Mogę jakoś pomóc, Murray? Jeśli to tylko możliwe...

Lasalle w trzech zdaniach przedstawił mu sytuację.

— A teraz, jeśli nie możesz osobiście autoryzować transakcji, chcę, żebyś wtrącił się do rozmowy tego starego bębna. Natychmiast. Zrozumiałeś?

— Murray — niemal załkał Tompkins. — Nie mogę. On rozmawia z Burundi.

— Kto to taki, u diabła?

— To kraj w Afryce. Jedna z nowo utworzonych niedorozwiniętych afrykańskich republik.

— Nie robi to na mnie wrażenia. Przerwij prezesowi i dawaj go tu.

— Murray, nie rozumiesz. My ich finansujemy.

— Ich, to znaczy kogo?

— Już ci powiedziałem, Burundi. Cały kraj. Widzisz więc, że nie mogę...

— Widzę tylko byłą filmową szczekaczkę, która wprowadza obstrukcję do działań administracji miejskiej. Roztrąbię twój sekret na cztery strony świata, Rich, nie łudź się. Daję ci pół minuty, a potem przekłuję ten balon.

— Murray!

— Rozpocząłem odliczanie.

— Co mam mu powiedzieć?

— Niech wyjaśni Burundi, że ma bardzo pilny miejscowy telefon i że zadzwoni do nich później.

— Boże drogi, Murray, na połączenie z nimi trzeba czekać cztery dni, mają słabo rozwiniętą sieć telefoniczną.

— Za piętnaście sekund puszczę cynk do mediów. Wytwórnia Republic Pictures, Vera Hruba Ralston, napędzanie ogierów aktorkom bez angażu, odwiedzającym Nowy Jork...

— Ściągnę go, nie wiem jak, ale go ściągnę. Zaczekaj!

Lasalle czekał bardzo krótko. Wyobraził sobie, że Tompkins pokonuje odległość do gabinetu jednym skokiem i przerywa prezesowi rozmowę z Burundi w połowie słowa.

— Dzień dobry, panie Lasalle — głos prezesa był poważny i opanowany. — Rozumiem, że w mieście zaistniała sytuacja awaryjna.

— Uprowadzono pociąg metra. Siedemnaście osób wzięto jako zakładników, szesnastu pasażerów i maszynistę. Jeśli nie dostarczymy miliona dolarów za niespełna pół godziny, wszyscy zginą.

— Pociąg metra — rzekł prezes. — Cóż za nowatorski pomysł.

— Tak, proszę pana. Rozumie pan, skąd mój pośpiech? Czy udostępnienie takiej gotówki stanowi jakiś problem?

— Żadnego, jeśli bierze w tym udział Bank Rezerw Federalnych. Rzecz jasna, nasz bank jest stowarzyszony.

— Świetnie. Czy postara się pan, żeby możliwie jak najprędzej przekazano nam te pieniądze?

— Przekazano? Jak mam rozumieć to słowo, panie Lasalle?

— Chodzi o udzielenie pożyczki — odparł podniesionym głosem zastępca burmistrza. — Chcemy ten milion pożyczyć. My, to znaczy suwerenne miasto Nowy Jork.

— Pożyczyć. Panie Lasalle, rozumie pan, że istnieją pewne kwestie natury formalnej, takie jak autoryzacja, podpisy, warunki, długość trwania kredytu i być może parę innych szczegółów.

— Z całym szacunkiem, panie prezesie, ale nie mamy na to wszystko czasu.

— Jednakże to wszystko, jak pan to raczył ująć, ma znaczenie. U nas również odbywają się wybory. Dyrektorzy, urzędnicy i akcjonariusze banku zapytają...

— Słuchaj no, ty tępy obciągaczu...! — ryknął Murray i nagle zamilkł, zdumiony swoją śmiałością. Było jednak za późno na przeprosiny lub wycofanie się, poza tym takie zachowania nie były w jego stylu. — Chcesz dalej robić z nami interesy? Za rogiem jest inny bank, do którego mogę uderzyć. A to tylko początek. Naślę na was kontrolę i znajdę wykroczenia choćby w toaletach!

— Jeszcze nikt nie użył wobec mnie takiego epitetu — rzekł powoli prezes, jakby nie mógł wyjść ze zdumienia.

Lasalle miał teraz okazję wygłosić szumne przeprosiny, a jednak parł lekkomyślnie dalej:

— Powiem coś panu, panie prezesie. Jeśli nie zacznie pan natychmiast zbierać tej forsy, znajdzie się na ustach wszystkich.

Prescott

O decyzji podjętej w Gracie Mansion komisarz poinformował komendanta dzielnicowego, ten przekazał wiadomość zastępcy inspektora, Danielsowi, znajdującemu się w kabinie maszynisty składu Pelham One Two Eight na stacji przy Dwudziestej Ósmej Ulicy, a stamtąd trafiła do Prescotta w centrum dowodzenia sekcji ochrony kolei. Prescott wywołał Pelham One Two Three.

— Wypłacimy okup. Powtarzam, wypłacimy okup. Potwierdź.

— Zrozumiałem. Teraz wydam wam dalsze instrukcje. Wykonacie je co do joty. Potwierdź.

— Okay — rzekł Prescott.

— Trzy punkty. Po pierwsze, pieniądze mają być wypłacone w pięćdziesiątkach i setkach: pięćset tysięcy dolarów w setkach i pięćset tysięcy w pięćdziesiątkach. Potwierdź.

Prescott powoli i wyraźnie powtórzył wiadomość z myślą o zastępcy inspektora, monitorującego rozmowę.

— Daje to pięć tysięcy banknotów studolarowych i dziesięć tysięcy pięćdziesięciodolarowych. Razem piętnaście tysięcy banknotów. Po drugiej, banknoty mają być ułożone w pliki po dwieście banknotów, obwiązane gumowymi tasiemkami wzdłuż i wszerz. Potwierdź.

— Pięć tysięcy setek, dziesięć tysięcy pięćdziesiątek w paczkach po dwieście banknotów, obwiązanych gumowymi tasiemkami wzdłuż i wszerz.

— Po trzecie, wszystkie banknoty będą stare, a numery seryjne przypadkowe. Potwierdź.

— Same stare banknoty — powiedział Prescott. — Żadnych sekwencji numerów seryjnych.

— To wszystko. Kiedy dotrą pieniądze, skontaktujesz się ze mną ponownie, a ja przekażę dodatkowe instrukcje.

Prescott wywołał Pelham One Two Eight.

— Wszystko odczytałem z twoich odpowiedzi — oznajmił Daniels. — Wiadomość jest już w drodze do ratusza.

Prescott powtórzył wszystko jeszcze raz, na wypadek gdyby dowódca porywaczy śledził rozmowę. Zapewne nie obchodziło go, czy policja podsłuchuje, ale nie warto było ryzykować.

— Skontaktuj się z nimi i spróbuj wytargować dla nas więcej czasu — rzekł Daniels.

Prescott wywołał Pelham One Two Three. Odebrał dowódca grupy.

— Przekazałem twoje instrukcje, ale potrzeba nam więcej czasu.

— Jest czternasta czterdzieści dziewięć. Macie dwadzieścia cztery minuty.

— Bądź rozsądny — odparł Prescott. — Pieniądze trzeba przeliczyć, ułożyć w paczki i przewieźć z centrum miasta... To fizycznie niemożliwe.

— Nie.

Słysząc beznamiętny głuchy głos, Prescott przez chwilę poczuł się bezradny. Po drugiej stronie sali Correll wydzierał się, usiłując obmyślić awaryjny plan ruchu pociągów. Taki sam drań jak ci porywacze, pomyślał Prescott; obchodzi go tylko własna działka, do diabła z pasażerami. Wziął się w garść i wrócił do konsoli.

— Posłuchaj. Dajcie nam jeszcze kwadrans. Czy jest sens zabijać niewinnych ludzi, jeśli to nie jest konieczne?

— Nikt nie jest niewinny.

O Jezu, pomyślał Prescott, to jakiś pomyleniec.

— Piętnaście minut — powtórzył. — Warto mordować tylu ludzi dla kwadransa?

— Wszystkich? — zdziwił się dowódca porywaczy. — Jeśli nas do tego nie zmusicie, nie mamy najmniejszego zamiaru zabijać wszystkich.

— Oczywiście, że nie — przytaknął Prescott, myśląc: To pierwsza zbliżona do ludzkiej emocja, wyrażona tym zimnym głosem. — No więc daj nam ten dodatkowy czas.

— Gdybyśmy wszystkich zabili — rzekł spokojnie porywacz — pozbawilibyśmy się siły nacisku. Ale jeśli zastrzelimy jednego, dwóch albo nawet pięciu, siła nacisku wciąż będzie wystarczająca. Stracicie jednego pasażera za każdą minutę opóźnienia. Nie będę dłużej o tym dyskutował.

Prescott znalazł się o krok od wściekłości i beznadziei; był gotów się poniżyć, jeśli to konieczne, wiedział jednak, że cokolwiek zrobi, i tak natknie się na nieubłaganą siłę woli. Starając się panować nad głosem, zmienił taktykę:

— Pozwolicie nam zabrać koordynatora?

— Kogo?

— Człowieka, którego zastrzeliliście. Chcemy posłać ludzi z noszami i zabrać go z torów.

— Nie możemy na to pozwolić.

— On może jeszcze żyć. Może cierpi.

— Nie żyje.

— Ale nie możesz być tego pewny.

— Ten człowiek nie żyje. Jeśli ci tak zależy, możemy dla pewności wpakować w niego tuzin pocisków i wybawić go z ewentualnych cierpień.

Prescott skrzyżował ręce na piersi i powoli opuścił głowę. Kiedy ją podniósł, z jego oczu płynęły łzy, a on nie wiedział, czy płacze z gniewu, czy żalu, czy z zabójczego dla duszy połączenia obu emocji. Zwinął w kłębek chusteczkę i przetarł oczy, a następnie wywołał zastępcę komendanta.

— Nie będzie wydłużenia terminu — oznajmił opanowanym głosem. — Jednoznaczna odmowa. Zabije jednego pasażera za każdą minutę spóźnienia. Naprawdę chce to zrobić.

Zastępca komendanta odpowiedział takim samym tonem:

— Sądzę, że w czasie, jaki nam pozostał, jest to fizycznie niemożliwe.

— Piętnasta trzynaście — rzekł Prescott. — Po tej godzinie możemy zacząć wykreślać co minuta jednego pasażera.

Frank Correll

Skacząc niczym lekkoatleta od jednej konsoli do drugiej, nakręcony i rozwrzeszczany Frank Correll wykoncypował plan awaryjny chroniący całą linię od paraliżu.

Pociągi kursujące linią Lexington Avenue, odjeżdżające z Dyre Avenue i East 180 na Bronksie, zostały skierowane na tory West Side przy Sto Czterdziestej Dziewiątej Ulicy i Grand Concourse.

Pociągi, które już jechały na południe od Sto Czterdziestej Dziewiątej, przekierowano na linię West Side.

Te składy, które już odjechały z Czternastej Ulicy, skierowano na Brooklyn, a inne pokonały pętlę wokół ratusza lub South Ferry i pojechały z powrotem na północ do stacji Bowling Green, gdzie robiło się tłoczno.

Autobusy zaczęły przewozić pasażerów na przystanki innych linii w rejonie śródmieścia.

Przekierowanie pociągów do West Side wymagało skomplikowanych operacji, dzięki którym tory uniknęły zaklinowania.

Improwizacja spowodowała bałagan, lecz ocaliła metro od katastrofy.

— Listy muszą wędrować, przedstawienie musi trwać, a pociągi muszą jeździć! — ryknął donośnie Frank Correll.

Murray Lasalle

Murray Lasalle wbiegał efektowną klatką schodową po dwa stopnie naraz i po chwili znalazł się w pokoju burmistrza. Jego ekscelencja leżał na brzuchu ze zsuniętą pidżamą, a lekarz zbliżał strzykawkę do drżącego zadka. Zadek był kształtny i praktycznie pozbawiony owłosienia. Gdyby burmistrzów wybierano na podstawie urody zadków, rządy jego ekscelencji nigdy by się nie skończyły. Burmistrz stęknął, odwrócił się na wznak i podciągnął spodnie pidżamy.

— Zwlecz się z łóżka i ubierz, Sam, jedziemy do miasta — rzekł Lasalle.

— Ty oszalałeś — oświadczył burmistrz.

— To całkowicie wykluczone — oznajmił lekarz. — Po prostu niedorzeczne.

— Nikt pana nie pytał — powiedział Lasalle. — To ja podejmuję tutaj decyzje polityczne.

— Jego ekscelencja jest moim pacjentem, nie pozwolę mu opuścić łóżka.

— Znajdę lekarza, który pozwoli. Jesteś zwolniony. Sam, jak się nazywa ten czarny internista ze szpitala Flower? Ten, który dzięki twojemu wstawiennictwu dostał się na akademię medyczną.

— Ma pan przed sobą bardzo chorego człowieka — ostrzegł lekarz. — Jego życie może być w niebezpieczeństwie...

— Czy ja powiedziałem, żeby pan stąd zniknął? — Lasalle wbił spojrzenie w lekarza. — Nazywa się Revillion. Sam, zaraz po niego zadzwonię...

— Ani mi się waż. Mam dość łapiduchów.

— Nie musi się do ciebie zbliżać, postawi diagnozę przez telefon.

— Murray, na litość boską — zaprotestował burmistrz. — Jestem chory jak pies. Jaki to ma sens?

— Jaki to ma sens? Życie siedemnastu obywateli znalazło się w niebezpieczeństwie, a burmistrza obchodzi to tak mało, że nawet się nie pokaże?

— Co z tego wyniknie, że się pokażę? Tylko mnie wygwiżdżą.

Lekarz okrążył łóżko i ujął burmistrza za nadgarstek.

— Proszę go nie dotykać — rzekł ostrym tonem Lasalle. — Doktor Revillion przejął pańskie obowiązki.

— On nie jest jeszcze lekarzem — zauważył burmistrz. — Zdaje się, że studiuje na czwartym roku.

— Sam, to nic wielkiego. Wystarczy, że tam pojedziesz, powiesz do porywaczy parę słów przez megafon, a potem wrócisz tutaj i położysz się znowu do łóżka.

— A zechcą mnie wysłuchać?

— Wątpię. Ale tak trzeba. Opozycja tam będzie. Chcesz, żeby jej przedstawiciele wzięli megafon do rąk i błagali o darowanie życia obywatelom?

— Oni nie są chorzy — wykrztusił burmistrz.

— Pamiętaj o Attice — ostrzegł Lasalle. — Będą cię porównywać z gubernatorem.

Burmistrz usiadł błyskawicznie i przerzucił nogi nad krawędź łóżka. Lasalle złapał go, podczas gdy lekarz, przerwawszy w połowie instynktowny ruch, stał na swoim miejscu.

Jego ekscelencja z wysiłkiem uniósł głowę.

— To szaleństwo, Murray. Nawet nie mogę utrzymać się na nogach. Jeśli tam pojadę, jeszcze bardziej się rozchoruję. — Jego oczy się rozszerzyły. — Może nawet umrę.

— Politykowi mogą się przytrafić gorsze rzeczy niż śmierć — oświadczył Lasalle. — Pomogę ci wciągnąć gacie.

12

Ryder

Ryder otworzył drzwi kabiny maszynisty, a Longman, cofając się, żeby mu zrobić miejsce, drżącymi palcami dotknął jego ramienia. Ryder nie zatrzymał się ani na chwilę i przeszedł na środek wagonu. W tylnej części Steever siedział przy stalowej ścianie z lufą pistoletu skierowaną pod kątem w stronę toru. Welcome stał pośrodku z szeroko rozstawionymi nogami, dzierżąc broń w ręce. Oto człowiek, który kołysze się, nawet gdy stoi nieruchomo, pomyślał Ryder.

Stanął przed Welcome'em, lecz nieco z boku, żeby nie ograniczać pola ostrzału.

— Proszę o uwagę.

Niektóre twarze odwróciły się w jego stronę powoli i nie-chętnie, a inne nagle, nieomal spazmatycznie. Tylko dwoje pasażerów spojrzało mu w oczy: starzec przejawiający pełne powagi, lecz żywe zainteresowanie, oraz wojowniczy czarnoskóry typ, który spoglądał wyzywająco znad chusteczki czerwonej od krwi. Maszynista siedział z pobielałą twarzą, jego usta poruszały się bezgłośnie. Hipis śnił swój odjazdowy sen. Matka wciąż dotykała przesadnie swoich dwóch synów, jak gdyby chciała ich w ten sposób zachować w pamięci. Dziewczyna w kapeluszu siedziała wyprostowana; była to poza, która miała uwydatnić jej biust i podkreślić łuk ud. Z ust pijaczki ciekła brudna ślina...

— Mam dla państwa dalsze informacje — oznajmił Ryder. — Miasto zgodziło się zapłacić za was okup.

Matka przyciągnęła do siebie dzieci i odruchowo je ucałowała. Wyraz twarzy bojowo nastawionego Murzyna pozostał niezmieniony. Starzec klasnął w małe, zadbane dłonie, w wyrazie bezgłośnego aplauzu, pozbawionym, jak się zdawało, wszelkiej ironii.

— Jeśli wszystko przebiegnie zgodnie z planem, zostaniecie uwolnieni i będziecie mogli zająć się swoimi sprawami.

— Co pan ma na myśli, mówiąc „zgodnie z planem"? — spytał starzec.

— Mam na myśli dotrzymanie przez władze miejskie danego słowa.

— No dobrze. Mimo to chciałbym wiedzieć, o jaką sumę chodzi.

— Milion dolarów.

— Za każdego? — Ryder pokręcił głową. Sędziwy mężczyzna wyglądał na rozczarowanego. — Wypada niecałe sześćdziesiąt tysięcy na osobę. Tylko tyle jesteśmy warci?

— Zamknij buzię, stary.

To był głos Welcome'a, mechaniczny, pozbawiony wszelkiego zainteresowania. Ryder znał powód: Welcome prowadził grę z dziewczyną. Jej efektowna poza była przeznaczona wyłącznie dla niego.

— Proszę pana. — Matka dwóch chłopców nachyliła się, ściskając synów. Ci poruszyli się zakłopotani. — Czy wypuścicie nas w chwili, gdy otrzymacie pieniądze?

— Nie, ale zaraz potem.

— Dlaczego nie od razu?

— Dość tych pytań — oznajmił Ryder. Zrobił krok do tyłu w stronę Welcome'a i rzekł cicho: — Przestań kręcić z tą laską.

— Spokojna głowa — odparł Welcome, ledwie zniżając głos. — Poradzę sobie z tłumem tych frajerów i przelecę tę dziwkę, a oni nawet nie zauważą.

Ryder zmarszczył brwi, ale nic nie powiedział. Wszedł do kabiny maszynisty, nie zwracając uwagi na zaniepokojony wzrok Longmana. Teraz pozostało jedynie czekać. Nie zamierzał tracić energii na spekulacje, czy pieniądze zostaną dostarczone w wyznaczonym terminie. Nie miał na to żadnego wpływu. Nawet się nie pofatygował, by spojrzeć na zegarek.

Tom Berry

Gdy tylko dowódca porywaczy zniknął w kabinie maszynisty, Tom Berry przestał zaprzątać sobie nim głowę i wrócił myślą do Deedee; wspominał ich pierwsze spotkanie i rozważał, w jaki sposób wpłynęła na jego sposób myślenia. Wprawdzie przed jej poznaniem chodziły mu po głowie jakieś mgliste myśli, niepasujące do gliniarza, lecz nie wydawały się szczególnie istotne. Deedee natomiast zmusiła go do krytycznej analizy założeń, którymi się kierował.

Tom od trzech miesięcy w cywilnym ubraniu patrolował East Village. Zgłosił się do tego zadania na ochotnika i Bóg jeden wiedział, dlaczego się wychylił. Być może powodem było to, że zanudziło go na śmierć patrolowanie radiowozem terenu z partnerem, którym był osiłkowaty, niereformowalny typ, nienawidzący Żydów, Murzynów, Polaków, Włochów, Portorykańczyków i niemal wszystkich innych nacji; był też gorącym zwolennikiem wojen — tej w Wietnamie oraz wszystkich dawnych i przyszłych. Tom zapuścił włosy do ramion i brodę, zaopatrzył się w poncha, opaski na głowę oraz koraliki, a potem zaczął krążyć między Ukraińcami, zwariowanymi motocyklistami, ulicznikami, pijakami, czubkami, studentami, radykałami, ćpunami, nastoletnimi zbiegami z domu i wśród topniejących szeregów hipisów w East Village.

Okazało się to doświadczeniem dziwnym i zaskakującym, ale nie nudnym. Tom poznał i polubił niektórych hipisów, niektórych kanciarzy w hipisowskich przebraniach (w pewnym sensie sam był jednym z nich), a także niektórych twardych czarnoskórych mężczyzn, prowadzących mocne i wesołe życie dzięki pozytywnemu odbiorowi ich koloru skóry w tych kręgach; później za pośrednictwem Deedee poznał również pełnych zapału młodych rewolucjonistów, którzy porzucili komfort życia klasy średniej i elitarne kampusy Harvardu, Vassar, Yale i Swarthmore. Poczuł do nich sympatię, co jednak nie oznaczało, że rzuciłby się wraz z nimi w wir rewolucji albo że Mao Zedong byłby nimi zachwycony.

Spotkał Deedee w pierwszym tygodniu służby, gdy zgodnie z rozkazem miał się zaaklimatyzować i poznać zwyczaje panujące w środowisku. Patrzył na książki na wystawie księgarni na St. Marks Place — szerokie spektrum rozmaitych guru z krajów Trzeciego Świata, piewców maoizmu i Ruchu Amerykańskiego od Marcuse'a po Jerry'ego Rubina — kiedy Deedee wyszła ze sklepu i zatrzymała się przed tą samą witryną. Była ubrana w dżinsy i koszulkę, i wyglądała jak typowa nonkonformistka: miała długie włosy opadające na ramiona, nie miała natomiast stanika i makijażu. Jednakże jej włosy były czyste i lśniące, dżinsy i koszulka wyprane (wówczas jeszcze Tom zwracał na takie rzeczy uwagę w pierwszej kolejności). Poza tym miała szczupłą, zwiewną sylwetkę i delikatne rysy twarzy, której bardzo niewiele brakowało do piękna.

— Książki są na wystawie, skarbie — powiedziała Deedee, zauważywszy jego spojrzenie. Jej głos nie był ostry jak te, które słyszy się czasem na ulicy, lecz miękki i ładnie modulowany.

Tom uśmiechnął się wesoło.

— Pożerałem je wzrokiem, dopóki ty się nie pokazałaś. Jesteś ładniejsza.

Deedee ściągnęła brwi.

— Ty też jesteś ładny, a nie poniżam cię, mówiąc o tym, prawda?

Tom rozpoznał sposób argumentowania charakterystyczny dla ruchu wyzwolenia kobiet.

— Nie ma we mnie ani trochę męskiego szowinisty, serio.

— Tak ci się może wydawać, ale się zdradziłeś.

Deedee odeszła w stronę Drugiej Alei. Tom ruszył za nią bez żadnego powodu. Zmarszczyła czoło po raz trzeci, gdy się z nią zrównał.

— Postawisz mi kawę? — zapytał.

— Odpierdol się.

— Jestem spłukany.

— Idź do centrum i wyciągnij rękę. — Deedee posłała mu ostre spojrzenie. — Jesteś głodny?

Powiedział, że jest. Zabrała go do kafejki i zafundowała mu kanapkę. Przyjęła z góry, że należy do ruchu — do tej rzeki ludzi pragnących lepszego świata, którzy czasem mieli na względzie politykę, czasem sprawy społeczne, czasem seks, czasem upodabniali się do środowiska, a czasem chodziło im o wszystko naraz — lecz w trakcie rozmowy zdumiała ją jego ignorancja w tej dziedzinie.

Tom doszedł do wniosku, że dziewczyna jest jednocześnie urocza i irytująca; nie chciał wzbudzać jej podejrzeń, choć zdawało się, że jest od nich wolna. Okazywała jedynie oburzenie z powodu jego niewiedzy.

— Słuchaj, niedawno się wyrwałem, dopiero zaczynam się uczyć, o co chodzi w ruchu.

— Miałeś normalną pracę?

— W banku, dasz wiarę? — skłamał gładko. — Nie znosiłem roboty i w końcu ją rzuciłem, by zająć się tym, w co wierzę.

— Na razie nie wiesz jeszcze, w co wierzysz, prawda?

— Ale chcę się dowiedzieć — odparł Tom i odwrócił głowę w sytuacji, która wręcz prosiła się o długie i znaczące spojrzenie w oczy dziewczyny. Przynajmniej na jej temat dowiadywał się dużo i szybko. — Naprawdę chcę w to wejść.

— Mogę ci pomóc.

— Jestem wdzięczny — rzekł poważnym tonem. — Lubisz mnie teraz trochę bardziej?

— Bardziej niż co?

— Bardziej niż przedtem.

— Och — zdziwiła się Deedee. — Przedtem też cię lubiłam.

Spotkali się ponownie nazajutrz i Deedee zabrała się do jego edukacji ideologicznej. W następnym tygodniu zaprosiła go do siebie, zapalili skręta i poszli do łóżka, prawie już zakochani. Tom musiał trochę poczarować, żeby nie zauważyła broni. Wszelako parę dni później nie zachował czujności i spostrzegła, jak podczas ubierania się wsuwa pistolet za pasek spodni.

— Broń? Wiem, że zabrzmi to dziwnie, ale kiedyś mnie napadnięto i ciężko zraniono...

Patrząc na niego powiększonymi od szoku oczyma, Deedee wskazała na krótką lufę trzydziestkiósemki.

— Skąd się u ciebie wzięła gliniarska broń?

Tom mógł improwizować dalej, ale nie miał serca jej okłamywać.

— Deedee, tak się składa, że jestem gliną.

Zaskoczyła go ciosem w szczękę. Zacisnęła pięść i rąbnęła, aż się zatoczył. Potem osunęła się na podłogę, chowając głowę w ramionach, i zaczęła płakać rozdzierająco, tak jak zwykła dziewczyna z wyższych sfer. Nastąpiły złorzeczenia, oskarżenia, wyrzuty, wyznanie winy, a potem miłości. Postanowili ze sobą nie zrywać, a Deedee w sekrecie ślubowała — choć nie utrzymała tego długo w tajemnicy — że poświęci się dziełu wyzwolenia gliny.

Longman

Longman nigdy nie był przekonany co do konieczności wyznaczania sztywnego limitu czasowego na dostarczenie okupu, i bardzo gwałtownie protestował przeciwko rzuceniu na szalę życia zakładników.

— Musimy zastraszyć przeciwników i musimy być przekonujący — oznajmił Ryder. — W chwili gdy przestaną wierzyć, że mówimy serio, jesteśmy skończeni. Zastraszyć możemy tylko przez wyznaczenie trudnego terminu, a przekonać tylko wówczas, gdy zagrozimy śmiercią zakładników.

W tym szalonym przedsięwzięciu Ryder miał zawsze rację. Jego argumenty trafiały w samo sedno, były nakierowane bezpośrednio na powodzenie operacji i trudno było podważyć ich logikę, mimo że na samą myśl o nich krzepła krew. Ryder nie zawsze wybierał opcje, które Longman określał mianem radykalnych. Na przykład w kwestii pieniędzy jego stanowisko było ostrożniejsze niż pogląd Longmana, który uważał, że powinni zażądać pięciu milionów dolarów.

— Za dużo — oznajmił Ryder. — Mogą się postawić. Milion to taka suma, którą ludzie potrafią ogarnąć, mieści się w granicach ich tolerancji. Brzmi jakoś tak standardowo.

— To tylko zgadywanka. Nie masz pewności, że nie zapłacą pięciu milionów. Jeśli się mylisz, do naszej kieszeni trafi o wiele mniej forsy.

Sformułowanie użyte przez Longmana wywołało na twarzy Rydera uśmiech, który gościł na niej nader rzadko. Mimo to Ryder pozostał niewzruszony.

— Gra niewarta świeczki. Możesz zgarnąć czterysta tysięcy wolnych od podatku. Nie musisz mieć więcej pieniędzy. To znaczny postęp w stosunku do zasiłku.

Kwestia została rozstrzygnięta, lecz po tej rozmowie Longman zaczął się zastanawiać, jak ważne dla Rydera są pieniądze, czy nie odgrywają drugorzędnej roli wobec przygody, dreszczu podniecenia, wyzwania, jakie stanowi przywództwo. To samo mogło się odnosić do kariery najemnika. Czy ktoś byłby gotów ryzykować życie w bitwie, gdyby nie powodował nim jakiś inny impuls, silniejszy niż pieniądze?

Ryder z pewnością nie liczył każdego pensa, kupując to, co nazywał sprzętem. Wszystko sfinansował z własnej kieszeni, nawet nie pytając Longmana, czy weźmie na siebie część kosztów, i nie wspominając o odciągnięciu ich sobie z łupu. Longman wiedział, że cztery pistolety maszynowe kosztowały sporo, a do nich dochodziła jeszcze amunicja, pistolety, granaty, pasy z nabojami, uszyte na miarę płaszcze oraz metalowa konstrukcja, którą Longman zaprojektował pod dyktando Rydera, a którą nazywali „ustrojstwem"...

Longman zwrócił uwagę na grę toczącą się między Welcome'em i dziewczyną w kapeluszu. Ryder zganił Welcome'a, ale nic nie wskórał. Jeśli dwoje ludzi może się rżnąć, znajdując się dziesięć lub piętnaście stóp od siebie, to oni właśnie to robili. To było dziwne, pokręcone. Longman nie był pruderyjny. Spróbował wszystkiego, co zostało opisane w podręcznikach, i tego, czego w nich nie było; najpierw robił to ze swoją jędzowatą byłą żoną, a później z chętnymi dziwkami, kiedy miał forsę. Robił wszystko, odwalał numery zwyczajne i fantazyjne, ale nie w publicznym miejscu!

Anita Lemoyne

Anita Lemoyne posłała narwańcowi długie gorące spojrzenie, żeby podtrzymać płonący w nim ogień, a następnie zerknęła na swój mały złoty zegarek. Nawet gdyby zdołała wydostać się z tego zakichanego pociągu w tej chwili i puściła się biegiem, rozbierając się po drodze, i tak nie zdążyłaby na czas do gniazdka czubka z telewizji, by stać się — jak on to nazywał — składnikiem jego co nieco.

Parszywe życie i parszywe miasto. Gdyby Anita podliczyła, ile wynosi czynsz w szpanerskim mieszkaniu w wysokościowcu (do tego dochodziła forsa dla portierów i stróżów, agentów i gliniarzy), wyszłoby, że musiała odwalać mnóstwo numerów zupełnie za darmo. Gdyby istniał na to jakiś sposób, wysadziłaby miasto w powietrze i znalazła mały domek z podwórkiem na przedmieściu lub nawet na jakimś prawdziwym zadupiu. Tak, tylko z czego by żyła? Wywiesiłaby szyld i łapała wiejskich frajerów? Pieprzyłaby się w kwietnej altance przy akompaniamencie szmeru liści mieszającym się ze stękaniem klienta, i jej okrzyków udawanej rozkoszy? Też mi marzenie. Tam nie ma frajerów. Na przedmieściach faceci pieprzą się z żonkami, a na wsi latem rżną owce, przez całą zimę grają w pokera, a gdy stopnieje śnieg, znów zaczynają się uganiać za owcami.

Świrus wciąż się na nią gapił, ślepia prawie wyłaziły mu przez otwory w masce. Puszył się, aż tryskały z niego iskry jurności czy jak to tam zwą. Jedno było pewne: trzeba mieć porządnie narąbane, żeby myśleć o dupie w czasie porwania pociągu metra. A co powiedzieć o niej samej — czy to ma jakiś sens, że zaciska i rozchyla nogi, jak gdyby robiło jej się mokro na sam jego widok?

Była profesjonalistką, toteż nie mogła nie reagować jak profesjonalistka, tak jak nie mogła sprawić, żeby między nogami wyrósł jej fiut. Poza tym sytuacja była straszna, więc nie zawadziło zjednać sobie napalonego świrusa. Anita nie sądziła, by zrobili jej coś złego, ale jeśli w jednym miejscu zgromadzi się tyle broni, wszystko może się zdarzyć. Była przypadkowym niewinnym przechodniem, lecz widziała na pierwszej stronie „News" wiele zdjęć przedstawiających niewinnych przechodniów, nad którymi pochylali się zasmuceni gliniarze, drapiąc się po tępych łepetynach. Nie chcę być niewinnym przechodniem, myślała Anita, chcę się stąd wydostać! Gdyby to coś dało, zrobiłabym laskę temu świrusowi. Uklękłabym przed nim tu, na oczach widowni...

Spoglądając na niego z przestrachem, sugestywnie zaokrągliła wargi. Narwaniec zrozumiał sygnał. Materiał płaszcza pod paskiem uniósł się nieznacznie.

Welcome

Joe Welcome zapamiętał jedną dziewczynę, która powiedziała: „Jeszcze nie spotkałam ogiera, który byłby napalony jak ty". A lubiła to jak norka, wystarczyło na nią łapczywie spojrzeć i leżała z rozłożonymi nogami. Kiedyś w czasie imprezy wyszli do kuchni. Zanim dziewczyna zaparzyła kawę i wróciła do stołu, on znalazł się na jej krześle, a ona usiadła i spotkało ją wielkie zaskoczenie. Właśnie wtedy, podskakując na nim, wystawiła mu tę cenzurkę.

Wszędzie i na każdym miejscu, pomyślał Welcome. Na podłodze, na łóżku, na suficie, w holu, w ciemnej uliczce, na siedząco, na stojąco i na rowerze. Albo przy okazji porwania pociągu metra!

Trzymał w ręku pistolet maszynowy, w tunelu czaił się milion gliniarzy, trzeba było myśleć o niełatwej ucieczce, a Joe Welcome był gotów. Laska w śmiesznym kapelusiku wyraźnie widziała, że jest gotów, jej usta mówiły: Włóż coś tutaj, skarbie. W takiej chwili nawet myślenie o tym było szaleństwem, ale czy wszyscy nie mówili, że jest świrusem? Mieli rację: Joe miał świra na punkcie cipki. Co w tym złego, że zdrowy ogier ma świra na punkcie cipki? Natura i tyle!

Bolało go w kroku, a laska wręcz prosiła się o to. Joe był gotów popełnić szaleństwo, jeśli sobie nie pofolguje. Jak? Gdzie? Gdziekolwiek. Mógł ją zabrać na koniec przedziału i położyć na siedzeniach. Niech się gapią. Pokazałby im akcję pierwsza klasa. Ryder by się wściekł. Ale Ryder siedział w kabinie, do diabła z Ryderem. W ogóle do diabła z Ryderem. Dał już sobie z nim radę i zrobi to ponownie, jeśli będzie trzeba. Jeśli Ryder chce go wypróbować, Joe był gotowy. W każdej chwili.

Komo Mobutu

Rana Mobutu krwawiła już słabo, choć krew wciąż sączyła się na przemoczoną chusteczkę. Straciłem luz, myślał, dostałem w łeb za dwóch czarnuchów, którzy będą włazić białym w dupę po kres swoich ziemskich dni, zżerani przez szczury wyzysku. Spojrzał na zakrwawioną chusteczkę. Chętnie przelałbym moją krew, każdą kroplę mojej czarnej krwi, gdyby przyczyniło się to do wyzwolenia mojego ludu. Ale trzeba spojrzeć prawdzie w oczy: czasem na nic się to nie zdaje.

Komo poczuł, że ktoś puka go w ramię. Stary frajer siedzący obok podsuwał mu dużą zwiniętą chustkę do nosa.

— Proszę to wziąć.

Mobutu odepchnął chusteczkę.

— Mam swoją.

Uniósł zakrwawioną szmatę i mężczyzna pobladł, ale nie dał za wygraną.

— Proszę wziąć moją. Wszyscy jedziemy na tym samym wózku.

— Starcze, ty jedziesz na swoim wózku, a ja na swoim. Nie wciskaj mi bajek o tym samym wózku.

— Dobrze. Jesteśmy więc wózkami, które mijają się w mroku nocy. Ale proszę być grzecznym chłopcem i wziąć moją chustkę.

— Nie przyjmuję odrzutów.

— Odrzuty wyrzucam na śmietnik — rzekł biały mężczyzna. — Tę chusteczkę kupiłem może z miesiąc temu.

— Nie wezmę niczego od białej świni, więc odpierdol się, stary.

— Jestem biały, to fakt. — Mężczyzna uśmiechnął się. — Jeśli chodzi o świnie, to pomylił pan religię. Daj spokój, młody człowieku, zostańmy przyjaciółmi.

— Nic z tego, starcze. Jestem twoim wrogiem i pewnego dnia poderżnę ci gardło.

— Tego dnia ja pożyczę od ciebie chusteczkę.

Mobutu przyłożył chustkę do rozbitego czoła, ale była zbyt mokra, by wchłonąć więcej krwi. Spojrzał na chusteczkę białego pasażera, którą ten z pewnością nabył za zysk z krwi wylanej przez czarnych braci i siostry. Chusteczka w rzeczywistości należała do nich i do niego, Mobutu. Doprawdy skromna rekompensata.

— Szmata — rzekł, biorąc chusteczkę.

— Żadna szmata — odparł starszy pasażer. — Zwykła chusteczka do nosa.

Mobutu spojrzał na pomarszczoną, przesadnie poważną twarz. Niech mnie diabli, jeśli ten stary drań mnie nie nabiera.

13

Miasto, scena pod ziemią

Południowy peron stacji metra przy Dwudziestej Ósmej Ulicy stał się areną wydarzeń, które później określono mianem drobnych zamieszek. Komendant dzielnicowy, przybywszy na miejsce, wysłał oddział funkcjonariuszy na dół, aby oczyścili peron. Wrócili po dziesięciu minutach, spoceni, źli, z potarganymi włosami. Jeden kulał, drugiemu po twarzy ciekła krew, a trzeci miał pogryzioną rękę. Pasażerowie, z wyjątkiem garstki spokojnych, odmówili opuszczenia peronu, na wezwanie odpowiedzieli pogardliwymi okrzykami, nie pozwolili zaprowadzić się do wyjścia, a następnie uciekli się do użycia siły. Oddział aresztował sześciu obywateli, z których czterech odpadło po drodze w wyniku agresji i obstrukcji tłumu. Jedną z aresztowanych była czarnoskóra dama, uderzona w oko przez funkcjonariusza po tym, jak kopnęła go w kostkę; drugim aresztowanym okazał się młody mężczyzna ze zmierzwioną brodą i niechlujnymi włosami. Oberwał pałką z nieokreślonego powodu; był oszołomiony, a z jego ust sączyła się ślina; prawdopodobnie doznał wstrząśnienia mózgu.

Tłum był rozwydrzony i skory do przemocy. Wybito wiele okien w pociągu stojącym na peronie, doszło także do innych aktów wandalizmu: pozrywano plakaty, przewrócono ławki, z toalet wyniesiono rolki papieru toaletowego i rzucano je niczym konfetti. Zastępca komendanta przebywający w kabinie maszynisty nie słyszał radia, wpadł w gniew i z całym szacunkiem poprosił komendanta dzielnicowego, by ten wysłał na dół siły wystarczające do oczyszczenia cholernego peronu i do usunięcia z niego wszystkich cholernych obywateli, co do jednego.

Komendant dzielnicowy rozkazał oddziałowi złożonemu z pięćdziesięciu funkcjonariuszy policyjnych sił taktycznych oraz dziesięciu detektywów wkroczyć na stację. Z pałkami w rękach policjanci natarli na stłoczonych na peronie pasażerów i w ciągu pięciu minut zdołali ich wyprzeć do wyjścia. Jednakże wyjście było wąskie i zrobił się korek. Powstało zamieszanie, wielu pasażerów domagało się zwrotu ceny biletów, pewna liczba pasażerów i co najmniej sześciu funkcjonariuszy odnieśli obrażenia. Kapitan dowodzący akcją podszedł do budki z bilonem i polecił urzędnikowi, mężczyźnie w średnim wieku, z rzadkimi siwymi włosami, wydać każdemu pasażerowi żeton. Mężczyzna odmówił, domagając się autoryzacji. Kapitan wyjął służbowy rewolwer, wymierzył przez kratę w siwą głowę urzędnika i zawołał:

— Masz swoją autoryzację! Jeśli nie zaczniesz wydawać żetonów, rozwalę ci tę paskudną gębę na kawałki!

W przepychance po żetony kolejni obywatele i policjanci zostali ranni (kilkunastu wymagało opieki medycznej, czterech trafiło do szpitala), lecz po piętnastu minutach, od chwili gdy oddział wkroczył na stację, ostatni pasażer został wypchnięty schodami na ulicę. Na peronie nie został nikt nieuprawniony, z wyjątkiem trzech mężczyzn, jednego czarnego i dwóch białych, nieznających się nawzajem, którzy w damskiej toalecie z zapałem gwałcili czternastoletnią czarnoskórą dziewczynkę. O wydarzeniu tym policja nie wiedziała.

Centrum dowodzenia

Stanowisko komunikacyjne w centrum dowodzenia nagrywało komunikaty z poleceniem opuszczenia peronów stacji w rejonie dotkniętym brakiem zasilania. Przekazywane przez system nagłaśniający miały skłonić pasażerów do zejścia z peronów i poszukania innych środków transportu: „...w ciągu kilku minut dotrzeć pieszo do stacji BMT, IND bądź linii West Side. Zwracamy uwagę na autobusy, przejazd jest bezpłatny". Pasażerowie mogli w ten sposób dotrzeć do celu swojej podróży na północy lub południu. Każdy komunikat zawierał zdanie: „Policja prosi państwa o opuszczenie stacji".

Część pasażerów podporządkowała się i wyszła na świeże powietrze, jednakże większość nie ruszyła się z miejsca. („Oni już tacy są" — rzekł szef sekcji ochrony kolei do komendanta dzielnicowego. — Nie pytaj mnie dlaczego, po prostu tak jest"). Aby uniknąć powtórki bitwy stoczonej na stacji przy Dwudziestej Ósmej Ulicy, policja nie podjęła próby oczyszczenia peronów siłą. Polecono wartownikom stać przy wejściach, by nowi pasażerowie nie schodzili na stację. Okazało się to skuteczne wszędzie, z wyjątkiem stacji przy Astor Place, gdzie grupa pasażerów pod zdeterminowanym dowództwem natarła na wejście, odepchnęła wartowników i zbiegła schodami na peron.

Miasto, gmach Oceanic Woolens

W holu budynku Oceanic Woolens (firma dawno wyemigrowała na południe w poszukiwaniu tańszej siły roboczej, lecz wygrawerowana nad majestatycznym wejściem nazwa pozostała nienaruszona na swoim miejscu) Abe Rosen zarabiał tak jak jeszcze nigdy w życiu. Gapie wlewali się z ulicy do holu i ustawiali się przed jego małym kioskiem. Kiedy kończyły się batoniki, otwierał nową tekturową paczkę; jej zawartość znikała od razu. W ciągu pół godziny sprzedał cały zapas papierosów, również mniej popularnych marek. Następnie zaczęły znikać cygara (palacze papierosów, nawet kobiety, kupowali je jako zamiennik), a później, gdy nie było już co kupować, nabywano gazety i kolorowe czasopisma.

Hol stał się prawie nie do sforsowania, ponieważ wielu gapiów zostało w środku; palili papierosy, jedli batoniki, czytali gazety, wymyślali i przekazywali mnóstwo plotek na temat porwania pociągu.

Prędzej czy później wszystkie docierały do Abe'a Rosena.

— Kilkanaście karetek jechało na syrenie. Podobno włączyli przypadkowo trzecią szynę, na torach byli pasażerowie. A to jest milion woltów...

— Ludzie Fidela Castro. Banda kubańskich komuchów. Gliny zapędziły ich do tunelu, a oni porwali pociąg...

— Jeden gliniarz na ulicy powiedział mi, że postawili im ultimatum. Jeśli nie poddadzą się do trzeciej, zejdą do tunelu i ich rozniosą...

— Mówi się o odcięciu dopływu powietrza do tunelu, o wyłączeniu sprężarek. Kiedy zaczną się dusić...

— Wiecie, jak zamierzają uciec? Kanałami. Mają plan kanałów i dokładnie wiedzą, w którym miejscu główny kanał przecina linię metra...

— Żądają miliona za każdego pasażera. Mają ich dwudziestu, co daje okrąglutkie dwadzieścia baniek! Miasto próbuje po żydowsku wytargować pół miliona za jednego...

— Burmistrz? Dajcie spokój. Jego obchodzi wyłącznie śródmieście. Gdyby pociąg porwano, powiedzmy, koło skrzyżowania Dwudziestej Piątej i Lenox...

— Psy. Wystarczyłoby wypuścić na nich stado dobermanów. Połowę by zastrzelili, ale druga połowa skoczyłaby im do gardeł. Zginęłyby tylko psy, a nie ludzie!

— Chcą ściągnąć Gwardię Narodową. Nie wiadomo tylko, jak wprowadzić czołg do tunelu...

— Tak, tak, tak... — powtarzał Abe Rosen. W nic nie wierzył i w nic nie wątpił. Przed trzecią sprzedał wszystko: ostatnią paczkę papierosów, ostatnie cygaro, ostatni batonik, ostatnią gazetę, ostatnie czasopismo, a nawet ostatnią paczkę kamieni do zapalniczek. Siedział na pokancerowanym drewnianym taborecie, nie mając nic do roboty, z poczuciem oszołomienia i straty. Była trzecia po południu, a on mógł tylko ze smutkiem kiwać głową ludziom, którzy podchodzili i chcieli kupić cokolwiek. Przez szybę w drzwiach widział część ogromnego tłumu, który cierpliwie na coś czekał, Bóg wie na co: na trupa wynoszonego na noszach z twarzą zakrytą prześcieradłem i wystającymi nieruchomymi stopami, na odgłos strzałów, na widok zakrwawionej twarzy...

Nagle Abe przypomniał sobie o Artisie Jamesie. Czarny wyruszył na służbę mniej więcej wtedy, gdy wszystko się zaczęło. Czy bierze udział w akcji? Nie, pomyślał, jest tam z tysiąc gliniarzy, na co im kolejowy krawężnik? Najpewniej postawili go i kazali pilnować dystrybutorów gumy do żucia.

Bezrobotny Abe zauważył mężczyznę, który wyszedł z windy, zatrzymał się i spojrzał na falujący tłumek w holu. Podszedł do stoiska.

— Co tu się dzieje, kolego?

Abe ze zdumieniem pokręcił głową. Co się dzieje? Pół przecznicy dalej dokonuje się przestępstwo stulecia, a ten gamoń o niczym nie wie.

— A co się może dziać? — odparł, wzruszając ramionami. — Jakaś parada czy coś w tym rodzaju.

Clive Prescott

Porucznik Prescott, najlepszy koszykarz w historii małego college'u w południowym Illinois, okazał się za słaby do zawodowej koszykówki. Został wybrany pod koniec draftu i w czasie sezonu sparingowego mocno trenował, lecz odpadł przed początkiem rozgrywek.

Uważał się za człowieka czynu, tak by się określił, gdyby nie uznawał tego wyrażenia za pretensjonalne. Praca przy biurku w kwaterze głównej mu nie odpowiadała, choć miał świadomość, że zajmuje uprzywilejowane stanowisko, a dla czarnoskórego wręcz wybitne. Ostatnio zaczął myśleć o tym, by poszukać czegoś innego, nawet gdyby oznaczało to mniejsze zarobki, lecz wiedział, że sprawa jest beznadziejna ze względu na czwórkę zakładników fortuny: żonę, dwoje dzieci i emeryturę.

Siedział przy konsoli koordynatora ruchu i spoglądał na migające światełka, żałując siebie oraz zakładników z Pelham One Two Three. W pewnej mierze czuł się odpowiedzialny za obydwa nieszczęścia. Powinien być o trzy cale wyższy i mieć lepszy rzut z dystansu; powinien zdołać przekonać dowódcę gangu porywaczy, by zgodził się na przedłużenie terminu. Do jego upłynięcia pozostało około dwunastu minut, pieniądze jeszcze nie wyruszyły w drogę, nie było zatem szansy na to, by na czas dotarły na miejsce przeznaczenia. Prescott nie miał wątpliwości, że porywacze spełnią swoją groźbę i zaczną zabijać pasażerów.

Correll tymczasem szalał w drugiej części sali. Przesuwał pociągi w jedną i w drugą stronę, ryczał na maszynistów i kolejarzy, na dyspozytora autobusów, słowem, był rozdygotany i szczęśliwy. Zadowolony facet, pomyślał z goryczą Prescott; facet, który uwielbia swoją pracę i który rozkwita w obliczu przeciwności dającej się ostatecznie pokonać... „Oprzyjcie go o filar, odstawimy go po godzinie szczytu...". Fanatycy to prawdziwi boży pomazańcy. To samo dotyczy ludzi czynu. Porucznik zerwał się na równe nogi i bezmyślnie okrążył trzy razy konsolę, a potem usiadł nagle i wywołał skład Pelham One Two Eight stojący na peronie przy Dwudziestej Ósmej Ulicy.

— Tak, o co chodzi? — zapytał z gotowością zastępca komendanta Daniels.

— Chciałem sprawdzić, czy pieniądze są już w drodze.

— Jeszcze nie. Dam ci znać.

— Dobrze — odparł Prescott. — Są w drodze. Przekażę wiadomość do Pelham One Two Three. Odbiór.

— Powiedziałem, że nie są w drodze, na litość boską.

— Tak jest. Chodzi tylko o to, żeby przewieźć je ze śródmieścia, prawda?

— Słuchaj — zaczął poirytowany Daniels. — Przecież mówię, że... — Policjant przerwał nagle w pół zdania. Prescott pomyślał: stary drań wreszcie przypomniał sobie, że porywacze mogą słyszeć to, co mówi się po tej stronie, ale jego wypowiedzi już nie. — Okay. Chyba wiem, co zamierzasz. Zgoda.

Prescott wywołał Pelham One Two Three.

— Porucznik Prescott. Pieniądze są w drodze.

— Tak.

Głos dowódcy był beznamiętny, ton jego potwierdzenia o niczym nie świadczył, toteż Prescott nie wiedział, czy porywacz słyszał jego rozmowę z zastępcą komendanta, czy nie. Nie miało to jednak znaczenia.

— Współpracujemy z wami, sam widzisz. Ale jest fizycznie niemożliwe, by przedrzeć się przez ruch uliczny w ciągu jedenastu minut. Słyszysz mnie?

— Zostało dziesięć minut. Powtarzam: dziesięć minut.

— To niewykonalne. Nie dlatego, że się nie staramy, tylko z powodu ruchu na ulicach. Dacie nam dziesięć minut więcej?

— Nie.

— Robimy wszystko, co w naszej mocy — przekonywał Prescott. Usłyszał błagalny ton w swoim głosie i wiedział, że opanowuje go gniew. — Potrzebujemy więcej czasu. Dajcie go nam.

— Nie. Termin mija o piętnastej trzynaście.

Beznamiętność tego głosu była mordercza, ale Prescott nie dawał za wygraną.

— Dobrze. Nie damy rady dowieźć pieniędzy do piętnastej trzynaście. A gdybyśmy dostarczyli je do wejścia na stację? Zgodzicie się na to? Przynajmniej to możecie zrobić. Odbiór. Odezwij się, proszę.

Przerwa trwała tak długo, że Prescott już myślał o ponownym wywołaniu rozmówcy.

— Dobrze, zgadzam się — powiedział nagle dowódca porywaczy. — Ale to koniec ustępstw. Zrozumiałeś?

Prescott odetchnął nagle i poczuł gorzki smak w ustach.

— Okay. Jeśli to wszystko, chciałbym przekazać wiadomość.

— To wszystko. Wywołaj mnie, jak tylko pieniądze dotrą na miejsce. Wtedy podam dalsze instrukcje. Bez odbioru.

Przeszedłem do czynów i zyskałem parę minut. Sęk w tym, że nic to nie da. Pieniądze i tak nie dotrą do stacji o piętnastej trzynaście.

Artis James

Funkcjonariusz ochrony kolei Artis James odczuwał dyskomfort fizyczny i psychiczny. Siedział przycupnięty za filarem w odległości około sześćdziesięciu stóp od końca porwanego wagonu i był wystarczająco zasłonięty, ale nie miał miejsca na ruch. Zesztywniałe mięśnie już go bolały. Poza tym zaczynał odczuwać lęk. W tunelu panował ponury mrok, a wiatr niósł ze sobą wyimaginowane szepty.

Nie wszystkie były wyimaginowane. Artis wiedział, że w tunelu za jego plecami znajdują się policjanci: dwudziestu, trzydziestu, a może pięćdziesięciu funkcjonariuszy ze strzelbami, karabinami snajperskimi i pistoletami maszynowymi; cała ta broń skierowana była w tył wagonu, czyli innymi słowy, w jego stronę. Artis nie był pewny, czy policjanci wiedzą o jego obecności; dowódcy często zapominają o takich szczegółach, mając na względzie jedynie całość sytuacji. Przyciskał się więc do stalowego filaru i starał się nie poruszać. Parszywa sytuacja. Artis musiał myśleć o tym, żeby nie zauważyli go porywacze, a jednocześnie starać się nie wzbudzić podejrzeń gliniarzy czających się za jego plecami. Mogło też zdarzyć się tak, że jakiś typ o zacięciu komandosa mógł zajść go od tyłu i poderżnąć mu gardło, by — jak to mówią w telewizji — załatwić sprawę po cichu.

Na nadgarstku prawej dłoni przyciśniętej do boku poczuł podłużny kształt paczki papierosów, które kupił od Abe'a Rosena, i nagle ogarnęła go nieznośna chęć zapalenia papierosa. Przyszło mu na myśl, że jeśli coś pójdzie źle, już nigdy nie zapali. Myśl o śmierci przybrała realny kształt: nigdy więcej nie będzie jadł, spał z kobietą, nie postawi porządnie kloca w kiblu... Myśl była tak dotkliwie nieprzyjemna, że odpędził ją gestem, a potem zamarł w bezruchu, uświadomiwszy sobie, że wystawił rękę. Nic się nie stało, ale był wstrząśnięty. Czemu nikt nie przychodzi z pomocą, a on tkwi tutaj na ziemi niczyjej? Wszyscy o nim zapomnieli. Kogo może obchodzić jakiś czarnuch?

Jednakże gdyby był biały, jego twarz i ręce jaśniałyby w ciemności. Może więc bycie czarnuchem ma mimo wszystko jakieś zalety. Uśmiechnął się na tę myśl, lecz radość szybko minęła. Raptownie zamknął usta, myśląc: Jasna cholera, przecież moje zęby są białe jak lilia!

Jego ekscelencja burmistrz

Samochód komisarza z piskiem opon ruszył spod rezydencji burmistrza. Jeden z policjantów trzymających wartę odskoczył na klomb rododendronów, żeby uniknąć przejechania. Komisarz siedział za szoferem, Murray Lasalle pośrodku, a burmistrz, skulony pod kocem, przy oknie. Gdy limuzyna wyjechała na prostą na East End Avenue, burmistrz kichnął rozgłośnie. Kichnięcie zabrzmiało jak wystrzał z armaty, w oświetlonym słońcem wnętrzu auta zatańczyły drobinki śluzu.

— Wysmarkaj się — powiedział Lasalle. — Chcesz nas wszystkich zarazić?

Burmistrz wytarł nos w koc.

— To szaleństwo, Murray.

— Ja nie popełniam szaleństw — odparł chłodnym tonem Lasalle. — Wszystko, co robię, ma dobre uzasadnienie.

— Schodzenie do wilgotnego, wietrznego tunelu nie jest szaleństwem?

— Dobrze się opatulisz.

Komisarz rozmawiał, korzystając z zastrzeżonego pasma radiowego.

— Co on robi? — spytał burmistrz.

— Zapowiada, że przyjedziesz. Jedyne, co musisz zrobić... a jest to minimum tego, co można zrobić... to wziąć megafon do ręki i z godnością wygłosić prośbę o miłosierdzie.

— A jeśli mnie zastrzelą?

— Staniesz za słupem. Poza tym nie mają żadnego powodu, żeby do ciebie strzelać.

Burmistrz, mimo że chory, zdobył się na żart:

— Chcesz powiedzieć, że są zamiejscowi?

— Odpręż się — rzekł Lasalle. — Zrób swoje, a potem odwieziemy cię do domu i będziesz mógł się położyć. Potraktuj to jako występ charytatywny.

— Gdybym wiedział, że to naprawdę może pomóc...

— Pomoże.

— Zakładnikom?

— Nie — odparł Lasalle. — Tobie.

Komendant dzielnicowy

Ze stanowiska dowodzenia komendanta dzielnicowego, znajdującego się na parkingu obok południowo-wschodniego wejścia na stację przy Dwudziestej Ósmej Ulicy, tłum gapiów wyglądał jak olbrzymi, poruszający się chaotycznie jednokomórkowy organizm. Tworząca go plazma zdradzała silne pobudzenie, lecz nie wykazywała skłonności samobójczych. Przemieszczała się i pływała, lecz pozostawała ogromną całością. Komendant dzielnicowy spoglądał na zegarek, czasem nie kryjąc się, a czasem ukradkowo. Minuty płynęły anarchicznie, zachowując się jak niesubordynowane komórki nowotworowe.

— Piętnasta trzy, a oni jeszcze nawet nie zaczęli — rzekł komendant dzielnicowy.

— Jeśli porywacze kogoś zabiją, wchodzę tam z całą siłą i zmiatamy ich — oznajmił szef sekcji ochrony kolei.

— Ja jestem za tym, żeby robić, co każą — powiedział komendant. — Nieważne, czy mi się to podoba, czy nie. Jeśli zabiją jednego, zostanie szesnastu. A jak zaczniemy do nich strzelać, możliwe, że zginą wszyscy. Chcesz wziąć na swoją głowę taką decyzję?

— Do tej pory nikt nie prosił mnie o podjęcie jakiejkolwiek decyzji — zauważył szef sekcji ochrony kolei.

Kapitan policji, który przedstawił się dziennikarzowi jako kapitan Północ, stanął na wprost komendanta dzielnicowego i zasalutował. Jego policzki były czerwone jak pomidor.

— Co robimy, szefie? — spytał gniewnie.

— Stoimy na swoich pozycjach i czekamy — odpowiedział komendant. — Masz inne propozycje?

— Nienawidzę takiej bezradności, sir. Poza tym to źle działa na morale ludzi, kiedy widzą, że ci dranie się wymykają...

— Dajcie mi spokój, kapitanie — rzucił ze zniecierpliwieniem komendant.

Rumieniec rozlał się na całej twarzy kapitana, sięgając aż do oczu. Popatrzył zabójczym wzrokiem na dowódcę, a potem odwrócił się na pięcie i odszedł.

— Nie mam mu tego za złe — rzekł komendant. — Może nie jest bystry, ale to mężczyzna. Tylko że to nie jest czas mężczyzn, lecz negocjatorów.

— Sir... — Sierżant siedzący na tylnej kanapie samochodu komendanta dzielnicowego, z nogami rozstawionymi szeroko na chodniku, wyciągnął rękę, w której trzymał odbiornik radiowy. — To komisarz.

Komendant wziął radio.

— Mów — odezwał się komisarz.

— Czekamy na pieniądze. Jeszcze nie wyruszyły w drogę i nie wiem, w jaki sposób mogą tu dotrzeć na czas. Następny ruch należy do nich. — Komendant zamilkł. — Chyba że zmienią się rozkazy.

— Żadnych zmian — odparł beznamiętnie komisarz. — Dzwonię z trasy. Jesteśmy w drodze, burmistrz siedzi obok mnie.

— Wspaniale — powiedział komendant. — Przytrzymam mu tłum.

Przez chwilę oddech komisarza zrobił się ciężki.

— Po przybyciu na miejsce jego ekscelencja wygłosi osobisty apel do porywaczy.

Kontrolując głos, komendant zapytał:

— Coś jeszcze, komisarzu?

— To wszystko — odparł ciężkim tonem komisarz. — Nic więcej nie mam do powiedzenia, Charlie.

Rezerwa Federalna

Nie prowadzi się zapisków w tak drobnych sprawach, lecz nie ma wątpliwości, że nigdy wcześniej w sześćdziesięcioletniej historii Banku Rezerw Federalnych prezes tak znaczącego banku jak Gotham National Trust nie dzwonił do prezesa Banku Rezerw w kwestii sumy tak błahej jak milion dolarów. W normalnych okolicznościach prośby o dostarczenie takiej gotówki załatwia się zwykłymi kanałami, mniej więcej w taki sam sposób, w jaki zwyczajny klient banku podejmuje pieniądze. Bank członkowski wysyła autoryzację, niewiele bardziej skomplikowaną niż zwyczajne pokwitowanie bankowe — choć sumy osiągają astronomiczne wielkości — podpisane przez urzędnika; Fed odlicza pieniądze, wrzuca je do płóciennego worka i przekazuje obsłudze opancerzonego samochodu, podstawionego przez bank pobierający gotówkę.

Tak to przebiega i właśnie dlatego Fed nazywa się bankiem banków. Sięgając do istoty jego działalności, można powiedzieć, że Fed funkcjonuje jak pozarządowa agenda, kontrolująca przepływ pieniędzy z myślą o tym, by utrzymać gospodarkę narodową w równowadze. Z grubsza rzecz ujmując, zwiększa ich dopływ w okresach recesji i bezrobocia, a zmniejsza, gdy nadchodzi czas prosperity i inflacji.

Fed trudno jest wytrącić z równowagi, w gruncie rzeczy jest niewzruszony. Mimo to telefon przewodniczącego zarządu Gotham National Trust do prezydenta Fed wywołał pewne zdenerwowanie. Nie z powodu samego wniosku, lecz ze względu na instrukcje dotyczące sposobu pakowania i przekazania pieniędzy, sprzeczne z obowiązującą tradycją. Fed bowiem tylko w jeden sposób zbiera i przekazuje gotówkę bankom członkowskim: pieniądze są wydawane w paczkach po sto banknotów, banderolowanych na całej długości jednym paskiem papieru; te z kolei układa się po dziesięć i wiąże białym sznurkiem. Nowo wydrukowane banknoty trafiają do banku w paczkach zwanych cegiełkami i przypominają ryzy niedrogiego papieru uszlachetnionego.

Bank Federalny nie ma zwyczaju pakowania banknotów w paczkach po dwieście, nie obwiązuje ich gumowymi tasiemkami i nie wybiera używanych banknotów. Zwykle tworzy się paczki z takich banknotów, jakie są akurat dostępne, i przeważnie są wśród nich zarówno nowe, jak i używane.

Jednakże gdy polecenie wydaje sam prezes, pracownicy Fed robią to, do czego nie są przyzwyczajeni.

Gotówka przychodząca do banku i z niego wysyłana trafia na drugie piętro gmachu Banku Rezerw przy Liberty Street 33 w samym centrum wielkiego centrum finansowego Nowego Jorku. Budynek stanowi niezdobytą fortecę. Jest to prostokątny kamienny blok z zakratowanymi oknami na najniższych kondygnacjach. Odwiedzający — a nie jest ich wielu — przechodzi przez potężną bramkę pilnowaną przez uzbrojonego wartownika i przez cały czas pobytu śledzą go kamery wewnętrznego systemu zabezpieczającego. Przeszedłszy drugą bramkę, znajduje się w długim, zwyczajnie wyglądającym korytarzu, w którym stoją drewniane kufry na kółkach; wykorzystuje się je do transportu pieniędzy w gmachu, do skarbca i w przeciwnym kierunku. Wszędzie stoją uzbrojeni strażnicy. Po lewej stronie, za bramkami, znajdują się windy systemu bezpieczeństwa, którymi pieniądze zwozi się na platformy załadunkowe, mieszczące się od strony ulicy Maiden Lane. W dalszej części korytarza, za zakratowanymi oknami, znajdują się punkty wpłat i wypłat, a za szklanymi taflami wykonuje się operacje sortowania i liczenia pieniędzy.

W punkcie wpłat i wypłat odbywa się nieustanny przepływ gotówki w obie strony. Pracujący tam urzędnicy przyjmują i kwitują odbiór worków z banknotami przysyłanych do Fed przez banki członkowskie, a następnie przekazują je do punktu sortowania i liczenia, który znajduje się po przeciwnej stronie korytarza. Inna grupa urzędników przygotowuje paczki z wypłatami dla banków zrzeszonych, umieszcza je w workach i przekazuje uzbrojonym strażnikom, którzy zajmują się ich dalszym transportem.

W punkcie sortowania i liczenia liczącymi są zazwyczaj mężczyźni. Siedzą w osobnych boksach, rozpieczętowują płócienne worki z gotówką (nowe worki są białe, lecz szybko szarzeją, dostosowując się do zabarwienia nowojorskiego powietrza) i liczą zawarte w nich paczki, lecz nie liczą banknotów w paczkach.

Sortujący, którymi zwykle są kobiety, zajmują rozległe pomieszczenie przypominające wielkie biuro. Biorą do ręki paczkę banknotów, zginają ją wzdłuż, a potem, tak szybko, że wzrok ledwo nadąża za ich ruchami, rozkładają je zgodnie z nominałami w różnych szczelinach tachometru, a ten automatycznie przelicza wkładane banknoty. Prędkość, z jaką pracują sortujący, nie przeszkadza im zauważać wytartych i zniszczonych banknotów i zaznaczać te, które powinny trafić na przemiał; dostrzegają nawet fałszywe banknoty, które powinni wychwytywać kasjerzy w banku, lecz często zdarza im się je przeoczyć.

Podrobione banknoty humorystycznie bądź też pogardliwie nazywane są kundlami.

Specjalne zapotrzebowanie na milion dolarów, podpisane przez przewodniczącego zarządu Gotham National Trust, zostało wypełnione przez urzędnika w ciągu kilku minut. Tłumiąc złość z powodu odstępstwa od procedury, wybrał dziesięć dużych paczek z banknotami pięćdziesięciodolarowymi i pięć paczek z setkami; każda paczka zawierała dziesięć paczek ze stoma setkami. Następnie systematycznie poprzecinał sznurki i zaczął układać paczki parami i wiązać je gumową tasiemką. Każda nowa paczka z dwustoma banknotami miała w przybliżeniu cal grubości. Ułożone na sobie piętnaście tysięcy banknotów utworzyło bloczek wysokości około dwudziestu cali i szerokości dwunastu cali.

Skończywszy, urzędnik umieścił banknoty w płóciennym worku, który przepchnął przez okienko do dwóch strażników czekających w sąsiednim pomieszczeniu. Strażnicy wybiegli z sali z pieniędzmi, ważącymi około dwudziestu pięciu funtów, i pomknęli korytarzem odchodzącym w prawą stronę. Inny strażnik otworzył bramkę prowadzącą do wind systemu bezpieczeństwa, a jego koledzy niosący worek zjechali do platform na poziomie ulicy.

Funkcjonariusz Wentworth

Dla gliniarzy z sekcji operacji specjalnych improwizacja to nie nowina — nawet improwizacja na wielką skalę — lecz funkcjonariusz Wentworth, siedzący za kółkiem „małej ciężarówki" zaparkowanej na chodniku przed zatoczkami Banku Rezerw Federalnych przy Maiden Lane, był pod wrażeniem rozmachu operacji. Jego partner, funkcjonariusz Albert Ricci, aż oniemiał ze zdumienia, którą to okoliczność Wentworth uznał za błogosławieństwo. Ricci potrafi gadać non stop na jeden temat, którym była rozległa i prowadząca burzliwe życie sycylijska rodzinka.

Wentworth z przyjemnością patrzył na eskortę złożoną z ośmiu motocyklistów siedzących okrakiem na swoich maszynach; mieli na sobie buty z cholewami, okulary i skórzane ubrania. Co jakiś czas dodawali gazu. Silnik samochodu także był włączony i Wentworth również od czasu do czasu naciskał pedał gazu. Motor pracował miarowo i słychać było jego moc, lecz nie mógł się równać z głębokim pomrukiem motocykli.

W radiu rozległ się niecierpliwy głos szefa, który chciał wiedzieć, czy pieniądze zostały przekazane. Była to już piąta tego rodzaju rozmowa w ciągu ostatnich pięciu minut.

— Nie, sir, jeszcze ich nie mamy — odparł Ricci. — Wciąż czekamy.

Zapadła cisza, a Ricci, kręcąc głową, zwrócił się do Wentwortha:

— Afera jakich mało.

Piesi podążający starą wąską uliczką zerkali na ciężarówkę, ale jeszcze częściej na motocyklową eskortę. Większość szła dalej, nie zatrzymując się, lecz po drugiej stronie utworzyła się niewielka grupka ludzi. Mieli teczki przymocowane łańcuchami do nadgarstków; Wentworth domyślił się, że to gońcy, a w teczkach znajdują się papiery warte tysiące, może miliony dolarów. Paru chłopców zatrzymało się, żeby zamienić kilka słów z gliniarzami i popatrzeć z podziwem na motory. Ruszyli jednak dalej, gdy odpowiedziało im kamienne milczenie.

— Czujesz się zaszczycony, mając oddział gestapo za eskortę? — spytał Wentworth.

— Afera jakich mało — powtórzył Ricci.

— To jeszcze nie wszystko. Na każdym skrzyżowaniu w centrum stoi gliniarz. I przestań z tą aferą.

— Myślisz, że mamy szansę dojechania na czas? — Ricci zerknął na zegarek. — Czemu to trwa tak długo?

— Liczą kasę — odparł Wentworth. — Wiesz, ile razy trzeba polizać palec, żeby odliczyć milion?

Ricci spojrzał na niego podejrzliwie.

— Kitujesz. Na pewno mają do tego maszynę.

— Jasne. Maszynę, która liże sobie paluchy.

— Nie damy rady — powiedział Ricci. — To fizyczna niemożliwość. Nawet gdyby dali nam kasę w tej chwili...

Z zatoczki wybiegło dwóch strażników, którzy nieśli za końce płócienny worek. W wolnych rękach trzymali pistolety. Podbiegli do Wentwortha.

— Od drugiej strony — rzekł Wentworth, włączając bieg. Ricci otworzył drzwiczki. Strażnicy cisnęli mu worek na kolana i zatrzasnęli drzwi. Gliniarze na motocyklach ruszali, odpychając się nogami od asfaltu; syreny ich maszyn już wyły. — No to w drogę — rzucił Wentworth. Ricci złożył meldunek przez radio.

Na skrzyżowaniu policjant zamachał im ręką i skręcili w Nassau, jedną z najwęższych arterii miasta. Samochody zjechały na chodnik, toteż Wentworth mógł przejechać swobodnie pnącą się uliczką. Minął John Street, a następnie, już po płaskim terenie, przemknął obok Fulton, Ann i Beekman. Przy Spruce, gdzie kończyła się Nassau Street, odbili w prawo i wjechali w Park Row, poruszając się pod prąd. Po lewej stronie mieli ratusz.

Pięknie jest, pomyślał Wentworth, dociskając pedał gazu.

Gliniarze na motocyklach otwierali im drogę wyciem syren i rykiem silników.

— Nie rozsyp forsy, Al! — zawołał ze śmiechem Wentworth.

— Te dranie rzucili mi worek prosto na jaja — odparł Ricci. — Boli jak jasna cholera.

Wentworth znów parsknął śmiechem.

— Jak ci je odetną, burmistrz odwiedzi cię w szpitalu i złoży wyrazy ubolewania. Szczęściarz z ciebie.

— Nie zdążymy — powiedział Ricci. — Nie ma mowy.

Przed Municipal Building Wentworth przejechał na prawy pas ruchu. Samochody zjeżdżające z mostu Brooklyńskiego zatrzymano na rampie. Minąwszy Chambers Street, wpadł w Centre Street za motocyklową eskortą i przemknął obok białej kolumnady gmachu sądu federalnego, a potem minął stary sąd, pociemniały od miejskiego smogu, lecz wciąż ładny, oraz wielką bryłę budynku sądu karnego. Przy Canal skręcił w lewo, śmigając między zaparkowanymi samochodami i ciężarówkami, a następnie dojechał do Lafayette i tam ponownie odbił na północ.

Wentworth nie do końca wierzył w to, że na każdym skrzyżowaniu będzie stał policjant, lecz tak w istocie było. Od liczby gliniarzy zaangażowanych w akcję mogło zakręcić się w głowie. Musieli zrezygnować z patrolowania innych ulic, toteż włamywacze i wszelkiej maści złodzieje mogli obławiać się do woli. Czerwone światła tylne motocykli zapaliły się i Wentworth zobaczył, że jakiś samochód stoi na środku skrzyżowania. Nacisnął pedał hamulca, lecz motocykle się oddaliły; policjanci ani myśleli się zatrzymywać, zahamowali instynktownie i jechali dalej. Wentworth dodał gazu. Jakiś gliniarz stał obok zawalidrogi, zdawało się, że go pcha, lecz samochód ani drgnął. Nagle, gdy eskorta motocyklowa znalazła się tuż-tuż, samochód ruszył z rykiem. Wentworth pokonał skrzyżowanie, skręcając w ślad za motocyklami.

— Jeszcze jeden taki zakręt i wszyscy będziemy mieli jaja w proszku! — zawołał, przekrzykując zgiełk syren, silników i szum powietrza.

— Nie damy rady! — powtórzył Ricci.

— A ja nawet nie zamierzam próbować. Na następnym skrzyżowaniu, jak tylko motory je przejadą, odbijam w lewo i pruję przed siebie. Milion dolców będzie nasz.

Ricci posłał mu spojrzenie, w którym Wentworth dostrzegł niepewność, lęk, ale także — był tego pewien — tęsknotę.

— Potraktuj to jako wynagrodzenie — ciągnął Wentworth. — Twoja działka wyniesie pół bańki. Wiesz, ile ton spaghetti mógłbyś za to kupić? Wykarmiłbyś tych swoich zakichanych pociotków do końca ich nędznych dni.

— Moje poczucie humoru nie jest gorsze od twojego, ale rasowych uprzedzeń nie lubię — odparł Ricci.

Wentworth uśmiechnął się wesoło, biorąc kolejny zakręt i przejeżdżając obok następnego gliniarza, który mignął jak plama. Przed nim ukazała się szeroka jezdnia Houston Street.

Komendant dzielnicowy

O piętnastej dziewięć z ciężarówki wiozącej okup zameldowano o wypadku, który zdarzył się, gdy samochód przeciął Houston Street. Aby nie potrącić pieszego, który specjalnie zaczął przechodzić przez ulicę tuż przed nimi — przypuszczalnie dlatego, że uważał wycie syren za naruszenie swoich konstytucyjnie zagwarantowanych praw mieszkańca Nowego Jorku — dwaj motocykliści jadący na czele eskorty wykonali gwałtowny manewr i wpadli na siebie bokami, spadając z pojazdów. Jeszcze nie przestali się toczyć, gdy Ricci włączył radio. Centrala zasygnalizowała sprawę komendantowi dzielnicowemu, prosząc o rozkazy. Komendant polecił, by dwaj inni motocykliści opuścili konwój i pomogli rannym. Pozostali mieli jechać dalej i nie zatrzymywać się. Upłynęło półtorej minuty.

Policjanci otaczający punkt dowodzenia na parkingu bezradnie kręcili głowami. Kapitan Północ walił pięścią w zderzak radiowozu. Płakał.

Ryk tłumu gapiów, dochodzący z następnego skrzyżowania, zwrócił uwagę komendanta dzielnicowego. Hełmy funkcjonariuszy sił taktycznych zaczęły falować; policjanci usiłowali utrzymać ludzi na chodniku. Wspiąwszy się na palce, komendant dojrzał burmistrza, który szedł bez nakrycia głowy, lecz owinięty w koc. Uśmiechał się i kiwał głową, a gapie buczeli na jego widok. Obok niego kroczył komisarz; obaj kierowali się w stronę punktu dowodzenia, wspomagani przez kilku funkcjonariuszy sił taktycznych.

Komendant dzielnicowy zerknął na zegarek: była piętnasta dziesięć. Niemal natychmiast spojrzał ponownie, lecz sekundnik pędził jak na wyścigach. Policjant skierował wzrok na południe, a potem znów na zegarek.

— Nie dadzą rady — powiedział cicho.

Ktoś klepnął go z tyłu w ramię. Był to Murray Lasalle. Obok niego stał uśmiechnięty burmistrz, lecz twarz miał bladą; zamknięte do połowy oczy łzawiły. Opierał się o komisarza.

— Pan burmistrz zejdzie z megafonem do tunelu i osobiście wygłosi apel do porywaczy — oznajmił Lasalle.

Komendant dzielnicowy pokręcił głową.

— Nic z tego.

— Nie prosiłem pana o zgodę — odparł Lasalle. — Chcę, żeby poczynił pan przygotowania.

Komendant spojrzał na komisarza, którego twarz nie wyrażała niczego. Zrozumiał, że przełożony umywa ręce. Nie miał nic przeciwko temu.

— Sir — rzekł, zwracając się do burmistrza. — Jestem wdzięczny za pańską troskę. — Zrobił pauzę, zdziwiony swoim dyplomatycznym językiem. — Ale to nie wchodzi w grę. Wystawia pan na szwank bezpieczeństwo swoje oraz zakładników.

Komendant dostrzegł, że komisarz prawie niezauważalnie skinął głową. Burmistrz wykonał podobny gest, lecz nie sposób było stwierdzić, czy wyraża zgodę, czy to tylko zmęczenie.

Lasalle popatrzył krótko na komendanta, a później odwrócił się do komisarza.

— Panie komisarzu, proszę wydać rozkaz.

— Nie — wtrącił mocnym głosem burmistrz. — Pan oficer ma rację. Tylko pogorszyłbym sprawę, a w nagrodę mógłbym dostać kulkę.

— Sam, ostrzegam cię... — zaczął złowieszczym tonem Lasalle.

— Jadę do domu, Murray — oznajmił burmistrz. Sięgnął do kieszeni, wyjął z niej szkarłatną wełnianą czapkę i naciągnął ją na uszy.

— Jezu Chryste — jęknął Lasalle. — Odbiło ci? — Burmistrz zaczął odchodzić, a Lasalle ruszył za nim. — Sam, na litość boską, od kiedy to polityk chodzi w czapce w obecności stu tysięcy ludzi?

— Rób swoje, Charlie — rzekł komisarz. — Odprowadzę gości i zaraz wracam. Ty tu rządzisz.

Komendant skinął głową, pamiętając, że to burmistrz, a nie komisarz osadził w miejscu Lasalle'a. Być może komisarz zabrałby głos, gdyby burmistrz się nie odezwał, ale i tak komendant czułby się pewniej, gdyby przełożony interweniował jako pierwszy.

Od strony alei dobiegło wycie syreny. Komendant dzielnicowy odwrócił się, lecz syrena nagle zamilkła.

— Alarm samochodowy się włączył — powiedział ktoś.

Komendant spojrzał na zegarek; była piętnasta dwanaście.

— Ten porucznik z ochrony kolei miał dobry pomysł. — Spojrzał na funkcjonariusza, który obsługiwał walkie-talkie. — Daj sygnał zastępcy komendanta. Niech przekaże porywaczom, że pieniądze są już na miejscu.

14

Ryder

Ryder zapalił górne światło w kabinie i spojrzał na zegarek. Była piętnasta dwanaście. Za sześćdziesiąt sekund zabije zakładnika.

Tom Berry

Tom Berry poczuł, że ogarnia go gniew, który może wybuchnąć niczym lawa z czeluści wulkanu. Pomyślał, że to *machismo*, silne poczucie męskości, wywołało u niego prymitywną złość, chęć odpłacenia za poniżenie.

Przez chwilę kręciło mu się w głowie, był gotów skoczyć, niemalże czuł wibrowanie strun głosowych, jakby za chwilę miał ryknąć z wściekłości. Nic jednak się nie stało. Powstrzymał go atawistyczny instynkt przetrwania. Drżąc, zaczął nerwowo czesać palcami długie jasne włosy. Instynkt opowiedział się przeciwko samobójstwu. Tom wiedział, że w pojedynkę nic nie wskóra.

W jedności siła, pomyślał. Pozostali pasażerowie. Błyskawicznie stworzył plan skoordynowanej akcji i przesłał go telepatycznie. Kazał czekać na sygnał. Pasażerowie, jeden po drugim, nie zmieniając wyrazu twarzy, potwierdzali przyjęcie informacji. Gotowi?

Nagłym szarpnięciem oderwał rękę od czupryny i zaczęło się. Pierwsza ruszyła do akcji grupa dywersyjna: pijaczka stoczyła się z siedzenia na podłogę, starzec udał, że ma atak serca, a dziwka zerwała z siebie pończochy. Matka z synami pospieszyła pijaczce na ratunek, a ta wyciągnęła spośród niezliczonych warstw ubrania nóż sprężynowy i podała kobiecie. Postawna czarnoskóra pani wstała i chwyciła starca za nadgarstki, zasłaniając ciałem widok między przednią a środkową częścią wagonu. Z odsłoniętym owłosieniem łonowym dziwka ruszyła płynnym krokiem w stronę latynoskiego kochasia.

W chwili gdy rzuciła mu pończochy w twarz i obezwładniła sprytnym ciosem dżudo, do akcji wkroczyła grupa szturmowa pod dowództwem wojowniczego czarnucha. Pierwszy trzyosobowy oddział powalił porywacza na przodzie, a krytyk teatralny runął na niego, pozbawiając go tchu. Oddział główny rzucił się w stronę umięśnionego porywacza w tylnej części wagonu. Ten położył palec na spuście pistoletu maszynowego, lecz zanim zdążył go nacisnąć, matka dwóch chłopców rzutem zza ucha cisnęła sprężynowiec, który ze świstem przeleciał przez całą długość wagonu i z niesamowitą precyzją przygwoździł jego dłoń do rękojeści broni. W następnej sekundzie porywacz zniknął pod stosem ciał.

Berry czekał na pojawienie się dowódcy. Gdy ten wyskoczył z kabiny, Tom zręcznie wysunął nogę i porywacz runął na podłogę, a pistolet wypadł mu z dłoni i potoczył się hałaśliwie. Dowódca wyciągnął rękę, by go chwycić, lecz starzec okazał się szybszy. Złapał broń i wymierzył w pierś porywacza.

— Nie strzelaj! — zawołał Berry. — On jest mój.

Dowódca zerwał się i ruszył do wściekłego ataku, machając pięściami. Berry obserwował go chłodnym wzrokiem, a potem perfekcyjnie trafił prawym sierpowym. Dowódca porywaczy padł jak ścięty, drgnął i znieruchomiał. Wiwatujący pasażerowie unieśli Berry'ego na ramiona i ruszyli w triumfalnym pochodzie...

Wyczerpany po wysiłku Berry zaczerpnął głęboko tchu. Fantazja ratuje życie, pomyślał. Mężczyzna jest mężczyzną i już, nie musi tego udowadniać, pozwalając się zabić, czyż nie?

Clive Prescott

— Pelham One Two Three. Pelham One Two Three, odbiór — mówił Prescott głosem nabrzmiałym emocją.

— Pelham One Two Three do centrum dowodzenia, słyszę cię. — Głos dowódcy porywaczy jak zwykle był spokojny i niespieszny.

— Pieniądze dotarły na miejsce. Powtarzam: pieniądze są na miejscu.

— Tak. Dobrze. — Po chwili dowódca porywaczy dodał: — Zdążyliście w samą porę.

Beznamiętne stwierdzenie faktu. Żadnych emocji. Prescott był wściekły; przypomniał sobie drżenie głosu zastępcy komendanta dzielnicowego, gdy ten przekazywał mu wiadomość, i uczucie ulgi, od której on sam aż zadrżał. Jednakże porywacz był wyzuty z wszelkich uczuć. Zachował zimną krew. Albo to psychol. Nie mogło być inaczej.

— A gdybyśmy spóźnili się o minutę, zabilibyście niewinnego pasażera? — spytał Prescott.

— Tak.

— Jedno tyknięcie zegara. Tyle warte jest życie?

— Podam ci teraz instrukcje przekazania pieniędzy. Spełnicie je co do joty. Potwierdź.

— Mów.

— Dwóch policjantów pójdzie torami. Jeden będzie niósł worek z pieniędzmi, a drugi latarkę. Potwierdź.

— Dwóch gliniarzy, jeden z forsą, drugi z latarką. Jacy to mają być gliniarze, kolejowi czy regularni policjanci?

— Bez różnicy. Ten z latarką będzie bez przerwy oświetlał tunel. Ten z pieniędzmi rzuci worek na podłogę wagonu. Następnie obaj odwrócą się i ruszą z powrotem na stację. Potwierdź.

— Tak. To wszystko?

— To wszystko. Ale pamiętaj, że główne zasady wciąż obowiązują. Jakakolwiek akcja policji, jakikolwiek niewłaściwy ruch i zabijemy zakładnika.

— Mogłem się tego domyślić — powiedział Prescott.

— Macie dziesięć minut na dostarczenie pieniędzy. Jeśli nie dostaniemy ich w tym czasie...

— Taak — wpadł mu w słowo Prescott. — Zabijecie zakładnika. To robi się nudne. Potrzebujemy więcej niż dziesięciu minut. Nie da się iść tak szybko.

— Dziesięć minut.

— Dajcie nam kwadrans. Po torach trudno się idzie, a jeden z nich będzie niósł ciężki worek. Dajcie nam piętnaście minut.

— Dziesięć. Koniec dyskusji. Kiedy pieniądze znajdą się w naszych rękach, wywołam cię i przekażę ostateczne instrukcje.

— Odnośnie do czego? Ach, ucieczki. Nigdy wam się to nie uda.

— Spójrz na zegarek, poruczniku. U mnie jest piętnasta czternaście. Macie czas do piętnastej dwadzieścia cztery. Odbiór.

— Bez odbioru, ty draniu!

Funkcjonariusz Wentworth

Wentworth, wciskając gaz do dechy, dotarł do Union Square o godzinie piętnastej piętnaście i trzydzieści sekund, odbił w prawo i pojechał na wschód obok Kleina i przez Union Square w zachodnią stronę, a następnie w ciągu czterdziestu sekund otwartą aleją dojechał do Dwudziestej Ósmej Ulicy. Na ostatnim zakręcie drogę wskazywał mu porucznik, a jakże. Wentworth skręcił raptownie, przejechał lewym tylnym kołem po krawężniku i z piskiem opon zatrzymał się na parkingu. Eskorta motocyklistów odjechała.

Wentworth rozpoznał komendanta dzielnicowego, który zbliżał się do samochodu ciężkim niezgrabnym truchtem.

— Byliśmy w lotnej kompanii, Al — rzekł pod nosem Wentworth. — Za doskonałą robotę z miejsca dostaniemy awans o dwa stopnie.

Komendant dzielnicowy, dysząc ciężko, szarpnięciem otworzył drzwiczki samochodu od strony Ricciego.

— Rzuć mi tę cholerną forsę!

Zmieszany Ricci zamachnął się i rzucił. Worek uderzył w kolana komendanta i spadł na ziemię. Ten podniósł go i cisnął dwóm najbliżej stojącym policjantom: funkcjonariuszowi sił taktycznych w niebieskim kasku i sierżantowi ochrony kolei.

— Ruszajcie się! — krzyknął komendant. — Macie jakieś osiem i pół minuty. Darujcie sobie salutowanie. Jazda!

Policjant zarzucił worek na ramię i ruszył biegiem w stronę wejścia metra; kolejowy gliniarz biegł obok niego. Komendant odprowadził ich wzrokiem, a potem odwrócił się do Wentwortha i Ricciego.

— Nie kręćcie się tutaj. I tak za dużo tu glin. Zgłoście się do dyspozytora i wracajcie do roboty.

Wentworth włączył bieg i wyjechał z zatłoczonego sektora parkingu.

— Inspektor chodząca wdzięczność — rzekł do Ricciego. — Ten wie, jak w ciepłych słowach podziękować.

— Awans o dwa stopnie — mruknął Ricci. — Dobrze, że nie odesłał nas z powrotem na staż.

Wentworth wyjechał na Park Avenue South.

— Teraz żałujesz, że wtedy nie skręciłem i nie daliśmy nogi z forsą, co?

— Żałuję — potwierdził ponuro Ricci, wyciągając rękę po mikrofon.

— Obijaliśmy tyłki i nie usłyszeliśmy nawet, że dobra robota ani dziękuję. Nie dało się prysnąć z tą kasą, ale czy ktoś by się dowiedział, gdybyśmy skubnęli sobie tysiąc albo dwa?

— Porywacze zgłosiliby niedobór, a my dostalibyśmy w dupę — zauważył Ricci. Powiedział coś do mikrofonu i rozłączył się.

— Szkoda, że nie uszczknęliśmy paru paczek, słowo daję. Ale porywacze podnieśliby krzyk, że policja jest skorumpowana, i myślisz, że ktoś uwierzyłby nam, a nie tym draniom? W życiu! Oto jakim zaufaniem cieszą się stróże Nowego Jorku. Żałuję, że nie zostałem kryminalistą, wtedy ktoś by mnie chociaż uszanował.

Sierżant Miskowsky

Sierżant sekcji ochrony kolei, Miskowsky, znalazł się na torach tylko jeden raz w ciągu jedenastu lat służby. Było to podczas pościgu za dwoma pijakami, którym strzeliło do łbów, żeby zeskoczyć z peronu i poparadować tunelem. Pamiętał swój strach, że potknie się i upadnie na szynę zasilającą. Pijacy umykali ze śmiechem, zataczając się, ale w końcu zapędził ich na następny peron, a tam wpadli prosto w ręce innego funkcjonariusza ochrony kolei.

Teraz ogarniał go lęk, czuł, że zjeżyły mu się włosy na karku. W tunelu było ciemno, pobłyskiwały tylko białe, zielone i szmaragdowe światła. Powinno być bardzo cicho, ale nie było; szumiał wiatr, z ciemności dochodziły dziwne szmery, których sierżant nie umiał zidentyfikować. Kiedy minęli dziewięć pustych wagonów składu Pelham One Two Three, wiedział, że w tunelu roi się od glin. Tu i ówdzie widać było cienie jednego lub drugiego, a kilka razy Miskowsky mógłby przysiąc, że słyszy, jak kilku naraz oddycha w tym samym momencie. Strach jak diabli. Na gliniarzu z jednostki taktycznej nie robiło to wrażenia. Zasuwał bez wysiłku, jak gdyby worek z forsą na jego ramieniu nic nie ważył.

Pięciobateryjną latarkę mocno dzierżył w dłoni — mieliby niezły bigos, gdyby ją upuścił — machając nią w jedną i w drugą stronę, omiatając snopem światła szyny, rdzawo brudne torowisko i pokryte smugami ściany. Szli w dobrym tempie, lecz Miskowsky'emu zaczynało brakować tchu. Gliniarz z jednostki taktycznej, mimo że niósł worek, oddychał jak dziecko.

— Tam są — powiedział.

Miskowsky dostrzegł blade światło w głębi tunelu i zaczął się pocić.

— Wiesz, że maszerujemy prosto na cztery pistolety maszynowe?

— Jak jasna cholera — odparł gliniarz. — Moczę się w portki. — Mrugnął wesoło okiem.

— Ale nic nam nie grozi. Jesteśmy tylko chłopcami na posyłki.

— Jasna sprawa — rzekł obojętnie tamten, przesuwając nieco worek na ramieniu. — Jakieś dwadzieścia pięć funtów, nie tak dużo jak na milion dolców.

Miskowsky zaśmiał się nerwowo.

— Tak mi przyszło na myśl... A gdyby ktoś na nas napadł? Wiesz, o czym mówię? Gdyby nagle dwóch bandytów... — Myśl jednak była zbyt frywolna; postawiłaby go w złym świetle.

— Nic w tym śmiesznego — odpowiedział gliniarz. — Znam policjanta, którego napadli w zeszłym tygodniu, jak był po służbie. Skoczyli na niego od tyłu i rąbnęli go w łeb metalowym prętem owiniętym w gazetę. Zabrali mu portfel, kartę kredytową, broń. Utrata broni to poważna sprawa.

— Jesteśmy w mundurach, nie napada się gliniarzy w mundurach.

— Na razie, ale nadejdzie taki dzień.

— Ktoś stoi w drzwiach wagonu, widzisz?

— O Jezu — odparł Miskowsky. — Mam nadzieję, że wie, kim jesteśmy. Oby mu się nie pomieszało i nie zaczął do nas walić.

— Jeszcze nie teraz — rzekł gliniarz.

— Co to znaczy, jeszcze nie teraz?

— Dopiero jak zobaczy białka naszych ślepiów. — Policjant zerknął z ukosa na Miskowsky'ego i roześmiał się cicho.

Artis James

Artis James był odrętwiały. Czuł się tak, jakby tkwił w tunelu od zawsze i na zawsze miał w nim pozostać. Stał się jego częścią. Tak jak żywiołem ryby jest woda, jego żywiołem był tunel: ciemny, wilgotny, pełen szeptów podziemny ocean.

Nie śmiał spoglądać za siebie z obawy przed tym, co czai się w cieniu. Nawet widok wagonu napawał go większym spokojem, ponieważ był znany. Przesunął daszek czapki na tył i przycisnął policzek do krawędzi filaru, jakby spoglądał przez pionową dziurkę od klucza. W polu jego widzenia pojawiła się część postaci: połowa głowy i prawe ramię.

Pozostała tam przez prawie dziesięć sekund, a następnie zniknęła. Pojawiała się mniej więcej w minutowych odstępach; Artis wiedział, że jest to porywacz pilnujący tylnej części wagonu, gdyż lufa jego pistoletu maszynowego wysuwała się w stronę tunelu niczym badawcze czułki owada. Gdy ukazała się po raz drugi, Artisowi przyszło na myśl, że w blasku wewnętrznych świateł wagonu mężczyzna stanowi łatwy cel. Rewolwer nie jest celny na taką odległość, chyba że znajdzie się w rękach wyjątkowo dobrego strzelca. Takiego jak on, Artis. Gdyby miał czas wymierzyć, opierając broń i nadgarstek o krawędź filaru, mógłby trafić.

Chciał sobie dokładnie przypomnieć brzmienie rozkazu, który otrzymał od sierżanta. Zostać na miejscu? Coś w tym rodzaju: zostań na miejscu i nie podejmuj żadnej decyzji. Ale gdyby do usprawiedliwienia dołączył trupa przestępcy, nie ukaraliby go chyba za niezastosowanie się do rozkazu. Kiedy krępa sylwetka po raz kolejny pojawiła się w drzwiach wagonu, Artis trzymał rewolwer w prawej ręce, opierając lufę na nadgarstku lewej. Wziął cel na muszkę, odczekał, aż sylwetka zniknie, i wsunął broń do kabury. Jednakże niemal natychmiast wyciągnął ją ponownie i przyjął pozycję strzelecką. Jak tylko postać znalazła się w polu widzenia, nacisnął spust.

Gdyby rewolwer nie był zabezpieczony, Artis miałby na koncie zabitego przestępcę. Gdy tamten zniknął z pola widzenia, Artis kilka razy bez powodu zabezpieczył i odbezpieczył broń, a następnie schował ją go do kabury. Mimo to nie był pewien, czy nie zostawił broni odbezpieczonej, wyciągnął ją więc ponownie i sprawdził. Rewolwer był zabezpieczony; Artis zbyt ostrożnie obchodził się z bronią, by popełnić taki błąd. Trzymał ją w dłoni, kiedy sylwetka ukazała się ponownie. Gdy zniknęła, wymierzył w drzwi i tym razem odbezpieczył rewolwer.

Kiedy ukazała się znowu, od razu, jak na zawołanie, znalazła się w polu jego widzenia. Artis nabrał powietrza i nacisnął spust. Wystrzał rozległ się w tunelu niczym wybuch bomby. Artis usłyszał — albo tak mu się tylko zdawało — brzęk szkła, gdy pocisk przebił szybę. Zobaczył, że sylwetka cofa się raptownie i wiedział, że zaliczył trafienie. W tunelu rozpętało się piekło, pistolet maszynowy terkotał wściekle, błysk z lufy odbijał się złowieszczo od ścian. Artis schował się za filarem, gdy pociski poszybowały w jego stronę. Był pewien, że jeśli nie trafi go porywacz, dostanie od gliniarzy ukrytych w tunelu, jeżeli odpowiedzą ogniem na ogień.

15

Sierżant Miskowsky

Gdy rozległ się wystrzał, sierżant Miskowsky wrzasnął:

— Strzelają do nas! — Padł na tor, pociągając za sobą gliniarza. Zaterkotał pistolet maszynowy. Miskowsky skrył głowę w ramionach. Pistolet odezwał się po raz drugi. Policjant rzucił worek na tor przed sobą.

— Nie żeby to nas uratowało — szepnął. — Jest tam milion dolców, a pocisk przeleciałby przez niego jak gówno przez otwarte okno.

Strzały umilkły, lecz Miskowsky odczekał minutę, zanim ponownie uniósł głowę. Gliniarz zerkał z zaciekawieniem nad krawędzią worka na tył wagonu.

— I co robimy? — spytał szeptem Miskowsky. — Masz zamiar wstać i iść prosto na kule?

— Ani mi się śni — odparł gliniarz. — Nie ruszamy się, dopóki nie będzie wiadomo, co jest grane. Leżę w takim gównie, że nigdy nie dopiorę tego munduru.

Gdy strzały ucichły, tunel wydawał się dwa razy ciemniejszy niż przedtem, a cisza znacznie głębsza. Miskowsky, trzymając głowę nisko za wybrzuszeniem worka, był wdzięczny za jedno i drugie.

Ryder

Ryder ruszył w stronę drzwi, a pasażerowie przerażeni nagłą strzelaniną śledzili go szeroko otwartymi oczyma. Szyba w tylnych drzwiach wagonu wypadła. Welcome stał wśród potłuczonego szkła, prawie się nie kryjąc. Lufa jego pistoletu, stercząca przez wybite okno, poruszała się koliście niczym czułek groźnego owada. Steever spoczywał na odosobnionym siedzeniu i wyglądał na rozluźnionego, ale Ryder zauważył, że został trafiony. Na prawym rękawie płaszcza, tuż pod ramieniem, widać było ciemną plamę.

Zatrzymał się przed Steeverem i spojrzał na niego pytająco.

— Nie jest źle — rzekł Steever. — Chyba przeszła na wylot.

— Ile było strzałów?

— Tylko jeden. Posłałem im kilka pocisków. — Klepnął ręką pistolet, leżący na jego kolanach. — Nic nie widziałem, więc nie było sensu strzelać. Chyba się wściekłem. A potem ten... — Steever skinął nieznacznie głową w stronę Welcome'a — podbiegł i zaczął pruć.

Ryder kiwnął głową i podszedł do Welcome'a. Za wybitą szybą tunel wciąż był nieruchomy i mroczny; wyglądał jak podziemny las filarów w kolorze gnoju. Byli tam ludzie, lecz doskonale ukryci.

Odsunął się od drzwi. Welcome drżał, oddychał szybko i płytko.

— Bez rozkazu opuściłeś posterunek — powiedział Ryder. — Wracaj na swoją pozycję.

— Pierdol się — odparł Welcome.

— Wracaj na pozycję.

Welcome obrócił się raptownie, świadomie lub nie zawadzając lufą pistoletu o pierś Rydera. Nacisk zwiększył się i Ryder przez materiał płaszcza poczuł zagłębienie otworu lufy, lecz nie odwrócił wzroku. Patrzył prosto na Welcome'a, którego oczy błyszczały w wąskich szparach maski.

— Wracaj na swoją pozycję — powtórzył Ryder.

— Sram na twoje rozkazy — warknął Welcome. Z intonacji głosu lub subtelnej zmiany w oczach Ryder odczytał, że Welcome się wycofuje. Po chwili opuścił lufę broni. Konfrontacja dobiegła końca. Na razie.

Welcome otarł się o niego i na sztywnych nogach przeszedł na środek wagonu. Ryder poczekał, aż zajmie swoje miejsce, a potem omiótł wzrokiem tunel. Nic się nie poruszało. Odwrócił się i usiadł obok Steevera.

— Jesteś pewien, że strzał był tylko jeden?

Steever potwierdził skinieniem głowy.

— Nikt nie odpowiedział na twoje strzały ani na serię Welcome'a?

— Był tylko jeden strzał i na tym koniec.

— Kogoś poniosły nerwy albo głupota — oznajmił Ryder. — Nie przewiduję dalszych kłopotów. Dasz radę utrzymać broń?

— Przecież dałem radę, zgadza się? Trochę boli, ale niewiele.

— To był pojedynczy wybryk, nie możemy jednak puścić im tego płazem — rzekł Ryder.

— Już się nie wściekam.

— Nie o to chodzi. Musimy się trzymać danego słowa. Wszystko zależy od tego, czy oni wierzą, że go dotrzymamy.

— Zabijemy pasażera? — spytał Steever.

— Tak. Chcesz kogoś wybrać?

Steever wzruszył ramionami.

— Dla mnie wszyscy są tacy sami.

Ryder pochylił się nad raną. Przez rozdarty materiał płaszcza wolno sączyła się krew.

— Jak tylko będzie po wszystkim, zerknę na twoje ramię. Może tak być?

— Jasne.

— Odeślę jednego. Dasz sobie radę?

— Nic mi nie jest — odparł Steever. — Odeślij go.

Ryder wstał i wyszedł na środek wagonu. Którego wybrać? Stara pijaczka nie znaczyła wiele dla świata... Nie. Ryder wiedział, że ma wybrać ofiarę, a nie dokonywać osądów moralnych.

— Ty — rzucił, wskazując na oślep. — Podejdź tutaj, proszę.

— Ja? — Ktoś drżącym palcem dotknął swojej piersi.

— Tak — potwierdził Ryder. — Ty.

Denny Doyle

Denny Doyle śnił na jawie. Prowadził pociąg metra, lecz jechał bardzo dziwną linią. Pociąg był podziemny, lecz widać było krajobraz: drzewa, jeziora i wzgórza, a wszystko skąpane w jasnym blasku słońca. Były stacje, na których czekali ludzie — znajdowały się pod ziemią, tylko tory pomiędzy nimi biegły na powierzchni — ale Denny nie musiał się zatrzymywać. To była idealna jazda, drążek tkwił w skrajnej pozycji, wszystkie światła były zielone, toteż Denny ani razu nie musiał dotykać hamulca.

Senne marzenie prysło, gdy z tunelu dobiegł huk wystrzału. A kiedy odezwał się pistolet maszynowy, Denny zgarbił ramiona i schował między nie głowę. Na widok mokrej plamy na płaszczu atletycznego porywacza omal nie zwymiotował. Nie znosił widoku krwi ani przemocy, z wyjątkiem tej, którą oglądał w czasie telewizyjnych transmisji meczów futbolowych, pozbawionych brzydkiego odgłosu zderzających się ciał. Prawdę rzekłszy, był tchórzem. Tchórzostwo było nienaturalną przywarą Irlandczyka.

Widząc, że dowódca porywaczy wskazuje na niego, w pierwszej chwili chciał odmówić, ale bał się okazać nieposłuszeństwo. Stanął na drżących nogach, wiedząc, że wszyscy pasażerowie na niego patrzą. Miał nogi jak z gumy i przyszło mu na myśl, że mógłby się przewrócić, a wówczas porywacz, widząc jego bezradność, kazałby mu ponownie usiąść. Przestraszył się jednak, że tamten przejrzy jego grę i wpadnie w złość. Tak więc, łapiąc się uchwytów, wyszedł na środek. Gdy uchwyty się skończyły, wyciągnął obie ręce do słupa i złapał się go, spoglądając do góry w szare oczy porywacza, widoczne przez szpary w masce.

— Chcemy, żeby pan coś zrobił.

Usta i gardło maszynisty wypełniły się wilgocią. Musiał dwa razy przełknąć ślinę, zanim odpowiedział:

— Nie róbcie mi nic złego.

— Proszę ze mną — rzekł dowódca porywaczy.

Denny trzymał się słupa.

— Mam żonę i pięcioro dzieci. Żona jest chora, ciągle chodzi do szpitala...

— Spokojnie, nie ma powodu do obaw. — Dowódca odsunął maszynistę od słupa. — Trzeba przetoczyć te dziewięć wagonów, kiedy włączy się zasilanie.

Wziął Denny'ego pod ramię i zaprowadził na koniec wagonu. Atletycznie zbudowany porywacz wstał, kiedy się zbliżyli. Denny odwrócił wzrok od zakrwawionego rękawa.

— Proszę przejść do kabiny w pierwszym wagonie i czekać na sygnał z centrum dowodzenia — rzekł dowódca porywaczy. — Przeprowadzę pana po torach.

Denny spoglądał mu w oczy. Były pozbawione wyrazu. Wiedział, że twarz, której nie widzi, wygląda podobnie. Mężczyzna przesunął drzwi działowe ze strzaskanym oknem.

Denny zatrzymał się.

— Narzędzia kontrolne. Jak mam kierować pociągiem bez kluczy i rączki hamulca?

— Przyślą pełny zestaw.

— Nie lubię używać czyjejś rączki. Wie pan, każdy maszynista ma swoją rączkę hamulca...

— Musi pan zadowolić się tym, co jest. — W głosie porywacza po raz pierwszy dała się słyszeć nutka zniecierpliwienia. — Chodźmy już, proszę.

Denny zrobił krok w stronę drzwi i znów się zatrzymał.

— Nie dam rady. Będę musiał przejść obok ciała koordynatora. Nie mogę patrzeć...

— Zamknie pan oczy — przerwał mu porywacz. Przesunął się nieco i skierował Denny'ego na próg.

Ni stąd, ni zowąd, Denny nagle przypomniał sobie żart,

który powiedział, kiedy zaczęto odprawiać mszę po angielsku: „Gdybym wiedział, że taki jest sens tego wszystkiego, nigdy w życiu nie przyszedłbym do kościoła". Czy teraz poniesie karę za ten niewinny żarcik? Boże, wielki Boże, ja wcale tak nie myślałem. Zabierz mnie stąd, a ja będę Twoim najwierniejszym i najbardziej oddanym sługą. Już nigdy więcej nie będę się wygłupiać, choć nie miałem nic złego na myśli. Żadnych grzechów, kłamstw, jednej bezbożnej myśli. Boże drogi, tylko miłosierdzie i wiara...

— Schodzimy — powiedział dowódca porywaczy.

Anita Lemoyne

Tuż przed tym, jak dowódca grupy podniósł palec i skierował go na maszynistę, Anita Lemoyne doznała przeczucia śmiertelności. Podchwyciła to wyrażenie od telewizyjnego bonzy, który używał go bardzo często, kiedy sobie ulżył. Przestała koncentrować uwagę na latynoskim kochasiu, a jej wzrok wędrował nerwowo od tęgiej baby tulącej synów do pokrytej warstwą brudu i strupów starej pijaczki o wodnistych oczach, której usta otwierały się i zamykały, odsłaniając dziąsła. Jezu Chryste!

Przeczucie śmiertelności. Nie oznaczało to śmierci, lecz świadomość, że pewnego dnia jej ciało zrobi się tęgie, cycki opadną, skóra zwiotczeje, i nadejdzie koniec lukratywnych numerów. Zaczęła w wieku czternastu lat, a teraz dobiegała trzydziestki; nadszedł czas, by pomyśleć o przyszłości. Gruba mamuśka i stara pijaczka. One wyznaczały dwie odnogi szlaku, którym podążała Anita. Pijaczka była chodzącym trupem, wszyscy to widzieli. A tłusta mamuśka, szczęśliwa jak larwa w ciasnej, wychuchanej klitce, kupująca ubrania na wyprzedażach, od czasu do czasu pieprząca się bez ruchu z tym samym facetem, sprzątająca, gotująca, ocierająca smarki z nosów dzieci? Dwa rodzaje losu gorsze od śmierci. Może należało zacząć odkładać zarobioną forsę na mały sklepik, butik, w którym mogłyby się zaopatrywać dziewczyny z branży. Dziwki szastają pieniędzmi w taki sposób, że to mogło być niezłe źródło utrzymania. One szastają? Anita też tak robiła. Na mieszkanie, ciuchy, posiedzenia w barze, napiwki... Wzrok dowódcy bandy spoczął na maszyniście, jego palec wskazywał go wyraźnie. Biedny palant.

Przeczucie śmiertelności!

Oczy Anity z lękiem wyszukały latynoskiego kochasia. Śmiał się, patrząc, jak maszynista chwieje się i łapie uchwytów. Zapomnij o nim, pomyślała Anita, patrz na mnie, na mnie. Odwrócił się w jej stronę, jakby usłyszał jej myśli. Uśmiechnęła się do niego szeroko, a potem spojrzała śmiało niżej. Niemal natychmiast powstało tam wybrzuszenie. Bogu dzięki, pomyślała Anita. Jeśli tak działa mój wzrok, na razie nie mam się czym przejmować.

Przeczucie śmiertelności, mam cię gdzieś!

Sierżant Miskowsky

— Co mamy robić, iść dalej, jakby nic się nie stało? — zapytał Miskowsky, przyciskając policzek do brudnego podłoża toru.

— Diabli wiedzą, bo ja na pewno nie wiem — odparł

gliniarz. — Ale ten, który pierwszy strzelił, dostanie porządnie w dupę, o to mogę się założyć.

— No więc co robimy?

— Jestem prostym szeregowcem. Ty jesteś sierżantem. A więc co robimy?

— Nie jestem twoim sierżantem. Poza tym, co znaczy sierżant, kiedy wkoło tyle szarż? Nie ruszę się bez rozkazu.

Gliniarz oparł się na łokciach i spojrzał nad płóciennym workiem.

— Ktoś stoi w drzwiach. Widzisz? Dwóch facetów. Nie, trzech.

Sierżant wyjrzał zza worka.

— Otworzyli drzwi działowe i rozmawiają. — Nagle zesztywniał. — Spójrz, jeden wyskoczył na tor.

Niewyraźna postać wyprostowała się, spojrzała na wagon i odwróciła się, a potem ruszyła wolno przed siebie, niemal powłócząc nogami.

— Idzie w naszą stronę — szepnął chrapliwie Miskowsky. — Lepiej naszykujmy broń. On idzie prosto na nas.

Wpatrzony w kroczącego po torze mężczyznę Miskowsky nie zauważył sylwetki w drzwiach wagonu. Nagle błysnęło i krocząca postać wyciągnęła ręce przed siebie i runęła. Tunel zwielokrotnił huk wystrzału.

— O Boże — powiedział Miskowsky. — To jest wojna.

Tom Berry

Gdy maszynista ruszył w stronę wyjścia, Tom Berry zamknął oczy i zatrzymał taksówkę. Bo czymże innym, na litość boską, jest pociąg metra? Po chwili wchodził do mieszkania Deedee, w którym podłoga była lekko spadzista.

— Nic nie mogłem zrobić, absolutnie nic — oznajmił, gdy otworzyła drzwi.

Deedee wciągnęła go do środka i oplotła rękami. Powodowała nią wielka ulga oraz namiętność.

— Jedyna moja myśl była taka: cieszę się, że to maszynista, a nie ja.

Jak obłąkana całowała go po twarzy. Jej usta szukały oczu, policzków i nosa. Po chwili ciągnęła go na łóżko, zrywała ubrania z niego, a następnie z siebie.

Później, kiedy leżeli wyczerpani, a ich splecione kończyny tworzyły nieczytelny monogram, Tom od nowa zaczął tłumaczyć swoje postępowanie:

— Zrzuciłem z siebie kajdany poddaństwa fałszywemu panu i ocaliłem się dla rewolucji.

Nagle twarz Deedee wyraźnie się ochłodziła.

— Siedziałeś tam z nabitą bronią w kaburze i nic nie zrobiłeś? — Wyplątała swoje ręce i nogi, rujnując monogram. — Zdrajca! Przysięgałeś bronić praw ludzi i zdradziłeś ich.

— Deedee, byłem sam przeciwko czterem, a oni mieli pistolety maszynowe.

— W czasie Długiego Marszu Ósma Armia walczyła z uzbrojonym w karabiny maszynowe Kuomintangiem nożami, kamieniami i pięściami.

— Ja nie jestem Ósmą Armią, Deedee, tylko osamotnionym gliną. Reakcyjni bandyci rozwaliliby mnie, gdybym poruszył nogą.

Wyciągnął do niej rękę, a ona zeskoczyła z łóżka przepełniona odrazą. Skierowawszy na niego palec, powiedziała:

— Jesteś tchórzem.

— Nie, Deedee. Dialektycznie rzecz ujmując, uniknąłem oddania życia tylko po to, by chronić pieniądze i własność klasy rządzącej.

— Deptano ludzkie prawa, a ty pogwałciłeś policyjną przysięgę, w której zobowiązałeś się bronić tych praw!

— Policja to represyjne macki kapitalistycznej ośmiornicy! — zawołał Tom. — Wyciągają pieczone kasztany klasy rządzącej z ognia wyzysku ponad udręczonym ciałem robotników i chłopów. Śmierć glinom!

— Nie spełniłeś swojego obowiązku. To tacy jak ty zapracowali na złe imię policji!

— Deedee, co się stało z twoim *Weltanshauung*? — Tom wyciągnął ręce w błagalnym geście. Deedee wycofała się do narożnika pokoju i zajęła tam pozycję, stając po kostki w płytach muzycznych. — Deedee! Towarzysze, bracia!

— Tymczasowy Sąd Ludowy rozpatrzył waszą sprawę, towarzyszu szczurze. — Deedee odwróciła się raptownie, chwyciła pistolet Toma i wycelowała w niego. — Werdykt brzmi: kara śmierci!

Strzeliła i pokój uległ dezintegracji.

Maszynista nie żył.

Komendant dzielnicowy

Snajper z jednostki operacji specjalnych, znajdujący się w tunelu, zameldował o zastrzeleniu maszynisty. Komendant dzielnicowy w pierwszej chwili się zdziwił, a dopiero później wpadł w gniew.

— Nie rozumiem — rzekł do komisarza. — Termin dostarczenia pieniędzy jeszcze nie minął.

Komisarz pobladł.

— Odbija im. Myślałem, że będą się trzymać przynajmniej swoich zasad.

Komendant przypomniał sobie resztę meldunku snajpera.

— Ktoś do nich strzelił. To dlatego. Wzięli odwet. Trzymają się zasad, zimnokrwiste łotry.

— Ale kto mógł strzelić?

— Tego pewnie się nie dowiemy. Snajper powiedział, że brzmiało to jak wystrzał z rewolweru.

— Nie żartują — stwierdził komisarz. — Są bezwzględni.

— Właśnie to chcą nam pokazać. Ta egzekucja świadczy o tym, że trzymają się swojego słowa. My mamy postępować tak samo.

— Gdzie są ci dwaj z forsą?

— Snajper twierdzi, że w odległości około piętnastu stóp od niego. Padli na ziemię, kiedy odezwał się pistolet maszynowy, i wciąż tam leżą.

Komisarz skinął głową.

— Jaki będzie twój następny ruch?

Mój następny ruch, pomyślał komendant. Wiedział jednak, że wcale nie podobałoby mu się to bardziej — a wręcz przeciwnie — gdyby komisarz wydał mu rozkaz.

— Wciąż pozostało szesnastu zakładników, i o nich trzeba myśleć w pierwszej kolejności.

— Słusznie — potwierdził komisarz.

Komendant przeprosił i przez walkie-talkie nawiązał kontakt z Danielsem, który znajdował się w kabinie Pelham One Two Eight. Polecił mu skontaktować się z porywaczami za pośrednictwem centrum dowodzenia i poinformować, że pieniądze za chwilę znów zaczną się do nich zbliżać, ale potrzeba na to więcej czasu z uwagi na niedawny incydent.

— Słyszysz pan to? — Komendant zwrócił się do komisarza. — Czy zdarzyło się, by gliniarz płaszczył się w taki sposób przed mordercami?

— Spokojnie — odparł komisarz.

— Spokojnie. Tańczymy, jak nam zagrają. Mamy armię gliniarzy z karabinami, granatnikami i komputerami, a włazimy im w dupę. Dwóch obywateli nie żyje, a my się im podlizujemy...

— Opanuj się! — warknął komisarz.

Komendant spojrzał na zwierzchnika i zobaczył odbicie swojego gniewu i frustracji.

— Przepraszam, sir.

— No dobra. Może później się do nich dobierzemy.

— Może — powtórzył komendant dzielnicowy. — Ale powiem panu coś: już nigdy nie będę tym samym mężczyzną. Nigdy nie będę takim samym gliną.

— Weź się w garść — powiedział komisarz.

Artis James

Maszynistę zabił ten, którego Artis trafił albo zdawało mu się, że trafił. Nie połączył ze sobą tych dwóch zdarzeń; przynajmniej na razie. Przywierał do filara od chwili, gdy serią z pistoletu maszynowego odpowiedziano na jego strzał. Zupełnie przypadkowo wyjrzał akurat w momencie, gdy maszynista — Artis widział jego prążkowany mundur — schodził na tor. Zobaczywszy, że mężczyzna stojący w drzwiach strzela, Artis schował głowę za załomem filaru. Kiedy pomyślał, że może bezpiecznie wyjrzeć, maszynista leżał nieruchomo trzy lub cztery stopy od innej nieruchomej postaci, którą był koordynator ruchu pociągów.

Artis odwrócił się ostrożnie i oparł plecami o filar. Włączył radio i dotykając nadajnika ustami, wywołał stanowisko dowodzenia. Musiał powtórzyć wywołanie trzy razy, nim usłyszał odpowiedź.

— Ledwo cię słyszę. Mów głośniej.

— Nie mogę — wyszeptał Artis. — Jestem za blisko, mogą mnie usłyszeć.

— Mów głośniej.

— Nie mogę głośniej, bo mnie usłyszą. — Artis oddzielał od siebie słowa i przemawiał z nienaturalnie wyraźną dykcją. — Mówi funkcjonariusz Artis James. Jestem w tunelu, niedaleko porwanego pociągu.

— Teraz trochę lepiej. Słucham.

— Porywacze przed chwilą zastrzelili maszynistę. Kazali mu zejść na tory i zastrzelili go.

— Jezu Chryste! Kiedy to się stało?

— Minutę lub dwie po pierwszym strzale.

— Jakim pierwszym strzale? Nikt nie miał... Czy ktoś strzelił?

Artis oniemiał. O Boże, pomyślał, nie powinienem strzelać. Jeśli to miało jakiś związek z egzekucją maszynisty...

— Odezwij się, James — rozległ się niecierpliwy głos w słuchawce. — Ktoś strzelił do pociągu?

— Już mówiłem. — To twoja robota, skarbie, pomyślał. — Ktoś strzelił do pociągu.

— Ale kto, na litość boską?

— Nie wiem. Strzał padł gdzieś z tyłu. Być może trafił
do celu. Nie jestem pewien. Strzelano z tunelu za mną.

— Jezus Maria. A więc maszynista. Nie żyje?

— Nie rusza się. To nie znaczy, że nie żyje, ale leży
nieruchomo. Co mam robić?

— Nic, na litość boską. Nic nie rób.

— Tak jest — odparł Artis. — Nie będę nic robił, tak
jak do tej pory.

Ryder

Kiedy Ryder wyjął apteczkę pierwszej pomocy z walizki,
Steever był już prawie rozebrany. Płaszcz i marynarka leżały
równo złożone na siedzeniu; Ryder pomógł mu ściągnąć
kamizelkę na banknoty, a on podwinął zakrwawiony rękaw
koszuli, odsłaniając muskularne ramię. Ryder wyjrzał przez
wybite okno. Maszynista leżał na wznak, kilka kroków bliżej
wagonu niż koordynator. Ciemne plamy na prążkowanym
mundurze wskazywały miejsca, w których przeszły pociski
wystrzelone przez Steevera.

Ryder usiadł obok rozebranego do pasa Steevera; jego
potężny, śniady tors porastały kędziory włosów. Ryder obejrzał wlot pocisku, okrągły otwór, z którego sączyła się krew.
Dolna część ramienia, którą pocisk wyszedł na zewnątrz,
była lekko rozszarpana. Strużki krwi spływały wśród gęstego
owłosienia.

— Rana wygląda na czystą — rzekł Ryder. — Boli?

Steever przyciągnął brodę do klatki piersiowej, by spojrzeć na ranę.

— Nie. Ja nigdy nie odczuwam mocno bólu.

Ryder poszukał w apteczce płynu dezynfekującego.

— Obmyję tym ranę, a potem zabandażuję. W tej chwili tylko tyle możemy zdziałać.

Steever wzruszył ramionami.

— To mnie nie rusza.

Ryder nasączył płynem kawałek gazy i kilkakrotnie przyłożył go do ran, a następnie starł plamy krwi. Przygotował jeszcze dwa skrawki i zakrył nimi rany z przodu i z tyłu ramienia. Steever przytrzymał opatrunki, a Ryder obwiązał je mocno bandażem. Kiedy skończył, Steever zaczął się ubierać.

— Za jakiś czas może zesztywnieć — powiedział Ryder.

— Nie szkodzi. Prawie nic nie czuję.

Steever się ubrał, a Ryder wziął apteczkę i wyszedł. Zauważył grę, którą prowadził Welcome z dziewczyną w kapeluszu, i zacisnął szczęki, ale się nie zatrzymał. Kiedy znalazł się przy drzwiach do kabiny maszynisty, podszedł do niego Longman.

— Co z maszynistą?

— Nie żyje — odparł Ryder. Wszedł do kabiny i zamknął drzwi. W radiu słychać było gorączkowe nawoływanie. Ryder nacisnął pedał, aktywując nadajnik. — Pelham One Two Three do centrum dowodzenia. Odbiór.

— Mówi Prescott. Ty draniu, dlaczego zabiliście maszynistę?

— Strzeliliście do jednego z moich ludzi. Mówiłem, jaka będzie za to kara.

— Ktoś nie zastosował się do rozkazu i strzelił. To był błąd. Gdybyś się ze mną skonsultował, nie musielibyście zabijać tego człowieka.

— Gdzie są pieniądze? — spytał Ryder.

— Jakieś sto metrów od was na torze, ty zimnokrwisty bydlaku.

— Macie trzy minuty na dostarczenie ich. Procedura pozostaje bez zmian. Potwierdź.

— Ty gnoju, ty śmieciu! Chciałbym cię kiedyś spotkać. Naprawdę.

— Trzy minuty — powiedział Ryder. — Bez odbioru.

Sierżant Miskowsky

— Hej, wy dwaj — rozległ się głos w ciemności.

— Co? — odpowiedział szorstko Miskowsky.

— Jestem za filarem. Nie pokażę się, ale mam dla was rozkazy od komendanta dzielnicowego. Macie kontynuować zadanie, dostarczyć forsę zgodnie z instrukcją.

— Oni wiedzą, że nadchodzimy? Nie chcę, żeby znów otworzyli ogień.

— Rozwinęli wam dywan na powitanie. Dlaczego by nie, w końcu niesiecie milion dolców w gotówce.

Policjant z jednostki taktycznej podniósł się i dźwignął worek.

— Ruszamy, sierżancie.

— Rozkaz brzmi: naprzód, i to żwawo — napłynęło z ciemności.

Miskowsky wstał powoli.

— Niech to szlag, wolałbym być gdzie indziej.

— Powodzenia.

Miskowsky zapalił latarkę i dołączył do policjanta, który zmierzał już w stronę wagonu.

— Wkraczamy do doliny śmierci — oznajmił gliniarz.

— Nie mów tak — odparł Miskowsky.

— W życiu nie sczyszczę tego gówna z munduru — rzekł gliniarz. — Ktoś powinien kiedyś posprzątać w tym metrze.

Miasto. Scena uliczna

Ludzki tułów toczył się wzdłuż krawężnika na wózku przykrytym resztką orientalnego dywanu. Nogi były odcięte równo kilka cali poniżej bioder. Tułów tkwił wyprostowany na wózku. Człowiek był szeroki w ramionach i miał szeroką twarz z wyrazistymi rysami, i długie czarne włosy. Odpychał się kostkami dłoni, które bez wysiłku przesuwały się po asfalcie. Nic nie mówił, lecz co chwila unosił pokaźny metalowy kubek. Policjanci patrzyli bezradnie, jak wiosłuje wzdłuż krawężnika. Gapie wrzucali do kubka garście drobnych monet.

— Boże drogi, nie uwierzyłbym, gdybym nie zobaczył tego na własne oczy — powiedział z mocnym akcentem ze Środkowego Zachodu rosły mężczyzna do innego, który stał obok. Następnie wsunął rękę do kieszeni.

Tamten spojrzał na niego ze znaczącym, niemal litościwym uśmiechem.

— On symuluje.

— Udaje? Ależ to niemożliwe...

— Jesteś przyjezdny, zgadłem? Gdybyś znał to miasto tak jak ja... Nie mam pojęcia, jak on to robi, ale wierz mi na słowo, że symuluje. Schowaj forsę, kolego.

* * *

Tłum zachował stan liczebny za pomocą jakiegoś magicznego procesu utraty i odzysku. Jedni odchodzili, inni zajmowali ich miejsce, a kształt olbrzymiego zwierza prawie nie ulegał zmianie. Słońce zniżyło się i znikło za otaczającymi budynkami, powietrze się ochłodziło i zerwał się wiatr. Twarze zaróżowiły się albo posiniały, niektórzy ludzie tańczyli w miejscu, lecz niewielu uciekło przed zimnem.

W niewyjaśniony sposób gapie dowiedzieli się o śmierci maszynisty wcześniej niż większość policjantów, którzy ich pilnowali. Odczytali to jako sygnał do potępienia w czambuł policji, burmistrza, systemu metra, gubernatora, związków zawodowych kolejarzy, wiadomej mniejszości etnicznej, a przede wszystkim miasta, ogromnego monolitu, którego nienawidzili i z którym wzięliby rozwód, tyle że — tak jak to się dzieje w starym, skłóconym, lecz trwałym małżeństwie — potrzebowali go do tego, by przetrwać.

Policja zareagowała na śmierć maszynisty, wyładowując frustrację na gapiach. Wyrozumiałość znikła, oblicza funkcjonariuszy zachmurzyły się i stwardniały. Kiedy dochodziło do przepychanek, warczeli i napierali na tłum, wykorzystując swoją siłę. Pojedyncze osoby i grupy werbalizowały swoje odczucia, wyliczając niemające żadnego związku z sytuacją zarzuty korupcyjne, przypominając policjantom, z czyich podatków biorą się ich wybujałe pensje, skazując na zamieszkanie w Ozone Park i Hollis. Ktoś bezpiecznie schowany na tyłach odważył się nawet krzyknąć obraźliwie „Świnie!". W ostateczności nic się jednak nie zmieniło. Wznosząc się nad poziom prowokacji i nie tracąc celu z pola widzenia, tłum zachował swój charakter w nienaruszonym stanie.

16

Tom Berry

Tom Berry widział, jak dowódca porywaczy rozsuwa tylne drzwi wagonu i siada obok muskularnego kolegi na odosobnionym podwójnym siedzeniu. Lufy ich pistoletów maszynowych skierowane były w stronę otwartych drzwi. Berry zobaczył błysk światła na torach i wiedział, co to oznacza. Miasto płaciło okup. Milion dolarów w gotówce. Zadał sobie mimochodem pytanie, dlaczego porywacze ustalili taką wysokość okupu. Czyżby ich horyzont był ograniczony do tej magicznej liczby? A może — przypomniał sobie uwagę starszego mężczyzny — doszli do wniosku, kierując się cynizmem lub wyrachowaniem, że życie każdego z pasażerów warte jest sześćdziesiąt tysięcy?

Światło na torach zbliżało się w powolnym, niemal liturgicznym tempie; Berry pomyślał, że też poruszałby się z taką prędkością, idąc prosto na lufy pistoletów maszynowych. Dostrzegł dwie sylwetki, których zarysy drżały w słabym świetle padającym z wnętrza wagonu. Nie był w stanie stwierdzić, czy są to gliniarze, ale kim innym mogli być? Na pewno nie kasjerami z banku. Z bolesną empatią patrzył na emisariuszy, a potem bez żadnego powodu w jego myślach pojawił się obraz nieżyjącego wujka.

Co powiedziałby wujek Al, widząc dwóch gliniarzy potulnie dostarczających milion dolców bandzie porywaczy (albo kanciarzy, bo tak by ich nazwał; w uproszczonym słowniku wujka Ala wszyscy łamiący prawo byli kanciarzami)? Przede wszystkim wujek Al w coś takiego by nie uwierzył. Wujek Al i jego przełożeni, gdyby mieli wolną rękę — on i jego przełożeni, a w tamtych czasach zawsze ją mieli — wpadliby z bronią do tunelu. Pięćdziesięciu, a może stu gliniarzy uderzyłoby na wagon z dymiącymi karabinami. Kanciarze zostaliby wybici, zginęłoby kilku policjantów i większość zakładników. W świecie wujka Ala, w jego czasach, obywatele mogli płacić okup kanciarzom, ale gliny — nie. Gliny polowały na kanciarzy, nie były ich kasjerami.

W czasach wujka Ala wszystko wyglądało inaczej. Ludzie nie przepadali za glinami, ale się ich bali. Gdyby ktoś ośmielił się nazwać policjanta świnią, wylądowałby w piwnicy posterunku, gdzie zostałby sprany na kwaśne jabłko przez zmieniających się, rozradowanych sadystów. A w czasach ojca wujka Ala policyjna robota była jeszcze łatwiejsza, gdyż większość problemów rozwiązywał Irlandczyk z brzuchem pękatym od piwa, który zgarniał niegroźnego szczeniaka i skopywał mu tyłek. Los policjanta bardzo się zmienił w rodzinie, w której mężczyźni od trzech pokoleń byli gliniarzami. Ludzie przezywali policjantów świniami i nikt nie śmiał tknąć ich za to palcem. Porucznik obdarłby cię ze skóry, gdybyś kopnął kogoś w tyłek (a gdyby to był czarny tyłek, wywołałbyś zamieszki i stratowaliby cię na śmierć, zanim zdążyłbyś wezwać pomoc).

Tom mógł sobie wyobrazić — abstrahując od niedawnego snu na jawie — osłupienie Deedee, gdyby wiedziała, jak postępował wujek Al; o jego skorumpowanym, brzuchatym ojcu lepiej nie wspominać. Jednakże sprawiłaby jej przyjemność myśl, że gliniarze służyli złodziejom za chłopców na posyłki; dopatrzyłaby się w tym czegoś w rodzaju zadośćuczynienia ludowi. Ach, Deedee była pod paroma względami zacofana. Tom musiał jednak przyznać, że nie ma jasnego wyobrażenia, na czym w tychże kwestiach polega postępowość. Mógł tylko mieć nadzieję, że zakochani i zagubieni zdołają kiedyś spłodzić żywotną latorośl, filozofię z prawidłową liczbą rąk i nóg.

W otworze drzwi pojawiły się dwie twarze. Jedna należała do gliniarza z jednostki taktycznej — łatwo rozpoznawalnej po niebieskich hełmach — a druga do funkcjonariusza ochrony kolei w czapce z daszkiem, na którym widniała odznaka w kolorze matowego złota. Kolejarz zaświecił latarką do wnętrza wagonu, a policjant zdjął z ramienia płócienny worek i rzucił go na podłogę. Rozległo się głuche stuknięcie. Papier toaletowy wydałby równie nieciekawy odgłos. Twarze funkcjonariuszy były zaczerwienione, lecz nie wyrażały emocji. Policjanci odwrócili się i odeszli.

Longman

Longman widział, jak pieniądze spadają na podłogę i jak Ryder rozwiązał sznurek i odwrócił worek, z którego wyleciało kilkadziesiąt zielonkawych pakunków, związanych równo tasiemkami. Marzenie każdego człowieka, milion dolarów, wysypało się na brudną kompozytową podłogę wagonu metra. Steever zdjął płaszcz i marynarkę, układając je na siedzeniu, a Ryder sprawdził wiązania kamizelki na pieniądze. Zrobienie czterech sztuk kosztowało go sporo grosza. Zostały wykonane na wzór kamizelki ratunkowej; wkładało się je przez głowę i wiązało po bokach. Każda zawierała czterdzieści kieszeni, równomiernie rozmieszczonych z przodu i z tyłu w dwóch warstwach. W sumie było sto pięćdziesiąt paczek banknotów, co czyniło trzydzieści siedem i pół paczki na głowę. Nie zamierzali dzielić ich idealnie równo. Dwóch miało otrzymać po trzydzieści siedem paczek, a dwóch pozostałych po trzydzieści osiem.

Steever stał niczym manekin, a Ryder wkładał paczki do kieszeni jego kamizelki. Kiedy skończył, Steever ubrał się i wyszedł na środek wagonu, a jego miejsce zajął Welcome. Welcome gadał, gdy Ryder napełniał jego kieszenie, milcząc, pracując metodycznie, lecz szybko. Ryder skinął na Longmana, który stał w drugim końcu wagonu. Longmanowi mocno zabiło serce, kiedy szybkim krokiem szedł w jego stronę. Niemal unosiła go radość. Jednakże Ryder zdjął płaszcz i marynarkę, i Longman poczuł ukłucie niechęci. To nie w porządku, że miał być na końcu. Wszak to on wymyślił skok. Zazdrość znikła natychmiast, gdy dotknął pieniędzy. Niektóre paczki miały wartość dziesięciu tysięcy, a pozostałe dwudziestu!

— Tyle forsy — wyszeptał. — Aż nie mogę uwierzyć!

Ryder w milczeniu odwrócił się tak, aby Longman mógł sięgnąć do tylnych kieszeni.

— Chciałbym, żeby już było po wszystkim — dodał Longman. — Żeby mieć za sobą resztę.

271

Ryder uniósł lewą rękę.

— Reszta będzie czystą zabawą — powiedział głosem zimnym jak lód.

— Zabawą! Jeśli coś pójdzie nie tak... — zaczął Longman.

— Zdejmuj ubranie — wpadł mu w słowo Ryder.

Kiedy skończył pakowanie pieniędzy do kieszeni kamizelki Longmana, wszyscy wrócili na miejsca. Zmierzając w stronę przedniej części wagonu, Longman czuł ciężar banknotów, choć wiedział, że trzydzieści siedem paczek waży nie więcej niż pięć czy sześć funtów. Z rozbawieniem zauważył, że niektórzy pasażerowie spoglądają na niego z zazdrością. Może żałowali, że to nie oni mieli dość ikry i sprytu, żeby wykręcić taki numer. Nic tak jak forsa, czysta żywa gotówka, nie zmienia poglądu na życie. Uśmiechnął się szeroko, aż maska na jego twarzy się rozciągnęła. Lecz kiedy Ryder wrócił do kabiny, przestało mu być do śmiechu. Ucieczka miała się dopiero rozpocząć, a była to najtrudniejsza i najbardziej najeżona pułapkami część skoku.

Nagle ogarnęło go przeczucie, że się nie uda.

Ryder

— Pelham One Two Three wzywa Prescotta w centrum dowodzenia — powiedział Ryder do mikrofonu.

— Tu Prescott. Słucham cię.

— Masz swój ołówek, Prescott?

— Jak tam pieniądze, dowódco? Wszystko w porządku? Kolor i waga się zgadzają?

— Zanim wydam instrukcje, przypominam ci, że macie

je wypełnić co do joty. Życie zakładników wciąż jest w niebezpieczeństwie. Chcę, żeby wryło się to wam w pamięć. Potwierdź.

— Ty podły gnoju!

— Jeśli zrozumiałeś, po prostu powiedz tak.

— Tak, draniu.

— Podyktuję ci pięć punktów. Zapisuj wszystkie i potwierdzaj bez komentarza. Punkt pierwszy, po zakończeniu naszej rozmowy przywrócicie napięcie w całym sektorze. Potwierdź.

— Słyszę cię.

— Punkt drugi, po włączeniu napięcia oczyścicie trasę stąd do stacji South Ferry. To oznacza odpowiednio nastawione zwrotnice, wolny tor stąd do South Ferry i same zielone światła. Podkreślam to ostatnie. Będą zielone. Żaden czerwony sygnał ma nas nie zatrzymywać, a spowalniacze się nie uruchomią. Powtórz.

— Tor wolny stąd do South Ferry, wszystkie światła zielone.

— Jeśli zobaczymy czerwony sygnał, zabijemy jednego zakładnika. Każde naruszenie warunków będzie skutkowało śmiercią zakładnika. Punkt trzeci, wszystkie pociągi, lokalne i ekspresowe, które znajdują się za nami, mają stać nieruchomo. I nic nie może jechać na północ między South Ferry i miejscem, w którym jesteśmy. Potwierdź.

— Pociągi za wami nie mogą się za bardzo zbliżyć. Zostaną zatrzymane czerwonym światłem, jeśli spróbują przejechać na wasz tor.

— Tak czy inaczej, mają stać bez ruchu. Potwierdź.

— Zapisałem.

— Punkt czwarty, skontaktujesz się ze mną, jak tylko trasa do South Ferry będzie wolna i zapalą się zielone światła. Potwierdź.

— Skontaktować się, kiedy tor będzie wolny, a sygnały zielone.

— Punkt piąty, wszyscy funkcjonariusze policji mają być usunięci z tunelu. Jeśli tak się nie stanie, zastrzelimy zakładnika. Na stacji South Ferry ma nie być ani jednego policjanta. Jeśli będzie inaczej, zastrzelimy zakładnika.

— Potwierdzam. Mogę zadać pytanie?

— W związku z instrukcjami?

— W związku z tobą. Zdajesz sobie sprawę, że odjęło ci rozum?

Ryder spojrzał na pusty tor, na którym ścieliły się cienie.

— To nieistotne. Odpowiem wyłącznie na pytania dotyczące instrukcji. Chcesz o coś zapytać?

— Nie mam żadnych pytań.

— Od tej chwili macie dziesięć minut, aby zastosować się do instrukcji. Później skontaktujesz się ze mną w sprawie ostatecznych wytycznych. Potwierdź.

— Musisz mi dać więcej czasu.

— Nie — odparł Ryder. — Bez odbioru.

Clive Prescott

Prescott z ulgą przyjął wiadomość, że najwyższe dowództwo policji zgodziło się spełnić żądania porywaczy. W zasadzie nie mieli alternatywy, ale sam, będąc gliną, znał policję i wiedział, że siła frustracji może wypaczyć trzeźwość osądu. Przecież gliniarze też są ludźmi. Trochę innymi, ale jednak ludźmi.

Zerwał się z krzesła przy konsoli i popędził przez salę. Frank Correll, który zajął stanowisko jednego z dyspozytorów, wrzeszczał do mikrofonu. W innych częściach ogromnego centrum dowodzenia wszystko toczyło się płynnie. Wszak pozostałe sekcje metra nie miały problemów.

Prescott poklepał Corrella po ramieniu. Ten kontynuował tyradę, nawet nie podnosząc głowy ani się nie odwracając. Prescott zacisnął dłoń i wtedy Correll odwrócił się, łypiąc na niego oczami.

— Nic nie mów — rzekł Prescott. — Słuchaj mnie. Mam nowe instrukcje...

— Gówno mnie obchodzą twoje instrukcje — odparł Correll. Wyrwał ramię z uścisku i odwrócił się do konsoli.

Prescott lewą ręką podwinął klapę marynarki, a prawą dobył rewolweru. Chwycił Corrella za podbródek, odciągnął do tyłu głowę i przystawił mu lufę do oka.

17

Komendant dzielnicowy

Komendant dzielnicowy wydał rozkaz, żeby wszyscy zastosowali się do nowych instrukcji porywaczy, ale nakazał także wysłać kilku detektywów w cywilnych ubraniach, którzy mieli się wmieszać pomiędzy pasażerów na stacji South Ferry. Teren ponad stacją miał być nasycony policją. Czując się zdezorientowany, nawiązał łączność z Costellem, szefem ochrony kolei.

— Do czego oni dążą, naczelniku?

— Chcą wykorzystać wszystkich szesnastu zakładników jako żywe tarcze? Czyżby wpadli na taki marny pomysł? — Costello pokręcił głową. — Nie mam pojęcia. Nigdy nie wybrałbym tunelu jako drogi ucieczki.

— Ale oni tak właśnie postąpili — zauważył komendant dzielnicowy. — A to znaczy, że mają jakiś dobrze opracowany plan. Chcą, żeby włączyć zasilanie i oczyścić tor. Co pan z tego wnosi?

— Że chcą pojechać wagonem, w którym się znajdują, naturalnie.

— Dlaczego wybrali akurat South Ferry?

Naczelnik pokręcił głową.

— Za cholerę nie wiem. Lokalny pociąg nie kursuje tamtędy o tej porze, będą musieli zmienić zwrotnicę na moście Brooklyńskim. A woda? Może mają w zatoce ukrytą łódź? Wodnopłat? Nie wyobrażam sobie, co oni kombinują.

— South Ferry to następna stacja po Bowling Green. Co jest po South Ferry?

— Tory skręcają, biegną na północ i wracają do Bowling Green. Nie wiem, jak mogłoby im to pomóc, na stacji Bowling Green stoją pociągi i tory są zablokowane.

Komendant dzielnicowy podziękował i spojrzał na komisarza, którego twarz wyrażała zatroskanie. Jednakże kryła się pod nim neutralność. Daje mi swobodę, pomyślał komendant; okazuje niezachwiane zaufanie do podwładnego. Właściwie dlaczegóż by nie, skoro ta akcja nie będzie żadnym powodem do chwały?

— Możemy za nimi pojechać innym pociągiem — podsunął naczelnik. — Wiem, obiecaliśmy, że tego nie zrobimy...

— Czy sygnały nie zmieniają się na czerwone po przejeździe pociągu, czy nasz skład nie zostanie zatrzymany przez spowalniacze?

— Na trasie lokalnej, owszem, ale nie na ekspresowej — odparł naczelnik. — Może o tym nie pomyśleli.

— Na pewno pomyśleli — powiedział komendant. — Za dużo wiedzą o funkcjonowaniu metra. Zgoda, może uda nam się za nimi pojechać trasą ekspresową. Ale jak nas wykryją, zastrzelą pasażera.

— Możemy także śledzić ich ruch aż do mostu Brooklyńskiego na tablicy w wieży Grand Central. Od tego miejsca na południe aż do Brooklynu tory są pod kontrolą Nevins Street Tower.

— Będziemy dokładnie wiedzieli, dokąd zmierzają?

— Tak. Będziemy znali ich dokładne położenie w każdym momencie przejazdu. Poza tym na peronach będą stali gliniarze kolejowi.

— Okay — rzekł raźno komendant dzielnicowy. — Do roboty. Wieża śledzi ich ruchy, ekspres zasuwa ich śladem. Można w nim zgasić wszystkie światła, wewnętrzne i zewnętrzne?

— Tak.

— Dobra. — Komendant pokręcił głową. — Coś niesamowitego, śledzić kogoś podziemnym pociągiem. Mój zastępca Daniels będzie odpowiedzialny za ekspres. Na powierzchni będą za nim podążać radiowozy. Duży problem to łączność. Wieża z centrum dowodzenia, a centrum dowodzenia z radiowozami? Kiepsko to wygląda. Lepiej umieścić dwóch ludzi w wieży przy osobnych telefonach, jeden będzie rozmawiał ze mną, a drugi z centrum, żeby dyspozytor mógł przekazywać rozkazy bezpośrednio do radiowozów. Chcę mieć do dyspozycji wszystkie radiowozy i wszystkich policjantów. Regularnych i kolejowych. Obstawimy wszystkie stacje i wszystkie wyjścia, łącznie z awaryjnymi. Ile jest wyjść awaryjnych, naczelniku?

— Mniej więcej po dwa na stację.

— Jedna rzecz — wtrącił komisarz. — Trzeba przedsięwziąć wszelkie środki i zrobić wszystko, żeby nie zginął ani jeden pasażer.

— Taak — potwierdził komendant dzielnicowy. — Musimy pamiętać, że porywacze wciąż trzymają nici w rękach.

Nagle jakby uszło z niego powietrze i zrobiło mu się zimno. Cienie na ziemi wydłużały się, tłum gapiów jak gdyby zamarł, a policjanci przypominali sople lodu. Wywołał z pamięci słowa, które wypowiedział nieco wcześniej do komisarza: że po tej akcji nie będzie takim samym człowiekiem. Była to prawda. Coś w nim uległo zatracie.

Tom Berry

Niespodziewane zapalenie się świateł w wagonie zaskoczyło pasażerów, którzy zamrugali oczyma. Blask jasnych świetlówek wydobył z cienia to, co światła awaryjne łagodziły: zaciśnięte, drżące usta, napięcie na twarzach, oczy zmętniałe od strachu. Tom Berry zauważył, że twarz dziewczyny w kapeluszu zdradza oznaki wieku; półmrok był dla niej łaskawy. Młodszy chłopiec wyglądał tak, jakby przedwcześnie wyrwano go z poobiedniej drzemki. Chusteczka, którą wojowniczy Murzyn trzymał przy twarzy, nie była już świeża, widoczne na niej plamy wręcz raziły czerwienią. Tylko stara pijaczka wyglądała dokładnie tak samo. Spała hałaśliwie, a z jej ust wydobywały się małe przezroczyste bąbelki. Porywacze wydawali się więksi i groźniejsi. Bo są więksi, pomyślał Berry: każdy z nich urósł o ćwierć miliona dolarów.

Drzwi wagonu otworzyły się i wyszedł z nich dowódca porywaczy. Jego nadejście wywołało szmer wśród pasażerów. Starszy mężczyzna, który sam wyznaczył sobie rolę rzecznika, powiedział:

— O, nasz przyjaciel. Teraz poznamy dalszy rozwój wydarzeń.

— Proszę o uwagę. — Dowódca odczekał chwilę, stojąc nieruchomo. Jest w nim coś z zawodowca, ten człowiek wie, jak kierować grupami ludzi, pomyślał Berry. — Za niecałe pięć minut wagon odjedzie. Wszyscy zostaniecie na swoich miejscach i zachowacie spokój. Będziecie dalej robić dokładnie to, co wam się każe.

Uwagę Toma zwróciło charakterystyczne użycie czasu przyszłego. Wiedział, że gdzieś słyszał podobny sposób wyrażania. Ale gdzie? W wojsku, naturalnie. Właśnie tej formy używają instruktorzy, oficerowie, podoficerowie. „Będziecie nosili mundury klasy A... Wyruszycie o godzinie ósmej zero zero... Będziecie patrolować teren". Jedna mała zagadka rozwiązana: dowódca porywaczy był w wojsku i zwykł wydawać rozkazy. I co z tego?

— Spodziewamy się, że wkrótce zostaniecie uwolnieni, ale do tego czasu pozostajecie zakładnikami. Proszę dostosować się do sytuacji.

— Skoro już odjeżdżamy tym wagonem, to czy moglibyście mnie wyrzucić przy Fulton Street? — zapytał starszy mężczyzna.

Dowódca zignorował te słowa i przeszedł do tylnej części wagonu. Pasażerowie mierzyli starca gniewnym wzrokiem, jak gdyby potępiali jego lekkomyślność. Mężczyzna uśmiechnął się potulnie. A zatem koszmar dobiega końca, pomyślał Berry. Niebawem pasażerowie będą wciągać do płuc zanieczyszczone powietrze na powierzchni i zasypywać policję mętnymi i sprzecznymi relacjami naocznych świadków. Tylko funkcjonariusz Tom Berry złoży pełny i szczegółowy raport, nie bacząc na pogardliwe spojrzenia kolegów, którzy nawet nie będą próbowali ich ukrywać. Gdy po złożeniu wyjaśnień pójdzie do Deedee, będzie funkcjonariuszem policji już tylko oficjalnie, ale i to nie potrwa długo. Co zrobi, kiedy wyrzucą go ze służby? Ożeni się z Deedee i zaczną szczęśliwe pożycie rewolucjonistów, będą wspólnie skandować hasła antywojenne i kląć na CIA? Ich serca połączą się we wspólnej walce przeciwko cięciom socjalnym, a oni będą wyrażać swój sprzeciw, tłukąc popielniczkami wystawy sklepowe?

Mniejszy chłopiec zaczął cicho popłakiwać. Berry patrzył, jak matka potrząsa malcem, próbując go uspokoić.

— Nie, Brandon, przestań.

— Jestem zmęczony, chcę stąd wyjść — marudził chłopiec, wiercąc się niespokojnie.

— Powiedziałam spokój — szepnęła groźnie matka. — Słyszałeś, co mówił ten pan? Ma być cicho.

Po tych słowach dała chłopcu klapsa.

Wieża Grand Central

Gdy pociągi stojące na południe od Pelham One Two Three ruszyły, a czerwone kreski na tablicy modelowej w wieży zaczęły migotać, dyspozytorzy wydali radosny okrzyk. Marino zmarszczył brwi i zerknął przez ramię; wiedział, że Caz Dolowicz lubił, kiedy w dyspozytorni panuje spokój. Ale Caza nie było, rzecz jasna, bo Caz już nie żył. Marino uświadomił sobie, że teraz jest najstarszy. On też lubił spokój.

— Nie róbmy szumu — powiedział i zorientował się, że użył ulubionego wyrażenia Caza. — Nie róbmy szumu w wieży.

Marino przyciskał do ucha telefon. Rozmawiał z dyspozytorem w sali komunikacyjnej komendy miejskiej policji przy Centre Street. Obok niego z nieruchomą twarzą siedziała pani Jenkins utrzymująca łączność z salą operacyjną w siedzibie sekcji ochrony kolei.

— Na razie nic — rzekł do telefonu Marino. — Zaczęli oczyszczać trasę do South Ferry.

— Okay — odezwał się głos policyjnego dyspozytora. — Na razie nic się nie dzieje.

Marino skinął na panią Jenkins.

— Proszę powiedzieć, że nic się nie dzieje, że Pelham One Two Three wciąż stoi w miejscu.

— Na razie nic — powiedziała pani Jenkins.

— Chcę, żebyśmy nie robili szumu — rzekł Marino. — Teraz piłka jest w naszych rękach. Dlatego musimy zachować spokój.

Skierował wzrok na tablicę modelową i skupił się na czerwonych kreskach pokazujących pozycję składu Pelham One Two Three. W dyspozytorni było bardzo cicho.

— Nie róbmy szumu — powtórzył. — Zachowujmy się tak, jakby Caz wciąż tu z nami był.

Zastępca komendanta Daniels

Zastępca komendanta Daniels prowadził po torach trzydziestoosobowy oddział w stronę składu Woodland One Four One, który stał nieruchomo na torze ekspresowym pięćset stóp na północ od stacji przy Dwudziestej Ósmej Ulicy. Oddział składał się z dwudziestu ludzi z sekcji operacji specjalnych i dziesięciu funkcjonariuszy sił taktycznych. Maszynista zauważył zbliżających się policjantów i wysunął głowę przez okno.

— Proszę otworzyć drzwi — powiedział zastępca komendanta. — Wchodzimy na pokład.

— Nie wiem, czy mogę — odparł maszynista. Miał skórę w kolorze kawy, opadające wąsy i krótką bródkę. — Nie dostałem rozkazu, żeby kogoś wpuszczać.

— Właśnie go pan dostał. Czy wyglądamy na oddział Armii Czerwonej?

— Wyglądacie mi na gliniarzy — rzekł maszynista, po czym wyszedł z kabiny i stanął z kluczem przy drzwiach. Drzwi się rozsunęły. — Zdaje mi się, że macie uprawnienia.

— Dobrze się panu zdaje — odparł zastępca komendanta. — Proszę podać mi rękę.

Sapiąc, wdrapał się do wagonu. Połowa z trzydziestu pasażerów stłoczyła się w przedniej części. Dowódca podniósł dłoń.

— Proszę się wycofać. Niech wszyscy przejdą do innych wagonów. — Skinął palcem na czterech funkcjonariuszy, którzy zdążyli już wsiąść. — Wyprowadźcie tych ludzi.

— Wiecie, od jak dawna tkwię w tym cholernym pociągu? — spytał ktoś gniewnym głosem. — Całe godziny! Pozwę miasto i zażądam odszkodowania w wysokości stu tysięcy dolarów! I dostanę je!

Policjanci, którzy mieli spore doświadczenie w radzeniu sobie z tłumem, ruszyli do akcji. Pasażerowie niechętnie ustępowali pola. Zastępca komendanta przepchnął się przez szereg funkcjonariuszy i chwycił za ramię maszynistę.

— Będziemy ścigać pociąg — oznajmił. — Chcę, żeby pan zgasił światła, a następnie odłączył ten wagon od składu.

— Coś pan, takich rzeczy nie wolno mi robić.

Zastępca komendanta zacieśnił chwyt.

— Zgaś pan wszystkie światła, łącznie z reflektorami, światłami sygnalizacyjnymi i pozycyjnymi. Ten pociąg ma być ciemny ze wszystkich stron, a potem odłączy go pan od reszty składu.

Maszynista być może kłóciłby się dalej, lecz mocny uchwyt dłoni policjanta okazał się przekonujący. Niemal wepchnięty przezeń do kabiny wziął rączkę hamulca oraz klucze biegu wstecznego i odcinający.

Zastępca komendanta wyznaczył jednego funkcjonariusza, by towarzyszył maszyniście. Ruszyli ku tylnej części wagonu, gdzie ustawieni w szpaler policjanci wypychali ostatnich pasażerów na zewnątrz niczym zwierzęta hodowlane. Trzem niebieskim hełmom rozkazał pilnować porządku, a większości swojego oddziału polecił zająć miejsca w wagonie. Obciążeni karabinami, pistoletami i miotaczami pocisków na gaz łzawiący policjanci rozsiadali się niezgrabnie. Zastępca komendanta wszedł do kabiny. Widoczny za szybą tunel wydawał się jaśniejszy niż przedtem, wciąż jednak wyglądał jak ponura niekończąca się procesja równo rozmieszczonych, ogołoconych drzew.

Ryder

Ryder otworzył drzwi i skinął na Longmana, a ten wszedł do kabiny.

— Zaczynaj — powiedział Ryder, odstępując od tablicy rozdzielczej.

Longman przesunął drążek i wagon ruszył.

— Trochę strach — rzekł nerwowo, nie odrywając wzroku od toru i zielonych świateł, ciągnących się jak okiem sięgnąć. — Wszędzie pełno schowanych gliniarzy.

— Nie ma się czym przejmować — odparł Ryder. — Nic nie zrobią.

Istotnie nie mieli się czym martwić dopóty, dopóki druga strona musiała godzić się na warunki tej dziwnej wojny, które on, Ryder, sformułował. Longman wydawał się uspokojony, pewnie trzymał ręce na przyrządach. Oto jego żywioł, jego siła, pomyślał Ryder. Wszystko inne jest słabością.

— Wiesz dokładnie, gdzie mamy się zatrzymać?

— Dokładniej nie można wiedzieć — odpowiedział Longman.

Wieża Grand Central

Kiedy drobne czerwone kreski oznaczające położenie składu Pelham One Two Three zaczęły migać na tablicy modelowej w dyspozytorni wieży Grand Central, Marino krzyknął chrapliwie do telefonu.

— Co tam się dzieje? — spytał policyjny dyspozytor.

— Pociąg ruszył! — Marino zamachał rękami do pani Jenkins, lecz kobieta już rozmawiała z centralą sekcji ochrony kolei. Mówiła spokojnym, starannie modulowanym głosem:

— Skład Pelham One Two Three zaczął się przemieszczać na południe.

— Dobrze — rzekł dyspozytor do Marina. — Meldujcie o rozwoju sytuacji, ale z większym spokojem.

— Jedzie — oznajmił Marino. — Porusza się dość wolno, ale się nie zatrzymuje.

— Proszę mówić spokojnie.

Centre Street 240

W sali komunikacyjnej komendy miejskiej policji porucznik składał meldunek komendantowi dzielnicowemu:

— Sir, pociąg odjechał. Radiowozy podążają za nim zgodnie z planem.

— Za wcześnie — odparł komendant. — Mieli czekać, aż tor będzie wolny do stacji South Ferry. Co się, u diabła, dzieje?

— Sir?

— Trzymaj rękę na pulsie! — rzucił podniesionym głosem komendant i rozłączył się.

— Wciąż jedzie? — spytał porucznik dyspozytora utrzymującego stałą łączność z wieżą Grand Central.

— Wciąż jedzie.

Kwatera główna sekcji ochrony kolei

W kwaterze głównej sekcji ochrony kolei porucznik Garber trzymał telefon przy uchu i wsłuchiwał się w spokojny głos pani Jenkins.

— Okay — rzekł. — Proszę chwilę zaczekać. — Odwrócił się do dyspozytora. — Ruszyli. Alarm dla wszystkich funkcjonariuszy. Dla załóg radiowozów również. Gliny ich śledzą, ale my także. Zawiadomcie naszych ludzi na stacji przy Dwudziestej Ósmej Ulicy, tylko żywo. — Zerknął na zegarek. — Pospieszyli się, cholera. Na pewno coś knują.

Porucznik Garber z posępną satysfakcją obserwował gorączkowy ruch w centrali. Czyż nie byłoby to piękne, gdybyśmy ich dopadli? My, a nie gliniarze.

— Do roboty, wszystkie tyłki mają być w ruchu! — krzyknął.

— Tak, poruczniku — odezwała się pani Jenkins. — Wszyscy się ruszają.

Centrum dowodzenia

W centrum dowodzenia zrobiło się zamieszanie, gdy dyspozytor z IND rzucił mimochodem, że domyśla się, jak porywacze zamierzają uciec.

— Skorzystają ze starego tunelu Beacha.

Te słowa natychmiast przykuły uwagę reszty załogi. Dyspozytor językiem przesunął cygaro do kącika ust i wyjaśnił niezorientowanym kolegom, czym jest stary tunel Beacha. W roku 1867 niejaki Alfred Ely Beach, nieskrępowany koniecznością uzyskania licencji ani innymi przeszkodami natury prawnej, wynajął piwnicę w budynku przy Broadway i Murray Street i zaczął budować pierwsze nowojorskie metro — tunel o długości trzystu dwunastu stóp, prowadzący do Warren Street. Sprowadził jeden wagon kolejowy i przemieszczał go w jedną i w drugą stronę za pomocą sprężonego powietrza. Zaproszono publiczność na przejażdżkę, jednakże zainteresowanie okazało się znikome i projekt upadł.

— Lokalny skład z Lex przejeżdża obok starego tunelu — ciągnął dyspozytor. — Ci goście przejdą do tego tunelu i ukryją się...

Koordynator z IND, który słuchał kolegi, również przesunął cygaro do kącika ust.

— Starego tunelu nie ma od co najmniej siedemdziesięciu lat. Zniszczono go, kiedy rozpoczęły się prace nad pierwszym prawdziwym metrem w tysiąc dziewięćsetnym roku. Pasuje?

— Owszem, pasuję — przyznał dyspozytor. — Ale to nie znaczy, że tak jest. Masz dowód?

— Czy mam dowód? — rzekł koordynator. — Część cegieł ze starego tunelu Beacha jest wbudowana w ścianę tunelu IRT. Kiedy następnym razem będziesz tamtędy przejeżdżał, wyjrzyj przez okno tuż za ratuszem. Zobaczysz te stare cegły.

— Nigdy w życiu nie wyglądałem w metrze przez okno — odparł dyspozytor. — Co tam jest do oglądania?

— Cegły ze starego tunelu Beacha.

— Po prostu rzuciłem pomysł — powiedział dyspozytor i przesunął cygaro na środek ust.

— Zajmij się robotą — zakończył dyskusję koordynator.

18

Ryder

— Mogę trochę przycisnąć? — spytał Longman.

— Nie, jedziemy równym tempem — odparł Ryder.

— Minęliśmy już miejsce, w którym czaiły się gliny?

— Raczej tak. — Ryder obserwował rękę Longmana, która gładziła drążek. — Utrzymuj tempo.

— Pelham One Two Three, Pelham One Two Three, odbiór. Tu Prescott.

Ryder zobaczył długi oświetlony fragment tunelu; była to stacja przy Dwudziestej Trzeciej Ulicy. Wziął do ręki mikrofon.

— Mów, Prescott.

— Dlaczego ruszyliście? Tor nie jest jeszcze czysty, zostało nam pięć minut. Dlaczego jedziecie?

— Drobna zmiana planów. Postanowiliśmy oddalić się od gliniarzy, których ukryliście w tunelu.

— O cholera! — rzucił Prescott. — Tam nie było żadnych gliniarzy. Jeśli będziecie jechali z taką prędkością, wpadniecie na czerwone światła. Nie chcę, żebyście mieli do nas pretensje.

— Wkrótce się zatrzymamy i poczekamy, aż otworzycie tor. Macie jeszcze pięć minut.

— Co z pasażerami?

— Na razie nic im się nie stało. Ale nie próbujcie żadnych sztuczek.

— To wy zagraliście nam na nerwach, odjeżdżając.

— Prosimy o wybaczenie. Instrukcje pozostają niezmienione. Odezwij się, jak tylko tor będzie czysty. Bez odbioru.

— Myślisz, że coś wiedzą? — spytał Longman. — Zadają tyle pytań.

— To są naturalne pytania — odparł Ryder. — Myślą tak, jak chcemy.

— Jezu Chryste. Stoją na samej krawędzi peronu. Kiedy byłem maszynistą, śniły mi się koszmary, w których masa ludzi wpadała na tor tuż przed moim pociągiem.

Wagon wtoczył się na stację przy Dwudziestej Trzeciej Ulicy. Z peronów dobiegły okrzyki. Wygrażano pięściami i pluto w stronę przejeżdżającego wagonu. Ryder zauważył w tłumie niebieskie hełmy. Jakiś mężczyzna zacisnął pięść i zamachnął się.

Komendant dzielnicowy

Limuzyna komisarza przetoczyła się przez krawężnik i skręciła w Park Avenue South. Komisarz i komendant dzielnicowy siedzieli obok siebie na tylnej kanapie. Przy Dwudziestej Czwartej Ulicy policjant gorączkowo usiłował otworzyć trasę dla limuzyny.

— Metrem dojechalibyśmy prędzej — powiedział komisarz.

Komendant dzielnicowy spojrzał na niego ze zdumieniem. Znał komisarza od lat i nigdy nie usłyszał żartu z jego ust.

Kierowca włączył syrenę i przemknął przez skrzyżowanie. Policjant kierujący ruchem zasalutował.

— Wagon wciąż się przemieszcza? — spytał komendant, mówiąc do mikrofonu.

— Tak, sir. Jedzie powoli, na niskim biegu.

— Gdzie się znajduje?

— Dojeżdża do Dwudziestej Trzeciej Ulicy.

— Dziękuję.

Komisarz spoglądał przez tylną szybę.

— Jadą za nami. Wóz telewizyjny. Za nim chyba drugi.

— Cholera! — warknął komendant dzielnicowy. — Szkoda, że nie kazałem ich zablokować. Utrapienie z nimi.

— Wolność prasy — zauważył komisarz. — Lepiej, żeby się nas nie czepiali. Kiedy to się skończy, będzie nam potrzeba wielu przyjaciół.

Radio zatrzeszczało.

— Wjeżdżają na stację przy Dwudziestej Trzeciej Ulicy, sir. Prędkość wciąż ta sama, około pięciu mil na godzinę.

— Jakiś korek przed nami — oznajmił komisarz.

— Nie zatrzymują się — dobiegło z radia. — Przejeżdżają przez stację.

— Wciśnij gaz — rzekł komendant do kierowcy. — I niech syrena zaśpiewa.

Zastępca komendanta Daniels

W zaciemnionej kabinie składu Woodland One Four One maszynista mocował przyrządy na tablicy. Zastępca obserwował go ze zniecierpliwieniem.

— Rozumie pan, co chcę zrobić?

— Śledzić tamten pociąg, tak?

Zastępca komendanta wyczuł drwinę i spojrzał ostro na maszynistę.

— Ruszaj pan. Nie za szybko, żebyśmy się zbytnio nie zbliżyli.

Maszynista pchnął drążek i wagon wyrwał do przodu.

— Trochę prędzej — powiedział zastępca komendanta. — Ale bez przesady. Nie chcę, żeby nas zobaczyli albo usłyszeli.

Maszynista przesuwał stopniowo drążek.

— Widzieć to jedno, a słyszeć drugie. Nie ma czegoś takiego jak cichy pociąg metra.

Minęli stację przy Dwudziestej Ósmej Ulicy, na której nie było nikogo oprócz garstki funkcjonariuszy. Gdy w oddali ukazały się światła peronu stacji przy Dwudziestej Trzeciej Ulicy, zastępca komendanta powiedział:

— Niech pan zwolni. Będziemy pełznąć jak ślimak. Wypatrujemy ich świateł. Jeszcze wolniej. I bez hałasu.

— To pociąg metra, kapitanie. Bez hałasu ani rusz.

Zastępca komendanta wpatrywał się w mrok tak intensywnie, że zaczęły mu łzawić oczy.

— Czerwony sygnał na trasie lokalnej — oznajmił maszynista. — To znaczy, że tamci niedawno tędy przejechali.

— Wolniej. Bardzo powoli. Ślimacze tempo. I po cichu. Zero hałasu.

— Dużo pan wymaga od starego wagonu metra, kapitanie — zauważył maszynista.

Miasto. Scena uliczna

Macki tłumu, organ niezmiennie nastrojony na długość fali podejrzeń, odebrały odjazd limuzyny komisarza za sygnał do powolnego rozproszenia. Wkrótce radiowozy i ich załogi poszły w ślady szefa i to potwierdziło przypuszczenia gapiów. Niektórzy ruszyli na południe, licząc na to, że nadążą za rozwojem akcji, lecz spoglądano na nich z pogardą: góra może przyjść do Mahometa, ale za nim nie goni.

W ciągu kilku minut tłum przestał istnieć jako całość. Słychać było szuranie nóg i nastąpiły przepychanki, a następnie swobodna wędrówka, gdyż czas dla tłumu jest cenny i nie wolno go marnować na bezowocne stanie w miejscu. Pozostało kilkuset ludzi, leniwych lub fantastów, trzymających się nikłej nadziei, że na ich oczach rozegra się jakaś strzelanina. W nielicznych gronach filozofów i teoretyków odbywały się sympozja. Poszczególni uczestnicy wygłaszali wszem wobec swoje opinie:

— A burmistrz? Był potrzebny na dole jak druga dziura w tyłku.

— Powinni tam wpaść z karabinami. Jak się cackasz z bandytami, oni to wykorzystają. Dobry bandyta zna się na psychologii.

— Drobne cwaniaczki. Na ich miejscu zażądałbym dziesięciu milionów. I dostałbym je.

— Czarni? Nigdy w życiu! Czarni to złote rączki od dziesięciodolarówek i tym podobnie. To byli biali, i trzeba przyznać, że zagrali ostro.

— Komisarz policji? On nawet nie wygląda jak glina. Jak można szanować kogoś, kto nie wygląda na gliniarza?

— Burmistrz! Myślicie, że bogacza obchodzi los biedaka? Tych dwóch nigdy się nie spotka!

— Powiedźcie mi, czym porywacze różnią się od wielkiego biznesu? Ja wam powiem: biznesmenów chroni prawo. Prosty człowiek zawsze dostanie w dupę.

— Wiecie, jak prysną? Już ich rozgryzłem. Odlecą tym pociągiem na Kubę!

— Co jest grane, koleś?

19

Ryder

Wyjście awaryjne znajdowało się na północ od stacji przy Czternastej Ulicy. Był to otwór w murze prowadzący do drabiny, po której można było się wspiąć do kratki w chodniku po wschodniej stronie Union Square Park nieopodal Szesnastej Ulicy. Longman przesunął rączkę hamulca i zatrzymał wagon kilkaset stóp przed białym światłem wskazującym położenie wyjścia.

— Dobrze? — spytał.

— Świetnie — odparł Ryder.

Longman spocił się i Ryder po raz pierwszy zauważył, że w kabinie cuchnie. No cóż, nie wybiera się warunków pracy na podstawie zasad higieny, a od kiedy to pole bitwy pachnie kwieciem? Ostrożnie wsunął ręce do brązowej walizy i wyjął dwa granaty. Sprawdził zawleczki i umieścił granaty w głębokiej kieszeni płaszcza. Otworzył apteczkę i wydobył z niej rolkę taśmy klejącej. Podał ją Longmanowi, a ten od razu wypuścił ją z rąk.

— Trzymaj nieruchomo — polecił Ryder.

Oderwał z rolki dwa paski długości około szesnastu cali i zawinął je luźno wokół granatów.

— Denerwuję się na widok takich rzeczy — wyznał Longman.

— Denerwujesz się przy każdej okazji — zauważył trzeźwo Ryder. — Granat jest niegroźny jak piłka tenisowa, dopóki zawleczka tkwi na swoim miejscu, a dźwignia nie zostanie zwolniona.

— Musisz to robić? — spytał Longman. — Może oni wcale za nami nie jadą?

— W takim razie przedsięwzięliśmy zbędne środki ostrożności.

— Ale jeśli oni tamtędy nie jadą, tym torem może jechać niewinny ekspres...

— Nie spieraj się — wpadł mu w słowo Ryder. — Zacznij robić swoje, jak tylko wyjdę. Musisz skończyć, zanim wrócę, żebyśmy mogli natychmiast odjechać.

— Centrum dowodzenia do Pelham One Two Three. Centrum dowodzenia do Pelham One Two Three.

Ryder wcisnął guzik przekaźnika.

— Tu Pelham One Two Three. Czy tor jest wolny?

— Jeszcze nie. Potrzebujemy jeszcze dwóch, trzech minut.

— Pospieszcie się. W żadnym miejscu na trasie nie może być policji, w przeciwnym razie zareagujemy. Rozumiesz, co mam na myśli, poruczniku Prescott?

— Tak. Stosujemy się do waszych instrukcji, nie musicie nikomu robić krzywdy. Potwierdź, Pelham One Two Three.

Ryder odłożył mikrofon.

— Nie odpowiadaj — rzekł do Longmana. — Po jakimś czasie się zmęczy. No dobra, do roboty.

Nacisnął klamkę i wysiadł z kabiny. Welcome stał oparty o słup, pistolet zwisał w jego prawej ręce. Ryder zdławił w sobie gniew i minął Welcome'a bez słowa. Steever wstał i otworzył przed nim drzwi działowe.

— Kryj mnie — powiedział Ryder.

Steever skinął głową.

Ryder stanął na płycie progowej, przykucnął i lekko zeskoczył na tor. Po chwili wyprostował się i ruszył truchtem między lśniącymi szynami.

Tom Berry

Gdy dowódca opuszczał kabinę, Tom Berry zauważył, że najniższy porywacz z wysiłkiem wyjmuje z walizki jakieś ciężkie metalowe urządzenie. Drzwi zasunęły się i dowódca wyszedł. Powiedział coś siłaczowi stojącemu przy drzwiach, a potem zeskoczył na tory. Deedee, czy skorzystam z jego nieobecności, by uderzyć na Pałac Zimowy? Nie, Deedee, ani na milimetr nie oderwę tyłka od krzesła.

Jakim prawem się z ciebie naśmiewam, Deedee? Ty przynajmniej w coś wierzysz i nieważne, czy słusznie, czy nie, masz jakiś grunt pod nogami. A ja kim jestem? Na poły gliną, na poły wątpiącym gburem. Gdybym wierzył w sens bycia gliną, pewnie już bym nie żył, lecz zachowałbym się honorowo, a skoro nie wierzę, zżerają mnie wyrzuty sumienia. Ale powiedz, Deedee, dlaczego, u diabła, niezgoda na popełnienie samobójstwa budzi we mnie poczucie winy?

Jestem egoistą, pomyślał Berry, mam zatem nadzieję, że

porywacze zdołają w sposób zorganizowany uciec, a ja nie zginę przypadkowo w czasie wymiany ognia między walącymi na oślep bandytami i walącymi na oślep glinami. Jednakże ucieczka nie wydawała się ani łatwa, ani możliwa, gdyż porywacze znaleźli się w wąskim tunelu, z obu stron zatkanym przez gliniarzy. Mimo to należało przypuszczać, że porywacze mają głowy na karkach i obmyślili szczęśliwe dla siebie zakończenie eskapady. Ale to ich problem, nie mój. Tom Berry mówi pas.

Zastępca komendanta Daniels

— Ciszej — rzucił zastępca komendanta.

— Nic z tego — odparł maszynista. — Pociągi nie stąpają na paluszkach.

— Ciii. — Zastępca komendanta tkwił z twarzą przy szybie, niemal dotykając jej czołem. Maszynista zahamował nagle i policjant rąbnął nosem w szkło. — Jezu!

— Tam jest — rzekł maszynista. — Jeśli wytęży pan wzrok, zobaczy pan wagon.

— To malutkie światełko? — spytał z powątpiewaniem zastępca komendanta.

— Właśnie tak. Stoi nieruchomo.

Zatrzeszczało radio i zastępca komendanta wsłuchał się w rozmowę centrum dowodzenia z Pelham One Two Three.

— Stoi nieruchomo, tak jak pan powiedział — potwierdził policjant. Centrum dowodzenia wywoływało Pelham One Two Three, lecz tamci przestali odpowiadać. — Milczą, aroganckie gnoje.

— Co robimy? — zapytał maszynista. — Stoimy tak jak oni?

— Nie możemy się bardziej zbliżyć, bo nas wypatrzą. Boże, nigdy w życiu nie czułem się taki bezradny.

— Widzi pan coś tam na torach?

— Gdzie? — Zastępca komendanta spoglądał przez szybę. — Nic nie widzę.

— Wydawało mi się, że jest tam jakiś człowiek — powiedział maszynista. — Ale już go nie widzę. Może mi się zdawało.

— Teraz nic pan nie widzi?

— Widzę pociąg.

— Ja też nic innego nie widzę. Proszę mówić, jak pan coś dojrzy.

— Widzę tylko pociąg, nie porusza się. — Maszynista oderwał wzrok od torów i spojrzał na zegarek. — Gdyby nie to zamieszanie, już byłbym w domu. Wygląda na to, że pracuję w nadgodzinach. Dokładnie półtorej, ale i tak wolałbym być w domu.

— Proszę obserwować dalej.

— Półtorej godziny to niedużo, a i tak wszystko pójdzie na podatek.

— Nie gadaj pan, tylko patrz.

Longman

Części ustrojstwa leżały starannie ułożone w walizce — Longman sam je spakował — i gdyby nie waga żelaznej kształtki, dopasowanej do drążka, Longmanowi poszłoby równie łatwo jak w czasie prób. Pamiętał jednak chwile, gdy kluczowy problem, rozwiązany ostatecznie za pomocą ustrojstwa, wydawał się beznadziejny i w związku z tym cały plan był skazany na niepowodzenie. W każdym razie Longman tak to odbierał. Ryder zachowywał spokój.

— Parę lat temu czuwak wyglądał jak cycek w głowicy drążka — skarżył się Ryderowi. — Wystarczyłoby zakleić go taśmą i znaleźć jakiś sposób, żeby puścić pociąg w ruch. Ale teraz mechanizm jest wbudowany w układ sterowania. Jeśli przykleimy taśmą drążek do panelu, wyłączymy czuwak, ale nie da się go uruchomić. Gdyby to był cycek...

— Ale nie jest i nie ma sensu się nad tym rozczulać — przerwał mu Ryder. — Skup się na rozwiązaniu problemu.

Problem zaś polegał na tym, że bez maszynisty nie dało się prowadzić pociągu. Gdy znaleźli rozwiązanie, wcześniejsza rozpacz Longmana wydała się niedorzecznością. Serce ustrojstwa stanowił ciężki żelazny odlew z grubsza odpowiadający kształtem drążkowi. Po ustawieniu go na miejscu jego masa zastępowała nacisk ręki maszynisty. Wyłączała czuwak, pozwalała przesunąć drążek do odpowiedniej pozycji i — co najważniejsze — uniemożliwiała aktywację czuwaka.

Jakie to proste i piękne, pomyślał Longman, ze stęknięciem wyjmując ustrojstwo i nasadzając je na drążek. Reszta była równie prosta. Trzy kawałki rury: pierwszy długości niespełna sześciu cali, pasujący do gniazda na przedniej części metalowego odlewu; drugi długości około trzech stóp, wygięty w dół, i trzeci długości trzech stóp, wygięty w stronę ściany tunelu.

Kawałki rury były tak zrobione, żeby nachodziły na siebie

z różną dokładnością. Najkrótszy odcinek był ciasno dopasowany do gniazda w ustrojstwie, drugi schodził się luźno z pierwszym, a mocno z końcówką trzeciego kawałka. Przed połączeniem wszystkich części Longman musiał wybić przednią szybę. W irracjonalny sposób rozzłościło go to, poczuł się jak wandal. Kolba pistoletu zawisła przez dłuższą chwilę nieruchomo, a potem rąbnął nią w okno, wybijając wielką dziurę o poszarpanych krawędziach. Uderzył jeszcze kilka razy, aż z szyby zostały tylko drobne ułomki trzymające się obrzeża ramy. Chętnie poprzestałby na tym, lecz Ryder naciskał: „Nie wolno zostawić ani kawałka szkła, bo to zniweczy iluzję".

Używając lufy pistoletu, Longman oczyścił ramę z resztek szkła.

Ryder

Ryder oddalił się od wagonu na odległość około trzystu stóp w kierunku północnym. Zatrzymał się i przyklęknął pośrodku toru ekspresowego. Wyjął granat z kieszeni, ściągnął z niego taśmę klejącą i rozerwał ją na dwa nierówne kawałki długości sześciu i dziesięciu cali. Znieruchomiał i spojrzał uważnie przed siebie. W oddali dostrzegł ciemny zarys pociągu. Skinął głową, jak gdyby sobie przytakując, a potem przestał o tym myśleć.

Trzymając granat w lewej dłoni, zakleił dźwigienkę od końca do końca, po obu stronach korpusu zostawiając wystające na kilka cali kawałki taśmy. Opuściwszy głowę niemal do poziomu powierzchni toru, umieścił granat tuż poniżej górnej krawędzi szyny i wygładził luźne końce taśmy tak, by mocowały do niej granat. Rozdarł krótszy kawałek taśmy na pół i przykleił końcówki, żeby przypadkowo się nie odczepiły. Mając pewność, że granat tkwi mocno, wyciągnął zawleczkę. Następnie przeszedł do drugiej szyny i w taki sam sposób umieścił następny granat.

Wstał i nie odwracając się, wrócił truchtem do Pelham One Two Three. Z wyciągniętymi zawleczkami granaty były w pełni uzbrojone. Uderzenie kół pociągu sprawi, że lekko przymocowane granaty spadną, uwalniając dźwigienki. Eksplodują po pięciu sekundach.

Steever trzymał wartę przy tylnych drzwiach. Ryder skinął mu głową, a potem pobiegł wzdłuż brudnych czerwonych boków wagonu. Longman spoglądał na niego przez pozbawione szyby okno. Średni kawałek rurki sterczał w bok. Ryder wyciągnął rękę i Longman podał mu trzeci odcinek. Ryder wcisnął go mocno do drugiego kawałka, tak aby był skierowany ku ścianie tunelu.

Wepchnięcie konstrukcji ku wnętrzu kabiny przesunie drążek zgodnie z ruchem wskazówek zegara do odpowiedniej pozycji, a ciężar żelaznego odlewu nie pozwoli drążkowi na dalszy ruch. Ostre szarpnięcie do tyłu zerwie dwa dłuższe kawałki rury, pozostawiając jedynie najkrótszy odcinek, który będzie niewidoczny z zewnątrz.

Ryder liczył na to, że reszty dokona iluzja i przyjęte założenia zatriumfują nad rzeczywistością. Ludzie w istocie nie widzą szkła, zatem jeśli przypadkowy promień światła nie padnie na jakiś ułomek, będą myśleć, że szyba jest na swoim miejscu. Policjanci będą wiedzieli, że pociąg nie może jechać bez maszynisty (im większa będzie ich wiedza, tym mocniej będą w to wierzyć), przyjmą więc założenie, że w zaciemnionej kabinie znajduje się maszynista. Jakiś obserwator, pokonując barierę psychologiczną, może dostrzec prawdę, lecz nawet wówczas spotka się z oficjalnym sceptycyzmem i potrwa to tak długo, że grupa zdąży uciec. Upewniwszy się, że wszystkie rurki tkwią na swoich miejscach, Ryder wszedł do wagonu, a następnie do kabiny. Odsunął Longmana na bok i sprawdził, czy urządzenie jest poprawnie umieszczone na drążku.

— Wszystko gotowe — oznajmił Longman. — Moglibyśmy już odjeżdżać.

— Ruszymy, kiedy centrum dowodzenia powie nam, że tor jest wolny.

— Wiem, ale zaczyna mnie nosić — odparł Longman.

Ryder milczał. Oszacował, że Longmanowi pozostało odwagi mniej więcej na dziesięć minut — odwagi w jego wydaniu — a później facet rozleci się na kawałki. Dziesięć minut powinno wystarczyć, za dziesięć minut powinni być wolni.

Welcome

Od chwili gdy zapaliły się światła, Joey Welcome był wkurzony. Przede wszystkim jego zapał wobec dziewczyny wyraźnie ostygł. Jasne światło coś jej odebrało. W dalszym ciągu była zdrową laską, ale widać było po niej zużycie materiału. Nie znaczyło to, że Joey nie zaliczał starszych dziwek — bo zaliczał dziwki i basta — ta jednak wyglądała zbyt profesjonalnie, a on nie palił się zbytnio do tego, by podążyć drogą, którą zbadało przed nim tysiąc facetów, tak w przybliżeniu.

Wciąż rzucała mu spojrzenia, ale już go tak nie rozgrzewały. Zaczynał natomiast odczuwać niepokój w związku ze skokiem. Wszystko to trwało za długo i za mało się działo. No, jakiś czas temu o mały włos nie doszło do akcji z generałem Ryderem. Część dalsza nastąpi, niech to będzie dla wszystkich jasne. Najlepsze przytrafiło się na początku, kiedy wpakował serię temu grubasowi na torach. Tak właśnie lubił: szybko i ostro. Ryder był mózgiem, Longman też, ale za bardzo wydziwiali. Welcome załatwiłby to wszystko prościej. Jeśli chcesz wysiąść, to wysiadaj szybko i z przytupem. Jasne, wszędzie roiło się od glin, ale ich czwórka miała przecież szybkie spluwy. Też mi komandos z tego Rydera!

Welcome'a zaskoczyło i wkurzyło, kiedy Ryder zapowiedział, że będą musieli pozbyć się pistoletów maszynowych. Ani trochę nie było mu to w smak. Atut to siła ognia, rozpylacze; póki taki masz, wszyscy się ciebie boją, a policja włazi ci w dupę. Po co więc się osłabiać, kiedy jesteś mocny? Ryder uważał, że po wyrzuceniu spluw, w razie gdyby coś się spieprzyło, będą mogli liczyć na krótką broń. Jak można rozwalić z czegoś takiego stu gliniarzy? Z rozpylaczem w garści Joey był gotów stanąć przeciwko tysiącowi glin.

Dziewczyna spojrzała na niego wymownie, otwierając usta, jakby prosiła, przeleć mnie, na co czekasz — znała te sztuczki, bez dwóch zdań — i Joey znów zaczął się napalać, ale właśnie wtedy w drzwiach stanął Ryder. Marne widoki, siostro, czas pryskać.

Anita Lemoyne

Anita zrozumiała, że napaleniec wyrwał jej się z rąk. No dobra, straciła go, mówi się trudno. Przecież nie mogła wyjść ze skóry. Teraz, gdy wyglądało na to, że wszyscy wyjdą żywi z kabały, miała ważniejsze rzeczy na głowie: musiała wymyślić, jaką strategię przyjąć w rozmowie z telewizyjnym bonzem. Przy założeniu, że frajer nie rozłączy się od razu, jak tylko do niego zadzwoni. Była pewna jedynie tego, że nie uzna jej usprawiedliwienia za wystarczające. Znając go, mogła sobie wyobrazić przebieg tej rozmowy.

— Oczywiście, że ci wierzę, kiedy mówisz, że znalazłaś się w pociągu, który został porwany. To jednak jest nieistotne, bo chodzi o to, że chciałaś zostać porwana.

— Taa, jasne. Obudziłam się rano i myślę, Anita, laluniu, postaraj się, żeby dostać kulkę w tyłek.

— Otóż to. Choć nieświadomie. Słyszałaś o ludziach przyciągających wypadki? Bo są tacy, którzy ściągają na siebie niebezpieczeństwo, wabią je, nie będąc tego świadomi...

— Chrzanisz jak potłuczony, koleś.

— Taki sposób mówienia jest dopuszczalny w łóżku, ale nie poza nim.

— Wybacz, słodziutki. Ale sam nawijasz o przyciąganiu. Może ja jestem przyciągalska, jeśli wiesz, co mam na myśli.

— Nie sil się na żarciki.

— Ja tylko wsiadłam do zakichanego metra, cukiereczku.

— Świetnie. Powiedz mi w takim razie, kiedy ostatnio jechałaś metrem?

— Tak się akurat złożyło, że nie chciałam dzisiaj szastać forsą. Czy to zbrodnia?

— Kosisz grubą kasę, sprzedając swój tyłek, a wszak powszechnie wiadomo, że dziwki rżną się na prawo i lewo... czy wobec tego uważasz, że kupię tę bajeczkę?

— No dobra, osaczyłeś mnie. Wsiadłam do tego pociągu, bo wiedziałam, że zostanie porwany. Mało tego: wiedziałam, którą linię wybrać i o której godzinie wsiąść... wszystko dlatego, że przyciągam wypadki, zgadza się?

— Ciemna dziwka nie ma prawa kwestionować udokumentowanych odkryć psychiatrii. Całe mnóstwo zmiennych wpłynęło na twoje postępowanie przed wyjściem z domu: wróciłaś po chusteczkę, pięć minut dłużej niż zwykle pławiłaś się w wannie...

— Wszystko z myślą o tobie, słodziutki, żeby moja cipka ładnie pachniała.

— ...zatrzymałaś się w sklepie alkoholowym, podczas gdy mogłaś to zrobić wieczorem, poszłaś do stacji inną drogą niż zazwyczaj...

— Byłam dzisiaj na zakupach, a do metra wsiadłam przy Trzydziestej Trzeciej Ulicy.

— Zepsułaś mi moje co nieco, suko.

— Wiem, i parszywie się z tym czuję. A to dlatego, że z nikim się tak dobrze nie pieprzy jak z tobą. Jesteś najlepszy, skarbie.

— Zepsułaś mi co nieco.

— Zasrane metro, już nigdy w życiu do niego nie wsiądę.

— Zepsułaś mi co nieco.

Tak to będzie i wyjdzie na to, że go stracę, myślała Anita. Tacy klienci nie rosną na drzewach. Jeśli chcę otworzyć butik, liczy się każdy frajer. Może paść przed nim na kolana, wylizać mu tyłek, stopy... Kurwa mać, przecież i tak to robię w ramach co nieco.

Posępnym wzrokiem patrzyła, jak dowódca bandy wsiada do wagonu.

Komendant dzielnicowy

— Są dokładnie pod nami — oznajmił komendant, wskazując palcem w dół. — Gdyby ulica się zawaliła, pewnie wylądowalibyśmy prosto na nich.

Komisarz skinął głową.

Union Square Park, zwodniczy i pociągający w gasnącym świetle dnia, znajdował się po ich prawej stronie. O jedną przecznicę dalej na południe, po lewej stronie, stał S. Klein, zaniedbany sklep, w którym prowadzono operacje dyskontowe, jeszcze zanim termin ten zrobił karierę. Tłum ludzi, zwykle zapełniający chodniki, zaczął się skupiać, przyciągnięty widokiem nadjeżdżających radiowozów. Tworzył się korek, a policjanci na skrzyżowaniach starali się go rozładować, kierując pojazdy w boczne ulice.

Kierowca odwrócił się.

— Sir, jest luka. Mam jechać?

— Zostańmy tutaj — odparł komendant. — Od początku tej awantury nie byłem tak blisko tych drani.

Komisarz zobaczył przez okienko, że policjant przewraca się pod nagłym naporem tłumu, który wylewał się już z chodnika. Funkcjonariusz zerwał się na nogi i na odlew uderzył jakąś kobietę w klatkę piersiową.

— Gdyby ulica się zawaliła, nie byłoby to takie złe — rzekł komisarz. — Całe miasto zapada się pod ziemię i znika. Nie byłoby to takie złe.

Pesymizm komisarza zaskoczył komendanta nie mniej niż jego wcześniejszy żart. Nic jednak nie powiedział, tylko skierował wzrok na park, przywołując związane z nim stare wspomnienie, które podnosiło go na duchu.

— Ludzie — ciągnął komisarz. — Gdyby usunąć ze sceny ludzi, łatwo byłoby łapać kanciarzy.

Komendant oderwał spojrzenie od parku, którego kamienne ściany zaczęły znikać za gęstniejącą ludzką masą.

— Wie pan, co bym chciał zrobić, komisarzu? Chciałbym zsunąć się na dół jednym z tych wyjść awaryjnych i rozwalić skurczybyków w drobny mak.

— Chyba już to przerabialiśmy — odparł ze znużeniem komisarz.

— Tak tylko sobie gadam. Dzięki temu lepiej się czuję.

Komendant popatrzył na sękate nagie gałęzie i wspomnienie powróciło.

— Po wstąpieniu do policji dostałem przydział właśnie tutaj, to było jedno z moich pierwszych zadań. Tysiąc dziewięćset trzydziesty trzeci rok. A może czwarty? Trzeci albo czwarty. Byłem konnym policjantem i wedle rozkazu miałem pilnować porządku w czasie parady pierwszomajowej. Pamięta pan te wielkie parady w tamtych czasach?

— Nie wiedziałem, że byłeś konnym gliniarzem — odparł komisarz.

— Prawdziwym kozakiem. Mój koń nazywał się Daisy. Ślicznotka z białym paskiem na czole. A ja byłem kozakiem. Wtedy naprawdę tak na nas wołano.

— Teraz wołają gorzej, prawda?

— Mniej więcej co godzina dochodziło do przepychanki, więc zdzieliło się jednego i drugiego w łeb, Daisy przydepnęła parę odcisków. Ale to były inne czasy. Nikt nie chciał nikogo zabijać. A jak rozwaliło się głowy kilku komuchom, nikt nie robił rabanu oprócz samych komuchów. Radykałowie byli wtedy o wiele miększi.

— A ich głowy?

— Ich głowy? — Komendant dzielnicowy zamyślił się. — Wiem, o co panu chodzi. Taak, wtedy używało się pałki swobodniej. Brutalność policji. Owszem, było tego trochę. Kozacy. Może rzeczywiście coś takiego było.

— Może — rzekł beznamiętnie komisarz; głos nie zdradzał jego emocji.

— Daisy — ciągnął komendant. — Komuchy nienawidziły koni prawie tak samo jak glin. Na zebraniach komórek organizacyjnych zagrzewali się do boju: „Podcinać pęciny kozackich koni!". Kombinowali, jak by zanurkować pod brzuch wierzchowca i podciąć pęciny. Ale nigdy nie słyszałem, by jakiemuś koniowi podcięto pęciny.

— Co się, u diabła, dzieje? — Komisarz się zaniepokoił. — Oni siedzą na dole, my na górze. Wygląda to jak świąteczny rozejm.

— Tam, przy Siedemnastej Ulicy, jest dom z balkonem, z którego komuchy wygłaszały swoje przemowy — mówił dalej komendant. — Ale akcje odbywały się wszędzie, na placu i w parku. Czterdzieści lat temu. Jak pan myśli, ilu z tych komuchów wciąż wierzy w komunizm? Ani jeden. Wszyscy zostali biznesmenami, wyzyskiwaczami mas. Mieszkają na przedmieściach i nie podcięliby koniowi pęcin, nawet gdyby leżał na grzbiecie z unieruchomionym łbem.

— Teraz ich dzieci stały się radykałami — zauważył komisarz.

— I są o wiele twardsze. One na pewno poderżnęłyby koniowi pęciny. Albo przywiązały bombę do ogona.

W radiu rozległy się trzaski.

— Centrala do komisarza. Odbiór.

— Słucham — odpowiedział komendant.

— Sir, porywacze otrzymali informację, że tor jest wolny.

— Dobrze, dziękuję. Dajcie znać, jak tylko się ruszą. — Komendant rozłączył się i spojrzał na przełożonego. — Czekamy, czy zaczynamy?

— Zaczynajmy — odparł komisarz. — Raz będziemy o krok przed nimi, a nie odwrotnie.

20

Ryder

— Centrum dowodzenia do Pelham One Two Three.

Ryder wcisnął klawisz przekaźnika.

— Pelham One Two Three. Melduj.

— Tor jest wolny. Powtarzam, tor jest wolny.

Longman stał tuż obok Rydera; oddychał głęboko, zasysając ustami maskę. Ryder spojrzał na niego i pomyślał: on będzie żałował. Cokolwiek się stanie, Longman prędzej czy później przepadnie.

— Czy tor jest wolny aż do South Ferry? — spytał, mówiąc do mikrofonu. — Potwierdź.

— Tak.

— Wiesz, co się stanie, jeśli kłamiesz?

— Chcę ci coś powiedzieć. Nie pożyjecie, żeby wydać te pieniądze. Mam mocne przeczucie, że tak będzie. Słyszysz mnie?

— Ruszamy — odparł Ryder. — Bez odbioru.

— Zapamiętaj moje słowa...

Ryder wyłączył radio.

— Idziemy — rzekł do Longmana. — Za pół minuty pociąg ma ruszyć.

Nacisnął klamkę i szturchnął Longmana. Ten potknął się, przechodząc przez drzwi. Ryder po raz ostatni spojrzał na ustrojstwo, a następnie ruszył za Longmanem. Drzwi kabiny zamknęły się z trzaskiem.

Tom Berry

Sznur hamulca awaryjnego zwisał z otoczonego metalową obwódką otworu w suficie wagonu, tuż obok kabiny maszynisty. Przypominał skakankę z czerwoną rączką, sięgającą sześć cali poniżej sufitu. Tom Berry patrzył, jak najniższy z porywaczy wsuwa nożyczki na głębokość cala lub dwóch w głąb otworu i przecina sznur. Drewniana rączka stuknęła o podłogę i potoczyła się. Kątem oka dostrzegł, że muskularny porywacz stojący na końcu wagonu przecina drugi hamulec. Złapał go w locie i schował do kieszeni.

Niski dał ręką sygnał, siłacz skinął głową, a następnie otworzył tylne drzwi, przykucnął i zniknął z pola widzenia. Niski, poruszając się szybko, lecz niezręcznie, przesunął się obok dowódcy, mierzącego do pasażerów z pistoletu maszynowego, i otworzył przednie drzwi. Usiadł na podłodze i dopiero wtedy zeskoczył na tor. Dowódca skinął nieznacznie w stronę porywacza, który stał na środku wagonu, a ten odwrócił się, na chwilę znieruchomiał i puścił całusa dziewczynie w kapeluszu. Potem sprężystym krokiem pobiegł na tył wagonu. Otworzył drzwi i prawie nie zginając kolan, zeskoczył.

Dowódca porywaczy spoglądał na pasażerów. Teraz wygłosi mowę pożegnalną, pochwali nas za to, że byliśmy wzorowymi zakładnikami, pomyślał Berry...

— Pozostaniecie na swoich miejscach — rzekł porywacz. — Nie próbujcie wstawać. Zostańcie na miejscach.

Sięgnął ręką za siebie do otwartych przednich drzwi. Stanął na stalowej płycie. Teraz, teraz, pomyślał Berry; odwrócił się do ciebie plecami, wyciągnij pistolet i wpakuj mu kulkę... Porywacz zniknął. Zanim drzwi się zamknęły, Berry dostrzegł kątem oka najniższego z porywaczy, który trzymał kawałek rurki. Berry w jednej chwili domyślił się, jaki będzie los pociągu i w jaki sposób porywacze zamierzają zbiec. Prasa z całą pewnością napisze, że przeprowadzili śmiałą i błyskotliwą ucieczkę, wyprowadzając pościg w pole.

Sam nie wierzył, że zachowuje się tak, jak się zachowuje. Wciąż siedział bez ruchu, zamiast ścigać porywaczy z pistoletem w dłoni. Pociąg ruszył z nagłym szarpnięciem, siła bezwładu porwała Toma Berry'ego i przeniosła wzdłuż słupków niemal przez całą długość wagonu. Jego ręka spadła na żółtą metalową klamkę drzwi. Chwycił ją i pociągnął. Zobaczył przesuwający się błyskawicznie tor i pomyślał: Byłeś spadochroniarzem, wiesz, jak wylądować. Zaraz jednak pojawiła się druga myśl: Jest jeszcze czas, możesz wrócić na miejsce i usiąść.

Wyskoczył, frunął przez chwilę w powietrzu i poczuł przeciągły ból. Potem wszystko znikło w ciemności.

Wieża Grand Central

Czerwone kreski na tablicy modelowej w wieży Grand Central pokazały, że skład Pelham One Two Three jest w ruchu, lecz Marino zachował względny spokój.

— Ruszyli w drogę — oznajmił.

W ciągu kilku sekund wiadomość dotarła z komendy policji do wszystkich radiowozów.

Jednocześnie z Marinem pani Jenkins spokojnym głosem mówiła do porucznika Garbera:

— Pelham One Two Three odjechał i obecnie znajduje się mniej więcej sto stóp na południe od miejsca postoju.

Wszyscy piesi funkcjonariusze i radiowozy zostali zaalarmowani.

Pościg, pod ziemią i na powierzchni, skierował się na południe, jak gdyby niewidzialne nici łączyły go ze składem Pelham One Two Three.

Ryder

Longman był tak podenerwowany, że pchnąwszy rurę, potknął się. Utrzymał ją jednak w dłoni, mimo że się zachwiał. Ryder pociągnął go pod ścianę tunelu i przytrzymał mocno z tyłu za drżącą klatkę piersiową. Olbrzymia, przerażająca sylweta wagonu przetoczyła się tuż obok.

Ryder wyjął rurę z bezwładnej dłoni Longmana i cisnął na drugą stronę torów. Odbiła się od filaru i potoczyła na tor prowadzący na północ. Steever i Welcome stali pod ścianą tunelu, oddaleni od nich o długość wagonu.

— Ruszajmy — rzucił Ryder.

Nie czekając i nie odwracając się, pobiegł truchtem w kierunku południowym i zatrzymał się przed białym światłem sygnalizującym wyjście awaryjne. Pozostali dołączyli do niego po chwili.

— Róbmy to żywo — rzekł ostrym tonem Ryder. — Znacie procedurę.

— Zdawało mi się, że coś wypadło przez drzwi na końcu wagonu — oznajmił Steever.

Ryder spojrzał na tory. Światło odjeżdżającego wagonu bledło.

— Jak to wyglądało?

Steever wzruszył ramionami.

— Było duże, coś jak cień. To mógł być człowiek, ale nawet nie jestem pewien, czy to widziałem.

— Jeśli ktoś wyleciał z wagonu, jest gotów do zapakowania do trumny — stwierdził Welcome, po czym uniósł pistolet maszynowy. — Rozejrzeć się? W razie potrzeby go wykończę.

Ryder ponownie spojrzał na tor. Nikogo nie było widać. Popatrzył na Steevera. Bitewne roztrzęsienie? Widywał już osobników, którym pokazywały się duchy, a byli to ludzie równie ograniczeni i pozbawieni wyobraźni jak Steever. Żołnierze na nocnym patrolu wydawali ostrzegawcze okrzyki, mimo że nie było żadnego zagrożenia. Wartownicy wygarniali serie do cieni. Tak, to mogło się zdarzyć Steeverowi, w końcu jest ranny, mogło mu się kręcić w głowie z powodu utraty krwi...

— Zapomnijmy o tym.

— Wykończyłem dzisiaj tylko jednego frajera — rzekł Welcome. — Przydałaby się następna kreska na lufie.

— Nie — odparł Ryder.

— Nie — powtórzył Welcome, przedrzeźniając go. — A może sam chcę decydować o tym, co robię?

— Tracimy czas — rzekł Ryder. — Zaczynajmy.

— Po kolei, tak? — spytał Welcome.

— Jesteś pewien, że na górze jest czysto? — zapytał Longman, zadzierając głowę. — Gliny odjechały?

— Tak — potwierdził Ryder. — Będą śledzili pociąg. — Usłyszał ton zniecierpliwienia w swoim głosie. — Gotowi? Będę wydawał rozkazy.

— Rozkazy — mruknął Welcome. — Sraczka cykoria.

Ryder zignorował jego słowa. Ścisła kolejność była kwestią konieczności, a nie wyboru. W czasie prób, gdy każdy wykonywał czynności samodzielnie, raz po raz zdarzały się drobne pomyłki, dlatego Ryder obmyślił prostą procedurę. Postanowił również, że nie wkroczą do wyjścia awaryjnego w tym miejscu, gdyż jakiś przechodzień mijający kratkę na powierzchni mógłby ich zobaczyć lub usłyszeć.

— Pistolety maszynowe — rzekł zwięźle Ryder. Położył broń na torze; Steever i Longman poszli za jego przykładem, lecz Welcome wciąż trzymał pieszczotliwie swojego thompsona.

— No, dawaj, Joey — ponaglił go Steever. — Potrzebujesz obu rąk do roboty.

— A ty co, adiutant? — zadrwił Welcome, po czym niechętnie odłożył broń.

— Czapki i maski — rozkazał Ryder.

Widok twarzy był niemal szokujący. Wydają się mniej prawdziwe od masek, pomyślał Ryder. Zdziwił się, słysząc, że Welcome wyraża jego myśl:

— Jak na mój gust w maskach wszyscy wyglądaliście lepiej.

— Przebrania — ciągnął Ryder.

Wyjął watę z ust, zanim włożył maskę, a Longman zdjął wtedy okulary. Tylko Steever musiał ściągnąć z głowy siwą perukę, a Welcome zerwać z twarzy wąsy i wymyślnie zakrzywione baki.

— Zdjąć płaszcze, wywrócić na drugą stronę i włożyć ponownie.

Płaszcze miały granatowy kolor i podbicie. Okrycie Welcome'a podszyte było jasnobeżową nieprzemakalną popeliną, Steever miał szarą podpinkę z czarnym futrzanym kołnierzem, a Longman — srebrzystoszarą tweedową w drobną jodełkę. Podbicie płaszcza Rydera było zrobione z czarno-białego tweedu Donegal. Ryder uważnie obserwował, jak wywracają płaszcze na drugą stronę, wkładają i zapinają je, okrywając kamizelki z banknotami.

— Czapki.

Wyjęli z kieszeni nakrycia głowy. Welcome miał szaro-niebieską czapkę golfową z wąskim czerwono-granatowym paskiem, Steever szary kapelusz z wąskim podwiniętym rondem, Longman szarą rosyjską czapkę typu Astrachań, a Ryder brązową sportową z krótkim daszkiem.

— Rękawice.

Wszyscy ściągnęli rękawiczki z rąk i rzucili na ziemię.

— Sprawdzić, czy pistolety są w kieszeniach płaszczy. — Ryder odczekał chwilę. — Dobrze. Portfele. Pokażcie identyfikatory i znaczki.

Miał nadzieję, że ostatnie dwie rzeczy okażą się niepotrzebne, lecz nie można było wykluczyć, że jakiś gliniarz znajdzie się w okolicy i może się do któregoś z nich doczepić i wypytywać. W takim wypadku mieli powiedzieć, że należą do oddziału, który pilnuje tunelu, i okazać policyjne dokumenty. Kosztowały jeszcze więcej niż pistolety maszynowe.

— Nie możesz trochę przyspieszyć? — niecierpliwił się Longman.

— Ten koleżka boi się własnego pierdnięcia — zauważył Welcome.

— Prawie skończyliśmy — rzekł Ryder. — Podnieść pistolety maszynowe, wyjąć magazynki i schować do kieszeni. Odłożyć pistolety. — Ryder nie chciał zostawiać na torach gotowej do użycia broni.

Wszyscy schylili się po thompsony, lecz tylko trzech wyjęło z nich magazynki.

— Nic z tego — powiedział z uśmiechem Welcome. — Zabieram rozpylacz ze sobą.

Wieża Grand Central

Głos Marina zabrzmiał donośnie w ciszy panującej w dyspozytorni:

— Pelham One Two Three minął stację przy Czternastej Ulicy i zbliża się do stacji Astor Place.

— Z jaką prędkością jedzie?

— Powiem tyle, że się porusza. Zdaje się, że z prędkością przejściową.

— Co to znaczy?

— Jakieś trzydzieści mil na godzinę. Czy radiowozy będą się poruszać z tą samą szybkością, jadąc ulicami?

— Nie musimy tego robić. Mamy radiowozy na całej trasie. Przejmują wagon, kiedy wjeżdża na ich teren.

— Jest w połowie drogi między Czternastą a Astor Place.

— Dobra. Melduj na bieżąco.

Kwatera główna sekcji ochrony kolei

Porucznik Garber otrzymał wiadomość od radiowca. Odczytał ją, wsłuchując się w to, co mówiła pani Jenkins. Funkcjonariusz ochrony kolei znajdujący się na stacji przy Czternastej Ulicy zameldował, że Pelham One Two Three przejechał bez zatrzymania.

— ...Pelham One Two Three jest teraz mniej więcej tysiąc pięćset stóp na południe od stacji przy Czternastej Ulicy.

Porucznik Garber wyobraził sobie panią Jenkins na podstawie jej miękkiego, ładnie modulowanego głosu. Widział szczupłą, zwiewną blondynkę tuż po trzydziestce.

— Nawijaj dalej, skarbie — powiedział.

Clive Prescott

Prescott zarzucił próby nawiązania łączności radiowej z Pelham One Two Three. Słuchał głosu pani Jenkins dochodzącego z węzła i myślał o jego właścicielce. Jakieś trzydzieści pięć lat, kawa z mlekiem, rozwiedziona, wyluzowana, kochająca i doświadczona. Wyobraził sobie, że znalazł się w jej wprawnych rękach i od razu zganił się za niewierność wobec żony.

— ...jedzie w stronę przedmieścia z prędkością, którą ocenia się jako przejściową.

To bez sensu, myślał Prescott. Ruch wagonu jest monitorowany na całej długości toru, jak więc mogą liczyć, że unikną pościgu? Idiotyczne. Ale kto powiedział, że kryminaliści to geniusze? Mimo to jak dotąd nie popełnili błędu.

Odwrócił się do konsoli.

— Pelham One Two Three. Centrum dowodzenia do Pelham One Two Three...

Anita Lemoyne

Za minutę wpadnę w histerię, pomyślała Anita. Czy ci gamonie nie umieją liczyć? Wszyscy ględzili o hipisie, który wyskoczył z wagonu, nawet stary fagas, który jej zdaniem był najbystrzejszy z pasażerów.

— Siła rozpędu — oznajmił stary. — Ten człowiek nie mógł przeżyć.

— Dlaczego on to zrobił? — spytał inny pasażer. Po chwili sam udzielił sobie odpowiedzi: — Był nawalony i mu odbiło. Oni często giną w taki sposób.

— Dokąd nas wiozą? — spytała matka dwóch chłopców. — Myśli pan, że niedługo nas wypuszczą, tak jak obiecali?

— Do tej pory spełniali swoje obietnice — odparł starzec.

Anita wstała raptownie.

— Czy wy, głąby, nie umiecie liczyć? Wszyscy czterej wysiedli. Nikt nie kieruje tym pieprzonym pociągiem!

Starzec wydawał się zaskoczony, lecz zaraz pokręcił głową i uśmiechnął się.

— Droga młoda damo, gdyby ci ludzie wysiedli, my stalibyśmy w miejscu. Jeden z nich musi siedzieć w kabinie.

Anita spoglądała to na jedną twarz, to na drugą, wreszcie jej wzrok spoczął na matce chłopców. Ta chyba coś porachowała, bo wygląda na to, że do niej dotarło.

Kobieta wrzasnęła. Był to długi przenikliwy krzyk. Jeśli to ich nie przekona, to nic tego nie uczyni, pomyślała Anita.

21

Tom Berry

Ojciec beształ młodego Toma Berry'ego za jakąś zbrodnię, której ten nie popełnił; krzyczał na niego zimnym głosem, mrożącym krew w żyłach. Matka stawała w obronie syna, lecz jej głos brzmiał dziwnie, przypominał głos mężczyzny. Tom otworzył oczy i ból przerwał sen, lecz głosy nie umilkły. Leżał oparty o filar obok toru i wiedział, że jest ranny. Głowa, ramiona, klatka piersiowa... Dotknął ręką ust; były miękkie i mokre. Przesunął palce do nosa, z którego krew sączyła się powoli na górną wargę. Sięgnął dłonią do czoła i wyczuł olbrzymiego guza. Głosy, które słyszał, niepokoiły go. Uniósł głowę o cal lub dwa i natychmiast się zorientował.

W ciemnym tunelu nie mógł ocenić odległości, lecz widział wyraźnie całą czwórkę. Ustawili się pod ścianą i rozbierali. Nie mieli już na twarzach nylonowych masek, a światło padające z nagich żarówek oświetlało je nierównomiernie, uwydatniając nosy i uszy i podkreślając głębokie cienie w zagłębieniach. Najwięcej mówił dowódca. Berry powoli uświadamiał sobie, do czego dążą. Mieli inne nakrycia głowy i płaszcze, a to oznaczało, że się przebierają. Policja rzuciła się do szalonego pościgu za wagonem, a oni w zmienionych ubraniach wyjdą wyjściem ewakuacyjnym na powierzchnię i po prostu wmieszają się w tłum przechodniów.

Broń. Tom trzymał pistolet w dłoni, kiedy wyskakiwał, ale w pewnym momencie go stracił. Uniósł się na łokciu i rozejrzał, a potem nagle się przeraził i skrył za filarem. Mogli go zobaczyć, biel jego twarzy mogła zwrócić ich uwagę. Nie mógł jednak szukać broni, przyciskając twarz do ziemi. Do diabła z bronią. Broń zawsze można zdobyć, a twarzy nie. Jęknął i w tej samej chwili zdławił ten odgłos. Dlaczego tu jestem? Dlaczego wyskoczyłem? Gdzie miałem głowę?

Porywacze się spierali. W istocie tylko dwóch prowadziło spór. Gniewny głos należał do ogiera. Dowódca przemawiał zimnym, jednostajnym tonem. Dwaj pozostali przyglądali się w milczeniu. Waśń wśród złodziei? Czy teraz zaczną do siebie pruć z pistoletów maszynowych? Jeśli się pozabijają, Tom śmiało podczołga się do nich i zaobrączkuje.

— Aresztuję was. Nie szkodzi, że jesteście martwi. Każdy z was ma prawo do jednego telefonu, niniejszym informuję was o prawach przysługujących wam zgodnie z decyzją Sądu Najwyższego...

Gdzie jest ten gnat? Może leżeć w każdym miejscu tunelu między Czternastą a Dwudziestą Trzecią Ulicą. Gdzie jest moja spluwa? Tom zaczął macać dłonią po brudnym torowisku.

Zastępca komendanta Daniels

Blady prostokąt światła znaczący Pelham One Two Three drgnął, a potem się rozmył. Zastępca komendanta Daniels przetarł oczy, wpatrując się w szybę Woodland One Four One.

— Ruszyli z miejsca — oznajmił maszynista.

— No to na co pan czeka, do cholery! — ryknął Daniels.

— Na pański sygnał, tak jak pan kazał. Ściska pan moją rękę, kapitanie. Nie dam rady prowadzić w ten sposób.

Daniels rozluźnił uścisk.

— Jedź pan. Tylko nie za szybko.

— Oni tam nie marudzą — odparł maszynista, przesuwając drążek. — Wyrwali jak z procy. Widzi pan, jak szybko światła zmieniają się z zielonych na czerwone? Na pewno mam jechać tak wolno?

— Nie chcę, żeby nas zauważyli.

— Przy tej prędkości na pewno nas nie zobaczą. Ani my ich.

— No, to jedź pan prędzej, jeśli tak pan uważa.

— Tak uważam — odparł maszynista.

Przesunął drążek do pozycji przejściowej i pociąg pomknął, ale tylko przez chwilę. Przednie koła wydały metaliczny odgłos, a potem zdawało się, że cały tunel eksploduje. Tylna część wagonu oderwała się od szyn i na ułamek sekundy zawisła w powietrzu, po czym runęła ciężko na ziemię. Olbrzymie koła ześliznęły się po szynach i zaryły w torowisko. Wagon bezładnie kołysał się i podskakiwał, reagując na hamowanie. Zahaczył o kilka filarów, a następnie znieruchomiał w tumanie kurzu i dymu z rozgrzanego metalu.

— Jasny gwint! — rzucił maszynista. Zastępca komendanta stał obok niego, trzymając się za głowę. Miał zamknięte oczy, a spod włosów wypływała strużka krwi i powoli wiła się po czole.

Daniels przepchnął się obok maszynisty i wyszedł z kabiny. Oparł się o drzwi i spojrzał na wagon. Zewsząd dobiegały krzyki, kilku policjantów leżało na podłodze. Wszędzie ścieliła się broń. W wagonie leniwie unosiła się jasna smuga gryzącego dymu.

Funkcjonariusze wstawali powoli. Daniels obserwował ich, czując się dziwnie oddzielony od tej sceny. Jeden policjant przetaczał się z boku na bok, wydając osobliwe tłumione okrzyki i trzymając się za kolano.

— Pomóżcie mu — polecił zastępca komendanta. Chciał coś dodać, ale zgubił wątek. Namacał zakrwawione miejsce na głowie. Nie bolało. Wydawało mu się, że nie może go wyczuć koniuszkami palców.

— Jest pan ranny, sir? — zapytał spokojnym tonem rosły sierżant. — Co się stało?

— Wpadliśmy na pułapkę minową — odparł zastępca komendanta. — Niech pan rozkaże swoim ludziom usiąść. Te japońskie skurczybyki wysadziły nas z toru.

Z rozbawieniem patrzył na zdziwiony wzrok sierżanta. Młody chłopak nie mógł pamiętać wielkiej wojny, nic nie wiedział o pułapkach minowych ani nie znał woni granatu.

— Co mamy robić, sir? Jakie są rozkazy?

— Wylecieliśmy z toru — odparł zastępca komendanta. Jego myśli gdzieś powędrowały. — Pójdę na zwiad. Zostańcie na miejscu.

Wszedł do kabiny. Maszynista siedział na metalowym taborecie i kręcił głową.

— Zameldujcie o wypadku, sierżancie! — rozkazał zastępca komendanta. — Dowiedzcie się, kiedy korpus in-żynieryjny może wprowadzić nas z powrotem na tor albo zapewnić inny transport.

— Ratownicy wyciągną nas stąd w ciągu paru godzin — oznajmił maszynista. — Jaki sierżant? Trochę pan roztrzęsiony, co, kapitanie?

— Nie dyskutujcie, sierżancie. Bierzcie radio i meldujcie.

Zastępca komendanta przeszedł do wagonu i rozsunął drzwi. Kiedy przykucnął, żeby zeskoczyć, odezwał się do niego sierżant:

— Możemy panu jakoś pomóc, sir?

Zastępca komendanta uśmiechnął się i pokręcił głową. Zabawny jest ten nowy gatunek gliniarzy, rozpieszczonych samochodami, partnerstwem i komputerami. Nie wiedzą, że stary gliniarz wychodzi na obchód sam i bez lęku, i biada temu pokrace, który z nim zadrze. Daniels skoczył z wagonu na tor. Zetknięcie z podłożem nieco nim zachwiało, lecz szybko się wyprostował. A potem, splótłszy ręce za plecami i rozglądając się czujnie w prawo i w lewo, wyruszył na rozpoznanie.

Ryder

Ryder mierzył wzrokiem Welcome'a. Po raz pierwszy, odkąd wysiedli z pociągu, milczeli i Ryder usłyszał dziwne odgłosy dochodzące z tunelu: szelesty, zgrzyty, dziwne echa i słabe westchnienia zabłąkanego wiatru. Steever i Longman patrzyli na niego pytającym wzrokiem.

— Zgodnie z ustaleniami wyciągamy magazynki.

Niemal równocześnie ze Steeverem i Longmanem wyjął z pistoletu magazynek i wsunął go do kieszeni płaszcza. Welcome, uśmiechając się, kręcił głową.

Ryder uśmiechnął się łagodnie.

— Rozładuj broń, Joe, żebyśmy mogli stąd wyjść.

— Jestem gotowy — odparł Welcome. — Ja i mój rozpylacz wychodzimy razem.

— Nie możesz go zabrać — powiedział Ryder niezmiennie spokojnym tonem.

— Mój kumpel idzie ze mną. Siła ognia przyda się w razie rozróby, kapujesz?

— Plan ucieczki opiera się na tym, że wyjdziemy niezauważeni. Nie da się tego zrobić, jeśli będziesz niósł pistolet maszynowy.

Spór łącznie ze sformułowaniami, których używał Ryder, był powtórką. Dochodziło do niego kilka razy w ciągu minionych tygodni, ale zdawało się, że Welcome dał za wygraną.

— Nie będę go niósł. — Welcome spojrzał na Steevera i Longmana, jak gdyby szukał u nich potwierdzenia swojej racji. — Schowam go pod płaszcz.

Znów ten stary refren, pomyślał Ryder.

— Nie da się schować pistoletu maszynowego pod płaszczem.

— To jakieś szaleństwo — rzekł piskliwie Longman. — Musimy się stąd ruszyć.

Twarz Steevera nie zdradzała ani irytacji, ani skłonności do opowiedzenia się po którejś ze stron. Longman znów zaczął się pocić. Welcome, uśmiechając się, obserwował Rydera zwężonymi oczami.

— Zostawisz broń? — spytał Ryder.

— Takiego wała, generale.

Wciąż się uśmiechał, gdy Ryder, strzelając z kieszeni, trafił go prosto w gardło. Strzał był bezgłośny, zagłuszyła go gwałtowna eksplozja w tunelu. Welcome runął na ziemię, a Longman oparł się o ścianę. Welcome leżał na boku, nogi mu drżały. Lewą ręką trzymał się za gardło, palce zaczerwieniły się od krwi. Czapka się odtoczyła, długie czarne włosy opadły mu na czoło. W prawej dłoni trzymał pistolet maszynowy. Ryder odkopnął broń na bok. Schylił się, wyjął magazynek i wsunął go do kieszeni. Longman opierał się o ścianę, głośno wymiotując.

Ryder przykucnął, by dokładnie przyjrzeć się Welcome'owi. Ranny miał oczy zamknięte, jego skóra przybrała kolor starego papieru, a oddech zrobił się płytki. Ryder przyłożył swój pistolet do głowy Welcome'a i spojrzał na Steevera.

— Mogliby go znaleźć jeszcze żywego i czegoś się od niego dowiedzieć — rzekł, naciskając spust. Głowa Welcome'a odskoczyła, kawałek zakrwawionej kości oderwał się od niej. Ryder spojrzał na pozbawioną wyrazu twarz Steevera. — Doprowadź Longmana do porządku.

Rozpiął płaszcz zabitego i rozwiązał kamizelkę z pieniędzmi. Krawędź jednej z paczek była zakrwawiona. Ryder chwycił krawędź kamizelki i przetoczył Welcome'a na brzuch, a potem ściągnął ją i wstał z kamizelką w ręku. W tunelu od północnej strony zawisła chmura dymu i kurzu.

Steever podtrzymywał Longmana jedną ręką w pasie, a drugą wycierał chusteczką przód jego płaszcza. Longman wyglądał, jakby był chory. Pobladł, z zaczerwienionych oczu płynęły łzy.

— Rozepnij mu płaszcz — rzekł Ryder.

Longman stał bezwładnie, a Steever odpinał guziki jego płaszcza. Gdy Ryder zbliżył się z kamizelką, Longman się przeraził.

— Ja? Dlaczego ja?

Ryder uświadomił sobie, że strach przeważył nad racjonalnym rozumowaniem i Longman boi się wszystkiego.

— Jesteś najszczuplejszy. Pod twoim płaszczem zmieszczą się obie. Odsuń ręce.

Zawiązując kamizelkę, Ryder czuł niemal obezwładniającą woń wymiocin i strachu. Mimo to metodycznie robił swoje, czując, jak spocone ciało Longmana trzęsie się pod jego rękoma. Na koniec zapiął płaszcz.

— Pociąg wyleciał w powietrze — zauważył mimochodem Steever.

— Tak — odparł Ryder, lustrując Longmana. — W porządku. Myślę, że możemy wychodzić.

Komendant dzielnicowy

— Krótkiego skoku do Union Square nie było w scenariuszu — zauważył komendant dzielnicowy. — I to mnie martwi.

Pędzili na syrenie w stronę przedmieścia, samochody pierzchały z drogi, zjeżdżały ku krawężnikom.

Komisarz podążał innym tropem.

— Wiedzą, że śledzimy każdy ruch ich wagonu. Wiedzą, że patrolujemy całą trasę na powierzchni i zachowują się tak, jakby nie robiło to na nich wrażenia. Nie mogą być aż tak głupi, więc być może są bardzo cwani.

— Mnie też chodzi to po głowie — przyznał komendant. — Ten skok do Union Square. Powiedzieli, że chodziło im o oddalenie się od policjantów zgromadzonych w tunelu. Dlaczego?

— Nie lubią policjantów.

— Wiedzieli już wcześniej, że jesteśmy w tunelu, i nie przeszkadzało im to. Czemu teraz zaczęło im przeszkadzać?

Komendant zrobił długą pauzę.

— No, dlaczego? — ponaglił niecierpliwie komisarz.

— Teraz nie chcą, żebyśmy widzieli, co robią.

— A co robią?

— Nie obchodzi ich, że są śledzeni. Kontynuując ten tok rozumowania, można powiedzieć, że chcą, abyśmy pojechali za nimi aż na przedmieście, zgadza się?

— Jeśli masz jakąś hipotezę, to chcę ją usłyszeć — rzekł komisarz.

— Moja hipoteza jest taka, że nie ma ich w pociągu.

— Domyśliłem się, że masz taką hipotezę. Ale jak pociąg może jechać, skoro ich w nim nie ma?

— Właśnie. Gdyby nie to, wszystko by do siebie pasowało. Cały pościg rusza na południe, a oni zostają przy Union Square i pryskają wyjściem ewakuacyjnym. A gdyby trzech wysiadło, a jeden został, żeby prowadzić pociąg?

— Przestępca altruista, poświęcający się dla innych? Miałeś kiedyś z takim do czynienia, Charlie?

— Nie — przyznał komendant. — Inne, bardziej logiczne rozwiązanie zagadki. Załóżmy, że wykombinowali sposób, by pociąg mógł jechać nawet wówczas, gdy nikogo nie ma w kabinie.

— Jeśli tak, to już są ugotowani — oświadczył komisarz. — Daniels jedzie za nimi ekspresem. Zauważy ich. — Albo i nie. Może zdołali się ukryć, zanim nadjechał. — Komendant pokręcił głową. — Ten krótki, niespodziewany skok.

— Chcesz sprawdzić swoje domysły?

— Tak jest, sir — odparł komendant dzielnicowy. — Za pańskim pozwoleniem. — Komisarz skinął głową, a komendant nachylił się do kierowcy. — Zjedź na następnym skrzyżowaniu i kieruj się do Union Square.

Odezwało się radio.

— Sir, maszynista z pociągu, którym jechał zastępca komendanta Daniels, zameldował, że wagon się wykoleił. Na torze był ładunek wybuchowy.

Komisarz zapytał o ofiary i usłyszał, że jeden policjant został ranny, ale niegroźnie.

— Taki był cel tego krótkiego skoku — powiedział komisarz do komendanta. — Nie chcieli, żeby ktoś widział, jak minują tor.

— Nie skręcaj, jedź tak jak jechałeś — rzucił komendant do kierowcy.

Starzec

Starzec, przywołując wspomnienia i odruchy, z których od dawna nie korzystał, uniósł dłoń (władczą dłoń, która kiedyś była berłem i która domagała się posłuszeństwa w domu i w firmie).

— Proszę się uspokoić. Niech wszyscy się uspokoją.

Zrobił pauzę, by posmakować dreszczyku, poczuć, że znów jest autorytetem. Jednakże zanim ponownie przemówił, stracił posłuch widowni. Rosły mężczyzna, krytyk teatralny, podszedł do drzwi i spróbował poruszyć klamkę drzwi kabiny. Następnie zaczął walić w nie pięścią. Drzwi zadudniły, ale pozostały zamknięte. Mężczyzna odwrócił się raptownie i usiadł na swoim miejscu. Wagon wjeżdżał na stację. Bleecker Street? A może Spring Street, trudno było odczytać napisy. Pasażerowie otworzyli okna i wołali o pomoc do ludzi zgromadzonych na peronie. Tłum odpowiedział gniewnymi okrzykami. Ktoś cisnął gazetą w okno. Gazeta otworzyła się i spadła na peron lawiną kartek.

— Przyjaciele... — starzec wstał i sięgnął ręką do metalowego uchwytu. — Przyjaciele, sytuacja nie jest taka zła, jak się wydaje.

Czarnoskóry mężczyzna prychnął drwiąco w zakrwawioną chusteczkę (w moją chusteczkę, pomyślał starzec), lecz pozostali słuchali z uwagą.

— Po pierwsze, nie musimy już martwić się tymi łotrami. — Kilka twarzy odwróciło się niepewnie w stronę drzwi kabiny. Starzec się uśmiechnął. — Jak zauważyła ta młoda dama, bandyci wysiedli z pociągu. Do widzenia i powodzenia.

— A więc kto nim kieruje?

— Nikt. Jakoś udało im się go uruchomić.

— Wszyscy zginiemy! — krzyknęła rozpaczliwie matka dwóch chłopców.

— Wcale nie — odparł starzec. — To prawda, że siedzimy w wagonie, którym nikt nie kieruje, ale tylko chwilowo. To nie potrwa długo.

Wagon wjechał na łuk i zakołysał się gwałtownie. Koła zgrzytały, opierając się sile pędu. Pasażerowie chwiali się i wpadali jeden na drugiego. Starzec, który trzymał się rozpaczliwie uchwytu, omal nie został oderwany od podłogi. Młody czarnoskóry mężczyzna wyciągnął zakrwawioną rękę, by go podtrzymać. Pociąg wyjechał na prostą.

— Dziękuję — rzekł starzec.

Murzyn zignorował go. Wychyliwszy się w stronę przejścia, skierował palec na dwóch czarnych doręczycieli. Ich twarze były szare jak popiół.

— Bracia, macie ostatnią szansę pokazania, że jesteście mężczyznami.

Chłopcy spojrzeli po sobie ze zdziwieniem.

— Co ty gadasz, facet?

— Bądźcie czarnymi mężczyznami, bracia. Pokażcie tym białasom, że jesteście mężczyznami. Najgorsze, co może się wam przydarzyć, to śmierć.

Tak cicho, że omal go nie zagłuszył szum jadącego pociągu, jeden z chłopców odparł:

— To żadna frajda.

Dziewczyna w kapeluszu wstała.

— Przestańcie wreszcie chrzanić i niech ktoś rozwali te drzwi, na litość boską.

— Panie i panowie. — Starzec uniósł rękę. — Wysłuchajcie mnie, proszę. Tak się składa, że wiem to i owo o metrze i powiadam wam, że nie ma powodu do obaw.

Uśmiech starca wyrażał pewność siebie. Pasażerowie znów na niego spojrzeli z zaniepokojeniem, ale i nadzieją. Tak patrzyli jego synowie, gdy chcieli go poprosić o kupienie nowej rękawicy do gry w baseball, tak patrzyli pracownicy, oczekując zapewnienia, że mimo wielkiego kryzysu nikt nie zostanie zwolniony.

— Mówi się, że jest to najbezpieczniejsze metro na świecie. Tory są wyposażone w urządzenia zwane spowalniaczami. Ilekroć pociąg przejeżdża na czerwonym świetle, spowalniacze podnoszą się automatycznie i zatrzymują pociąg! — Mężczyzna rozejrzał się triumfalnie. — Tak więc niebawem przejedziemy na czerwonym świetle, spowalniacze uniosą się i ciach! — pociąg się zatrzyma.

Wieża Grand Central

— Pelham One Two Three przejeżdża przez stację Canal Street. Wciąż porusza się z tą samą prędkością.

W dźwięczącej ciszy, która zaległa w dyspozytorni, słychać było tylko głos pani Jenkins. Marino smakował swoje niespieszne, wypowiadane z zawodową wprawą słowa.

— Słyszę cię — powiedział policyjny dyspozytor. — Mów dalej.

— Potwierdzam — rzekł zwięźle Marino. — Jeszcze cztery stacje i wagon wjedzie na South Ferry.

22

Tom Berry

W chwili wybuchu Tom Berry skulił się na torze i doznał jeszcze jednej drobnej kontuzji. Uderzył kolanem w coś twardego i zdrętwiała mu noga. Pocierając ją, uniósł głowę o cal lub dwa i zobaczył, że jeden z porywaczy leży na torze. Był to latynoski kochaś. Berry pomyślał, że powalił go podmuch eksplozji. Nagle zauważył, że dowódca wygładza dłonią płaszcz, i zrozumiał, że strzelił z kieszeni płaszcza do kochasia.

Nagle Berry z nadzieją uzmysłowił sobie, czym był przedmiot, o który uderzył się w kolano. Gorączkowo przesunął dłonią po torowisku i natknął się na pistolet.

Przetoczył się na brzuch, wciąż ukryty za filarem, i oparł krótką lufę trzydziestkiósemki na lewym nadgarstku. Chciał wziąć dowódcę na cel, ale ten zniknął. Po chwili Tom zobaczył go ponownie, gdy schylał się nad leżącym kochasiem. Usłyszał huk wystrzału i głowa kochasia odskoczyła w bok. Dowódca rozpiął mu płaszcz i coś z niego zerwał. Była to kamizelka z pieniędzmi. Po chwili włożył ją przez głowę najniższemu z porywaczy i zapiął mu płaszcz.

Tom miał problemy z widzeniem. Na moment zacisnął mocno powieki, by usunąć warstewkę płynu, która zebrała się na oczach. Kiedy je otworzył, niski porywacz znikał w otworze w ścianie tunelu, a siłacz podążał tuż za nim. Berry wycelował w szerokie plecy porywacza i pociągnął za spust. Siłacz drgnął konwulsyjnie i runął do tyłu. Tom błyskawicznie przesunął pistolet w bok, szukając wzrokiem dowódcy, lecz ten zniknął z pola widzenia.

Anita Lemoyne

Anita Lemoyne, kołysząc się, przeszła do przedniej części wagonu. Starzec, samozwańczy prorok, wciąż pełnił swoją misję. Anita stanęła mocno na nogach i wyjrzała przez okno. Tory, tunel, słupy — wszystko śmigało za szybą, jak gdyby wciągał je jakiś gigantyczny odkurzacz. Stacja z tłumem ludzi przemknęła niczym oaza świateł. Dwie nazwy. Brooklyn Bridge—Worth Street? Trzy lub cztery przystanki do South Ferry, ostatniej stacji. I co później?

— Nigdy nie przypuszczałem, że te pociągi tak szybko jeżdżą.

Krytyk teatralny stał obok Anity, mocno nad nią górując. Był lekko przygarbiony i sapał, jak gdyby podtrzymywanie takiej masy ciała stanowiło poważny wysiłek. Miał twarz zaczerwienioną od alkoholu i niebieskie oczy, których spojrzenie· wyrażało zarazem niewinność, jak i świadomość. Niewinność jest na pokaz, a świadomości nie sposób do końca ukryć, pomyślała Anita.

— Boisz się? — spytał mężczyzna.

— Słyszałeś tego starego. Zna się na metrze. Tak mówi.

— Hm, tak się zastanawiałem... — Krytyk patrzył z jeszcze większą niewinnością, ocierając się lekko o Anitę. — Pracowałaś kiedyś w teatrze?

Mężczyźni. No cóż, czas szybciej upłynie.

— Dwa lata.

— Tak myślałem. — Sapanie ustało. — Dużo oglądam, ale byłem pewien, że widziałem cię już kiedyś w teatrze. Nie wiem tylko gdzie.

— Byłeś kiedyś w Cleveland w Ohio?

— Pewnie. Pracowałaś tam?

— W teatrze Little Gem? Tam pracowałam. Stałam przy drzwiach i sprzedawałam popcorn.

— Żartujesz.

Krytyk się roześmiał i wykorzystał kołysanie pociągu, by odbić się od tyłka Anity. Z przyzwyczajenia, niemal odruchowo odpłaciła mu tym samym. Mężczyzna znów zaczął sapać.

— Któż by żartował w takiej chwili? Za pięć minut wszyscy możemy nie żyć.

Mężczyzna wycofał się.

— Nie wierzysz temu facetowi? Powiedział, że zatrzymamy się po przejechaniu czerwonego sygnału.

— Jasne, że mu wierzę. — Anita wskazała palcem na okno. — Wyglądam czerwonego światła, ale widzę same zielone.

Oparła się mocniej tyłkiem o krytyka. Właściwie czemu nie? To może być ostatni raz. Wygięła plecy i poczuła, że facet staje na wysokości zadania. Odbijając się lekko od niego, by podtrzymać jego zainteresowanie, patrzyła na błyskawicznie sunący za oknem pejzaż. Przemknęli obok Fulton Street i znów znaleźli się w tunelu. Jak okiem sięgnąć, wszystkie światła były zielone.

Funkcjonariusz ochrony kolei Roth

Harry Roth zadzwonił do kwatery głównej, gdy tylko wagon przemknął obok stacji Fulton Street.

— Pociąg właśnie przeleciał.

— Dobrze. Dziękuję.

— Zauważyłem coś dziwnego. Powiedzieć?

— Innym razem.

— Mówię poważnie. Nie widziałem nikogo na miejscu maszynisty.

— O czym ty, do cholery, bredzisz?

— Nie widziałem nikogo w kabinie maszynisty. Przednia szyba jest wybita, tak mi się zdawało, a w kabinie nikogo nie było. Stałem na samej krawędzi peronu, a mimo to nikogo nie dostrzegłem. Przykro mi, mówię o tym, czego byłem świadkiem.

— Nie wiesz, że pociągi nie mogą same jeździć ze względu na czuwak?

— Dobrze, przepraszam.

— Naprawdę zdawało ci się, że w kabinie nikogo nie było?

— Może maszynista się schylił.

— Powiedzmy, że się schylił. Bez odbioru.

— Wiem, co widziałem — rzekł do siebie Roth. — Jeśli mi nie wierzy, kij mu w tył. Trudno.

Ryder

Filar zapewniał pozycję obronną, lecz obrona nie wchodziła w grę. Tego, który strzelił, należało zabić, i to szybko, jeśli Ryder chciał się dostać do wyjścia awaryjnego. Kiedy padł strzał, Ryder zareagował instynktownie. Czując, że nie zdoła wskoczyć do wyjścia, nie zostając trafiony, schylił się i przebiegł do filaru po drugiej stronie toru. Strzał padł z kierunku południowego, a ponieważ na torze nie było nikogo widać, Ryder przyjął założenie, że strzelający także ukrył się za filarem. Nie marnował energii na spekulacje co do tożsamości wroga ani na robienie sobie wyrzutów. Jedno i drugie nie miało znaczenia. Mógł to być policjant bądź pasażer — Steeverowi zdawało się, że ktoś wyskoczył z pociągu — lecz bez względu na to, kim był, należało się go pozbyć.

Ryder zerknął w stronę wyjścia. Longman stał w otworze i gapił się. Ryder skierował na niego palec, a potem kilkoma ruchami pokazał, że ma się wspinać. Longman wciąż tkwił w tym samym miejscu. Ryder powtórzył gest w jeszcze bardziej zdecydowany sposób. Longman zawahał się przez chwilę, a potem odwrócił się do drabiny. Steever leżał tam, gdzie upadł. Runął na wznak z taką siłą, że mógł złamać sobie kręgosłup, nawet gdyby nie strzaskał go pocisk. Otwarte oczy poruszały się na tle nieruchomej twarzy; Ryder był pewien, że Steever jest sparaliżowany.

Przestał myśleć o Longmanie i Steeverze i zajął się swoim problemem. Wróg wiedział dokładnie, gdzie znajduje się Ryder, a on miał tylko ogólne pojęcie o miejscu, w którym może się ukrywać. Należało więc wybadać pozycję wroga, a można było to zrobić jedynie za pomocą ruchu, który w innych okolicznościach byłby niepotrzebnym ryzykiem. Ryder sprawdził pistolet, a potem wysunął się zza krawędzi filaru. Strzał padł momentalnie, Ryder wypalił prosto w błysk z lufy. Strzelił jeszcze dwukrotnie, a potem schronił się za filarem. Natężył słuch, ale niczego nie usłyszał.

Nie mógł wiedzieć, czy trafił, a zatem znów musiał zaryzykować. Wróg nie da się nabrać drugi raz na ten sam fortel, na manewry nie było czasu. Ryder wyszedł zza filaru i przebiegł do następnego. Cisza. Albo trafił wroga, albo tamten czekał na moment, by strzelić pewnie. Ryder przeskoczył do kolejnego filaru. Znów nie było strzału. Zmniejszył odległość o jedną trzecią i ujrzał przeciwnika. Leżał rozciągnięty na torze; filar zasłaniał tylko jego nogi i Ryder już wiedział, że jest ranny, nie wiedział tylko jak poważnie. Był przytomny, bo próbował podnieść głowę, ale nikt w takiej sytuacji nie oczekuje prezentów, trzeba się zadowolić przewagą. Ryder miał ją teraz i musi to wykorzystać.

Wyszedł zza filaru i środkiem toru ruszył w stronę wroga. Ten wyprostował prawą rękę; Ryder ujrzał pistolet leżący kilka cali od wyciągniętych palców. Wróg zobaczył lub usłyszał Rydera i chciał dowlec się do pistoletu, lecz osunął się na ziemię.

Broń leżała poza jego zasięgiem.

Starzec

Kiedy Pelham One Two Three przejechał stację Wall Street, pasażerowie znów się ożywili i obstąpili starca.

— Gdzie są te czerwone światła?

— Nie zatrzymujemy się! Wszyscy zginiemy!

Młoda matka wydała przeraźliwy, rozdzierający krzyk, który trafił do serca staremu mężczyźnie. Tak samo krzyczała sześćdziesiąt pięć lat temu jego matka, gdy jego brat, jej najstarszy syn, został potrącony przez trolejbus.

— Będzie czerwone światło! — zawołał. — Musi być!

Odwrócił się do dziewczyny, która stała w przedniej części wagonu. Ta pokręciła głową.

— Pociąg na pewno się zatrzyma — rzekł niepewnie starzec. Pojął, że jego życie jest skończone. Inni zginą w wypadku, a on już zakończył życie porażką.

Tom Berry

Pierwszy pocisk trafił Toma w uniesioną prawą rękę i wyrwał mu z dłoni pistolet. Drugi uderzył przed nim, odbił się i trafił go poniżej klatki piersiowej. Tom przechylił się w lewą stronę i upadł na tor. Leżał w wilgotnej cieczy, a jego umysł nie chciał przyznać, że to krew.

Incydent z utratą broni powtarzał się. Freudowska pomyłka? Stracił go, bo chciał stracić? Tym razem go nie zgubił, bo broń leżała na widoku, w odległości dwóch długości ramienia. Ale równie dobrze mógł ją zgubić, gdyż była poza jego zasięgiem.

Widział, jak zbliża się doń dowódca porywaczy. Szedł spokojnie i niespiesznie, z pistoletem w opuszczonej ręce. Z jaką prędkością się porusza, kiedy dotrze do celu? Dokładnie tyle życia mi zostało. Mógł się zatrzymać, dobrze przymierzyć do strzału i wykończyć go (wszak trafił trzy razy z większej odległości), ale szedł dalej. Berry pomyślał, że facet jest chorobliwym perfekcjonistą. Dobije go w tradycyjny sposób, przystawiając lufę do skroni; tak samo wykończył świętej pamięci kumpla, kochasia. Tom mógł być pewny, że porywacz dokona dzieła z wprawą, bez zamieszania i ociągania. Trwająca ułamek chwili potworna czerwona eksplozja, a potem spokój. Co wspaniałego jest w spokoju? Co jest tak kurewsko wspaniałego w tego rodzaju spokoju?

Szlochał, kiedy dowódca porywaczy stanął nad nim. Mógł przyjrzeć się zwyczajnym, pozbawionym fasonu czarnym butom. Porywacz zaczynał się schylać. Berry zamknął oczy. Czy ona po mnie zapłacze?

Ktoś krzyknął w tunelu.

Funkcjonariusz Severino

Na stacji Bowling Green funkcjonariusz ochrony kolei Severino stał tak blisko krawędzi peronu, że Pelham One Two Three otarł się o niego, zostawiając na jego mundurze plamę brudu i kurzu. Zajrzał prosto do kabiny, a gdy zadzwonił do kwatery głównej, jego meldunek, zwięzły i beznamiętny, nie zostawił miejsca na najmniejszą wątpliwość:

— W kabinie nikogo nie ma. Powtarzam, w kabinie nikogo nie ma. Okno wybite, kabina pusta.

Zastępca komendanta Daniels

Sceny zmieniały się w głowie zastępcy komendanta Danielsa tak, jak to się dzieje podczas drzemki. W jednej chwili znajdował się na Iō-jimie ze swoją starą dywizją — dobra stara Statua Wolności, dobra stara siedemdziesiątkasiódemka — Japończycy zasypywali ich gradem pocisków, a trafieni koledzy wrzeszczeli wniebogłosy. A w następnej był znowu w tunelu metra, czując na twarzy dotknięcie cuchnącego wiatru.

Przede wszystkim jednak jak za dawnych czasów szedł na zwiad. Trzecia Aleja, lata trzydzieste. Dokoła wciąż mnóstwo Irlandczyków, lecz dominowali Armeńczycy. W aptece stał doktor Bajian, w spożywczym Menjes, a Maradian w Near East Food Store. Daniels nie mógł jeść jego rzeczy: zbyt pikantne, za bardzo korzenne. Nie, Menjes był Grekiem... Szeregi krzyży, parę znajomych nazwisk w jasnym blasku słońca Iō-jimy. Też nie. To zdjęcie zobaczył kiedyś w gazecie, mogiły dzielnych żołnierzy z 77. Dywizji, którzy polegli na Iō-jimie... Krwawił z rany na czole. Nic poważnego, nawet nie bolało. Japoniec zawadził go kolbą karabinu?

Jakiś mężczyzna szedł przed nim ulicą. Daniels zmarszczył czoło i przyspieszył kroku. Był w tunelu, a przed nim jakiś mężczyzna zmierzał powoli torem kolei lokalnej w kierunku południowym. W swoim rewirze Daniels znał z widzenia każdego mieszkańca. Tego mężczyzny nie rozpoznawał. Nie podobał mu się sposób, w jaki szedł. Czego on tu szuka tak późno w nocy? Nie robił nic podejrzanego, lecz instynkt obudził się, ten instynkt starego gliny, który na odległość zwęszy łobuza. Dogonić go i skontrolować.

Mężczyzna na torze. Coś trzyma w dłoni. Pistolet? Możliwe, że to pistolet. Nikt nie ma prawa paradować z bronią w jego rewirze, rewirze bystrego, ambitnego gliny, który zamierza pokonać całą drogę w hierarchii i zostać zastępcą komendanta dzielnicowego. Daniels wyjął rewolwer z kabury. Tamten przystanął. Spojrzał w dół. Pochyla się nad kimś...

— Hej! Nie ruszaj się! Rzuć broń!

Mężczyzna odwrócił się schylony. Zastępca komendanta zobaczył błysk z lufy. Odpowiedział ogniem na ostrzał i grzmot na pogrążonym w nocnej ciszy tunelu wyrwał go ze wspomnień i otrzeźwił. Prowadził wymianę ognia z bandytą, który włamał się do baru Pauliego Ryana...

Ryder

Ryder nie miał czasu na ostatnią myśl. Zginął momentalnie, czując metaliczny posmak na języku, od pocisku kalibru .38, który wbił się tuż poniżej podbródka, strzaskał zęby i podniebienie, a następnie skręcił do góry i przez jamę ustną wdarł się do mózgu.

Zastępca komendanta Daniels

Niezła strzelanina, pomyślał Daniels. Całkiem jak trzydzieści pięć lat temu, kiedy zabił uzbrojonego bandytę usiłującego obrabować bar Pauliego Ryana. Dostał za to pierwszą pochwałę, a na dodatek Paulie przysyłał mu w każde Boże Narodzenie pełną skrzynkę whisky przez piętnaście lat, aż do swojej śmierci. Później bar przejął jego wykształcony syn, który miał głowę pełną wydumanych pomysłów, i ani mu się śniło dotrzymywać zobowiązań ojca.

Zabawne, że wszystko się powtórzyło. I co on właściwie robi w tunelu metra?

Zbliżył się do trafionego bandyty, leżącego twarzą do góry, z otwartymi oczyma, które spoglądały na sklepienie tunelu. Tunel? Zastępca komendanta pochylił się nad bandytą, choć nie było czego oglądać: martwy, elegancko ubrany facet z pokiereszowaną, zakrwawioną gębą. Ten nie popełni już żadnego przestępstwa i nie będzie strzelał do policjanta.

Daniels spojrzał na biedną ofiarę kryminalisty. Też zakrwawiona, ale żywa. Lśniące jasne włosy do ramion, gołe palce widoczne między paskami sandałów trochę brudne, ale co zrobić, chodniki w mieście nie błyszczą czystością. Przyklęknął obok.

— Za minutę będzie tu karetka, panienko.

Twarz skrzywiła się, oczy zwęziły, a usta nieco rozchyliły. Daniels nachylił się mocniej, żeby usłyszeć szept. Jednakże zamiast słów z ust wydobył się śmiech, zaskakująco gromki i donośny jak na taką młodą dziewczynę.

23

Clive Prescott

Prescott nie miał pojęcia, w jaki sposób pociąg może jechać bez maszynisty trzymającego dłoń na drążku z czuwakiem, rozumiał jednak, że porucznik Garber ma powody do pośpiechu. Rzucił słuchawkę i z krzykiem podbiegł do Corrella.

— Nikt nie kieruje pociągiem! — zawołał mu prosto w twarz. — Trzeba go zatrzymać!

— Pociąg nie może sam jechać — odparł Correll.

— Ten jedzie sam. W jakiś sposób oszukali mechanizm, pociąg jedzie bez maszynisty. Nie kłóć się. Prawie dojeżdża do South Ferry, zakręci do Bowling Green i wbije się w tył pociągu, który tam stoi. Możesz zapalić czerwone światło i spowolnić go? Pospiesz się, na litość boską!

— Jezu wszechmogący — powiedział Correll. Prescott miał pewność, że teraz mu uwierzył. — Wieża może go zatrzymać, jeśli jest czas.

Obrócił się do konsoli i właśnie w tym momencie w głośniku odezwał się głos z wieży Nevins Street.

— Pelham One Two Three właśnie minął stację South Ferry, porusza się z prędkością około trzydziestu mil w kierunku pętli...

Prescott jęknął. Ale Correll z niewiadomych powodów nagle uśmiechnął się szeroko.

— Nie ma obawy, zatrzymam skurczybyka. — Podwinął rękawy niczym iluzjonista, zamachał rękami w powietrzu i zawołał: — Czary mary! Pelham One Two Three, koordynator nakazuje ci zatrzymać się!

Prescott rzucił się na Corrella i zaczął go dusić.

Dopiero czterech dyspozytorów zdołało rozewrzeć palce zaciśnięte na szyi Corrella, a jeszcze więcej było potrzebnych, by Prescotta przewrócić i przygwoździć do podłogi. Dopiero gdy trzech siedziało na nim, a dwóch trzymało go za ręce, powiedzieli mu o sygnale czasowym.

— Na pętli jest wyłącznik czasowy — tłumaczył spokojnie dyspozytor z wypalonym cygarem w ustach. — Jeśli pociąg wjedzie na pętlę ze zbyt dużą prędkością, tak jak ten, wyłącznik zapala czerwone światła, uruchamiają się spowalniacze, pociąg hamuje i staje.

Leżący pośrodku drugiej grupki Correll trzymał się za gardło i charczał.

— On o tym wiedział — rzekł siwowłosy mężczyzna, skinieniem głowy wskazując Corrella. — To był taki mały żarcik.

Gniew Prescotta ostygł, lecz nie wygasł do końca.

— Właśnie dlatego chciałem go udusić. Nie znoszę jego małych żarcików.

Komendant dzielnicowy

— Przyrządy ustawione i nikogo nie ma w kabinie?! — ryknął komendant dzielnicowy, słysząc w radiu powtórzony meldunek.

— Tak jest, sir. Właśnie tak.

Komendant dzielnicowy nachylił się do kierowcy.

— Wracamy na Union Square. Gaz do dechy, nie przejmuj się ograniczeniami prędkości.

Limuzyna skręciła w prawo, przejeżdżając dwoma kołami po krawężniku.

— Trzeba było iść za przeczuciem — rzekł komendant do komisarza. — Oni tam są.

— Byli tam, Charlie. Wykiwali nas.

— Prędzej, prędzej! — poganiał komendant dzielnicowy.

— Będzie tam przed nami kilkanaście radiowozów — zauważył komisarz. — Ale oni też się spóźnią.

Komendant dzielnicowy uderzył pięścią w pięść, skręcając lewy nadgarstek i kalecząc dwa knykcie.

Anita Lemoyne

Ktoś przeklinał starca, a gdy Anita zerknęła przez ramię, co się dzieje, co najmniej tuzin pasażerów rzucił się ku tylnej części wagonu. Krytyk teatralny wciąż stał przyciśnięty do niej, lecz jego maszt opadł do połowy, a potem całkowicie. Wymamrotał coś i odszedł. Anita patrzyła, jak zmierza na koniec wagonu.

Starzec siedział ze schyloną głową, usta mu drżały. Dlaczego on, u diabła, szlocha? Stary człowiek i jego czerwone światła, których nie ma. Mało miał życia? Obok niego siedział wojowniczy Murzyn — wyprostowany, trzymając wysoko głowę i bujając nogą, która spoczywała na drugiej. No dobra, ten przynajmniej odejdzie w dobrym stylu. On i ja, dumny czarny ogier, straceniec, i starzejąca się biała dziwka. A, jeszcze stara pijaczka, która wciąż spała, śliniąc się. Pogrążona w brudzie i smrodzie śniła o następnej butelce. Niezła trójca.

Wagon wtoczył się na stację South Ferry i za oknami znów ukazała się znana już scena z tłumem zgromadzonym na peronie i wymachującym pięściami. Po chwili wagon zanurzył się w ciemnym tunelu. I co teraz? Anita zobaczyła, że tunel skręca i już wiedziała, co będzie dalej. Jechali za szybko, nie wyrobią się. Koła ześlizną się z szyn, wagon wbije się w ścianę, w filary... Anita rozstawiła szerzej nogi. Dokładnie na wprost ukazało się czerwone światło, a pod nim białe. A więc jednak stary miał rację. Ale jest za późno, wagon już wjeżdżał na łuk...

Poczuła mocne szarpnięcie pod stopami i rzuciło ją na okno. Rozległ się syk, z tylnej części wagonu dobiegły krzyki. Za oknem wszystko przesuwało się coraz wolniej: tor, filary, ściany... Wagon zatrzymał się.

Zapadła cisza, a w następnej chwili rozległy się radosne okrzyki. No cóż, ludziska, pożyjemy, żeby przepieprzyć jeszcze jeden dzień, pomyślała Anita. Odwróciła się i oparła o drzwi. Starzec spoglądał na nią, próbując się uśmiechnąć.

— A nie mówiłem, że pociąg się zatrzyma, młoda damo?

Wojowniczy Murzyn odsunął od twarzy zakrwawioną chusteczkę i wcisnął starcowi do ręki.

— Spal tę szmatę, frajerze, bo ma na sobie krew czarnucha.

Pijaczka beknęła i otworzyła oczy.

— Czterdziesta Druga?

Oto puenta, pomyślała Anita. Ta stara pijaczka palnęła puentę. Otworzyła portmonetkę i rzuciła dziesięć dolarów na rozłożone kolana, zakryte postrzępionymi, obłąkańczo kontrastującymi szmatami.

Longman

Przez kratkę wyjścia awaryjnego dochodziły odgłosy ulicy. Longman ruszył do góry, lecz dokładnie nad jego ręką pojawił się czyjś but. Longman znieruchomiał, but zniknął. Longman podciągnął się wyżej i obiema rękami wypchnął kratę. Zardzewiałe zawiasy zaskrzypiały i na Longmana pospały się ziarniste drobiny. Jednakże trzymał kratę mocno i parł do góry. Gdy jego głowa znalazła się na poziomie gruntu, usłyszał strzały na dole. Na moment znieruchomiał, a potem znów się podciągnął i po chwili wyszedł na ulicę.

Stojąc twarzą do muru otaczającego park, a tyłem do chodnika, opuścił powoli kratę i zwolnił uchwyt dopiero wtedy, gdy zawisła cal nad ziemią. Opadła z metalicznym odgłosem, wzbijając kurz. Kilku przechodniów spojrzało na Longmana, ale żaden się nie zatrzymał ani nie spojrzał po raz drugi. Słynna nowojorska obojętność, pomyślał z zachwytem Longman, po czym przeszedł na wschodnią stronę ulicy i włączył się w tłum pieszych przepływający obok Kleina. W oddali, przy Siedemnastej Ulicy, zauważył policyjny radiowóz. Stał w poprzek, a jakiś mężczyzna opierał się o okienko i rozmawiał z gliniarzem. Patrząc prosto przed siebie, Longman przyspieszył kroku i skręcił w Szesnastą Ulicę. Szedł na wschód, siłą woli zmuszając się do tego, by zwolnić. Przy Irving Place skręcił w lewo, przeszedł na drugą stronę ulicy i minął zniszczony, bezbarwny kopiec cegieł, jakim jest Irving High School. Koło wejścia kręciła się grupa dzieciaków: młoda Chinka z jaskrawo uszminkowanymi ustami, ubrana w bardzo kusą spódniczkę, czarnoskóra dziewczyna i dwóch czarnych chłopaków w skórzanych kurtkach.

Kiedy Longman przechodził obok, jeden z chłopaków zbliżył się do niego.

— Hej, facet, rzuciłbyś coś młodym obiecującym uczniom?

Longman otarł się o wyciągniętą rękę. Chłopak mruknął coś pod nosem i odszedł. Longman szedł dalej. Przed nim znajdował się metalowy parkan i ogołocone drzewa Gramercy Park. Pomyślał o Ryderze i o strzałach, które usłyszał, wspinając się po drabinie do wyjścia. Ryderowi nic nie będzie, powiedział sobie. Czuł dziwną niechęć do myślenia o tej sprawie, więc świadomie usunął kwestię strzelaniny z głowy. Przy Osiemnastej Ulicy skręcił na wschód.

Przeszedł Trzecią Aleję, a potem Drugą, nad którą górowały masywne gmachy Stuyvesant Town. Znalazł się przed swoim domem — brzydką kamienicą o szarej fasadzie i z odrapanym wejściem. Z okien wyglądali ludzie i psy, tak samo znudzeni i zamyśleni. Obok ślepych, zamkniętych na głucho drzwi wszedł po schodach na pierwsze piętro. Pogmerał w kieszeni w poszukiwaniu kluczy, otworzył trzy zamki po kolei od dołu do góry, wszedł do środka i zamknął zamki w kolejności od góry do dołu.

Pokonawszy wąski przedpokój, znalazł się w kuchni i odkręcił kran. Czekając ze szklanką w dłoni, aż popłynie zimna woda, nagle wydał dziki, samotny okrzyk triumfu.

Anita Lemoyne

Mniej więcej pięć minut po zatrzymaniu się wagonu Anita zobaczyła, że głównymi drzwiami wchodzi do środka dwóch mężczyzn. Pierwszy, ubrany w prążkowany mundur maszynisty, otworzył kluczem drzwi kabiny i wszedł do niej. Drugim mężczyzną był policjant miejski.

Policjant uniósł rękę, powstrzymując pasażerów, którzy stłoczyli się wokół niego.

— Nic nie wiem — powtarzał. — Za kilka minut zabierzemy państwa z pociągu. Nic więcej nie zamierzam powiedzieć...

Wagon ruszył i po paru minutach zatrzymał się w oświetlonej części stacji Bowling Green. Anita wyjrzała przez okno.

Na peronie stali ustawieni w rządek gliniarze ze złączonymi ramionami, powstrzymując napierający tłum. Mężczyzna w mundurze konduktora stał obok wagonu z jakimś kluczem w dłoni. Drzwi rozwarły się z trzaskiem. Szpaler policjantów okazał się bezsilny wobec tłumu, który uderzył potężną falą i wepchnął ich do środka.

24

Clive Prescott

Prescott wyszedł o osiemnastej. Było ciemno, w górze wisiało odświeżone deszczem powietrze, które miasto czasem przyodziewa w czasie zimnej, rześkiej pogody i które niczym lśniąca pokrywa maskuje jego brzydotę. Zanurzył głowę w wodzie i tarł ręcznikiem, aż zaczęła go piec skóra; to jednak nie pomogło przezwyciężyć zmęczenia. Spojrzał na ogromne, tchnące godnością budynki, przejęte przez miasto, opuszczone, emanujące bladą poświatą nocnego oświetlenia. Prawnicy, prawodawcy, sędziowie i politycy wzięli nogi za pas. Na ulicach znajdowała się zaledwie garstka ludzi, a wkrótce i oni znikną i zostaną jedynie pijacy, opryszki i bezdomni, myśliwi i zwierzyna.

Na Fulton Street sklepy były już zamknięte lub zamykały się, i niebawem całe centrum handlowe — które wydziedziczeni, czyli ludzie jego rasy oraz portorykańscy parweniusze, dostali w spadku po tych, którzy woleli stracić, niż się podzielić — też będzie opuszczone. Supermarkety zostały zabarykadowane, ich strażnicy byli czujni, założyli alarmy, by odstraszyć intruzów. Sprzedawczyni gazet za-

353

mykała stoisko; była to kobieta w baśniowym wieku, o niesłychanej żywotności. Prescott odwrócił wzrok od ogromnych tytułów.

Jakiś czarny chłopak w kowbojskim kapeluszu i czerwonej skórzanej kurtce podetknął mu coś pod nos.

— Gazeta Panter, bracie.

Prescott pokręcił głową i poszedł dalej. Chłopak zrównał z nim krok. Za dnia ulice roiły się od młodych Murzynów sprzedających gazetę Panter. Nie widać było, żeby ktoś ją kupował. Może sprzedawali sobie nawzajem? Nie, powiedział do siebie ostro, nie odcinaj się. Masz coś lepszego, w co możesz wierzyć?

— No, facet, dowiedz się, o co w tym wszystkim chodzi. Dalej chcesz być popychadłem Charleya?

Prescott odepchnął szorstko gazetę. Chłopak gapił się na niego. Prescott poszedł dalej, lecz nagle się zatrzymał.

— Wezmę.

— Jasna sprawa.

Wsunął gazetę pod pachę. Po drugiej stronie ulicy znajdował się sklep z płytami. Był zamknięty, światła były przyciemnione, a z głośnika nad oknem płynęła głośna hardrockowa muzyka. Czyżby właściciel zapomniał wyłączyć nagłośnienie? Czy ten dudniący bas i przeciągłe głosy nie zamilkną przez całą noc i zatrują nieruchomą ciszę poranka?

Jestem chory, pomyślał Prescott, rzygam gliniarzami, kryminalistami, ofiarami i gapiami. Rzygam gniewem i krwią. Rzygam tym, co stało się dzisiaj i co stanie się jutro. Rzygam białym i czarnym, moją robotą, przyjaciółmi i rodziną, miłością i nienawiścią. A przede wszystkim rzygam sobą, rzygam tym, że rzygam niedoskonałością tego świata, którego nikt nie próbuje naprawić, nawet gdyby wiedział, jak się do tego zabrać. Gdybym był wyższy o trzy cale. Gdybym miał lepszy rzut z dystansu. Gdybym był biały. Albo naprawdę czarny. Jedyną rzeczą, której nikt nie mógł mu odebrać, były jego rajdy. Bez cienia strachu przedzierał się z piłką środkiem boiska, pogardliwie traktował dryblasów, którzy na niego czyhali. Czekali na chwilę, kiedy będą mogli założyć mu czapę, gdy zawiśnie w powietrzu, a piłka łukiem poleci już w stronę kosza. Bum! Ale on wchodził za każdym razem, sadząc długimi susami na ścianę wyczekujących drągali...

Zwinął gazetę Panter w niby-kulę, przykucnął, złożył się i rzucił pięknym hakiem w szyld sklepu. Dwa punkty. Bezdomny wyszczerzył zęby w uśmiechu i zaklaskał, a potem wyciągnął brudną rękę. Prescott przepchnął się obok niego. Jutro poczuje się lepiej. Ale co będzie pojutrze i jeszcze pojutrze? Mniejsza z tym. Jutro poczuje się lepiej, bo gorzej nie sposób się czuć. Dobre i to.

Detektyw Haskins

Detektyw drugiego stopnia Bert Haskins, który pomimo angielsko brzmiącego nazwiska był stuprocentowym Irlandczykiem, uważał kiedyś detektywistyczną robotę za najwspanialszą, jaką człowiek może wykonywać. Było tak przez mniej więcej tydzień. Później, wyleczony z wszelkich wyobrażeń o błyskotliwej dedukcji, konfrontacjach twarzą w twarz z zajadłymi przestępcami i pojedynkach na inteligencję z tymi, którzy planowali wielkie skoki, zszedł na ziemię i zajął się prawdziwą detektywistyczną robotą, polegającą na wytrwałości i cierpliwości. Robota detektywa to było chodzenie, to było podążanie setką ślepych tropów, w nadziei, że trafi się na jeden dobry, to było wdrapywanie się po schodach, naciskanie dzwonka, spotkania z przestraszonymi, wojowniczymi, niechętnymi lub tępymi obywatelami. Robota detektywa opierała się na prawach średniej. Czasem dostawało się wartościowy cynk od kapusia, ale przede wszystkim trzeba było szperać, szperać i jeszcze raz szperać.

W kartotece zarządu transportu znalazły się nazwiska ponad stu ludzi usuniętych z pracy z jakiegoś powodu. Poszukiwania miały się przeciągnąć do wieczora. Większość przyczyn zwolnień nie miała nic wspólnego z działalnością przestępczą. Niemniej jednak należało przyjąć, że każdy zwolniony pracownik ma powody do rozżalenia. Był tak rozżalony, że postanowił porwać pociąg metra? To już inna kwestia. Ale jak się tego dowiedzieć bez szperania?

Trzej porywacze zostali zastrzeleni. W dwóch specjalnych kamizelkach, które na sobie mieli, znaleziono pół miliona dolarów. Pozostał jeden z połową miliona. Jak dotąd oficjalnie nie zidentyfikowano żadnego z zabitych porywaczy, i choć było niewykluczone, że jeden z nich może się okazać rozżalonym byłym pracownikiem kolei, założenie to nie eliminowało czwartego porywacza.

Haskinsa i jego partnera oraz osiem innych zespołów detektywów przydzielono do rozwiązania tej części sprawy, i jeśli komuś nie dopisze szczęście, skompletowanie listy potrwa kilka dni. Sklecili listę nazwisk i wyruszyli w misję, wysłuchawszy płomiennej mowy szefa. Ci ludzie to bezwzględni zabójcy, bezpieczeństwo obywateli miasta, zamordowanie dwóch niewinnych ofiar... Co należało rozumieć: góra siedzi mi na tyłku, ja przydepnę wasze tyłki, więc radzę dobrze zdzierać zelówki. Toteż zdzierali zelówki już od ponad czterech godzin.

Zelówki, autobusy, metro, a przede wszystkim schody. Z reguły dziewięciu na dziesięciu ludzi, których należało namierzyć, mieszkało w wysokich budynkach z klatkami schodowymi. To zrozumiałe. Biedacy popełniają więcej przestępstw niż bogacze. A ściślej rzecz biorąc, popełniają więcej przestępstw podpadających pod kodeks karny.

Haskins, ale z ciebie komuch.

Pół godziny temu kazał Slottowi, swojemu partnerowi — który miał wrzód żołądka i którego bluzgi działały mu na nerwy — iść do domu. Z trzema nazwiskami, które pozostały na liście, do wieczora sobie poradzi. Po odejściu Slotta Haskins wszedł do małej pralni, należącej do byłego pracownika metra, zwolnionego przed sześcioma laty za plucie. Na pasażerów. Był strażnikiem peronowym przy Times Square, którego praca tak znudziła, że przepychając pasażerów, ukradkiem pluł im na plecy. Przeprowadzono obserwację, nakryto go, postawiono zarzuty i po przesłuchaniu zwolniono. Kiedy ogłoszono wyrok, splunął sędziemu na klapę.

W odpowiedzi na pytania zadane przez Haskinsa odparł, że po pierwsze, nie żywi już urazy do zarządu transportu, po drugie ma nadzieję, że pewnego dnia całe pieprzone metro spłonie od góry do dołu, a po trzecie spędził popołudnie na fotelu dentystycznym; dentysta zmasakrował mu dziąsła, a potem brutalnie wyrwał parę korzeni. Nazwisko tego rzeźnika brzmiało Schwartz, a numer jego telefonu...

Detektyw Haskins zanotował sobie, żeby zadzwonić rano do doktora Schwartza, zerknął na zegarek — był kwadrans po ósmej — a następnie popatrzył na listę. Znajdował się w połowie odległości między Paulem Fitzherbertem, zamieszkałym przy Szesnastej Ulicy po zachodniej stronie Piątej Alei, a Walterem Longmanem, mieszkającym przy Osiemnastej Ulicy na wschód od Drugiej. Który? Żadna różnica, bez względu na to, którego wybierze, czeka go długi spacer. A więc który? Takie właśnie trudne decyzje musi podejmować detektyw. Nie sposób się z nimi uporać bez kawy, lecz na szczęście za rogiem był bar. Wstąpi tam, wypije kawę, może zje kawałek szarlotki, a potem, pokrzepiwszy się fizycznie i podładowawszy mózgownicę, poweźmie ważną decyzję, do podjęcia której jako detektyw (drugiego stopnia) był doskonale przygotowany.

Longman

Longman nie mógł się zmusić do włączenia radia. Zbyt często widywał w filmach przestępców, którzy zdradzali się, kupując mnóstwo gazet i wycinając artykuły. Naturalnie było to głupie, bo nikt nie usłyszy jego radia, jeśli włączy je po cichu. A jednak, mimo że było to irracjonalne, nie potrafił go włączyć. Krążył zatem bez celu po mieszkaniu, wciąż ubrany w płaszcz, odwracając wzrok, ilekroć przechodził obok radia-zegara stojącego przy łóżku. Jeśli Ryder zginął, czy jest sens szybko się o tym dowiadywać?

Jednakże o osiemnastej, nie zastanawiając się nad tym, włączył telewizor na program informacyjny. Porwanie stanowiło najważniejszą wiadomość dnia i poświęcono jej nadzwyczajną ilość czasu antenowego. Kamery dotarły nawet do tunelu metra, pokazano zdjęcia wykolejonego pociągu ekspresowego, zbliżenia zarysowanych ścian tunelu i wygiętych szyn. Następnie pokazano „odcinek tunelu, w którym doszło do strzelaniny". Gdy kamera objęła miejsce, w którym upadł Steever, Longman skrzywił się. Nie chciał oglądać zwłok ani nawet plam krwi. Na ekranie pojawiły się ciemne plamy, które mogły być plamami krwi, lecz zwłok nie było. Później jednak kamery stały na posterunku, gdy gliny wynosiły na noszach trzy ciała okryte prześcieradłami. Longman nie odczuwał żadnych emocji, nawet na myśl o Ryderze.

Następnie pokazano wywiad z policyjnymi szarżami, między innymi z komisarzem. Nikt nie powiedział dużo, wszyscy opowiadali o odrażającym przestępstwie. Zapytany o zbiegłego porywacza — Longman poczuł falę gorąca — komisarz odparł, że wiadomo jedynie tyle, iż wydostał się wyjściem bezpieczeństwa. W tym momencie ekran podzielił się na dwie połowy; na drugiej pokazano wyjście ewakuacyjne z ulicy i od strony tunelu. Komisarz dodał, że policja nie zdołała jeszcze zidentyfikować żadnego z trzech zabitych porywaczy, z których dwóch poniosło natychmiastową śmierć. Trzeci, postrzelony w kręgosłup, zmarł kilka minut po tym, jak znalazła go policja. Zadano mu pytania, ale nie mógł mówić, gdyż ośrodek mowy został sparaliżowany.

Czy policja ma jakieś tropy prowadzące do czwartego porywacza? Szef pionu detektywistycznego odpowiedział, że do sprawy przydzielono bardzo liczną grupę detektywów, którzy będą pracować do późnych godzin, aż porywacz zostanie ujęty. Czy to oznacza, że nie ma żadnych mocnych tropów? Reporter nie dawał za wygraną. Szef detektywów ostrym tonem odparł, że funkcjonariusze postępują zgodnie ze sprawdzonymi procedurami i ma nadzieję, iż niebawem poinformują go o postępach. Longman znów poczuł falę gorąca, ale nieco się rozluźnił, widząc drwiąco uniesione brwi dziennikarza.

Ani słowem nie wspomniano o tym, że sprawdza się akta byłych pracowników kolei. Longman pamiętał, że Ryder podniósł kiedyś tę kwestię. Wtedy nie był Ryderowi wdzięczny za to, że stara się przewidzieć wszelkie ewentualności, tylko wpadł w popłoch.

— Nie muszą mnie znaleźć — rzekł do Rydera. — Mogę siedzieć u ciebie.

— Chcę, żebyś był w domu. Od razu nabiorą podejrzeń, jeśli natrafią na coś nietypowego.

— Będę musiał postarać się o alibi.

Ryder pokręcił głową.

— Tych, którzy będą mieli alibi, sprawdzą dokładniej niż tych, którzy nie będą go mieli. Większość ludzi, których odwiedzą, nie będzie miała alibi, znikniesz w tłumie. Powiesz po prostu, że część popołudnia spędziłeś w parku, trochę czytałeś albo drzemałeś. I nie staraj się udzielać precyzyjnych odpowiedzi, kiedy robiłeś to czy tamto.

— Pomyślę o tym, co im powiedzieć.

— Nie rób tego. Nie chcę, żebyś ćwiczył odpowiedzi ani nawet o nich myślał.

— Mogę powiedzieć, że usłyszałem o porwaniu w radiu i że jestem wstrząśnięty...

— Tego też nie rób. Nie trzeba udowadniać swojej prawomyślności. Twoje zdanie na ten temat i tak nie będzie ich interesowało. Rutynowo będą sprawdzać setki ludzi. Zapamiętaj sobie, że będziesz jednym z nazwisk na bardzo długiej liście.

— W twoich ustach brzmi to tak łatwo.

— Bo jest łatwe — odparł Ryder. — Przekonasz się.

— Mimo to wolałbym trochę się nad tym zastanowić.

— Żadnego zastanawiania. Ani teraz, ani po skoku.

Longman poszedł za radą Rydera i myślał o wizycie glin pierwszy raz od tygodni. Dla nich to rutyna, on jest jednym z setek byłych pracowników metra. Da sobie radę.

Słuchał szefa pionu detektywistycznego, który przyznał, że rysopisy zbiegłego są fragmentaryczne, że istnieje wiele sprzecznych wersji, dlatego trudno jest stworzyć portret pamięciowy. Dodał, że pewna liczba pasażerów ogląda teczki z fotografiami w komendzie policji. Longman omal się nie uśmiechnął: nie miał teczki, nikt nie zobaczy jego zdjęcia.

Przeprowadzono rozmowy z kilkoma pasażerami: z dziewczyną w kapeluszu, która wyglądała nieco gorzej, niż Longman się spodziewał; z rosłym krytykiem teatralnym, który używał wielu trudnych słów, ale nic nie powiedział; z dwoma czarnymi chłopcami; z wojowniczo nastawionym Murzynem, który odparł, że pytania są nieistotne w świetle kwestii rasowej, a potem uniósł zaciśniętą pięść i krzyknął coś, co zostało zagłuszone piskiem. Nagle Longman poczuł się nieswojo na widok pasażerów. Kamery pokazywały z bliska ich twarze, wydawało się, że patrzą prosto na niego. Wyłączył telewizor.

Poszedł do kuchni i zagotował wodę na herbatę. Siedząc na linoleum, wciąż w płaszczu, zjadł trochę sucharów umoczonych w herbacie. Wypalił papierosa — zdziwił się, że do tej pory nawet mu się nie chciało, wszak palił bardzo dużo — a potem wszedł do sypialni. Włączył radio, ale wyłączył je, zanim się rozgrzało. Kładąc się, poczuł tępy ból w klatce piersiowej. Dopiero po dłuższej chwili uświadomił sobie, że to nie atak serca, tylko ciężar i nacisk kamizelek z pieniędzmi. Zsunął się z łóżka i podszedł do drzwi frontowych. Sprawdził, czy zamki są zamknięte, i wrócił do sypialni. Ściągnąwszy ciemnozielone rolety tak nisko, jak się dało, do samego parapetu, zdjął płaszcz i marynarkę, a następnie kamizelki z pieniędzmi. Położył je na łóżku starannie, równo, jedną obok drugiej.

Walterze Longman, rzekł do siebie, jesteś wart pół miliona dolarów. Powtórzył to szeptem i wtedy w jego gardle znów zakołatał dziki okrzyk. Zakrył usta ręką, by go zdławić.

Anita Lemoyne

Anita pamiętała kilka parszywych dni w swoim życiu, ale ten bił wszystkie na głowę. Jak gdyby porwanie było pestką, musiała spędzić dwie godziny w budynku komendy policji. Nudziła się na śmierć, oglądając policyjne zdjęcia okrutnych lub zaniedbanych gąb przypominających jej frajerów, z którymi kiedykolwiek się zetknęła i którym zdawało się, że za parę nędznych dolców mają prawo czuć się przez nią kochani lub ją ranić.

Gliny wypuściły ich dopiero po ósmej. Wyszli ze starego budynku komendy głównej policji i oszołomieni stanęli na chodniku. Kilka przecznic dalej na południe Canal Street przesuwały się równo samochody, lecz na Centre Street było zimno, ponuro i pusto. Stali w milczeniu w nieregularnej grupie. Stara pijaczka ogarnęła swoje łachy i niepewnym krokiem odeszła w ciemność. Po chwili wojowniczy Murzyn poprawił kurtkę na ramionach i sprężystym krokiem, wyprostowany ruszył w stronę Canal. On i stara pijaczka byli jedynymi, na których wydarzenia w metrze nie zrobiły wrażenia, pomyślała Anita; były bowiem niezwiązane — tak jak tytuł książki, o której wciąż opowiadał telewizyjny popapraniec — z głównym strumieniem ich myśli.

A co ze strumieniami jej myśli? Wyglądały mniej więcej tak: Anita, rusz tyłek, złap taksówkę i zmiataj z tego wygwizdowa. Weź gorącą kąpiel z dużą ilości paryskich soli, a potem może sprawdź, kto nagrał się na automatyczną sekretarkę.

— Nawet nie wiem, gdzie się znajdujemy — oznajmiła płaczliwym głosem matka dwóch chłopców, którzy stali obok niej, ziewając. — Może mi ktoś powiedzieć, jak dostać się stąd na Brooklyn?

— Ależ oczywiście — odparł starzec. — Proszę skorzystać z metra. To najszybszy i najbezpieczniejszy środek transportu.

Gruchnął śmiechem, lecz żart wzbudził zaledwie kilka niepewnych uśmiechów. Nikt nie kwapił się do odejścia. Nagle dwaj czarni chłopcy, wciąż trzymający paczki, które mieli gdzieś dostarczyć, wymamrotali coś pod nosem i ruszyli w drogę.

— Do widzenia i niech wam się wiedzie.

Chłopcy zamachali rękami i odeszli.

— Doprawdy niezwykłe doświadczenie, łagodnie rzecz ujmując.

To odezwał się krytyk teatralny. Anita nawet na niego nie spojrzała. Zaprosi ją do swojej taksówki, a potem może na drinka. Nic z tego. Odwróciła się i poczuła uderzenie wiatru. Zimny podmuch poderwał do góry jej spódnicę i wepchnął ją między nogi. Anita odwróciła się ponownie. Nie mogę się przeziębić, bo wylecę z obiegu.

— Mam pomysł — zaczął starzec. Z jego chropowatej twarzy zniknęło zaróżowienie, a kapelusz Borsalino był pomięty. — Po tym, co wszyscy razem przeszliśmy, możemy tak po prostu się pożegnać...

Samotny stary człowiek, pomyślała Anita; boi się, że umrze bez oklasków. Spojrzała na twarze ludzi. Jutro rano nie będę pamiętała ani jednej z nich.

— ...spotkania wspomnieniowe raz do roku, może nawet co pół roku...

Anita ruszyła w stronę Canal Street. Na rogu dogonił ją krytyk teatralny. Jego rumiana twarz nachyliła się nad nią.

— Spadaj — powiedziała Anita. Jej obcasy stukały na cichej ulicy, gdy zmierzała w stronę Canal.

Frank Correll

Frank Correll nie zamierzał sobie folgować. Siedząc znów na swoim krześle — wytarł je ostentacyjnie po wyjściu Prescotta — żeby, jak to ujął, „usunąć czarny pył" — pracował przy konsoli (tak napisano kiedyś w branżowej gazetce) „jak opętany, jak derwisz, ciałem i duszą oddany swej pracy, której celem jest pilnowanie, by ruch pociągów przebiegał gładko jak po maśle". Dużo pokrzykiwał, kręcił się na krześle, wykrzykując polecenia dyspozytorom, odpędzał tych, którzy z chybioną życzliwością przynosili mu kawę. Nieustannie, a nierzadko jednocześnie naradzał się z terenem, z sekcją operacyjną, z konserwacją, z wieżami kontrolnymi, z maszynistami; tworzył nowe rozkłady, kasował stare, dokonywał cudów, aż o godzinie dwudziestej dwadzieścia jeden pociągi Sekcji A kolei podziemnej znów zaczęły kursować zgodnie z rozkładem.

— Okay — rzekł z ulgą Correll do zmiennika. — Oddaję ci tory.

Wstał, włożył marynarkę na przepoconą koszulę, podciągnął krawat do posiniaczonego podbródka i włożył płaszcz.

Zmiennik, zajmując miejsce za konsolą, powiedział:

— Dobra robota, Frank.

— Jednego tylko żałuję — odparł Correll. — Że nie udało mi się wyprostować wszystkiego przed godziną szczytu.

— W tych okolicznościach żaden człowiek by tego nie dokonał — zauważył drugi koordynator.

— Wobec tego żałuję, że jestem tylko człowiekiem.

Correll odwrócił się na pięcie, wsunął ręce do kieszeni i odmaszerował.

— Ten to umie ładnie wyjść — mruknął zmiennik.

Correll zatrzymał się przed sekcją komunikacyjną i nadstawił uszu.

— ...o dwudziestej dwadzieścia jeden przywrócono normalną obsługę kolejową.

Stacje radiowe podadzą tę wiadomość w swoich serwisach informacyjnych, a jutro pojawi się gdzieś na samym końcu artykułu o porwaniu. Jedna linijka tekstu, pomyślał Frank. Przywrócono normalną obsługę o dwudziestej dwadzieścia jeden. Tylko tyle za krew, pot i łzy.

— Piękna robota — rzucił ktoś w sekcji komunikacyjnej. Correll wzruszył ramionami.

— Taki dzień pracy — powiedział i wyszedł na cichy korytarz. Jutro powieje nudą, jedynym urozmaiceniem będzie wystąpienie z oskarżeniem przeciwko gliniarzowi czarnuchowi. No cóż, nie co dzień tworzy się historię kolei.

Tom Berry

Lekarz rezydent szedł obok noszy, na których niesiono Toma Berry'ego. Towarzyszył mu od sali reanimacyjnej i został z nim po tym, jak sanitariusz i pielęgniarka położyli go na łóżku.

— Gdzie jestem? — spytał Berry.

— W szpitalu Beth Israel. Przed chwilę usunięto panu dwie kule.

Tom chciał zapytać o swój stan, a nie o to, gdzie się znajduje.

— Chodziło mi o to, w jakim jestem stanie.

— W dobrym — odparł lekarz. — Wydaliśmy komunikat z informacją, że stan pańskiego zdrowia jest zadowalający.

— Komunikat o stanie mojego zdrowia? W takim razie chyba umieram.

— Dziennikarze się dopytywali. Jest pan w dobrej formie. — Lekarz wyjrzał przez okno. — I ma pan ładny widok na Stuyvesant Park.

Berry przyjrzał się sobie. Miał rękę zabandażowaną do łokcia, a mniej więcej na środku tułowia widać było gruby opatrunek.

— Dlaczego nie czuję bólu?

— Znieczulenie. Poczuje pan ból, nie ma obawy. Mój pokój jest cztery razy mniejszy od tego i wychodzi na mur z cegieł — dodał z zazdrością lekarz. — I nawet nie są ładne.

Berry delikatnie dotknął opatrunku.

— Dostałem we wnętrzności?

— Nie dostał pan w żadne szczególne miejsce. Pocisk ominął ważne organy o milimetr tutaj, o włos tam. Łut szczęścia bohatera. Później do pana zajrzę. Wspaniały widok.

Lekarz wyszedł, a Berry zaczął się zastanawiać, czy go nie okłamał i czy jego stan nie jest krytyczny. Nigdy tego nie mówią, tajemnicze dranie; wydaje im się, że nie zrozumiesz sprawy tak skomplikowanej jak to, czy umrzesz, czy będziesz żył. Usiłował wzbudzić w sobie oburzenie, ale czuł się zbyt rozluźniony. Zamknął oczy i usnął.

Obudziły go głosy. Z góry patrzyły na niego jakieś twarze. Jedna należała do lekarza rezydenta. Dwie pozostałe rozpoznał ze zdjęć: jego ekscelencja burmistrz oraz komisarz policji. Odgadł przyczynę wizyty i powiedział sobie, że ma udawać zdziwienie i skromność. Zgodnie z tym, co mówił rezydent, był bohaterem.

— Wydaje mi się, że pacjent się obudził — oznajmił lekarz.

Burmistrz się uśmiechnął. Był opatulony w gruby płaszcz i szeroki szal, a na głowę włożył czapkę uszankę. Nos miał zaczerwieniony, a usta wyglądały na spękane. Komisarz także się uśmiechał, ale nie wychodziło mu najlepiej. Nie był skory do uśmiechu.

— Gratuluję, panie... — burmistrz zrobił pauzę.

— Barry — podpowiedział komisarz.

— Gratuluję, panie Barry — dokończył burmistrz. — Dokonał pan czynu wymagającego nadzwyczajnej odwagi. Mieszkańcy miasta są pańskimi dłużnikami.

Wyciągnął rękę, a Berry z pewnym wysiłkiem uścisnął ją. Była zimna jak lód. Komisarz też podał mu rękę.

— Doskonała robota, Barry. Policja jest z ciebie dumna.

Obaj spoglądali wyczekująco na Toma. Naturalnie. Pokaz skromności.

— Dziękuję. Dopisało mi szczęście. Zrobiłem tylko to, co zrobiłby na moim miejscu każdy policjant.

— Proszę szybko wracać do zdrowia, panie Barry.

Komisarz usiłował puścić do Toma oko, ale mu nie wyszło. Mruganie także nie było jego specjalnością. Berry wiedział jednak, co teraz nastąpi.

— Oczekujemy pańskiego szybkiego powrotu do służby, detektywie Barry.

Zdziwienie i skromność, przypomniał sobie Tom.

— Dziękuję, sir — odparł, spuszczając wzrok. — Bardzo dziękuję. Zrobiłem tylko to, co zrobiłby na moim miejscu...

Burmistrz i komisarz już wychodzili z sali. W drzwiach burmistrz powiedział:

— On wygląda lepiej niż ja. I założę się, że lepiej się czuje.

Berry zamknął oczy i ponownie zmorzył go sen. Kiedy się zbudził, lekarz szczypał go w nos.

— Na korytarzu czeka jakaś dziewczyna. — Deedee stała w drzwiach. Berry skinął głową. — Jakieś dziesięć minut — dodał lekarz.

Wyszedł, a Deedee weszła. Miała poważną minę i była bliska płaczu.

— Doktor powiedział, że nie jesteś ciężko ranny. Powiedz mi prawdę.

— Trafili mnie w mięso.

Z oczu Deedee spadło kilka łez. Zdjęła okulary i pocałowała go w usta.

— Nic mi nie jest — rzekł Berry. — Cieszę się, że przyszłaś.

— Czemu miałabym nie przyjść? — spytała, marszcząc brwi.

— Skąd wiedziałaś, gdzie jestem?

— Jak mogłam tego nie wiedzieć?! Gadają o tobie w radiu i w telewizji. Bardzo cię boli?

— Bohaterowie nigdy nie odczuwają bólu.

Pocałowała go ponownie, łzy spadły na jego twarz.

— Nie mogę ścierpieć myśli, że cię boli.

— Nic a nic nie czuję. Świetnie się mną opiekują. Spójrz za okno, mam wspaniały widok!

Deedee ujęła go za rękę i przyłożyła ją do policzka. Pocałowała go w palce i puściła dłoń. Wyjrzała przez okno.

— Wspaniały widok — powtórzył Berry.

Deedee przez ułamek sekundy stała niezdecydowana, a potem rzekła:

— Muszę to powiedzieć. Ryzykowałeś życie w niegodnej sprawie.

Nie jestem na to gotowy, pomyślał Tom. Postanowił skierować rozmowę na inne tory.

— Był u mnie burmistrz i komisarz policji. Dostałem awans na detektywa. Trzeciego stopnia, zdaje się.

— Mogłeś zginąć!

— Taką mam pracę. Jestem gliną.

— Mogłeś zginąć, ratując milion dolarów z miejskiej kasy!

— Chodziło także o ludzi, Deedee — rzekł łagodnie Tom.

— Nie będę się teraz z tobą spierać. Nie mogę z tobą walczyć, kiedy jesteś ranny.

— Ale?

— Ale kiedy wyzdrowiejesz, będziesz musiał obiecać, że wystąpisz z policji.

— Kiedy wyzdrowieję, będziesz musiała mi obiecać, że wystąpisz z ruchu.

— Jeśli nie widzisz różnicy między wysługiwaniem się faszystom a walką w obronie słusznych praw ludzi...!

— Deedee, nie zachowuj się, jakbyś była na wiecu. Wiem, że masz swoje przekonania, ale ja także je mam.

— Świnie? W to wierzysz? Sam powiedziałeś, że masz milion wątpliwości.

— Może nie milion, ale parę mam. Za mało, by mnie zniechęcić. — Tom sięgnął dłonią do ręki Deedee. Cofnęła ją, lecz po chwili mu ją podała. — Lubię tę pracę, choć nie wszystko mi się podoba. Niektóre jej aspekty są parszywe. Jak dotąd nie rozgryzłem proporcji.

— Nabrali cię. — W oczach Deedee pojawił się cień, ale nie wypuściła ręki Toma. — Sprzedali ci cały pakiet, a ty go kupiłeś.

Pokręcił głową.

— Zostanę w policji, dopóki nie zorientuję się, jak się z tym czuję. Wtedy albo kupię cały pakiet, albo się wycofam.

W drzwiach stanął lekarz.

— Czas dobiegł końca, przykro mi.

— Chyba powinniśmy przestać się spotykać — oświadczyła Deedee. Podeszła do drzwi, zatrzymała się i spojrzała na Toma.

Przyszło mu na myśl parę temperujących nastrój słów, może nawet zjednujących, które mógłby wypowiedzieć, ale tego nie zrobił. Gra się skończyła. Ta wyczerpująca, zabawna, lecz w ostateczności dziecinna gra, którą uprawiali od wielu miesięcy, dobiegła kresu. Kwestie sporne były istotne i być może nie do przezwyciężenia. Należało spojrzeć prawdzie w oczy.

— Wszystko zależy od ciebie — rzekł. — Tylko jedna rzecz... najpierw to przemyśl.

Tom nie widział wychodzącej Deedee, gdyż zasłonił mu ją lekarz rezydent.

— Za dziesięć lub piętnaście minut może zacząć trochę boleć — oznajmił.

Berry spojrzał na niego podejrzliwie, a potem zrozumiał. Lekarz mówił o bólu fizycznym.

Longman

Longman włączył radio o dwudziestej pierwszej. To była powtórka serwisu informacyjnego. Nic nowego się nie wydarzyło, tylko raz wspomniano o czwartym porywaczu: policja czyni wszelkie wysiłki, aby go ująć. Longman wyłączył radio i poszedł do kuchni. Nie zrobił tego z żadnego konkretnego powodu, po prostu nosiło go i chodził z jednego pomieszczenia do drugiego. Znów miał na sobie kamizelki z pieniędzmi, gdyż łóżko nie wydawało się odpowiednim miejscem dla pięciuset tysięcy dolarów. Włożył także płaszcz, częściowo po to, by ukryć kamizelki, częściowo ze względu na chłód panujący w mieszkaniu; jak zwykle skąpili na ogrzewanie.

Popatrzył na ceratę na stole kuchennym i po raz pierwszy zauważył, jaka jest brzydka: wytarta, porysowana i pocięta. Teraz stać go było na kupno nowej. Stać go było na to, by zmienić mieszkanie. Mógł zamieszkać wszędzie, w każdym kraju, w każdej części świata. To będzie Floryda, tak jak zaplanował. Słońce przez cały okrągły rok, nie trzeba kupować dużo ubrań, można za to łowić ryby, nawet spiknąć się z jakąś wdówką, której czegoś w życiu brakuje...

Pół miliona. Za dużo dla niego do przełknięcia. Podobnie jak ćwierć miliona. Niezły kop w tyłek, co? Uśmiechnął się bodaj po raz pierwszy od tygodnia. Jednakże uśmiech znikł momentalnie, gdy Longman przypomniał sobie o trzech trupach w tunelu metra, o trzech postaciach przykrytych płótnem. Kamera tego nie uchwyciła, ale niewykluczone, że sączyła się z nich krew. Trzech zabitych i ten, który przeżył: Wally Longman, nie kto inny.

Wyobraził sobie trzy ciała, jak leżą na płycie w kostnicy i tylko myśl o Ryderze wzbudziła w nim jakieś emocje. Welcome był bestią, a Steever... Nie miał nic przeciwko Steeverowi, ale on też był rodzajem zwierzęcia, posłusznym psem dobermanem, wytresowanym żeby reagować na komendy. Longman nie myślał wiele o Ryderze. A jednak wraz z jego śmiercią coś stracił. Co? Nie przyjaciela, bo nigdy nie byli prawdziwymi przyjaciółmi. Koledzy, może to było właściwe słowo. Miał bardzo dużo szacunku dla Rydera z powodu jego opanowania, odwagi, zimnej krwi. Przede wszystkim jednak Ryder okazał mu dobroć, a to uczyniło niewielu ludzi.

Co robiłby Ryder, gdyby to on jako jedyny przeżył skok? Na pewno zachowywałby spokój; pewnie siedziałby teraz w swoim mieszkaniu i czytał. Siedziałby w tym przestronnym, bezosobowym pokoju, umeblowanym tak skąpo jak wojskowe koszary. Nie pociłby się na myśl o policji: nie miał kartoteki, policja nie miała jego odcisków ani porządnego rysopisu, nie ostał się ani jeden żywy wspólnik, który mógłby sypnąć choćby przez przypadek. Tak, Ryder czułby się bardzo pewnie. W odróżnieniu od chłodnego jak lód Rydera Longman był nerwowy, ale uważał, że również nieźle sobie poczyna.

Ta myśl sprawiła mu tyle przyjemności, że energicznie wstał z fotela. Poczuł przypływ energii i zaczął krążyć wokół stołu, żeby się jej pozbyć, zanim zacznie wydawać okrzyki, które poderwą na nogi sąsiadów.

Wciąż krążył wokół stołu, gdy rozległo się pukanie do drzwi. Longman struchlał, krew zawrzała mu w żyłach.

Pukanie powtórzyło się.

— Halo, panie Longman. Jestem z policji i chciałbym z panem pomówić.

Longman spojrzał na drzwi, na tę pokancerowaną, grubo pomalowaną płytę, do połowy zakrytą garażowym kalendarzem z ładną dziewczyną w seksownych majtkach i bez stanika, zerkającą na swoje cycki. Trzy zamki. Trzy mocne zamki, których nie sforsuje żaden gliniarz. Co zrobiłby Ryder? Zrobiłby dokładnie to samo, co mu powtarzał. Otworzyłby drzwi i odpowiedział na pytania gliniarza. Ale Ryder nie przewidział swojej śmierci i faktu, że forsa jest tutaj, a nie w jego mieszkaniu, tak jak to było planowane. Dlaczego nie pomyślał wcześniej o tej cholernej forsie? Miał ją na sobie, jasny gwint. Była dobrze schowana pod płaszczem, a płaszcz łatwo można było wytłumaczyć zimnem w mieszkaniu. Ale jak wytłumaczy, że dwa razy nie odpowiedział na pukanie. Jeśli teraz otworzy, gliniarz musi nabrać podejrzeń i może nawet pomyśleć, że lokator zwlekał, by ukryć pieniądze. Nie odpowiadając na pukanie, Longman się zdradził. Zawalił sprawę.

— To nic ważnego, panie Longman. Proszę otworzyć.

Stał obok okna. Okno. Trzy zamki. Nie poruszając stopami, zdjął ze stołu szarą rosyjską czapkę i włożył na głowę. Po drugiej stronie drzwi panowała cisza, ale był pewien, że gliniarz zapuka ponownie. Odwrócił się do okna, chwycił ręką za futrynę i powoli podciągnął. Do środka wpadło świeże nocne powietrze, łagodne i orzeźwiające. Longman schylił się i wyszedł na zewnętrzną drabinę.

Detektyw Haskins

Powinieneś stać obok zamkniętych drzwi, żeby uniknąć kulki, w razie gdyby ze środka ktoś strzelił. Lecz cisza w mieszkaniu i szpara między drzwiami a futryną były zbyt zachęcające. Detektyw Bert Haskins przyłożył ucho do nierównej pionowej szczeliny i usłyszał wyraźny pisk drewna ocierającego się o drewno. Odrobina mydła, pomyślał. Wystarczyło nasmarować prowadnicę odrobiną mydła i mogłoby się udać. No cóż, gdyby Slott nie poszedł do domu z powodu swoich wrzodów, już mieliby uciekiniera w łapach, bo jeden z nich odciąłby mu drogę odwrotu.

Haskins schodził po schodach praktycznie bezszelestnie. W detektywistycznej robocie człowiek nie nauczy się korzystać ze szkła powiększającego, ale parę pożytecznych sztuczek opanowuje. Na przykład to, żeby nosić buty na gumowej podeszwie. I jeszcze to, że po wejściu do budynku trzeba się rozejrzeć i sprawdzić, czy pod klatką schodową są drzwi prowadzące na tyły.

Tylne drzwi miały zamek ze sprężynką. Haskins przekręcił klamkę, otworzył drzwi tylko na tyle, by przez nie wyjść, i po cichu je zamknął. Znalazł się na niewielkim podwórku. Ciemną powierzchnię tu i ówdzie zakłócały plamy światła padającego z mieszkań. Haskins zauważył kilka skórek owoców, gazetę, parę luźnych kartek i zepsutą zabawkę. Nie najgorzej. Zapewne sprzątają mniej więcej raz w tygodniu. Usunął się w cień i spojrzał do góry.

Zbiegły lokator, Walter Longman, znajdował się niemal dokładnie nad głową Haskinsa i gmerał przy haczyku, który mocował drabinę do poręczy. Zapomnij o tym, Longman, ten sprzęt jest zawsze zardzewiały i nie do ruszenia. Będzie lepiej dla ciebie, jeśli zostawisz ją i zeskoczysz z ostatniego stopnia, to tylko kilka stóp.

Longman jeszcze przez chwilę próbował poradzić sobie z zamocowaniem drabiny, a potem dał za wygraną. Haskins patrzył, jak niezdarnie przekłada nogę przez poręcz i sprawdza stopą wytrzymałość stopnia. Bardzo dobrze, teraz druga nóżka... świetnie. Longman nie był akrobatą, w istocie rzeczy poruszał się jak staruszek. Haskins pamiętał, że zaobrączkował kiedyś osiemdziesięciolatka za napad z bronią w ręku.

Longman zawisł, trzymając się rękami zardzewiałego ostatniego stopnia; kołysał się. Wydawało się, że nie ma ochoty zeskoczyć. Wstyd, pomyślał Haskins. Groźny porywacz, a boi się zeskoczyć z wysokości czterech stóp? Nogi Longmana dyndały w powietrzu, knykcie dłoni zrobiły się białe jak trupia skóra. Jedną ręką puścił stopień, ale wciąż wisiał na drabinie.

Haskins obserwował zaciśniętą prawą dłoń. Gdy tylko palce się rozwarły, zrobił krok i wynurzył się z cienia. Wybrał idealne miejsce. Longman spadł, a Haskins chwycił go zręcznie i opasał rękami. Głowa Longmana obróciła się raptownie. Na bladej pomarszczonej twarzy błyszczały przerażone oczy.

— A kuku. — powiedział Haskins.